최기욱 변호사의 음악 에세이

웃게 하소서

최기욱 지음

최기욱 변호사의 음악 에세이

웃게 하소서

비틀즈부터 베토벤까지,
융합인재 최기욱 변호사의 음악 그리고 인생 이야기

. . . . .

음악은 시간의 예술이다.
오선보에 흩뿌려진 음들은 시간의 흐름에 따라
뭉쳤다 떨어지고 사그라들며 하나의 작품이 된다.

– 본문 내용 中

바른북스

인생이란 무엇인가

'인생이란 무엇인가?'라는 오래된 물음. 인류의 지능만큼 오래된 질문이다. 머리에 힘을 빡 주고 생각해 보면? 두 가지 답이 나온다. 유전자의 영속을 위한 생존과 번식의 투쟁. 또는 42.*

머리에 힘을 쪽 빼고 생각해 보면? 여러 대답이 나올 수 있다. 이런 생각에 정답은 없다. 내 대답은 다음과 같다. 우리에게 주어진 시간을 보내는 것.

그럼 다음 질문, 더 중요한 질문이 나온다. '그러면 우리는 어떻게

---

* 더글러스 애덤스의 걸작 코믹 SF 소설 "은하수를 여행하는 히치하이커를 위한 안내서"*2005. 책세상*에 나오는 유명한 밈이다. 책의 등장인물들이 "삶, 우주, 그리고 모든 것에 대한 답"을 물어보자 컴퓨터 '깊은 생각*[Deep Thought]*'이 답한다. "42"라고. 전 세계 모든 공대생들은 이 밈을 알고 있으니 그들과 대화를 나눌 때 참고하면 좋다. 그리고 이 소설에서 등장인물들이 컴퓨터에게 이 질문을 물어보는 이유는 바로 '그 질문에서 비롯되는 철학자들의 온갖 다툼과 시간 낭비를 끝장 내려고'였다.

시간을 보내야 하는가?' 이는 곧 '행복한 삶이란 무엇인가?'라는 질문과 맞닿아 있다. 적어도 나는 그렇게 생각한다. 시간을, 인생을 보내는 방법에 대한 질문은 기본적으로 우리의 이상향을 내포하고 있고 그 이상은 뭐가 되었든 자신만의 행복에 대한 정의에 가까운 것일 테니 말이다. 그것이 아니라면, 뭐하러 질문을 하겠는가? 우리는 항상 원하는 것을 찾기 위해 질문을 던지기 마련이다.

그래서 나는 왜 음악 에세이라면서 인생론과 행복론을 논하는가.
음악에도 첫 번째 질문과 비슷한 고민을 해볼 수 있기 때문이다.
'음악이란 무엇인가?' 내 답은 다음과 같다. 시간의 예술.
많은 이들이 이미 언급했듯이, 음악은 시간의 예술이다. 오선보에 흩뿌려진 음들은 시간의 흐름에 따라 뭉쳤다 떨어지고 사그라들며 하나의 작품이 된다. 그저 악보 위의 점들, 주파수의 진동에 불과했던 것이 시간의 흐름에 흩뿌려져 음악이 되는 것이다. 음악은 시간과 함께 형성되고, 성장하고, 흘러가며, 스러져간다. 우리와 함께, 우리의 삶과 함께. 그렇게 음악에 있어 시간은 필수불가결한 요소이고 시간의 예술이 된다.
그렇기에 음악은 우리의 인생과 하나 된다. 즐거운 레스토랑에서의 식사 시간에도, 힘든 출퇴근 길에서도, 로맨틱한 데이트에서도, 멋진 라운지에 앉아 훌륭한 음료의 쌉싸름함과 버지니아 파이프 연초의 짙은 달큰함을 동시에 느끼는 천국과 같은 순간에도 언제나 음악은 우리와 함께한다. 기쁠 때나 슬플 때나 사랑에 빠졌을 때나 음악의 우리의 삶 속에 가장 강렬한 감정의 마중물이 되며 순간순간의 기억을 형성한다. 그리고 그 순간의 기억들의 합쳐져 우리의 인생이라는 하나의 멋진 이야기를 구성한다.

그렇게 음악은 시간과 함께 탄생하고 성장하며, 우리가 시간을 보내는 가장 아름다운 방법이 된다. 물론 물리학자들은 시간은 흐르는 게 아니라고들 하지만 내가 그렇게 느끼는 게 중요한 것 아니겠는가.

그래서 이 둘의 만남, 음악과 함께한 인생의 이야기들은 행복의 단초가 된다. 이 책은 기본적으로 '시간을 멋지게 보내는 방법'에 대한 것이다. 그리고 이는 나의 행복론이다. 멋진 음악에 실려 어떨 땐 휘몰아치고 어떨 땐 잔잔히 가슴을 울리는 내 인생 기억의 조각들을 풀어가 보고자 한다. 그 과정에서 우리는 행복을 찾을 수 있을 것인가? 그래야만 한다. 분노와 혐오로 가득 찬 세상 속에 행복을, 그리고 무엇보다 웃음을 되찾아야 한다. 그것이 우리가 매일같이 인생에 대해 고민하는 근본적인 목적일 테니.

2024년 봄을 맞이하며
최기욱

목
차

제**3**악장

아주 느리게 노래하듯

제**4**악장

매우 빠르게

제1악장

Allegro ma non troppo,
빠르지만 지나치지 아니하게

로큰롤의 황제

"엘비스 이전에는 아무것도 없었다Before Elvis, there was nothing."

존 레논[John Lennon]이 한 것으로 알려진 말이다. 그러므로 시작은 **엘비스 프레슬리[Elvis Presley]**다.

조금 올드하지 않냐고? 내 별명이 애늙은이였다. 어린 시절부터. 아, 써놓고 보니 원래 애늙은이라는 말 자체가 어린 시절에만 불릴 수 있는 별명이구나. 어쨌든 그런 별명으로 불린 주된 이유는 MBTI가 대문자 I라서 언제 어디서나 과묵했던 내 성격 탓이긴 했지만, 음악 취향을 생각하면 아주 적절한 별명이었다. 별명이 날 그리 만든 것일지도 모르겠다. 이름을 붙이는 것은 항상 중요한 일이니까. 때론 날 규정하는 것이 나를 만들곤 한다. 내가 그것을 원치 않더라도.

그리고 존 레논이 한 말에 토 달지 말라는 게 내 인생 신조다. 내가 뭐라고. 물론 존 레논 님께서 한 다른 말이 뭐가 있는지는 잘 모른다.

아무튼 어린 시절부터 내 음악 플레이리스트엔 항상 엘비스가 함께했다. 아쉽게도 엘비스 사후에 태어났기에 그의 당대에의 영향력을 실감하지는 못했지만 그건 내가 통제할 수 없는 일이니 어쩔 수 없다. 허나 확실한 것은 그의 음악은 21세기인 지금도, 지구 반대편에 있는 자그마한 글쟁이인 내게도 크나큰 영향을 미치고 있다는 것이다. 심지어 내 첫 에세이의 제목 "비바! 로스쿨"도 그의 신명 나는 명곡 '비바! 라스베이거스[Viva! Las Vegas]'*에서 따온 것이다!

"소풍 가는 기분"

아주 먼 옛날, 엘비스의 로큰롤에 대해 친구에게 들었던 표현이다. 비록 그 친구는 엘비스의 음악이 '별로'라는 근거로 자신이 몇 안 들어본 엘비스의 음악에 대해 느낀 바를 이렇게 표현한 것이었지만 말이다. 당연히 그 친구와는 연을 끊었다. 나를 욕하는 것은 참아도** 엘비스를 욕하는 것은 참을 수 없다. 아디오스. 어쨌든 역설적으로 이 표현보다 우리가 로큰롤을 즐기는 이유를 완벽하게 설명해 주는 표현이 있을까?

우리 모두 가슴 한편에 소풍에 대한 아련한 기억이 있다. 지금 알파세대의 소풍은 좀 다르다고 들었지만. 뭐 알파세대는 책보다는 유튜브나 다른 매체를 더 선호한다고 하니, 아마 지금 이 글을 읽고 계시는 여러분은 분명히 '소풍'이란 단어를 듣는 순간 넘실대는 추억이 머릿속에 흘러들어 왔을 것이다.

---

* 본문에서 곡은 '작은따옴표'로, 앨범 혹은 주로 클래식의 경우 곡 전체의 제목은 "큰따옴표"로 표기하였다.

** 참고로 나는 누가 나를 욕하면 고소장을 작성하며 '참는'다.

막상 가서는 별걸 하지 않더라도 감옥 같은 학교의 교실에 있지 않아도 된다는 해방감과 일탈감, 평소에는 먹을 일이 없는 김밥과 도시락 같은 색다른 음식, 좋은 날씨 궂은 날씨엔 안가니까, 그 나잇대 특유의 넘치는 활기가 어우러진 주황빛의 칵테일. 거기에 추억보정을 더하면 그보다 흥겨운 기분은 찾기 힘들 정도이다. 그래서 난 이 '소풍 가는 기분'이라는 표현이야말로 우리가 '로큰롤'이라는 개념을 떠올릴 때 가슴을 콩닥콩닥 부드럽게 때리는 바로 그 특유의 느낌을 완벽하게 표현한 것이라 생각한다. 내일이 소풍이라는 가정통신문을 받아들었다. 이제 즐겨봅시다.*

흥겨움. 그것이 내가 처음 엘비스의 음악을 접했을 때의 느낌이다. 2002년, 엘비스 사망 25주기를 맞아 "ELV1S: 30 #1 hits" 앨범이 발매되었다. 이제 뻔한 수식어가 되어버렸지만 붉은 악마의 함성이

---

* 이 책은 독자 여러분들과 함께 즐기기 위해 쓴 것인바, 군데군데 QR 코드를 삽입하여 관련 음악을 링크해두었다. 음악은 같이 즐길 때 더 아름답다.

온 거리를 뒤덮었던 그때. 중학생이었고, 대중음악에 탐닉한 지 몇 년 되지 않았던 어린 시절의 나는, 미국의 아이콘이자 로큰롤의 황제 엘비스의 음악을 듣고 충격에 빠졌다. 당시 듣던 모든 음악이 들어 있으면서 그 어떤 것과도 달랐던, 그야말로 흥겨움 그 자체였다.

물론 이미 음악에 빠져든 지 한참이 지났던 시기였기에 엘비스가 유명하고, 단순한 유명함을 넘어선 전설적인 인물이라는 사실쯤은 알고 있었다. 하지만 대부분의 '오래된 것'들이 지금 보면 시시하기 그지없는 것처럼, 이미 클래식이 된 엘비스의 음악 역시 그러할 것이라 치부하고 넘겨짚고 있었다.

그냥 넘겨짚고 상상만 했던 것은 아니다. 처음 어떤 아티스트에 대해 '공부'하고자 할 때 제일 먼저 무엇을 하는가? 그 아티스트의 최고의 대표곡을 물어보고 추천받아 들어보기 마련이다. 나 또한 그랬다. 그렇게 가장 '역사적인' 엘비스의 대표 음악으로 '하트브레이크 호텔[Heartbreak Hotel]'을 추천받아 접하고 들어보았다.

외로움과 죽음의 향기가 짙은 가사, 이성의 끈을 놓고 중얼거리는 듯, 가사가 허공을 떠다니는 듯한 엘비스의 독특한 창법, 묵직하고 둔탁한 블루스* 리듬, 땅콩같이 구수하고 꿀의 달콤함을 머금은 달콤한 시가 연기가 가득한 어두운 선술집의 분위기가 물씬 풍기는 곡으로 엘비스를 일약 스타덤에 올린 기념비적인 곡이다.

그러나 이 시대의 내겐 그렇게 와닿지 않는 사운드였다. 나는 지

---

* 대중음악의 장르로 아프리카계 미국인들의 노동요, 민중가요에서 유래했다. 때문에 우리가 한이라 부르는 것과 비슷한 정서의 가사가 주를 이루고, 우리에게 익숙한 클래식 선법과는 다른 선법을 사용하며 그래서 블루스가 대중적이지 않은 우리나라에서는 굉장히 낯설게 느껴질 가능성이 높다 특유의 느린 리듬이 특징적이다.

금도 느리고 끈적한 템포의 블루스 음악을 선호하지 않는다. 그랬기에, 처음 접했던 '대표곡'이 이 곡이었기에, 엘비스의 음악은 '재미없다'는 생각이 각인되어 있었다. 그것이 새로운 음악을 막 발굴해 나가던 시기에 엘비스를 건너 뛴 가장 큰 이유였으리라 이때의 경험으로 나는 누군가 내게 어떤 아티스트의 '최고 대표곡'을 물어볼 때 '역사적 의의'는 싹 뺀, 음악적으로 가장 마음에 드는 곡을 추천하곤 한다. 이 책에서 대표곡이라고 언급하는 것들도 모두 그렇다. 그렇지 않은 경우에는 역사적 의의가 있다는 식으로 언급할 것이다.

그래도 당시 음반 수집이 취미였던 내가, 전설의 히트곡 모음집이 발매되었다는 뉴스를 듣고 그냥 넘길 수는 없었다. "ELV1S: 30 #1 hits"의 발매는 당시 굉장히 큰 뉴스였다. 새롭게 리믹스된 싱글 '어리틀 레스 컨버세이션[A Little Less Conversation]'은 수없이 많은 국가에서 차트 1위를 기록했고 전 세계는 그야말로 엘비스 열풍에 빠졌다. 다시금.

여전히 위와 같은 생각을 하고 있던 어린 나는 조금 의아했다. '이렇게 난리가 날 정도야?' 궁금해졌다. 뭐 그래도 '역사적 의의'가 있는 아티스트니까 앨범을 사두면 적어도 컬렉션으로의 가치는 있겠지. 당시만 해도 동네마다, 한 블록마다 서점과 음반매장이 있던 시대였다. 얼른 레코드 숍에 가서 설레는 마음으로 음반을 사 들고 왔다. 오디오에 CD를 걸고 재생 버튼을 눌렀다.

이미 알고 있었고, 여전히 재미없는 '하트브레이크 호텔'은 지나쳤다. 꿀렁꿀렁한 느낌의 귀여움 가득한 멜로디의 '돈 비 크루엘[Don't Be Cruel]'을 지나며 살짝 마음이 녹았다. 생각보다 괜찮은데? 그리고 세 번째 트랙. 사고뭉치 강아지처럼 그르렁대는 목소리로 시작되어 잔뜩 엇나가며 팅겨대는 리듬, 전자기타에 비하면 가볍기 그지없지만 그렇기에 더 상쾌하며 따듯한 느낌을 주는 흥겨운 사운드. '하운드 독[Hound Dog]'이었다. 빅 마마 손튼[Big Mama Thornton]의 블루스 클래식을 엘비스 특유의 로큰롤 스타일로 질주하듯 재탄생시킨 히트곡 중의 히트곡이다. '재미있다!'

너무 재미있었다. 짧은 인생을 살아오며 이토록 재미있는 음악은 당시 처음 들어봤다. 그렇게 이 곡은 지금까지 내 머릿속에 엘비스를, 그리고 로큰롤을 상징하는 곡으로 자리매김했다.

'하운드 독'뿐이랴, 줄무늬 옷과 격렬한 골반 놀림으로 엘비스의 퍼포먼스 이미지를 대표하는 흥겨운 '제일하우스 록[Jailhouse Rock]', '1970년대 엘비스 최고의 히트곡으로 빠른 박자, 풍성한 스케일의 연주에 통통 튀는 건반까지 더한, 그냥 소풍도 아니고 '제주도-비행기-흑돼지 풀코스'수학여행을 만들어 버린 '버닝 러브[Burning Love]', 엘비스 시대에는 그다지 히트하지 못했던 곡을 유명 DJ JXL*의 21세기적 세련된 해석으로 멋지게 뒤틀어 해당 앨범 히트의 최고 공신이 된 통통 튀는 재미를 선사하는 '어 리틀 레스 컨버세이션'까지. 그야말로 흥겨움으로 가득한 앨범이었고 어린 시절의 나는 그 흥분에 숨이 막힐 지경이었다. 수십 년 전에 이미 세상을 떠난 지구 정반대편의 인물이, 그것도 부모님 세대가 십 대일 시절의 아이콘이 내게 선사하는 시간과 지리적 제약을 넘어선 짜릿함이란. 음악의 위대함이란 이런 것이리라.

---

* 이 분의 원래 예명은 Junkie XL인데 '감히' 엘비스의 음악을 쓰레기란 뜻의 Junkie를 달고 작업할 수 없다 하여 JXL로 바꾼 일화가 유명하다. 네덜란드 출신으로 본명은 톰 홀켄보르흐[Tom Holkenborg]. 현재는 할리우드에서 여러분이 이름만 대면 알 만한 영화들의 음악을 작업하고 있다.

1953년 7월, 어린 엘비스 프레슬리가 선 레코드의 문을 열고 들어갔을 때, 그의 마음도 이런 흥겨움으로 가득 차 있지 않았을까?

혈기왕성한 젊은 나이, 매력적인 사람 특유의 넘치는 자신감과 리듬감 넘치는 걸음걸이와 자신감. 새로운 시도에 대한 흥분감. 그의 노래가 어떤지 물어보는 선 레코드의 관계자에게 한 그의 대답에는 이 모든 것이 담겨 있었다.

"저는 모든 종류의 노래를 합니다 *I sing all kinds.*"

그러면서도

"제 노래는 누구와도 닮지 않습니다 *I don't sound like nobody.*"

그리고 그의 말은 사실이었다.

이 역사적 순간을 상상하면 내가 처음 출판사 문을 두드리며 다니던 시절의 설렘이 떠오른다.

글은 오래전부터 써왔다. 어린 시절 인터넷이 보편화되면서 개인 홈페이지를 만드는 것이 유행이었고, 초등학생부터 고등학생까지 나는 내 음악 홈페이지를 운영하면서* 여러 음악에 대한 글을 써왔다. 이후에는 네이버 마이홈 서비스가 종료되면서 아껴왔던 홈페이지가 모조리 날아갔고, 어쩔 수 없이 네이버 블로그를 시작했다. 눈물을 흘리며.

---

*   정확히는 록 밴드 U2의 팬페이지였고, "Rock'n'Roll Station"이 내 홈페이지 제목이었다.

매체는 중요하지 않았다. 그저 글을 쓰는 것이 즐거웠다. 대부분은 내가 좋아하는 것들을 주제로 했다. 어린 시절 처음으로 '덕후'가되었던 음악, 그다음은 역시 어린 시절부터 좋아해 마지 않았던 책, 그리고 어른이 되고 나서 빠지게 된 시가와 파이프까지. 글을 쓰는 것은 즐겁지만, 좋아하는 것에 대해 글을 쓰는 것은 두 배로 즐거우니까. 물론 가볍게 기록하기 좋은 일상 글도 많았다. 회사를 때려치우고 로스쿨에 진학했을 때에는 3년 내내 로스쿨 생활기를 연재했다. 이렇게 주제는 다양했지만 여하튼 꾸준히 글을 써왔다. 글을 쓰는 것은 이미 30년이 넘은 내 인생의 일부였다.

그렇게 마냥 즐기며, 살아오다가 어느 순간 깨달은 사실. 내 글을 좋아해 주는 사람들이 많았다. 꽤 많았다. 그리고 평가도 좋았다. 지금까지 칭찬을 받은 글은 많았지만 가장 기억에 남는 것은 굉장히 어린 시절 쓴 글이었다. 중학생 시절 쓴 음반 리뷰 글이 음악평론가 임진모 씨의 음악 평론지 '이즘[IZM]' 사이트에도 등재되었던 것.[*] 그렇게 자신감을 가진 나는 내가 쓴 글들을 추리면 책이 되겠다는 생각을, 책을 내서 더 많은 사람들과 만나고 세상에 내가 잘하고 좋아하는 것을 공유하고 싶다는 생각을 하게 되었다.

어느 순간이었는지는 정확히 모르겠다. 다만 수험생활을 해야 하는 로스쿨 재학 시절에는 그것이 불가능했기에 변호사시험을 치르고 나서 본격적으로 작업을 시작했다.[**]

당시 가장 최근의 내 관심사이자 블로그에 열심히 기록해 왔던 로

---

[*]　　U2의 새천년을 맞이하는 걸작 "All that you can't leave behind"의 리뷰였다.

[**]　　물론 곧바로 시작한 것은 아니고 변호사시험이 끝나고 두 달 정도는 그저 넷플릭스를 보며 빈둥거렸다는 사실을 첨언해야겠다. 하루에 드라마 10편씩! 내가 그렇게 부지런한 사람은 아니다.

스쿨 생활기들을 추리고, 각종 정보들을 더하고 편집하여 첫 원고 "비바! 로스쿨"을 완성했다. 토대가 되는 블로그 글들이 있었기에 작업 기간은 오래 걸리지 않았다. 대략 3주.

　이후 출판사들에 원고를 보내며 세상을 향한 내 도전이 시작되었고 이 행위는 그 자체로 내게 난생처음 맛보는 황홀경을 선사했다. 출간 제안이 받아들여질지 아닐지 모르는 데에서 오는 불확실성에 대한 긴장감, 하지만 마음속 깊은 곳에서 작지만 분명하게 흘러나오는 '될 것'이라는 자신감, 처음으로 대중에게 내가 좋아하는 것과 그 결과물을 공개한다는 흥분.

　내 인생의 새로운 출발점이 될 '작가'라는 직업활동을 위한 첫걸음은 그렇게 시작되었고, 무척 흥에 겨웠다. 내가 혼자 컴퓨터 앞에 앉아 글을 쓸 때의 즐거움과는 차원이 다른 짜릿함이었다. 그리고 지금 나는 벌써 다섯 번째 짜릿함을 즐기고 있다. 1953년 7월, 어린 엘비스 프레슬리가 선 레코드의 문을 열고 들어갔을 때. 그의 마음도 이런 흥겨움으로 가득 차 있지 않았을까?

　이런 새로운 도전의 흥분과 그에 따른 성취의 짜릿함은 말로 다 표현할 수 없다. 이것이야말로 우리가 사회생활에서 추구하는 '자아실현'의 기쁨의 핵심이고 우리가 힘든 삶을 살아가는 데 있어 희망을 잃지 않도록 도와주는 자극제이다. 나는 이 사회의 모든 이들이 이러한 흥분과 성취를 누릴 기회를 가져보길 바란다. 적어도 한 번쯤은. 처음엔 작은 기대로 시작한다. 작아야 한다. 뭐든지 처음부터 클 수는 없다. 동네 기타 청년이었던 엘비스, 최빈국의 정미소였던 삼성, 차고에서 시작한 수많은 공룡기업들. 모두가 처음엔 작았다.

우리는 세포 하나에서 시작했다는 것을 기억하자. 그게 당연한 것이다. 기대가 크면 부담도 크기에 시작을 준비하는 것조차 버겁다. 그리고 무엇보다 넘어졌을 때 세게 넘어진다. 다시 일어나기 쉽지 않다. 하지만 작게 시작하면 실패해도 부담이 적다.

아마 넘어질 것이다. 대부분의 시도는 실패로 돌아간다. 당연한 것이다. 수십 년을 공부한 사람도, 평생을 그 분야에 종사한 사람도 어떤 일에 첫 시도를 함에 있어, 그것이 성공하기 위해 고려해야 할 변수가 뭐가 있을지조차 가늠할 수 없다. 그 누구도 못 한다. 인류는 아직 복잡계를 예측할 수 없기에 어떤 시도가 성공을 거둘 것인지 정확히 예측할 수 없다. 아무도. 그것이 당연한 것이다. 그렇기에 더욱 작아야 한다. 끊임없는 작은 시도 끝에 얻어낸 작은 성취. 그렇기에 더 소중한.

세상 사람들은 비웃을지도 모른다. 작다고. 하지만 작은 것이라도 실행에 옮기는 사람들에 의해 세상은 변화한다. 내 결과물이 작아서 주변 사람들에게 놀림을 받을 것이 두려워 아무것도 실행에 옮기지 않는다면 그들과 똑같은 위치에 머물게 될 뿐이다. 그 두려움을 이겨내는 것은 생각보다 별것 없다. 그저 신경을 끄면 된다. 여러분을 비웃고, 여러분의 시도를, 우리의 앞길을 훼방 놓는 이들은 스스로 여러분의 인생에 있어 도움이 안 되는 사람임을 천명한 것이다. 신경 끄고, 해야 할 일을 시작하자. 작게나마.

어느 순간 작은 성취의 결실을 얻을 수 있을 것이다. 작기에 생각보다 쉽게 달성할 수 있을지 모른다. 하지만 결실은 작더라도 그 과실의 달콤함은 결코 작지 않을 것이다. 그리고 그 짜릿함은 우리 인생의 강력한 동기부여제로 작용하고, 계속해서 도전하고 시도해 나갈 수 있는 힘을 준다. 누구에게나 인생은 거칠고, 더럽고, 험난한 길로 가득 차 있기에 이러한 힘이 필요하다. 이겨내기 위해. 우리는 유전자의 영속을 위해 프로그램되었고 이런 성취가 주는 짜릿함은 그 프로그램의 일부로, 진화가 우리에게 준 선물이다. 이를 적극적으로 이용하자.

그런 의미에서 어린 시절부터 그저 공부로 줄 세우는 우리네 문화는 참으로 안타까울 수밖에 없다. SKY를 나오고, 의사, 변호사가 되지 않으면 실패한 인생 취급하는 사회는 이러한 '작은 성취'를 얻어볼 기회를 박탈한다는 점에서 인간에게 적합하지 않다. 애초에 전체 인구 중 이 작디작은 사회적 성공 그룹에 포함될 수 있는 인원이 얼마나 되는가.

거기다가 이는 최소 20년을 기다려야 하는 성공이다. 나머지 인원은 20년을 '실패'하며 살아갈 수밖에 없다. 그리고 태어난 후로부터 20년의 기간은 인간에게 있어 굉장히 중요한 시기이다. 세상의 물리적, 사회적 법칙을 배워가며 머릿속에 세계의 4차원 지도를 그려가는 시기. 이 시기에 '하면 뭐라도 된다'는 것을 경험해 본 사람과 그렇지 않은 사람은 완전히 다른 사람으로 자라나게 된다.

게다가 모두가 알면서 눈을 감고 있지만 공부는 유전적 영향이 그 성패를 상당히 크게 좌우하는 분야. 단순히 지능뿐 아니라 끈기, 집념, 동기부여 등 행동조절과 대인관계 기술과 같은 비인지[Non-cognitive] 기술들 역시도 그렇다.[*] 따라서 애초에 선택받은 소수가 아

---

[*]   이와 관련된 논의를 조금 더 자세히 알고 싶으신 분들은 다음의 책을 참고하자.

니면 당연히 이 분야에서 성공하기 굉장히 어렵다.

　그런데도 우리는 지금 이 한정적이고, 우리 사회에 적극적 가치를 창출하지도 못하는 분야에 전국민을 욱여넣고 있다. 결국 사회 대부분의 인원이 '해도 안 되더라'라는 경험만 품은 채, 상처 입은 영혼이 되어 사회로 흘러나오게 된다. 건강한 사람들이 건강한 사회를 만든다. 이 건강에는 정신적인 건강도 포함되는 것이고 정신적으로 건강한 사람들이 구성원인 사회를 만들기 위해서는 지금보다 훨씬 많은 인원들이 작은 성취를 맛볼 수 있어야 한다. 아무리 작더라도.

　그러나 우리는 '시험공부'라는 한 카테고리에 전 국민을 몰아넣고 있다. 한 분야에서 많은 사람들이 성공하는 것은 당연히 불가능하다. 다 잘되면 그게 무슨 성공이겠는가? 더군다나 그 분야가 인류 발전에 도움이 되는 연구도 아닌 오로지 줄 세우기만을 위한 테크닉이라면 문제는 더 심각하다. 그러므로 시험공부가 아닌 많은 분야에서, 아니, '뭐가 됐든' 도전하는 청년들을 응원해 주는 분위기를 조성해 주어야 한다. 이미 다 자란 우리들이 말이다. 삼십 대가 넘어가면 이제 더 이상 우리 뇌의 '세상 배우기'가 이십 대일 때만큼 적극적으로

"이 분야는 빠르게 발전하고 있으나, 지금으로선 유전학과 교육 불평등을 연결하는 메커니즘에 관해 말할 수 있는 사실은 아래의 다섯 가지라고 생각한다.
1. 교육과 관련된 유전자는 머리카락이나 피부나 간이나 지라가 아니라, 뇌에서 활성화된다.
2. 유전자와 교육을 연결하는 메커니즘은 아이가 태어나기도 전 아주 초기화 발생 단계부터 시작된다.
3. 교육적 성공에 미치는 유전자 효과는 표준검사로 측정한 지능 유형의 발달과 관련이 있다.
4. 교육적 성공에 미치는 유전자 효과는 지능뿐만 아니라 '비인지' 능력의 발달과도 관련이 있다.
5. 유전자 효과의 메커니즘을 이해하려면 사람과 사회 제도 사이의 상호 작용을 이해해야 한다."
ㅡ 캐스린 페이지 하든 저, "유전자 로또: DNA가 사회적 평등에 중요한 이유",
이동근 역, 에코리브르, 2023, 188p

이루어지지 않는다. 그래서 어른들은 새로운 분야, 새로운 길을 받아들이기 쉽지 않다. 하지만 적어도 새로운 시도를 하는 청년들을 방해하지 않고, 응원해 줄 수는 있다. 용돈도 좀 쥐여주면 좋고.

우리는 최대한 많은 분야에 대해 작은 시도와 그에 따른 작은 성취를, 더 어린 시절의 사람들에게 적극적으로 권장해야 한다. 작은 성취를 맛본 이들은, 그 엄청난 짜릿함에 중독된 사람들은 사회에 나와 큰 시도를 해나갈 수 있는 사람으로 자라날 것이다. 그리고 그들이 우리의 세상을 바꿀 것이다. 우리의 엘비스 프레슬리가.

그렇게 학창 시절에 심취해 있던 엘비스의 음악은 나이를 먹어가며 잊혀져 갔다. 엘비스는 엄청나게 많은 레퍼토리를 역사에 남겼지만 그래도 그것만 듣고 살 수는 없지 않은가? 앞서 언급했듯이, 인간의 뇌는 대략 이십 대 중반 정도까지 계속해서 세상에 대한[*] 새로운 지식을 쌓아가며 세계에 대한 나만의 지도를 만들어 내간다고 한다.[**] 즉 아직 받아들일 '새로운' 음악들이 많았던 시기였다.

내가 비록 옛 음악을 사랑해 왔고 지금도 그러하지만 그래도 당대의 음악을 전혀 듣지 않은 것은 아니었다. 내가 본격적으로 대중음악에 빠져들기 시작한 1990년대 말의 라틴 붐, 2000년대의 얼터너티브 메탈_{당시에는 이렇게 불렸지만 언젠가부터 '뉴메탈'이라는 용어가 대세가 되었다}, 네오펑크 등의 물결에 휩쓸리며 내 음악 취향을 형성해 왔다. 차츰 오래된 엘비스에 대한 기억은 서서히 사라져갔다. 그렇게 잊혀져

---

[*]   여기서 '세상'은 외부의 상황 및 대상뿐 아니라 우리 신체 부위까지 포괄한다.

[**]   물론 이십 대 이후도 뇌 속에서 새로운 회로들이 형성되고 없어지지만 이십 대까지 대부분의 작업이 끝난다고 한다.

가던 내 기억 속에서 엘비스를 가끔씩 끄집어 내어 소환했던 것은 재미있게도 영화였다. 그리고 영화라는 매체는 엘비스에게 있어 굉장히 중요한 의미를 갖기도 했다.

엘비스는 음악에만 관심이 있었던 것이 아니다. 그는 언제나 영화를 좋아했고, 영화배우가 되고 싶어 했다. 그리고 실제로 그 꿈을 이루었다. 그것도 여러 번씩이나.[*] 비록 "스타 이스 본A Star is Born"은 무산되었지만[**] 말이다.

물론 내가 본, 그래서 엘비스를 기억 속에서 불러오게 만든 영화들은 엘비스가 출연한 영화들이 아니라 내가 자라오면서 관람한 영화들이다. 엘비스는 그 영향력에 걸맞게, 21세기가 되어서도 다양한 매체에서 끊임없이 그의 음악을 소환하게 만들었다. 세상 사람들이 그를 잊어갈 틈이 없도록.

대학생 시절 개봉했던 이걸 히어로라고 불러야 되는지 모르겠는 좌충우돌 히어로의 멋진 영웅담을 그린 영화 "킥애스Kick Ass, 2010"의 결정적인 전투 장면에서는 내가 개인적으로 대중음악사에서 가장 멋진 곡으로 꼽곤 하는 '언 아메리칸 트릴로지[An American Trilogy]'가 흘러나왔고, 로스쿨 재학 시절 개봉했던 "좀비랜드2: 더

---

[*] 엘비스 프레슬리는 "Love Me Tender 1956", "Jailhouse Rock 1957", "King Creole 1958", "Blue Hawaii 1961", "Viva Las Vegas 1964", "G.I. Blues 1960", "Fun in Acapulco 1963" 등 여러 영화에 출연하였다.

[**] 엘비스 프레슬리는 1976년도 판 "스타 이스 본A Star is Born"의 출연을 고려했다. 결국 엘비스의 출연은 무산되었으며 바브라 스트라이샌드Barbra Streisand와 크리스 크리스토퍼슨 Kris Kristofferson이 주연을 맡았다. 그렇다. 여러분이 알고 계신 브레들리 쿠퍼와 레이디 가가가 출연한 2018년도 판은 리메이크다. 대스타와 무명 신인의 만남, 그리고 그들의 엇갈리는 운명을 그린 이 작품은 1937년도에 시작되어, 1954, 1976, 2018년에 각각 리메이크된 역사가 있는 걸작이다.

블탭 Zombieland: Double Tap. 2019"에서는 우디 해럴슨이 엘비스의 광팬으로 등장하며 '하운드 독'을 무반주로 열창했다. "캐스트 어웨이 Cast Away. 2001"에서 주인공이 무인도에서 탈출하게 된 계기를 제공해 준 페덱스 소포를 원래 주인에게 돌려주러 가는 장면에서 흘러나온 '리턴 투 센더[Return to Sender]'는 또 어떠한가! 세 장면 모두 매우 인상적이므로 꼭 영화를 보시길 추천드린다. 또 2022년에는 "물랑 루즈"의 화려함과 아름다움으로 우리를 사로잡았던 바즈 루어만 감독이 영화 "엘비스"*를 통해 세련된 편곡과 압도적인 영상미를 뽐내기도 했다.

기타 다른 여러 영화를 끝도 없이 나열할 수 있지만 엘비스의 음악이 등장한 영화 중 내게 가장 기억이 남는 영화는 단연코 배리 소넌펠드 감독의 "맨 인 블랙 Men In Black. 1997"이다. 토미 리 존스와 윌 스미스가 외계인을 상대하는 특수조직 MIB의 비밀요원으로 등장하는 전설적인 SF 코미디물이다. 요즘 친구들은 모를 수 있겠지만 다들 인터넷을 하면서 선글라스 낀 외국인 아저씨가 플래시가 번쩍 터지는 금속 막대기를 들고 있는 사진 플래시 불빛을 보면 기억이 사라진다!을 많이 봤을 텐데 바로 그 영화다.

영화 속에서 선배 요원인 토미 리 존스와 후배 요원인 윌 스미스

---

* 최근 "듄: 파트2"에서 페이드 로타 역을 맡았던 오스틴 버틀러가 엘비스로 열연했다. 너무 날카로운 이미지라 기름기 좔좔 흐르는 엘비스의 이미지와 잘 맞지 않는다고 모두가 걱정을 했지만… 영화가 시작되고 20분도 안 돼서 모두가 그는 완벽한 엘비스라는 것에 납득할 수밖에 없었다. 특히 억양 측면에서 완전한 엘비스 말투를 보여주었다. 곡이 등장하는 모든 장면이 하이라이트라 할 만한 멋진 작품이지만 특히 '이프 아이 캔 드림'의 열창 장면과 수줍은 여성 팬이 엘비스의 열정적인 몸놀림을 보고 '각성'하는 장면은 놓치지 말아야 할 감상 포인트이다.

는 MIB 요원 전용 특수 자동차를 몰고 가고 있다. 급박한 상황, 터널에서 차가 막히자 토미는 빨간 버튼을 눌러달라고 한다. 자신이 절대 누르지 말라고 당부했던 그 빨간 버튼. 윌이 빨간 버튼을 누르자 차에서 갑자기 두 개의 제트 엔진이 튀어나오며 차는 날아가듯 질주하기 시작한다. 터널 '위'에 거꾸로 붙은 채. 어리바리한 후배 윌 스미스는 굴러다니며 자세를 잡기 위해 낑낑거린다. 당연히 안전벨트를 하고 잘 붙어 있던 토미는 "넌 너무 긴장이 심한 것 같으니 좀 릴렉스할 필요가 있어. 음악 좋아해?"하고 물어보더니 카 오디오에 테이프?!를 화끈하게 밀어 넣고 음악을 튼다. 당대 외계인 기술은 적어도 음악 재생 면에서는 그다지 발전하지 못한 것으로 보인다. 흘러나오는 음악은 내가 엘비스의 신나는 로큰롤 넘버 중 가장 사랑하는 '프로미스드 랜드[Promised Land]'다. 굉장히 빠른 박자, 몸이 절로 흔들리는 펑키한 베이스, 벌처럼 쏘아대는 흥겨운 기타, 랩에 가까운 엘비스의 흥얼거림. 차는 뒤집힌 채로 달리고 토미 리 존스는 노래를 신나게 따라부르며, 젊은 후배 요원 윌 스미스는 제 자리를 찾아 앉으려고 난리를 친다.

그 와중에 윌 스미스가 묻는다.

"엘비스 죽은 거는 알고 있죠You do know Elvis is dead, right?"

토미가 대답한다.

"아니, 죽은 게 아니라 고향별로 돌아갔어No he's not dead, he just went home."*

엘비스는 워낙 큰 영향력을 미친 명사였고, 그의 급작스러운 죽음

---

* 이 멋진 장면을 보고 싶은 분들은 유튜브에서 'Men in Black-Tunnel Scene'을 검색해 보자.

에 납득을 하지 못한 사람들이 많았기에 사후에도 '엘비스가 살아 있다'는 루머는 끊이지 않았다.* 이러한 루머 중 하나를 재미있게 담아낸 멋진 장면이었다.**

지금도 이 곡을 들을 때면 이 유쾌한 장면이 떠오르며 슬며시 입꼬리가 올라가곤 한다. 현재 가장 좋아하는 엘비스의 곡이 된 이 '프로미스드 랜드'를 본격적으로 알게 된 것은 '맨 인 블랙'이 개봉하고 한참 뒤, 2003년 발매된 "2nd to None" 앨범*** 덕분이었다. 처음 영화를 볼 때 이 곡을 미리 알았더라면 더욱 재미있게 영화를 즐길 수 있었을 텐데 하는 아쉬움이 남는다.

---

*   1988년 게일 브루어-조르지오는 "엘비스는 살아 있나? Is Elvis Alive?"라는 책을 쓰기도 했다.

**   유명인들을 직간접적으로 외계인으로 등장시키는 유머는 이 시리즈의 관전 포인트이기도 하다. 2편에서는 마이클 잭슨이 본인으로 등장하기도 했다.

***   1위는 못했기에 #1 hits 앨범에 수록되지는 못했지만 끝내주는 곡들로 가득하다. '비바 라스 베가스[Viva Las Vegas]', '이프 아이 캔 드림[If I Can Dream]', '켄터키 레인[Kentucky Rain]', '언 아메리카 트릴로지[An America Trilogy]' 등 필청곡들이 수두룩하다. 특히 '언 아메리칸 트릴로지'는 내가 대중음악사에서 가장 위대한 곡 중 하나로 꼽는 곡이니 반드시 들어주셨으면 좋겠다. 전작의 히트에 힘입어 이 앨범에서도 역시 디제이가 리믹스한 곡이 들어 있다. 폴 오큰폴드의 '러버네킨[Rubberneckin]'이다. 팅기듯 엇나가는 리듬과 통통 튀는 사운드가 일품으로 남녀노소 모두를 사로잡을 만한 재미와 개성을 지닌 곡이다. 다소 심심할 수 있는 원곡을 세련된 사운드와 장난기 넘치는 비트로 비틀어 놓은 수작. 개인적으로 전작의 '어 리를 레스 컨버세이션'보다 훨씬 재미있고 잘 만들었다 생각하는 곡인데 히트는 그보다 못한 것이 아쉽다.

이 앨범은 위에서 언급한, 21세기의 젊은 음악 팬들에게 엘비스의 음악을 본격적으로 소개했고, 아주 성공적이었던 "ELV1S: 30 #1 hits"의 히트에 힘입어 나온 후속작이다. 전작이 영미 차트 1위 곡들을 추려 담았다면, 이 앨범은 1위를 하지 못했지만 너무나도 유명한 혹은 엘비스의 음악 역사에서 너무나도 중요한 작품들을 모은 작품이다. 역시 신세대 로큰롤 팬이라면 반드시 필청을 요하는 명반이다.

아무튼 계속해서 몇 년에 한 번씩 여러 문화적 상황에서 엘비스의 음악은 내게 다가왔고 내게 말을 건넸다. 그의 음악을 잊지 않도록. 그렇게 전 세계 사람들은 아직도 그를 추억하며 그의 노래를 부른다. 모두가 함께, 대부분 신나게, 종종 구슬프게. 이런 것이 진정한 불멸의 정의가 아니겠는가. 모두에게 잊혀지지 않는 것.

이러나저러나 '모든 것의 시작'이자 '로큰롤의 황제' 엘비스 프레슬리는 지구상 모든 로큰롤 마니아들에게 잊을 수 없는 선물을 남겼다. 그리고 그 선물은 여전히 현재진행형이다.

전 세계의 모든 사람들 중에서 왜 엘비스에게만 그 모든 일이 일어났는지에 대해 '블루 스웨이드 슈즈'를 쓴 로커빌리의 전설 칼 퍼킨스는 그것이 운명이었다고 얘기한다.

"전 엘비스가 태어날 때부터 하느님이 '여기 전령이 있으니, 내 그를 가장 잘생긴 녀석으로 만들고 무대에서 멋진 몸매로 움직이는 데 필요한 모든 리듬을 주겠다'고 한 거죠."

‒ 피터 해리 브라운 · 팻 H. 브로스키 저, "엘비스, 끝나지 않은 전설",
성기완 · 최윤석 역, 이마고, 2006, 679p

더 들려드리고 싶은
음반들

"IF I CAN DREAM"/"THE WONDER OF YOU"/"ELVIS CHRISTMAS"

현재 구할 수 있는 대부분의 엘비스 음반들은 옛 레코딩을 단순 복원한 음반이다. 당연히 사운드 측면에서 지금 세대에게 어필하기 어려울 수 있다. 하지만 이 앨범들은 다르다. 진정한 21세기 엘비스 음반이라 할 수 있다. 대중음악 거장들과의 협업을 활발히 하고 있는 로열 필하모닉 오케스트라와 함께한 음반들로 각각 2015, 2016, 2017년 발매됐다.

물론 엘비스와 실질적 '협업'을 할 수는 없기에 엘비스의 목소리를 살려내고 연주를 새로이 오케스트라와 함께 녹음한 것이다. 세 장 모두가 정말이지 끝내준다. 스케일이 큰 웅장한 음악을 선호하는 내 취향상 엘비스의 음반 중 가장 좋아하는 음반들이다.

"If I Can Dream"은 가장 먼저 발매된 앨범으로, 장르를 한정하지 않고 로큰롤, 블루스, 발라드, 가스펠* 곡을 고루 수록했다. 일반적으로 오케스트라 연주는 멜로디가 뚜렷한 팝 음악에 잘 어울리기에 수록곡들을 본 순간 두려움이 엄습했다. 이런 '과연 잘 어울릴까?' 하는 의구심에도 불구하고 모든 넘버들이 오케스트라 사운드와 기가 막힌 조화를 자랑한다. 특히 기름진 매끄러운 목소리의 소유자 마이클 부블레와 함께한 '피버[Fever]'는 원곡을 뛰어넘는 그루비함을 자랑한다. 원곡의 통통 튀는 리듬은 배로 살리고 풍성함 그리고 마이클 부블레의 부드러움을 더했다.

모든 곡들이 원곡의 감동을 배가했다. 딱 한 가지 아쉬운 것은 '언 아메리칸 트릴로지'의 편곡이 원곡보다 합창을 덜 강조하여, 기대보다 덜 웅장하게 느껴진다는 점. 반주의 음향이 풍성해짐에 따라 원

---

*   복음성가로도 불리는 기독교적 대중음악. 블루스와 마찬가지로 아프리카계 미국인들의 음악에서 유래했으며 리듬 앤드 블루스, 솔 같은 다른 대중음악 장르에 지대한 영향을 끼쳤다.

곡의 합창 사운드의 비중이 상대적으로 줄어든 것이 원인으로 보인다. 합창까지 싹 새로 녹음했다면 엄청난 걸작을 만들 수 있었을 텐데 하는 아쉬움이 남는다. 물론 그것 외의 불만은 없고 21세기 엘비스 녹음 중 최고의 걸작이라고 할 수 있는 레코딩이다.

"The Wonder of You"는 전작의 히트에 힘입어 바로 다음 해에 발매됐다. 이 작품의 특징이라면 좀 더 안전하게 오케스트레이션과 잘 어울릴 만한 성인 취향의 팝과 가스펠 곡들 위주로 선정했다는 것. 그러다 보니 '어메이징 그레이스[Amazing Grace]', '레트 잇 비 미[Let it be me]', '올웨이스 온 마이 마인드[Always on my mind]'와 같은 엘비스 오리지널 히트곡이 아닌 리메이크곡들이 대거 수록됐다. 뭐, 덕분에 틀어놓고 감동의 눈물 질질 흘리기엔 이 앨범만 한 게 없다. 거기다 엘비스 팬들이 선정한 1순위 명곡 '서스피셔스 마인드[Suspicious Mind]'가 수록돼 있다. 수록곡들 선정 하나만으로도 끝내주는 앨범이다.

"ELVIS CHRISTMAS"는 제목만 봐도 뻔한 연말 크리스마스 시즌에 잘어울리는 넘버 모음집이다. 가족과 함께 집에서 책을 읽으며 편히 틀어놓고 즐기기 좋다. 크리스마스곡들이 그렇지 뭐. 물론 마지막의 '오 컴 올 예 페이스풀[O Come, All Ye Faithful]', '더 퍼스트 노엘[The First Noel]', '사일런트 나이트[Silent Night]' 3연타에 이르러서는 책장을 덮고 눈물을 질질 흘리고 있는 자신을 발견하게 될 것이다.

"Where No One Stands Alone"

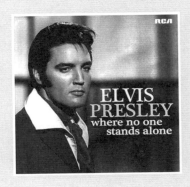

엘비스의 가스펠 모음집이다. 엘비스 음악의 뿌리이자, 엘비스 스스로가 가장 좋아하는 장르라 밝힌 장르가 바로 가스펠이다. 그의 풍부한 소울을 가장 잘 느낄 수 있는 음반 아닐까.

더 중요한 것은 따로 있다. 이 역시 단순히 그의 옛 녹음을 발굴해 갈고닦은 리마스터 음반이 아니라, 엘비스의 목소리만 따와서 연주를 완전히 새로 해서 입힌 음반이다. 엘비스의 딸 리사 마리 프레슬리가 주도적으로 참여한 완전히 새로운 작업이고 아주 잘해냈다 동명의 수록곡은 심지어 '함께' 불렀다. 덕분에 첫 곡 '아이브 갓 컨피던스[I've Got Confidence]'를 재생하자마자 터져 나오는 생생함에 시대를 뛰어넘는 감동을 느낄 수 있다. 정말 최근에 새롭게 녹음한 사운드니까 엄밀하게 말하자면 뛰어넘을 세월도 없는 것이지만. 원작을 업그레이드하여 오케스트라의 소리를 입힌 위의 앨범들과는 달리, 밴드 사운드

를 입힌 것이기에 정말 엘비스 프레슬리가 21세기로 날아와 밴드와
함께 내 앞에서 노래하는 듯한 경험을 즐길 수 있다.

　그리고 '장르' 모음집이기 때문에 쭉 틀어놓고 즐기기 좋은 일관
성 있는 분위기라는 것도 매력 포인트. 로큰롤의 황제가 불러주는
로큰롤의 태동을, 21세기의 연주로 즐겨보자. 완벽한 경험이다.

오래된 음반 가게

　20년 전만 하더라도 동네에는 곳곳에 음반 가게들이 있었다. 그리고 서점도. 용돈이나 과외비를 받은 날이면 어김없이 음반 가게로 달려가 음반을 사곤 했다. '잔뜩 사 들고 왔다.'라고 하고 싶지만 아쉽게도 그 정도로 유복하진 않았다. 그랬기에 극도로 한정된 예산 속에서 단 1장을 사기 위해 '어느 앨범을 살까?' 수십 번 수백 번씩 고민할 수밖에 없었다. 그렇게 고른 레코드들은 하나하나 잊을 수 없는 내 추억의 보물이 되었다. 용돈 받는 그날 하루의 훌륭한 선택을 위해 집에 오는 길에 음반 가게에 들러서 매일 같이 '다음번에는 어떤 음반을 살지' 고민하고 어떤 새로운 재고가 있는지 확인하는 것이 매일매일 하루 일과 중 하나였다.

　뭐 생각해 보면 지금도 갖고 싶은 것을 쇼핑할 때의 마음은 똑같은 것 같다. 몇 푼 안 되는 예산을 고려하여 그것을 샀을 때의 효용과 저울질하며 애틋하게 마음속 장바구니에 수백 번 넣었다 뺐다 하는 그 마음. 하루하루 음반 가게에 출석 도장을 찍던 어린이는 다 자라서 지금은 부동산 앱을 매일같이 쳐다보고 있다. 결정적인 차이는 어른이 된 나는 용돈으로 그걸 못 산다는 것. 서럽네그려.

물론 현실을 자각하고 살 수 있는 것에 눈을 돌리긴 했다. 소비주의의 시대에 물질의 노예가 되지 말자고 잠깐 잠깐씩 다짐을 하곤 하지만 어림없다. 갖고 싶은 건 많은데. 월급날이 되기 전까지는 '다음번엔 뭘 사지' 계속해서 고민하고 쇼핑몰 앱을 하루 종일 들여다보면서 배 아파하다가, 월급날 하루 신나게 지르고, 몇 주간 설레는 마음으로 배송을 기다리고, 집에 소포가 도착하면 당일 하루 잠깐 즐겁다가 다시 또 '다음 달 월급으론 뭘 사지' 고민하는 것을 반복하고 있다. 인생이란.

그렇게 레코드 숍을 매일같이 기웃거리며 어린 시절을 보내고 있었다. 그런데 어느 순간 음반 가게들이 점점 없어지기 시작했다. 바야흐로 MP3의 시대가 본격화됐을 때이다. 내가 대학생 때 즈음TMI 한 가지, 나는 07학번이다 본격적인 변화가 일어나기 시작한 것 같다. 더 이상 동네 이름 없는 음반 가게는 찾아볼 수 없었다. '이거 한번 들어봐.' 하고 주섬주섬 카운터 밑에서 추천 음반을 꺼내주는 아저씨들은 생계를 걱정하기 시작했고, 마니아들은 음반을 사러 '원정'을 다니는 시대가 됐다. 이것도 그나마 과도기 때의 모습이다. 그 후의 음반 시장은 지금 '서점'의 경우보다 훨씬 상황이 심각했다. 씨가 말랐다. 아직 그래도 동네 서점이 살아 있다는 것에 감사하자.

그 격동의 과도기 얘기를 조금 더 해보자. 대학생 시절에는 고려대학교의 번화가인 '참살이길'에 있던 작은 가게 '음악나라'를 꽤나 자주 들렀지만 약 2011년 즈음 재고정리를 했다. 원래도 규모가 작았기에 대중음악의 경우 조금 구하기 힘든 음반을 사고자 할 때는 신촌 향뮤직을 가곤 했지만, 그것마저도 힘들어졌다. 일반적으로는 규모가 컸던 광화문과 강남 교보문고 안의 핫트랙스를 들락거리기 시작했다. 요즘 친구들은 핫트랙스를 조금 팬시한 문방구로 알고 있을 테지만 내 많은 추억이 담겨 있는 곳이고 내 마음속에서는 영원히 레코드 숍으로 남아 있을 것이다.

클래식 음반의 경우도 마찬가지였다. 광화문 핫트랙스에 없으면 강남을 가고 강남에도 없으면 포기하는 식의 알고리즘이었다. 물론 대중음악 음반계의 '신촌 향뮤직'에 해당하는 압구정 '풍월당'의 존재를 알고 있었다. 알고는. 심지어 그 앞을 서성거린 적도 몇 번 있었지만 너무 '돈 많은 아저씨들'이 출입하는 장소라는 내 상상 속의 이미지 때문인지 선뜻 가게 안으로 들어갈 수 없어서 결국 수확 없이 집으로 돌아오곤 했던 기억이 있다. 물론 지금도 아직 돈 많은 아저씨가 되는 데에는 성공하지 못했기 때문에 아직까지 풍월당을 가본 적이 없다. 서럽네그려.

그러다 보니 내가 대학생일 시기에 거의 유일한 선택지가 된 광화문 교보문고 핫트랙스는 내 인생에서 가장 음반을 많이 산 가게가 되었다. 아무래도 대학생이 되니 과외를 하지 않았던 중고등학생 때에 비해 자금 사정이 나아져, 음반에 투자할 수 있는 여유가 생겼기 때문이리라. 물론 늘어난 자금을 죄다 음반에 쏟아부은 나머지 결국엔 항상 돈이 없었다. 그럼 어떻게 하겠나. 지출을 줄일 때 가장 손쉬운 방법은 덜 먹는 것이다. 거의 매일 한 끼를 굶거나 편의점에서 컵라면을 먹었고, 가끔 제대로 식사를 하고 싶을 때면 학생회관에서 가장 저렴한 메뉴였던 '라면 떡, 계란, 치즈, 만두라면과 같은 사치품이 아닌 그냥 라면. 오리지널 그 자체로!'이나 조금 그럴싸한 것이 먹고 싶을 때면 몇백 원 더 비쌌던 '메밀국수'를 먹었다.

몇 달 동안 끼니를 걸러가며 너무나도 가지고 싶었던 가디너의 모차르트 전집 박스세트*를 산 날의 기억은 아직도 생생하다. 당시 아끼고 모아 거금 12만 원을 투자해 묵직한 박스세트를 손에 넣을 수 있었다. 광화문 핫트랙스에서 음반을 사고 학교 열람실로 돌아왔다. 어찌나 기분이 좋았는지 반쯤 날아왔던 것으로 기억된다. 너무 기뻤지만 돈은 다 썼기에 그날도 편의점에 가서 컵라면으로 저녁을 때웠

---

*　John Eliot Gardiner, "Mozart Operas", *Archiv. 2011*
　　'이도메네오', '후궁탈출', '피가로의 결혼', '돈 조반니', '코지 판 투테', '티토 황제의 자비', '마술피리'를 수록하고 있다. 18 CD 박스세트. 몬테베르디 합창단, 그리고 잉글리시 바로크 솔로이스츠와 함께 했다. 명반 중의 명반

는데, 그날 고른 컵라면이 하필 매운 것으로 유명한 특정 프랜차이즈의 컵라면이었다. 당시 나는 컵라면을 먹을 때 가장 적은 가격으로 최대한 많은 열량을 섭취하기 위해 국물까지 다 마시곤 했다. 그런데 그 라면이 그렇게 매울 줄은 몰랐지. 그렇게 '완탕'을 하고 나니 눈물이 나고 속이 쓰리고 머리가 핑 돌아 식사를 마친 직후 먹은 모든 것을 게워냈다. 그러면서도 신나서 CD 박스를 들고 열람실에 앉아 CD 플레이어로 모차르트의 기념비적인 오페라 "이도메네오Idomeneo. K. 366"*의 전 곡을 다 듣고 집엘 들어갔다. 그저 행복했다.

　지금 돌이켜 생각해 보니 이십 대 초반의 열정과 체력이 아니었다면 불가능했을 에피소드다. 지금은 소화제와 진통제를 달고 사는 나도 그럴 때가 있었지.

　이 모든 것은 CD 이야기다. 조금 의외일지도 모른다. 음반 수집가들은 LP반을 수집한다는 편견이 있으니까 말이다. 사실 음악 매체들의 역사 중 LP의 시대가 기간적으로 가장 길었으니 당연한 결과다. 나도 어린 시절 전축으로 LP를 듣곤 했지만 아무래도 LP는 내 세대의 매체는 아니었다. 최근 LP 붐이 일면서 내 나잇대의 마니아들도 다시 LP를 찾기 시작했지만 나는 거기에 휩쓸리지 않았다. 가장 큰 이유는 이미 CD로 컬렉션을 구축해 놓았는데 다시 처음부터 LP를 모으려면 돈과 시간이 너무 많이 들어갈 것이 두려웠기 때문이다. 내가 여기 쏟아부은 돈이 얼만데!

---

* 　모차르트의 초기 걸작으로 크레타의 왕 이도메네오, 그의 아들 이다만테, 그리고 트로이의 공주 일리아의 이야기를 다루었다. 유려한 선율, 극과 완벽하게 조화되는 음악, 멋진 중창들이 특징적인 걸작이다.

내가 음악에 본격적으로 심취하게 된 것은 1990년대 말~2000년대 초였다. 기본적으로 당시까지만 해도 여전히 마니아들은 많은 LP를 '보유'하고 있었지만 대세는 기울었다. 당시는 테이프에서 CD로 세대교체가 되던 시기였다. 레코드 숍에는 테이프와 CD가 대부분이었고 말은 하지 않았지만 다들 LP는 곧 사라질 고대유물 신세가 될 것이라고 생각했던 시기였다. 그런 시절에 음반을 모으기 시작했기에 내 음반 수집의 중심은 예전에도 지금도 CD가 되었다.

그랬기에 내가 중학생일 시절에는 CD 플레이어가 학생들의 필수품이었다. 심지어 당시 나오던 학생용 책가방 안쪽에는 CD 플레이어를 넣을 수 있는 주머니가 달려 있기까지 했다! 요즘 백팩 안에 노트북 주머니가 있는 것처럼 말이다. 미래의 가방에는 어떤 주머니가 생길지 기대된다. 고등학생 시절 MP3로 세대가 교체되기 시작했지만 나는 여전히 CD 플레이어를 들고 다녔다. 그때부터였다. 내가 시대에 뒤떨어지기 시작한 것은.

학창 시절 내 하루 일과는 그날 자습시간에 들을 음반들을 고르는 일로 시작되었다. 자습시간이면 CD 3~10장당연히 실제로 들을 수 있는 것보다 많이 들고 갔다. 과한 게 부족한 것보다 무조건 낫다을 책상에 쌓아두고 공부를 했다. 내 취향이 그때나 지금이나 올드했기 때문에 선생님들이 내게 CD를 빌리러 오시는 경우도 종종 있었다. 번호표 뽑으세요 선생님들! 에릭 클랩튼[Eric Clapton]의 전설적인 라이브 음반 "Unplugged" 1992 앨범이 특히나 잘 나갔던 기억이 난다.

이후 잠시 SACD가 모든 CD를 대체할 것이라고 난리를 치던 시대가 잠깐 있었지만 소리 소문 없이 사라지고 완전한 혁신이 찾아왔다.

MP3는 음반산업계를 완전히 바꾸어 놓았다. 당시 우리나라의 경우 '소리바다', 해외는 '넵스터'가 떠오르며 음악을 세상에 공유하기 시작했다. 더 이상 물리적으로 음반 가게에서 음악을 '사 와'야 할 필요가 없어졌다. 근데 치명적인 문제가 있었다. 그 공유가 무료였던 것이다.

사람들에게 음원 저작권 개념이 장착된 지금에야 너무나도 놀라운 일이지만 당시에는 사람들도 새 시대에 적응하는 중이었다. 당연히 이전 시대라고 저작권 개념이 없었던 것은 아니다. 사람들은 이미 돈을 주고 음반을 구입하여 감상하고 있었다. 심지어 지금보다 훨씬 음악감상에 투자하는 비용이 컸다 음반 1장의 가격은 예나 지금이나 별반 차이가 없다. 미친 듯이 상승한 물가를 생각하면 정말 대단한 일이다. 그런데 내 월급도 예나 지금이나 별반 차이가 없다. 정말 대단한 일이다. 오래전부터 사람들은 저작권에 합당한 돈을 지불하고 있었던 것이다.

하지만 인터넷 시대가 본격적으로 열리면서 지식재산권의 위기가 찾아왔다. 인터넷을 통해 지식은 무료로 널리 전파가 되는 시대가 됐는데, 음악은 그러면 안 되나?

음악으로 밥 벌어먹고 살아야 하는 아티스트들은 당연히 거세게 반발했다. 그리고 당연히 음반사도. 이 당시 발매되던 음반 CD에는 복제방지 프로그램이 들어가기 시작했고 MP3와의 차별성을 위해 뮤직비디오나 인터뷰 등을 넣어주기도 했다.

하지만 반발도 만만치 않았다. 반대편의 슬로건은 "음악은 모두를 위한 것"이라는 것이었다. 굉장히 멋진 말이고 진화의 역사 속에서

'무체재산권'*이라는 것을 접해본 기간이 극도로 짧은 호모사피엔스는 당연히 그렇게 생각할 만했다.

실제로 네오펑크 장르의 선두주자였던 오프스프링[The Offspring]은 냅스터 지지선언을 하며 새 앨범 "Conspiracy of One", 2000의 모든 수록곡을 모조리 냅다 MP3로 풀어버리겠다는, 음반사 관계자 뒷 목 잡는 소리가 지구 반대편까지 들리는 파격적인 발언을 하기도 했다.**

수년 후 2007년에는 또 재미있는 사태가 벌어졌다. 당시 이미 전설 반열에 오른 밴드 라디오헤드[Radiohead]는 앨범 "In Rainbows"를 홈페이지에 MP3로 공개하며 다운받는 사람이 가격을 알아서 결정하는 '양심박스' 형식의 실험을 하기도 했다. 우리 어린 시절 동네 조그마한 구멍가게에도 한때 이런 '양심박스'가 많았지만 지금은 찾아볼 수 없다. 우리 동네에는 양심 없는 사람들이 생각보다 많았던 모양이다. 나는 빼고. 하지만 라디오헤드 팬들은 양심적인 사람들이 꽤 많았던 것으로 판명 났다. 앨범은 대성공을 거두었다.

이런 사태들로 인해 전 세계인들에게 인터넷 시대에도 불구하고 음악에는 저작권이라는 것이 있고, 음악은 유료라는 사실이 '다시금' 각인되는 데에는 수년의 세월이 걸렸다. 인식은 다시 바뀌었지만, 매체의 세대교체는 이미 돌이킬 수 없는 강을 건너버렸다. 변화의 바람이 불어왔다. 음반 판매고는 계속해서 추락했고 뮤지션은 라이브와 팬덤으로만 돈을 버는 시대가 되었다. 비틀즈도 이 당시에

---

* 특허권, 저작권 등과 같이 외형이 없는, 즉 유체물이 아닌 무체물을 대상으로 하는 재산권을 의미한다.

** 당연히 음반사가 이를 뜯어말렸고 재기 발랄하기 그지없는 첫 싱글인 '오리지널 프랭스터[Original Prankster]' 한 곡만이 무료공개되는 데에 그쳤다. 위트 넘치고 시원시원하면서도 통통 튀는 사운드가 일품인 펑크 명곡이다.

활동을 했다면 '더 이상 라이브를 하지 않고 레코딩에 집중하겠다'는 선언은 하지 못했을 것이다.[*] 사람들이 책을 사지 않기 때문에 출판업계가 완전히 죽어버려 더 이상 인세로 먹고살 수가 없어서 칼럼 등 자투리 집필과 강연으로 돈을 버는 21세기의 작가와 처지가 같아진 것이다. 내 얘기다. 서럽네그려.

음반 시장은 전쟁터가 됐지만 기회를 찾은 기업들이 있었다. 국내기업 아이리버[iriver], 그리고 모두가 사랑하는 애플[Apple]이 그 주인공이었다. MP3가 막 퍼지기 시작했을 초창기에는 컴퓨터로 파일을 다운받아 듣는 것이 전부였다. 한계가 명확했다. 그리 좋지 않은 컴퓨터 스피커의 음질과 컴퓨터 앞에서만 들을 수 있다는 물리적 제한이 그것이다. 하지만 곧 MP3 플레이어가 등장했고 완전히 새로운 시대가 열렸다. 더 이상 기존의 한계에 구속받지 않았고, 거기다가 테이프와 CD를 번거롭게 들고 다닐 필요도 없었다. 곧 모두가 MP3 플레이어를 들고다니기 시작했다. 애플의 아이팟이 세계를 정복했지만 국내에서는 국내기업 아이리버의 선전이 주목할 만했다. 그 중 제일 유명했던 것은 삼각기둥 모양, 유명한 설치류 캐릭터 모양 MP3 플레이어로, 정말 주변에 없는 학생이 없을 정도였다.

아, 나는 없었다. 이런. MP3 플레이어가 아예 없었던 것은 아니고, 잘 기억은 나지 않지만 심플한 디자인의 길쭉한 흰색 직사각형 모양

---

[*]   위대한 밴드 비틀즈는 1966년 라이브 중단 선언을 했다. 공식적인 이유로는 팬들의 함성 소리 때문에 자신들의 연주가 들리지도 않을 지경이었고, 수년간 계속되는 투어에 심신이 지쳤는 데다가 신변의 위협을 경험한 것이 그 이유로 꼽힌다. 1966년 8월 29일 San Francisco의 Candlestick Park 공연을 마지막으로 더 이상의 비틀즈 공식 라이브는 없었다. https://www.beatlesfaq.com 참조

의 제품을 갖고 있었다. 평생 사용한 MP3 플레이어라고는 그것 하나가 유일한것 같은데도 별로 사용한 적이 없기에 기억도 잘 나지 않는다. 나는 이 변화의 시대에도 꿋꿋이 CD 플레이어를 들고 다니며 어딜 가든 음반을 5~10장씩 챙겨 다니곤 했기 때문이었다. 그래서 내 오랜 소장 앨범들은 전부 상태가 말이 아니다. 부클릿은 너덜너덜하고 케이스가 제대로 붙어 있는 녀석이 드물다. 내 몸 상태랑 다를 게 없다. 음악이 나와 함께 늙어간 것이다.

그리고 또 한 번 변화가 찾아왔다. 음악을 휴대폰으로, 음악 플랫폼을 유료구독해서 듣는 시대가 시작되면서 모든 것이 사라졌다. 지금의 시대다. 특정 앨범을 구매하지 않고도 원한다면 어느 음악이든 골라 들을 수 있는 시대가 온 것이다. 편하다. 하지만 아쉬운 점도 분명히 존재한다.

사람들 사이에서 전반적으로 음악 하나하나에 대한 '애착'이 낮아진 느낌이 든다. 가슴 속에 품고 몇 번이고 되돌려 듣는, 1시간 단위의 앨범을 통해 아티스트와 청취자가 시공간을 넘어 서로 소통하는 그 정서적 교감이 없어졌다. 남은 것은 하루하루 끼니를 때우듯 그때그때 필요에 따라 소비하는 귓가를 스쳐 지나가는 배경음악. BGM,* ASMR.** 사랑하는 아티스트의 가장 좋아하는 앨범을 구입하고 너무 기분이 좋아서 앨범을 품에 안고 잠든 기억을 공유할 수 없게 된 세상이다.

---

*   Back Ground Music, 배경음악

**   Autonomous Sensory Meridian Response. 자율 감각 쾌락 반응. 일상에서는 주로 심리적 안정을 목적으로 하는 시청각적 자극, 이를 유도하는 컨텐츠를 의미한다.

그렇게 지금은 음반을 거의 사지 않는 시대가 됐다.

그러나 우리는 보고, 만질 수 있는 물건을 통해 추억한다. 아무래도 디지털 매체는 인간의 수집욕과는 맞지 않는다. 잔뜩 음악 앱의 플레이리스트를 채워두어도 그리 애착이 가지 않는다. 저렴한 요금제의 앱이 나오면 잽싸게 갈아타기 바쁘다. '내 것'이라는 소유권에 대한 원초적인 갈망을 채워주기에는 근본적으로 부족한 매체인 것이다.

그렇기에 최근에 음악을 소유하고 싶어 하는 음악 마니아들 사이에서 다시 '음반' 붐이, 특히 LP 붐이 일고 있다. LP의 시대를 어린 시절 얼핏 스쳐 지나가기만 했던 나로서는 조금 당황스럽다. 성장기 때 LP, 테이프, CD, MP3의 시대를 모조리 겪고, 결과적으로 CD에 정착해서 내 컬렉션은 CD가 전부인데 하필 그중에서 LP가 붐이라니. 이렇게 억울할 수가 없다. 역시 난 찍는 데에는 소질이 없다. 그래서 내가 주식을 안 한다 솔직히 가끔 생각날 때마다 하지만 그때마다 내 자산 보유고는 드라마틱하게 줄어들었다. 테이프, CD, MP3는 모조리 '로스트 테크놀로지'가 되어버렸는데 아직도 내 디지털 생활에서 적응이 안 되는 것은 언젠가부터 더 이상 노트북에 CD Player가 달려 있지 않다는 것이다 정작 가장 오래 살아남고 있는 것은 가장 오래된 매체다. 아이러니 그 자체다.

뭐 그래도 큼직하고, 손때 묻고, 오래되면 소리도 변해가는 LP야말로 추억을 담아내는, '수집'의 의미와 잘 맞는다는 것은 나로서도 인정할 수밖에 없는 점이다. 나도 언젠가는 LP를 수집할 날이 올까? 알 수 없다. 하지만 여전히 하도 넘기고 읽어대다 보니 닳아 해진

CD의 부클릿*[Booklet]*과 하도 들고 다녀 여기저기 깨진 케이스, 그리고 지문 잔뜩 묻은 CD는 내 추억의 한편에 남아 있을 것이다.

음악 문화와 관련된 옛날얘기를 하다 보니 음악 잡지 이야기를 빼놓을 수가 없다. 지금은 찾아볼 수 없지만 "GMV", "핫뮤직", "오이뮤직", "굿모닝팝스" 등등 지금은 찾아볼 수 없지만 다양한 음악 전문지들이 있었다. 어느 달에 어디 잡지에서 어떤 밴드의 브로마이드를 사은품으로 주는지는 정말이지 음악 팬들의 초미의 관심사였다. 이렇게 사은품으로 받았던 U2와 에미넴 브로마이드는 꽤 오랜 세월 동안 내 방 벽에 붙어 있었다. 굳이 사은품 브로마이드가 아니라도 음악 잡지 곳곳에서 잘라낸 뮤지션들의 사진들은 많은 청소년들의 제2의 벽지가 되어주었다. 인스타그램이 없던 당시에는 방에 덕지덕지 붙어 있는 뮤지션들의 사진들이 청소년들이 자신을 드러내는 방식이었다.

지금은 음악 플랫폼을 구독하면 어떤 음악이든 손쉽게 들을 수 있기 때문에 사람들이 음악에 대해 글로 쓰인 정보 자체를 찾지 않는 듯하다. 하지만 당시에는 라디오로 접하지 않는 이상, 음반을 내 피땀 눈물 섞인 돈을 지불하고 사야지만 음악을 들을 수 있었다. 지금 기준으로 상당히 큰돈을. 그렇기 때문에 '이번 달에는 어떤 음반을 사서 듣지?'가 리스너들에게 굉장히 중요한 사항이었고 이 선택을 돕기 위해서는 정보가 필요했다.

어중이떠중이들의 "야 너 이거 들어봤냐? 끝내주더라!" 하는 말

---

*   CD의 속지를 이렇게 부른다.

만 듣고 사기엔 리스크가 있었다_{평소에는 주로 내가 친구들에게 그 어중이떠} _{중이의 역할을 많이 하고 다녔다.} 조금 더 정제된 정보가 필요했다. 어떤 아티스트가 어떤 음반을 발매했는지에 대한 최신 소식, 어떤 장르에서 어떤 뮤지션의 어떤 곡이 가장 좋은지에 대한 난상토론, 유명인들의 추천 음반리스트 같은 것들은 모두 우리의 음악생활을 위해 필요한 소중한 정보들이었다. 그렇기에 음악 잡지를 사서 읽었다. 그리고 사실 음악 잡지도 음반과 비슷한 정도는 되는 가격이었기 때문에 자주 사진 못했다. 그 돈이면 조금 아껴서 음반을 더 사지! 그렇기에 한번 산 음악 잡지는 너덜너덜해질 때까지 돌려서 읽고 또 읽었다.

음악 잡지에는 항상 각 음반사들이 만들어 넣은 그 달의 주요 발매 앨범들에 대한 카탈로그가 포함되어 있었고, 거기에는 각 앨범마다 해당 음반에서 어떤 곡이 히트했고 어떤 분위기의 곡들이 담겨 있는지 등에 대한 간략한 설명들이 적혀 있었다. 마음만 같아서는 거기 실린 모든 앨범을 구입하고 싶었다. 하지만 그럴 수 없었기에, 카탈로그의 글들을 수도없이 읽으며 머릿속으로 '이 뮤지션의 이 곡은 이런 느낌일 거야.' 하는 '상상 감상'을 하곤 했다. 그렇게 내 머릿속에만 존재하던 상상 속의 명곡들이 얼마나 많았는지 모른다.

음악감상 매체가 변화했듯이, 잡지도 변화를 겪을 수밖에 없었다. 인터넷 커뮤니티라는 새로운 공간이 열린 것이다. 인터넷 시대가 본격화되면서 음악 마니아들이 모이는 '창고changgo.com'라는 커뮤니티가 상당히 활성화되었다. 지금은 존재하지 않지만. 누가 기억해 줄지는 모르겠지만 당시에는 나도 창고에 몇 개의 글을 쓰곤 했다.

내 홈페이지를 운영했다면서, 거기에 글을 쓰면 되지 않았냐고?

내가 운영하던 홈페이지는 처음엔 잘 나갔지만, 어느 순간 사람들의 발길이 끊겼다. 뭐, 딱히 내 잘못이 있었다기보다 U2 팬페이지였는데 U2가 앨범을 자주 내는 뮤지션이 아니다 보니 새로운 글을 올릴 일이 자주 없기에 그렇게 된 것 같다. 역시 남 탓이 제일 쉽다. 내 U2 팬페이지가 망한 것은 바로 U2 때문이야! 그렇게 서러워서 운영을 때려치운 이후 음반 리뷰들을 올릴 곳이 필요했었던 시기가 있었고 그때 방황하며 창고나 다른 커뮤니티 여기저기에 글을 올리곤 했다. 세상에 쉬운 게 하나 없다.

대중음악계에 '창고'가 있었다면 클래식계에서는 '고클 goclassic. co.kr'이 있었고 1999년부터 시작된 이곳은 아직도 건재하다! 덕분에 음반, 음원, 악보, 연주회 등에 관한 굉장히 오래된 자료까지 찾아볼 수 있다. 오래되었을 뿐 아니라 지금도 많은 자료들이 꾸준히 올라오고 많은 마니아들이 접속하고 있는 살아 있는 커뮤니티다. 놀라운 일이고 이 땅의 클래식 마니아들에게는 아주 멋진 일이다. 이용자들의 활동이 가장 활발한 곳으로는 PC 통신 시절 '나우누리'에서 시작되어 2004년 네이버 카페로 옮겨온 클래식 음악동호회 '슈만과 클라라'도 있다. 특히 공연 정보 공유에 있어서 이곳만큼 활발한 정보 공유가 이루어지는 곳은 없다고 봐도 과언이 아니다.

그리고 또 유명한 커뮤니티로는 **저작인접권**[*]이 만료된 음원들의

---

[*] 작곡가에겐 당연히 저작권이 인정된다. 클래식의 작곡가들은 모두 세상을 떠난 지 오래다. 하지만 작곡을 한 사람에게만 권리가 인정되는 것은 아니다. 연주자, 음반제작자, 방송제작자 등에도 음반제작, 복제, 배포 등을 할 권리가 인정되는데 이러한 권리도 저작권과 유사하게 '저작권법'에서 보호를 하고 있다. 이를 저작인접권이라 한다. 따라서 작곡가가 세상을 떠난 지 한참이 지난 클래식 음반을 무료 공유하는 것과 관련된 권리는 이 저작인접권이다. 이 역시 유효기간이 존재한다. 계속해서 변경이 있었지만 현재 저작인접권의 보호기간은 실연의 경우 70년, 음반발행은 70년, 방송은 50년이다.

무료 공유로 유명해진 '까칠한 클래식 http://www.kkacl.com/'이 있다. '까클'이라 불린다. 커뮤니티 자체는 현재 다소 소강상태로 보이지만 서비스는 계속되고 있다. 음악의 가격이 매우 낮아진 시대이지만 그럼에도 불구하고 돈이 없어 음악에 돈을 쓸 수 없는 불우한 이웃들이 분명히 존재한다. 이런 분들께도 역사적인 위대한 음악을 접할 수 있는 소중한 기회를 제공하는 좋은 사이트이니 알아두고 즐기도록 하자. 평생 들을 수 있을 만큼 다양한 레퍼토리와 음악을 제공한다.

저작권에 대해
간단히 알아보자

　그래도 변호사가 쓴 책인데 저작권 얘기를 안 하고 넘어갈 수가 없다.

　저작권은 크게 지식재산권에 속한다. 지식재산권에 관한 법은 '특허법', '상표법' 등을 포함하는 '산업재산권법'과 '저작권법'으로 나뉜다.*

　저작권과 특허권의 가장 결정적인 차이는 저작권의 핵심 아이디어에서 나온다. 일상어로 표현하자면 저작권은 '아이디어'와 '표현'을 나누어서 '표현'을, 그중에서도 '창작적인 표현'을 보호하는 것이다. 사상과 감정이 외부로 '표현된 형식' 자체를 보호한다는 것이 핵심이다. 표현이 아닌 '기술적 사상'을 보호하는 특허권과의 가장 중요한 차이가 바로 이것이다.

---

*　　조금 더 넓게 보면 '부정경쟁방지법', '영업비밀보호법' 등도 포함된다.

'저작권법'의 보호 대상은 '저작물'이고 이는 '저작활동에 의해 생성된 것'을 말한다. 그리고 '저작권법'은 저작자의 권리와 이에 인접하는 권리를 보호하고 저작물의 공정한 이용을 도모함으로써 문화 및 관련 산업의 향상발전에 이바지함을 목적으로 한다'저작권법' 제1조. 문화가 끼어 있긴 하지만 결국 '산업' 발전에 이바지함을 목표로 함은 '특허법'과 다를 바 없다.

저작권은 크게 저작'재산권'과 저작'인격권'으로 나뉜다는 것이 특징이다. 우리가 일반적으로 말하는 '권리'는 다 '돈'이 되는 '재산권'과 관련된다. 하지만 창작활동을 하는 사람들에게는 이 작품이 '내 새끼'라 당당하게 말할 수 있는 인간적인 권리인 '인격권'도 굉장히 중요하게 여겨진다. 내게 억만금을 준다고 하더라도 "비바! 로스쿨", "엘리트 문과를 위한 과학상식", "잘 나가는 이공계 직장인들을 위한 법률·계약 상식", "웃게 하소서"의 저자는 최기욱이라는 '타이틀'은 남에게 내어줄 수 없다. 내 새끼니까. 아 물론 한 번에 은퇴할 수 있을 정도로 많은 액수를 준다면 괜찮다. 100억 정도. 관심 있으신 분은 연락 주시면 감사히 받겠다.

어쨌든 이러한 저작'인격권'은 '일신전속적'이라는 특징이 있다. 즉 돈 주고 사고팔 수 없고 '누가 뭐래도 내 거'란 말이다. 그래서 저작물과 관련해서는 재산적 권리와 인격적 권리가 분리되는 경우가 있을 수 있다. 아니, 그런 경우가 아주 많다. 먹고 살려면 팔아야 될 것 아닌가? 그 '팔려서 돈이 되는 것'이 재산권이다.

그리고 저작'재산권'은 70년의 보호기간이 적용된다. 참고로 특허권은 20년, 실용신안은 10년의 보호기간을 갖는다.

특허출원과 같은 복잡한 심사절차를 거쳐야 권리가 발생하는 특허권과 달리 저작권은 '저작물의 완성과 동시에' 권리가 발생한다. 복잡한 절차도, 권리를 취득하기 위해 따로 들여야 하는 시간과 비용도 필요 없다.

저작권은 요건도 간단하다. '창작성'만 있으면 된다. 말 그대로 남의 것을 베끼지 않고, 자신 스스로의 정신적 활동의 결과이면 족하다. 그리고 앞서 본 대로 저작권의 특성상 '사상 또는 감정' 즉 알맹이가 되는 아이디어가 창작성을 있을 것을 요구하는 것이 아니라 '표현의 방법'에 독창성이 있으면 된다.

저작권의 주체는 원칙적으로 저작자이다. 저작자가 저작을 완성하면 그 즉시 저작권이 발생하고, 대외적으로도 효력을 가진다. 저작자는 주문자나 의뢰인, 단순 조언자, 조력자 등은 해당이 되지 않고 직접 작업을 통해 저작물을 창작한 자가 저작자가 된다. 그리고 법인 등 단체도 포함된다.

이러한 저작권자의 권리에 대해 저작권침해가 인정되기 위해서는 ① 피해자의 저작물을 보고 베꼈고의거성, ② 그 결과물이 피해자의 저작물과 실질적으로 유사한 사실실질적 유사성이라는 요건을 갖춰야 한다. 그리고 이들 중에서 실무적으로 주로 문제가 되는 것은 '실질적 유사성이 있는지'이다.

또한 당연히 문화와 산업의 발전을 위해 저작자의 정당한 이익을 부당하게 해하지 않는 '어느 정도'의 상식적인 이용은 '공정이용제

35조의5'으로 봐준다.* 책의 인용이 좋은 예시이다. 당연히 아주 작은 일부분만의 인용이어야 하며, 출처를 명시해야 한다 제37조.** 공정이용에 해당하는지에 대해서는 이용 목적 및 성격, 저작물 종류 및 용도, 이용된 부분이 저작물 전체에서 차지하는 비중과 중요성, 시장 또는 가치에 미치는 영향 등을 고려한다.***

여기까지 상식적인 차원에서 저작권에 대해 간단히 알아보았다. 더 상세한 논의까지 여기서 다룰 필요는 없을 것이다.

---

* 물론 일반규정인 공정이용 외에도 제23조에서 제35조의4까지에 공표된 저작물의 인용, 사적 이용, 교육목적 등에의 이용 등 저작재산권에 대한 개별적인 제한 규정들이 존재한다.

** 그러니 출처를 잘 표시했다면 내 책의 몇 문단 정도를 인용하려고 출판사나 내게 연락하실 필요는 없다. 물론 연락을 주시면 반갑게 사인을 해드리겠다.

*** 많은 분들이 착각하는 것 중 하나. '목적이 영리인지 비영리인지'는 고려대상이 아니다. 역시 책을 예로 들면 이해가 편할 것이다. 모든 지식은 이전 지식에 바탕을 두고 있고, 책은 팔림으로써 지식을 전달한다. 그런데 팔았다고 공정이용이 아니라고 하는 것은 말이 안 된다. 그래서 현재의 '저작권법'에서는 '영리성' 여부가 고려대상에서 삭제되었다.

라이브, 그리고
호텔 캘리포니아

레코드 얘기를 조금만 더 해보자.

대학생이 되기 전 진짜 코흘리개였던 어린 시절, 레코드를 가장 자주 사러 가곤 했던 곳은 서울 노원구 상계동 미도파백화점 현재는 롯데백화점이 되었다에 있던 음반 가게였다. 근처에 다른 '동네' 음반 가게들이 두어 군데가 더 있긴 했지만 가장 많은 음반을 보유하고 있었고 백화점답게 매장이 깔끔했다. 제일 좋았던 것은 넓은 매장 덕분에 주인아저씨의 눈치를 안 보고 둘러볼 수 있었다는 것이다. 지금도 소심한 내게 쇼핑에 있어서 아주 중요한 가치라 할 수 있다. 나를 단골로 만들고 싶으면 대놓고 단골 취급을 해서는 안 된다. 제발 INFP에겐 말을 걸지 말아주세요! 아는 척은 하지 않되 몰래 뭐 하나씩 챙겨주시는 가게가 제일 베스트다. 모쪼록 그래서 음반을 살 때는 먼저 백화점에 가보고 그곳에 없는 음반을 다른 매장에서 찾아보곤 했다.

그런데 그 음반 가게 앞에는 어떤 가게들이 있었겠는가? 당연히 음반 매장이 백화점 한 층을 모조리 다 차지할 정도로 크지는 않았다 음반매장에 가는 사람들이 관심이 있을 만한 물건을 가는 길 내내 쭉 보여주어야 하지 않겠는가? 음반매장을 가기 위해서는 가전제품 매장을 쭉 가로질러 통과해야만 했다. 그리고 거기엔 당연히 오디오 제품들이 가득했다. 역시 백화점이다. 사람들의 지갑을 열기 위해 석학들이 밤낮으로 연구한 과학의 총체.

어떤 것들이 있었나? 지금은 가정에 전축, 오디오라는 것이 거의 없고 오로지 '스피커'만 존재하는 시대가 되었지만, 당시만 해도 오디오 기기들은 교양 있는 가정집의 필수품이었다. 그런데 새천년, 음악감상 방법에 있어서 아주 중요한 매체가 등장한다.

DVD였다. 라이브 음악을 DVD로 영상과 함께 즐기는 시대가 온 것이다. 물론 라이브 '음원'은 이전에도 언제나 인기였다. 하지만 라이브 '영상'을 감상하는 것은 비디오 시대엔 굉장히 힘든 일이었다. 영상은 볼 만했지만 비디오 특유의 조악한 음질이 음악감상에 적합하지 않았고 관리도 힘들었다. 그러던 차에 화질과 음질을 모두 잡은 매체인 DVD가 2000년대 초반부터 음악 마니아들을 사로잡기 시작했다. 덕분에 당시의 가전제품 업체들은 뛰어난 화질을 갖춘 TV와 뛰어난 음질을 갖춘 오디오, 거기에 DVD 플레이어를 동시에 판매할 수 있게 되었다! 얼마나 좋은가! 일석삼조의 혁명이었던 것이다. 그래서 그 시절 어린 내가 백화점 음반 가게를 갈 때면 멋진 라이브 영상을 잔뜩 틀어놓은 가전제품 매장 앞을 지나다닐 수밖에 없게 되었다. 당시 가장 핫했던 라이브 영상물이 무엇이었을까?

　음악 영상물로는 단연코 1994년에 발매된 **이글스**[Eagles]의 "Hell Freezes Over"였다. 이 앨범의 '호텔 캘리포니아[Hotel California]' 어쿠스틱 버전 라이브는 그야말로 예술이다. 이 책에서 얘기하는 모든 것이 다 예술인데 여기서 갑자기 '이게 예술'이라는 표현을 쓰려니 뭔가 갑자기 이상하다는 생각이 들지만, 원래 언어는 상대적인 것 아니겠는가. 아무튼 어렸던 나는 당시 기준으로 충격적일 정도로 빼어난 화질로 경험하는 영상미, 굉장히 미국적이면서도 동서양의 문화가 동시에 녹아들어 있는 듯한 매혹적인 이글스의 사운드, 쌉쌀하고 달콤한 호텔 캘리포니아 특유의 감성과 멜로디, 그리고 라이브에서만 느낄 수 있는 열정과 관중들의 열기에 완전히 매료되었다.

　처음에는 알지 못하는, 그렇지만 멋들어진 남미풍의 기타 사운드가 칵테일과 석양 위로 넘실거린다. 그 기분 좋은 취기 속에서 이 곡은 어떤 곡일까 궁금해하는 마음이 조금씩 싹을 틔운다. 갈수록 빨라지는 열정 넘치는 기타 연주에 한바탕 탄성을 지르고 나면 타악기가 등장한다. 통통통. 아주 가볍게. 조금씩 낭만적인 분위기는 촉촉해지기 시작, 어느 순간 우리가 잘 알고 있던 호텔 캘리포니아의 기타리프[*]가 시작된다. 너무나도 잘 아는. '아, 호텔 캘리포니아가 시작되는구나.' 그 깨달음의 순간, 놀라운 짜릿함에 관중과 나는 하나 되어 환호를 보낸다.

이후는 감동의 연속이다. 생소한 사운드로 듣는 익숙한 멜로디. 전자음을 배제했음에도 원곡을 뛰어넘는 낭만을 선사하는 보석 같은 생 기타 사운드. "Hell Freezes Over" 앨범을 접하지 않은 자여, '호텔 캘리포니아'를 들어봤다고 하지 말지어다.

해당 전자제품 가게에서는 이 감동적인 버전의 '호텔 캘리포니아' 라이브 영상을 무한 반복으로 재생시켜 놓았고, 음반을 사러 가던 나는 발걸음을 멈추고 마음속으로 감동의 눈물을 흘리며 몇십 분을 화면을 멍하게 바라보며 시간을 보내곤 했다. 그랬던 적이 한두 번이 아니다. 덕분에 그 기억은 내 개인적인 음악감상 역사에 있어서 가장 인상적인 장면으로 남았고 "Hell Freezes Over"는 내가 지금도 가장 자주 듣는 라이브 음반 중 하나로 자리매김했다.

우리는 라이브를 사랑한다. 스튜디오 레코딩은 매일매일 질리도록 들었다. 우리는 거기에 현장감과 관중들의 열기, 그리고 그 열기에 힘입은 뮤지션들이 내뿜는 열정을 더한 결과물을 느끼고 싶다! 애초에 인간이 음악'만'을 감상하게 된 것은 수십만 년 인류의 역사에서 정말 얼마 되지 않았다. 레코드가 발명된 것은 그야말로 찰나의 순간이다. 길고 긴 인류 역사에서 음악은 공연을 통해 함께 즐기는 것이었다. 언제나 그래왔다. 공연은 단순한 감상이 전부가 아니

---

[*]   Riff. 반복 악절이라고도 불린다. 기타로 반복해서 연주하는 4~8마디의 사운드를 말한다.

다. 시각과 청각을 동시에 자극하는 생생한 현장감과 음악을 통해 수많은 다른 인간들과 하나 되는 놀라운 경험이다. 음악은 이런 '하나 됨'의 공동의 체험을 선사하고 그 짜릿함은 다른 그 무엇으로도 얻을 수 없는 특별한 쾌감이었다. 덕분에 음악 공연은 인류에게 있어 언제나 특별한 행사였다.

물론 공연은 특별하지만, 그것을 모두가 좋아한다는 것은 별개의 명제다. 부끄럽지만 내가 그런 예외에 해당하는 사람이었다. 음악을 누구보다 사랑했지만 공연은 잘 보러 가지 않았다. 두 가지 이유가 있다.

먼저 나는 선천적으로 사람들 많은 곳에 가는 것을 싫어하는 타입인 INFP이다. 그러다 보니 공연을 보러 가는 것을 그렇게 좋아하진 않는다. 지금은 이 더럽고 치사한 거친 세상 속에서 먹고살기 위해 어쩔 수 없이 약간의 훈련된 외향성을 터득했지만, 본질은 내향적이고 소심한 전형적인 범생이인 것은 변함없다. 공연장에 가서 수많은 사람들과 치대는 것은 상상만 해도 숨이 턱 막히고, 음악을 들어 신이 나서 방방 뛰려고 하다가도 옆 사람 눈치를 보고 이내 머쓱해져 가만히 서서 소심하게 고개만 까닥이곤 하는 게 나란 사람이다. 아무도 날 신경 쓰지 않는데도 불구하고 혼자 부끄러워하며 오직 상상 속에서만 광란의 파티를 벌이는 그런 녀석.

그래서 티켓이 주어지는 경우처럼 공연을 보러 갈 기회가 우연히 생기지 않으면 내가 직접 공연장에 찾아간 것은 정말 드문 일이었다. 결국 내돈내산을 잘 하지 않았다. 그러다 보니 이게 두 번째 이유가 되었다. 아무래도 취미로 음반을 수집하고 있던 터라 '그 돈이면 음반 열 장 더 사지.'라는 생각이 드는 것은 어쩔 수 없다. 소비생활에서 가성비만큼 중요한 게 없다. 좋긴 하지만 너무 비싼 걸 어쩌겠는가. 하지만 그랬기에 내가 살면서 보아온 몇 안 되는 공연들 대부분이 내 인생에 있어 아주 매력적인 경험으로 기억에 남았다. 오히려 몇 안 되기에 소중한 기억으로 자리매김한 것이다.

내가 살면서 관람한 공연은 대부분 클래식 공연이었다. 그것도 그중 대부분이 예술의 전당이라는 특정 장소에 한정된. 클래식 공연은 공연문화 특성상 다른 관객과의 교감이 거의 없기 때문에 소심하기 그지없는 나도 부담없이 즐겨 다녀올 수 있었던 것으로 생각된다티켓을 얻을 가능성도 대중음악 공연보다 높기도 했고 말이다. 그렇지만 그 덕분에 특별한 경험이라 할 만한 것은 거의 없었던 것 같다. 사실 다른 사람과의 교감이 '경험'적 이벤트로서의 공연의 핵심이라 할 수 있는데, 지금의 클래식 공연 문화는 그 점에서 스스로를 옥죄고 있는 것은 아닌가 하는 생각을 가끔 하곤 한다. 클래식 공연에서도 관중들이 방방 뛰고 헤드뱅잉하며 환희의 송가를 떼창한다면 얼마나 재미있겠는가. 물론 나는 실제로 그런 걸 즐길 수 있는 체질이 아니지만, 나도 격정적인 클래식 음악을 감상할 때면 항상 내 머릿속의 공연장에서 사지를 휘둘러대곤 한다. 그게 음악을 들었을 때 사람의 자연스러운 반응 아닌가! 고작 생긴 지 수십, 수백 년밖에 되지 않은 문화적 틀에 스스로를 가두는 것은 바람직한 예술 문화가 아니라 생각한다.

사실 이 부분은 아티스트보다는 '청중'들의 문화이기 때문에, 그리고 문화 중에서도 '매너'의 영역에 속하는 것이기 때문에 누구 하나가 원인이라고 보기에는 다소 애매하고, 단번에 변화를 일으키기는 힘들 것이 당연히 예상된다. 이미 여러 클래식 음악 단체들이 이러한 경직된 문화를 타파하기 위한 여러 시도를 했으나 결국 주류를 바꾸진 못했다. 하지만 음악을 들었을 때 가만히 앉아 있기만 하는 것은 음악의 즐거움 중 가장 큰 것을 놓치는 것이며 우리 몸이 자연스레 설계된 바와 완전히 다르다는 점은 확실하다.

그러면 대중음악 공연은 얼마나 즐겨왔는가? 일단 위와 같은 이유로 인해 몇 번 경험한 바가 없다. 여러 아티스트가 등장하는 '행사' 공연들을 제외하고는 새천년을 맞이하여 청계천에서 이루어졌던 밀레니엄 행사 때의 들국화 공연이 가장 기억에 남는다. 행! 진!.[*]

그래서 결국 내 소심함과 빈곤을 이겨내고 경험한 뮤지션의 단독 공연은 딱 세 번이었다. 스콜피온스[Scorpions], 듀란듀란[Duran Duran], 그리고 **엘튼 존[Elton John]**의 내한공연. 이렇게 내가 경험한 몇 안 되는 공연 중 가장 기억에 남는 뭐니 뭐니 해도 2004년의 엘튼 존의 첫 내한공연[**]일 것이다. 엘튼 존에게도, 내게도 처음이었다.

---

[*] 음악을 사랑하면서도 이렇게 큰맘 먹고 가야 하는 공연을 꺼려 하는 나이기에 오히려 '못' 가서 아쉬웠기에 기억에 남은 공연도 있다. 그들의 음악을 너무나도 좋아하기에 직접 보러 가고 싶은 마음이, 사람 많은 곳에 가기 싫어하는 내향성을 이겨낼 '뻔'하게 만든 아티스트들이다. 밥 딜런[Bob Dylan]과 유투[U2]의 내한공연. 언젠가 꼭 한번 가보고 말리라. 또 오시겠지?

[**] 엘튼 존은 그 이후로 2012년과 2015년 두 차례 더 한국을 방문하여 '전설'급의 슈퍼스타로는 보기 드물게 여러 차례 내한공연을 가졌다.

때는 고등학생 시절이었다. 공연시간은 당연히 저녁. 뭐가 문젠가? 당시에는 야간'자율'학습이 '강제'되던 시기였고 우리는 그것에 있어 가장 부족한 것을 명칭으로 정하는 이상한 짓들을 하곤 한다. 인간 사회의 아이러니한 점 중 하나다 아직 학교에 체벌이 만연하던 시기였다. 학원을 가는 학생들이 아니면 '감히' 야간자율학습을 뺄 수 없었고, 몰래 담을 넘다가 걸리면 뒷일을 감당할 수 없었다. 내 고등학교 1학년 당시 담임 선생님은 내 머리가 길다는 이유로 내 관자놀이를 수차례 주먹으로 강타했던 전적이 있는 양반이었다. 걱정스러웠다. 어쩔 수 없었다. 그때나 지금이나 겁이 많은 나는, 되든 안 되든 '질렀다가 걸리는' 것보다는 혼이 나더라도 허락을 얻어내는 것을 선택했다. 조심스럽게 그날 야간자율학습 담당 선생님에게 다가갔다.

"저 오늘 야자 못할 것 같습니다."
"어디 가는데?"
"엘튼 존 내한공연이요."
"뭐? 1947년에 태어나 수차례의 그래미 수상, 3억 장 이상의 음반 판매고를 올리고, 빌보드 선정 1970년대 최고의 아티스트이자, 역사상 가장 위대한 아티스트 125인 중 비틀즈와 롤링스톤스 뒤를 이어 3위를 차지한 데다가* 영국에서 기사 작위까지 받은 엘튼 존의 내한공연이라고?"

야간자율학습은 당연히 자연스레 빠질 수 있었다.** 선생님들의 젊었을 적 시대인 1970년대를 그야말로 '정복한' 엘튼 존의 위엄을 그렇게 콘서트 시작 전부터 몸으로 체감할 수 있었다.

워낙 오래전의 경험이라 많은 것이 기억나지는 않는다. 다만 끊임없이 반복해서 '레본[Levon]'***의 후렴구를 불렀던 일, 영원한 로큰롤 '크로커다일 록[Crocodile Rock]'****을 떼창했던 일, 마지막으로 영화 "라이온 킹"의 주제곡이자 한 때 내 노래방 18번이었던 엘튼 존 최고의 러브송 '캔 유 필 더 러브 투나잇[Can You Feel The Love Tonight]'을 함께 불렀던 것은 아직도 생생히 기억난다.

그 전까지는 엘튼 존에 대해 잘 알지 못하고, 그저 베스트 앨범 내가 당시 소장하고 있었던 것은 2002년 발매된 CD 두 장으로 구성된 "Greatest Hits 1970-

---

* https://www.billboard.com/charts/greatest-of-all-time-artists/

** 이후 몇 달 뒤 U2가 2004년 "How to Dismantle an Atomic Bomb"을 발표하는 바람에 나는 또 야자를 빼먹었다. 이번에는 허락 없이 땡땡이를 치고 교보문고 핫트랙스를 들렀다가 쉬는 시간에 안 들키고 다시 골인하는 데에 성공했다. 이 행위에 대한 공소시효는 이미 지났으리라 믿는다!

*** 1971년 발매된 엘튼 존 최고 명반 "Madman Across the Water"의 수록곡으로 잘 알려지지 않은 명곡. 엘튼 존 특유의 생동감 넘치는 피아노 연주에 우아한 멜로디와 풍성한 오케스트레이션이 덧붙여져 클래시컬한 분위기가 일품이다.

**** 1973년 발표된 앨범 "Don't Shoot Me I'm Only the Piano Player" 수록곡. 경쾌한 피아노 연주와 재기발랄한 사운드, 그리고 고음으로 "라~랄랄랄랄라~." 흥얼거리는 결코 잊을 수 없는 후렴구가 인상적인 엘튼 존의 대표곡이다.

2002"였다 정도만 보유하며 즐겨 들었을 따름이었다. 엘튼 존이 위대한 것도 알고 즐겨 듣고도 있었지만 방대한 엘튼 존의 음악 세계 중 빙산의 일각만 알고 있었던 것이다. 게다가 그 전까지만 해도 제대로 된 아티스트의 공연을 본 적이 없었다. 엘튼 존의 내한공연은 내 음악경험의 모든 것을 바꿔놓았다. 천지를 울리는 압도적인 사운드, 수없이 많은 관중들과 함께 느끼는 짜릿한 열기, 잊을 수 없는 팬 서비스까지.* 이후로 나는 엘튼 존의 광팬이 되어 수십 장에 달하는 그의 모든 앨범을 모두 모으게 되었다.

내가 그날에 경험했던 엘튼 존 공연의 모습은 아니지만, 비슷한 경험을 느껴보길 원하시는 분이 있다면 "디즈니 +"에 접속해 보시라. **"엘튼 존 라이브 페어웰 프롬 다저 스타디움"**을 감상하는 것을 추천드린다. 2022년 말 LA 다저스 스타디움에서 이루어진 2시간 반에 달하는 공연을 생동감 넘치게 담아냈다. 모든 곡들이 스튜디오 레코딩보다 훨씬 열정적으로 편곡되어 후끈한 라이브의 열기를 즐길 수 있다.

미드 템포의 원곡을 흥겨운 춤곡으로 새롭게 재탄생시킨 '새드 송*[Sad Songs* (say so much)*]*'은 공연의 하이라이트. 수십 년을 함께해 온 팬과 그들을 만족시키기 위해 혼신의 힘을 다하는 75세의 노장의 모습은 그 자체로 감동적이다. 또한 다시 한번 키키 디*[Kiki Dee]*를 무대로 불러내어 아기자기하고 정겨운 듀엣곡 '돈 고 브레이킹 마이

---

* 지붕이 없는 잠실체육관에서 열렸던 엘튼 존 내한공연 당시 잠깐 보슬비가 내렸는데 그는 즉석에서 'Singin' in the Rain'을 연주하기도 했다.

하트[Don't Go Breaking My Heart]'를 부르는 모습은 그 시절의 모습을 추억하는 이들에겐 잊을 수 없는 순간을 선사할 것이다.

다만 너무 정열적인 공연이다 보니 느리고 장엄했던 원곡조차 시원시원한 로큰롤 스타일의 편곡을 가미해 대표적으로 '레본' 잔잔한 감상을 원하시는 분께는 다소 아쉬울 수 있다. 또한 세트 리스트가 거의 1970년대의 히트곡에 집중되어 있어 물론 그 시기가 엘튼 존 최대의 전성기이고 모든 곡들이 명곡이라는 것은 주지의 사실이다 그 이후에 엘튼 존의 팬이 된 사람들에게는 다소 아쉬울 수 있다. 특히 1990년대와 2000년대에도 엘튼 존은 끊임없이 멋진 발라드 명곡들을 발표해 왔다는 점을 생각하면,* 차트 히트곡만 꼽아봐도 앨범 수십 장은 나올 만한 엄청난 레퍼토리를 자랑하는 전설 중의 전설이니 당연할 수밖에 없는 것이지만 팬으로서 애정 어린 투정을 부려보고 싶다.

하지만 거장이 뿜어내는 라이브의 열기를 느끼기에 이보다 더 적합할 수는 없는 작품이다. 나이는 음악에 있어 중요한 요소가 아니라는 점을 온몸으로 보여주는 엘튼 존과 세션밴드의 폭발할 듯한 에너지는 기본이다. 객석에 등장한 온갖 유명인들의 열정적 모습, 엘튼 존과 같이 화려한 코스튬을 한 수많은 팬들이 수십 년 전에 발표된 추억의 명곡들에 맞추어 현재의 순간을 즐기는 모습은 그야말로 지상낙원이다. 모두가 한마음으로 소리 지른다. "우리는 모두 엘튼을 사랑해요." 엘튼 존의 음악을 사랑하는 이들이라면 2시간 반이라

---

* 엘튼 존의 2000년대의 작품 얘기를 한 김에, 잘 알려지지 않은 명곡 하나를 소개하고자 한다. 엘튼 존은 '라 보엠[La Boheme]'으로 유명한 프랑스 샹송 가수인 샤를 아즈나부르[Charles Aznavour]와 함께 그의 히트곡 '예스터데이, 웬 아이 워즈 영 [Yesterday, When I Was Young Hier encore]'을 함께 불러 시대를 초월한 감동을 선사하기도 했다. 개인적으로 샤를의 솔로 원곡보다 훨씬 좋다고 생각하기에 여기서라도 소개해 본다.

는 긴 시간이 순식간에 지나가는 꿈만 같은 경험을 할 수 있을 것이다. 행복감으로 가득 찬 순식간이다.

가족과 함께할 시간을 위해 한동안 공연활동을 중단하겠다고 선언하는 의미에서 '페어웰' 공연이라 더 의미가 깊은 공연이다. 노란 벽돌 길을 밟으며 떠나는 '굿바이 옐로 브릭 로드[Goodbye Yellow Brick Road]' 엘튼 존의 뒷모습을 마지막으로 길고 길었던 그의 음악 여정이 마무리되는 순간, 걷잡을 수 없는 감동의 물결이 우리의 머리를 강타한다. 수십 년간 끊임없이 인류에게 너무나도 멋진 선물을 선사해 준 그에게 감사를 표한다.

라이브는 청중으로서의 경험도 멋지지만, 직접 무대에서 그 열기를 느껴보는 경험은 정말이지 차원이 다른 카타르시스를 선사한다. 모든 이들에게 꼭 한 번쯤은 경험해 보길 추천하는 바이다.

때는 대학 시절이었다. 전부터 '음악 좀 듣는 녀석'으로 소문이 나 있었고, 취미로 깨작깨작 작곡을 건드려 왔기에 몇 곡에 대해 저작권 등록도 해두었다! 물론 앞에서 공부했듯이 저작권은 등록하지 않아도 창작과 동시에 인정되는 권리이다 나는 야마하 사의 저렴한 키보드를 소유하고 있었다. 심심할 때마다 그 키보드를 뚱땅거리며 작곡을 하는 것이 취미였을 뿐이기에 그것으로 제대로 된 '연주'를 하진 않고 있었다. 손재주가 좋지 않아 연주에는 그다지 소질이 없기도 했고. 어린 시절 많은 주변 또래 아이들처럼 피아노 학원에 다니긴 했다. 열심히는 다녔다. 꽤 많은 시간을 피아노 연습에 투자했지만 내 손가락은 영 아니올시다였다. 뭐든지 어느 정도 시간과 노력을 투자했지만 싹수가 안 보인다 싶으면 과감히 때려치울 줄 아는 용기가 필요하다. 그리고 내가 그걸 참 잘한다. 안 해! 때려치워! 난 그렇게 '악기'로써가 아니라 '작곡 도구'로써만 키보드를 굴리고 있었다.

그리고 내겐 초등학교 시절부터 동네 친구였던 녀석이 있었다. 내가 이사를 가게 되면서 한동안 연락이 끊긴 채로 지내다가 같은 대학에 진학하게 되면서 연이 다시 닿은 친구였다. 같은 학교였음에도 불구하고 나는 공과대학, 그 친구는 정경대학으로 단과대학이 전혀 달랐기에 서로 같은 학교라는 사실을 알고 있고, 오며 가며 마주치면 인사하는 정도가 교류의 전부였다. 어느 날 그 친구에게서 연락이 왔다.

"야 너 밴드 하자."
"나? 밴드 한 번도 안 해봤는데? 왜?"
"우리 키보드 필요한데 너 키보드 있잖아."

원래 세상의 많은 멋진 일들이 별 시답잖은 이유로 덜컥 이루어지곤 하는 법이다. 이 경우도 마찬가지였다. 그 친구는 정경대학 내에 있던, 정확히는 행정5반 소속의 역사 깊은 '난생처음'이라는 밴드*의 기타리스트였고, 밴드에 키보드 멤버가 필요했다. 그런데 마침 주위를 둘러보니 방구석에서 허벅다리나 벅벅 긁고 있는 '집에 키보드가 있는' 친구 녀석이 있었던 것이다! 그리고 그게 나였다.

그렇게 나는 오디션 비슷한 것도 안 보고 역사와 전통이 있는 교내 밴드활동에 무혈입성하게 되었다. 학생 밴드활동을 그린 영화나 드라

---

* 지금도 있는지 모르겠다. 독자분들 중에 후배님이 계신다면 알려주시면 좋겠다.

마를 보면 밴드에 가입하기 위한 '오디션'이 극에서 상당한 비중을 차지하는데 내겐 그에 대한 추억이 없다. 아쉽지는 않다. 경쟁과 시험이라면 다른 분야에서 이미 지겹도록 많이 겪었으니까. 평소에 자유시장 지상주의를 외치던 사람들도 자신의 밥그릇이 달린 곳에서는 경쟁을 안 해도 되는 예외를 만들어달라고 졸라대잖아? 인간이 다 그렇다. 나도 그렇다.

그렇게 나는 키보디스트가 되었다. 아주 괜찮은 포지션이다. 일단 모든 곡에 키보드 세션이 포함된 것이 아니다 보니 연습량이 남들보다 적어도 되었다. 곡 수도 적은데 대부분이 메인이 아니라 백업 정도에 그치는 포지션이다 보니 더욱 그러했다. 맡은 일이 적은 것은 언제나 좋은 것이다. 같은 보수라면 말이지.

그리고 암기능력이라고는 쥐뿔만치도 없는 내게 '유일하게 공연 중 악보를 보고 연주를 해도 전혀 어색해 보이지 않는' 포지션인 키보드는 완벽한 천직이었다. 그때나 지금이나 어디서 누가 내가 키보디스트였다는 얘기를 듣고 내게 연주를 해보라고 하면 도망가기 바쁜데, 가장 큰 이유는 악보를 기억하지 못해서이다. 악기연주를 오래 한 사람들은 '몸이 음악을 기억'하는 경지에까지 오르게 된다고 하지만, 어제저녁을 뭘 먹었는지도 기억 못 하는 녀석이 몸이라고 다를 리 없다. 물론 아마추어답게 연주실력도 형편없었고 말이다.

이 모양 이 꼴이면서도 학교 밴드라는 소속감을 얻어갈 수 있으니 얼마나 가성비 넘치는 포지션인가! 건반악기를 어느 정도 뚱땅거릴 줄 아는 독자분들이라면 키보디스트로 밴드활동을 해보는 것을 강력히 추천드린다.

그렇게 얼렁뚱땅 시작한 밴드생활, 마냥 재미있었다. 대한민국에서 연습실이 시원찮은 학교 밴드를 해본 사람이라면 모두가 거쳐보았을 대학로 '애플' 스튜디오에서 매일같이 모여 합주를 했다. 서로 전혀 다른 성격의, 만난 지 1년도 안 된 혈기왕성한 젊은 수컷들이 모였다. 다툼이 생기기 마련이다. 하지만 적어도 연주를 하는 동안에는 전혀 그렇지 않았다. 완전히 별개의 개성 넘치는 개체들이 음악이라는 끈으로 하나 되어 묶이는 놀라운 경험이었다. 전우애만큼이나 진한 인간들 간의 결합을 만들어 주는 음악이라는 접착제의 힘이었다. 합주가 끝나고 밴드 친구들과 술집에 모여 서로의 청춘을 희롱하며 보냈던 시간 역시 마냥 좋았다. 이때 술을 너무 열심히 마셨는지 간염에 걸려 입원까지 했고 그 이후로 지금까지 술을 입에도 대지 못하고 있다. 불행인지 다행인지 모르겠다. 나는 남들과는 달리 대학교 시절에 대해 낭만적인 인식을 가지고 있지 않다. 내가 공부를 너무 열심히 했던 탓인지 아니면 시꺼먼 아저씨들밖에 없는 기계공학과를 졸업해서 그런지 모르겠지만.* 하지만 대학생활 중에서 이 시기의 밴드활동만큼은 인생에서 가장 즐거웠던 추억으로 남아 있다.

밴드활동의 하이라이트는 공연이다. 당연히. 합주 그 자체의 재미도 있었지만 결국 그 모든 것은 공연을 위한 에너지를 응축시키는 과정에 불과하다. 로스쿨에서 3년을 아무리 열심히 공부했어도 변호사시험을 치르지 않으면 변호사가 되지 못하는 것과 마찬가지다! 무대는 주로 학교 근처의 라이브 바를 대관했다. 입장료는 5천 원.

---

* 나는 개인적으로 학부 시절보다 로스쿨 시절에 대해 훨씬 즐거운 기억을 가지고 있다. 사회생활을 하다가 캠퍼스로 돌아간 것이기에 더 그렇게 느끼는 것 같다. 역시 퇴사는 좋은 것이다.

맥주 한 잔 포함.

뭐 관중들이 다 밴드 멤버들의 학교 친구들뿐이었기에 입장료를 받아봤자 대관료의 반도 못 내는 어중이떠중이들의 공연이었지만 그럼에도 너무나도 즐거웠다. 공연에 대한 기대감에 흘린 맥주가 여기저기 눌어붙은 대학가 술집 특유의 공기, 혈기왕성한 젊은 학생들의 땀내음이 뒤섞여 익숙하면서도 흥분되는 분위기가 형성된다. 톡톡 튀는 아이스크림 속 알사탕을 씹는 듯한 짜릿하며 생기 넘치는 공기. 화려하진 않지만 강렬한 조명이 무대를 비추기 시작했고 나는 거기에 있었다. 그리고 음악이 연주되기 시작하자 나는 우리가 되었다.

그렇게 작은 규모의 공연만을 종종 즐기다가 큰 기회가 왔다. 뭐 커봤자 학교를 벗어나는 규모는 아니다. 정경대학 전체가 가는 새내기 배움터OT라고도 불리는에서 공연을 할 기회가 찾아온 것이다. 행정 5'반' 단위의 공연에서 '정경대학' 단위로 스케일이 수 배로 커졌다. 공연장도 바에서 화장실까지 모조리 다트의 사정거리 안에 들어가는 좁아터진 학교 앞 술집이 아니라 엄청나게 커다란 강당이라고 했다! 모두가 흥분했다. 완벽한 공연을 위해 밤낮없이 연습하고 또 연습했다.

드디어 공연 날. 나는 끝도 없이 펼쳐진 관중들의 모습에 압도당했다. 실상은 그리 크지는 않았을 텐데도 불구하고 내가 느끼기에 그 강당은 웸블리 스타디움*이 따로 없었다. 모두가 나를, 우리를 바라보고 있었다. 그 압박감에 무게를 더하는 사실. 이곳은 OT다. 우리의 관중들은 당연히 서로가 서로를 잘 모른다. 아직 서로 친해지

---

*   영국 런던에 위치한 경기장으로 9만 명 수용이 가능하다.

지 않은 새내기들 수천 명이 모여 있는 상황이다. 상상만 해도 어색한 분위기. 게다가 OT에서 이런저런 강연, 학과소개 등을 하고 난 직후인지라 관중들은 전혀 '공연'을 즐길 준비가 되어 있지 않았다.

나는 직업 특성상 여러 곳에 강연을 다니곤 하는데 어느 정도 경험이 쌓인 지금 와서 느끼기에도 이런 상황이 가장 강연자에게 어려운 상황이다. 관중과의 호흡이 형성되어야 부드러운 진행이 가능하다. 하지만 OT에서는 관중들이 서로 친하지도 않고, 더군다나 관중들 바로 옆에는 그들이 앞으로 원활한 사회생활을 위해 잘 보여야 하는 사람들교수님, 선배님들이 엄숙하게 앉아 있다. 농담을 해도 도무지 웃음이 나오지 않는 분위기이다. 잘못 입을 놀렸다가는 망신을 당할 것이 뻔하다. 소심하기 짝이 없는 내겐 정말 도망가고 싶은 분위기이다.

이 상황을 녹일 것은 오로지 음악이다. 조명이 살짝 어두워졌다. 미리 요청해 둔 대로. 그리고 나는 린킨 파크[Linkin Park]의 '와트 아이브 돈[What I've Done]'*의 키보드 인트로를 연주하기 시작했다. 짙은 단조로, 장엄하게, 하지만 터치는 가볍고 세련되게. 조명이 서서히 밝아진다. 미리 요청해 둔 대로. 그제서야 열광하는 관중들의 함성이 보이기 시작한다. 하늘에서 쏟아지는 오렌지빛 별들처럼. 이 순간은 내 인생 가장 강렬한 기억으로 남아 있다. 그리고 앞으로도 계속 그럴 것이다.

공연은 순식간에 끝났다. 아니, 그 순간의 기억이 너무나도 빛났

---

* 린킨 파크의 세 번째 정규앨범 "Minutes to Midnight" 2007의 첫 싱글곡. 영화 트랜스포머의 OST로도 유명하다. 데뷔앨범 "Hybrid Theory"의 메가히트 싱글 'In The End'의 연장선에 있는 진중한 사운드에 멋진 멜로디로 가득 찬 파워풀한 곡이다.

기에 공연의 다른 순간들은 전혀 기억에 남지 않았다는 것이 맞는 표현일 것이다. 살면서 올라본 가장 큰 무대. 가장 많은 관중. 오롯이 나를 향한 열렬한 환호. 이때의 카타르시스는 나의 어떠한 경험에도 비견할 수 없는 짜릿함을 선사했다. 이 단 한 번의 엄청난 쾌감의 경험으로 왜 한물간 연예인들이 우울증에 걸리는지 단번에 이해할 수 있었다. 진화는 인간이 다른 사람들에게 인정받고 사랑받는 경험에, 자연적으로 누릴 수 있는 가장 큰 쾌락을 주었다. 그리고 거기에는 그럴 만한 이유가 있었을 것이다.

키보디스트는 밴드에서 가장 주목을 덜 받는 포지션이다만약 독자 여러분이 베이시스트라면 '내가 더 주목 못 받는데?!'라고 따지고 싶을 수도 있겠지만, 이건 내 책이니까!. 그런데도 불구하고 키보디스트가 가장 큰 주목을 받고, 분에 넘치는 환성을 들을 수 있는 순간을 마련해 준 린킨 파크 멤버분들에게 지구 반대편에서 깊은 감사를 드린다.

그리고 공연과 관련되어 마지막으로 독자 여러분께 말씀드리고 싶은 것이 있다. 라이브를 즐기기 위해 꼭 대규모 공연을 찾아갈 필요는 없다. 나조차도 마음의 장벽 때문에 거의 가지 않는, 큰맘 먹고 큰돈 쓰며 가야 하는 그런 공연장이 아니더라도 생음악을 즐기며 멋진 분위기를 누릴 수 있는 '라이브 바'라는 곳들이 전국 곳곳에 존재한다. 아직까지는. 데이트 코스로 식상한 칵테일 바 같은 곳만 가지 말고 무명 밴드들이 공연을 하는 라이브 바를 찾아가 즐겨보시는 것을 추천드린다. 예전과 달리 요즘 동네에서 라이브 바들을 갈수록 찾아보기 힘든 것이 현실이다. 하지만 장담한다. 생각보다 무척이나 즐거운 경험이 될 것이다. 콘서트의 열기와 술집의 낭만을 동시에 즐길 수 있으니 말이다. 게다가 접근성도 좋고, 훨씬 저렴해 자주 갈 수 있다. 한번 맛 들이면 자주 갈 수밖에 없을 것이다. 우리의 삶 속에 음악이 스며들게 해보자.

젊음, 그리고 음악에 대한 열정이라는 낭만만으로 어렵게 생계를 이어나가고 있는 밴드들이 많다. 그들을 응원해 주시면 좋겠다. 음악을 사랑하는 이들이라면 말이다. 꼭 경제적 지원이 아니더라도, 찾아가서 환호를 뱉어주는 것만으로도 심적으로 크나큰 도움이 될 것이다. 별것 아닌 것 같다고? 그 환호 속에 담긴 음악에 대한 사랑이야말로 그들의 열정을 태워 음악생활을 이어나갈 수 있게 해주는 불꽃이다. 그리고 또 누가 알겠는가? 그들 중에서 미래의 '들국화'가 피어날지?

더 들려드리고 싶은
음반들

본문에서 언급된 아티스트들의 관련 음반으로, 너무 잘 알려진 명반보다는 전성기 이후 발표되어 주목은 덜 받지만 알고 갈 가치가 있는 앨범들을 꼽아보았다.

이글스[Eagles] – Long Road Out of Eden 2007

변함없는 순수와 진심을 보여주는 거장들의 명작.

이미 전설이 된 이글스가 "The Long Run" 1979 이후 긴 공백을 깨고 21세기에 발매한 앨범이다. 세계 최고 밴드의

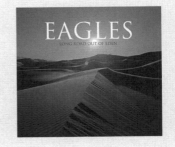

28년 만에 발표된 신곡들로만 구성된 앨범이기에 전 세계가 이 앨범에 주목했고 발매 후 모두들 "역시 슈퍼밴드는 다르다!"는 탄성을 지를 수밖에 없었다.

보통 노장의 몇 년 만의 컴백이라면 팬들과 매스컴의 엄청난 기대가 모아지고, 발매 후 기대에 못 미치는 작품으로 사람들에게 실망만 안겨주고, 다시 조용히 사라지는 것이 익숙했던 우리에게 이글스의 이 기대를 뛰어넘는 앨범이 선사한 충격은 음악 그 이상이었다.

당시 상황을 볼 필요가 있다. 사실 그들이 돌아올 것이라 기대하는 사람들은 거의 없었다. 1982년 해체한 후에는 컴필레이션 앨범만 몇 개 나오는, 잊혀지는 거장의 수순을 밟고 있던 차였다.

그러던 중 1994년 재결합 투어를 통해 전 세계를 새로운 버전의 '호텔 캘리포니아'로 감동시켰고, 공연실황을 담은 1994년 "Hell Freezes over" 앨범은 음악 마니아에게는 필수 소장품이 돼버렸다. 이 앨범에 4곡의 신곡이 담겨 발표됐다. 4곡 모두 이전의 명곡만큼 뛰어난 곡이었기에 새 음반에 대한 기대는 점점 부풀어갔지만 그 후 9년이 지나서야 2003년 "The Complete Greatest Hits"에 수록된 '홀 인 더 월드[Hole in the World]' 한 곡이 더 발표되고 그래미[Grammy] 시상식 후보에 올랐다가 다시 잠잠해졌다.*

---

*   해당 곡으로 2004년 그래미의 "Best Pop Performance by a Duo or Group with Vocals" 부문 후보에 올랐다.

이런 상황에서 누가 더 이상 그들에게 새 앨범을 기대를 했겠는가. 팬들은 지쳐갔지만 그들은 멈추지 않았다. 그리고 2007년이 되어 드디어 더욱더 훌륭한 음악을 가지고 돌아왔다. 그것도 두 장에 달하는 대서사시를 들고. 너무나도 아름답고 따뜻하다. 음악은 '호텔 캘리포니아' 이전의 부드러운 모습으로 돌아갔으며 가사는 더욱더 깊어졌다.

첫 싱글 '하우 롱[How Long]'을 비롯한 Disk 1에 담긴 내용들은 그들의 초기 곡이라 해도 믿을 만큼 옛 향수를 자극하는 아름다운 곡들이다. 기타는 남부 컨트리 음악의 흥겨움과 따스함을 그대로 간직하고 있으며, 그 어느 때보다 아름다운 보컬 하모니는 그들이 음악을 얼마나 잘 요리하는지를 보여준다.

Disk 2는 1에 비해 서정적인 마이너한 분위기의 곡들로 채워져 있다. 타이틀곡은 10분이 넘는 대작으로 '호텔 캘리포니아'에 비견할 만한 명곡이라 감히 말할 수 있을 정도. 그 뒤로 마이너한 분위기의 다소 강한 진행을 보여주다 눈물 시리게 아름다운 발라드곡 '아이 러브 투 워치 어 우먼 댄스[I love to watch a woman dance]'를 지나, 아코디언이 가미된 엘비스 프레슬리의 '이츠 나우 오어 네버[It's now or never]'를 연상시키는 '이츠 유어 월드 나우[It's your world now]'로 앨범은 끝을 맺는다.

21세기 초반 당시 록 음악계는 '개러지', '트렌디' 열풍으로 음악

성보다는 스타일을 중시하는 분위기가 파다했다. 그러던 시기에, 롤링스톤스[Rolling Stones]의 "A Bigger Bang"2005, 밥 딜런[Bob Dylan]의 "Modern Times"2006에 이어 발매된 이글스의 이 앨범은 압도적인 음악성과 이전의 스타일을 살리면서도 세련된 사운드를 보여준 새로운 걸작이었고, "이런 게 록 음악이다."라고 외치는 거장들의 일침과 같이 느껴졌다. 이전의 팬들에게는 추억과 설렘을, 새로운 젊은 시대의 청자들에게는 세대를 초월한 영원히 남을 감동을 선사할 명반이다.

엘튼 존의 1970년대 초 Classic Years를 빛낸 최고의 걸작 "Madman Across the Water"1971

"Madman Across the Water"는 "Tumbleweed Connection"1970에 이은 엘튼 존의 71년 작품으로 그의 전 레코딩 중에서 가장 뛰어난 작품임은 물론 대중음악사에서 가장 위대한 레코딩 중 하나로 당당히 꼽을 수 있는 걸작이다.

하지만 본작은 "Elton John"1970 발매 후 최고의 전성기라고 말하기엔 "Goodbye Yellow Brick Road"(1973) 이후 시기의 인기가 너무 커다랗지만를 누리

고 있던 시기에 발매된 앨범인데도 불구하고 평가가 상당히 '덜' 된 비운의 작품이다 'Classic Years'의 리뷰를 쓴 존 토블러[John Tobler]도 이 앨범을 '가장 저평가된 음반[Most undervalued LP]'라 하며 이 점에 대해 언급하고 있다.

윤리적 이유까지 동원돼 평가절하돼 온 모차르트의 마지막 오페라 중 하나인 "여자는 다 그래[COSI FANTUTTE]"만큼이나 음악사에서 가장 안타까운 시대적 실수 중 하나로 꼽힐 만한 사건이다.

음악 외적인 면에 대한 평가들은 일단락하고 음악적인 면을 보면 그의 전 스튜디오 레코딩들의 강점 구체적으로 "Empty Sky"(1969)의 초롱초롱 살아 있는 아름다운 멜로디, "Elton John"의 아름다움과 오케스트레이션을 동원한 웅장함, "Tumbleweed Connection"(1970)의 쌉싸름한 감성 등들을 종합적으로 모아놓았다는 인상이 강하게 느껴진다.

앨범 전체에서 그의 장기인 살아 있는 듯한 피아노 연주와 전반적으로 중후한 분위기를 자아내는 인상적인 풀 스케일의 오케스트레이션, 그리고 코러스들이 서로 완벽한 하모니를 이루며 음악이 줄 수 있는 최고의 아름다움과 풍성함을 선사한다.

낭만 가득한 아름다운 피아노 반주가 메인이 된 곡 '타이니 댄서[Tiny Dancer]', 20세기 팝 음악이 클래식 음악의 바통을 이어받았음을 증명해 주는 듯한 '레본[Levon]', 그리고 블루지한 '레이저 페이스[Razor face]'를 지나 그의 울부짖음이 섬뜩할 정도로 강렬한 '매드 맨 어크로스 더 워터[Madman across the water]'가 끝나면 "Elton John" 수록곡인 '식스티 이어스 온[Sixty Years On]'과 더불어 그의 최고의 명곡으로 꼽을 수 있는, 아메리칸 인디언에 대한 엘튼 존의 서사시 '인디언 선셋[Indian Sunset]'이 울려 퍼지며 절정에 이른다. 신세대들에게는 에미넴[Eminem]이 프로듀스해 이슈가 됐던 투팍[2Pac]의 사후앨범 "Loyal to the game"2004에 수록된 '게토 가스펠[Ghetto Gospel]'의 후렴구로 잘 알려진 곡이다. 클래식을 전공한 엘튼 존은 팝 음악에서의 현악 세션을 단순한 보강재가 아닌 음악의 대등한 한 파트로 사용하며 대중음악 시대의 클래식에 대한 절충안을 제시하며 전체적으로 완벽한 하모니를 만들어 냈다.

그 후 심각해진 분위기를 가라앉히기 위해서인지 컨트리풍의 고개를 절로 까닥거리게 만드는 흥겨운 '홀리데이 인[Holiday Inn]'를 거쳐, 코러스가 인상적인 컨트리, 블루스풍의 '로튼 피치스[Rotten Peaches]'가 이어지고, 잔잔한 피아노 연주와 함께하는 엘튼 존의 노래로 시작하는 '올 더 내스티스[All the Nasties]'는 중·후반부의 웅장하고 아름다운 합창으로 앨범의 두 번째 클라이맥스를 이끌어 낸다. '올 더 내스티스'의 청명한 합창이 끝나면 다소 가라앉은 분위기를 이어 마지막으로 애절한 가사가 돋보이며 단순한 사랑 시 이상의 의미를 담고 있는 듯한 아름다운 짧은 발라드 '굿바이[Goodbye]'가 흘러나오며 잔잔하게 마무리된다.

이 앨범은 "Elton John" 앨범의 '클래식적 요소를 바탕으로 한 팝 음악'이라는 그가 그 당시 지향하던 음악적 특징을 이어받았으며, 그러면서 또렷한 선율과 한껏 다듬어진 사운드를 통해 더 세련되고 클래시컬한 모습을 보여준다.

　이전 명반들이나 상당히 대중음악적 요소를 많이 받아들인 이후 명반들 "Goodbye Yellow Brick Road", "Captain Fantastic" 등 어느 것과 비교해도 빛나는 그의 절대 명반이다.

제2악장

Molto vivace,
아주 생기 있게

인간들의 목소리

내가 대중음악의 세계에 푹 빠지게 된 것은 초등학교 고학년 즈음부터였다. 그 사랑은 대학생 시절까지 약 10년간 지속되었고, 그 시절 찾아듣던 음악들이 지금까지도 내 음악 세계의 근간을 이루고 있다. 그럼 그 이전에는? 잘 기억이 나지 않는다. 어제저녁으로 뭘 먹었는지도 기억을 못 하는 내가 초등학교 저학년 때의 진짜 코흘리개 시절을 잘 기억하고 있을 리가 만무하다. 잘 나지 않는 기억을 살금살금 더듬거려 보자.

꼬맹이였던 나는 당시 집에 있던 전축으로 뭣도 모르고 클래식 음악을 들었다. 그 시절에는 나도 지금처럼 내 취향과 내 선택만 옳다고 치부하는 고집불통이 아니었다. 한창 세상을 받아들일 나이답게 딱히 선호하는 곡이랄 것도 없이 이것저것 집에 있는 음반들을 집어 들고 전축에 집어넣었던 것 같다. 하지만 당연히 그중에서도 마음에 드는 음악이 있었을 테고 수십, 수백 번을 돌려 들었던 음반들이 있었다. 그 중 유일하게 아직도 기억에 남는 것은 모차르트 레퀴엠Requiem in d-Moll, KV 626이었다. 칼 뵘의 전설적인 녹음D.G. 1971.* 녹음 그 자체보다는 그 인상적인 앨범 커버 사진 덕분에 아직까지 그 특정 음반이 기억에 남아 있을 수 있었다.

이 곡은 모차르트의 최후의 작품으로 잘 알려져 있다. 자신의 마지막을 진혼곡으로 장식한 음악 그 자체이자 불운의 천재가 아닐 수 없다. 모차르트는 '눈물의 날[Lacrimosa]'에서 펜을 멈추었고 제자 쥐스마이어가 나머지 부분을 완성했다. 진혼곡다운 장엄미 넘치는 곡으로 모차르트다운 드라마틱한 선율과 강물이 흐르는 듯 매끄러운 합창을 때로는 긴박하게 때로는 엄숙한 분위기 속에 녹여낸 명곡 중

---

* 지금은 니콜라우스 아르농쿠르가 콘첸투스 무지쿠스 빈[Concentus Musicus Wien]과 함께한 2003년 녹음SONY을 사랑한다. 칼 뵘의 레퀴엠은 너무 어린 시절 많이 들었기 때문인지는 몰라도 너무 교과서적인 느낌이 난다는 게 요즘의 내 감상이다. 반면 아르농쿠르의 녹음은 느리지도 빠르지도 않게 완벽한 완급조절을 해가며 따스함과 푸근함을 갖춘 인간미 넘치는 연주를 들려주고, 그러면서도 모차르트 레퀴엠 특유의 장엄함을 잘 담아냈다.

의 명곡이다. 하이든이 1809년 5월 31일에 서거하고, 6월 15일에 이루어진 대중적인 봉헌식에서도 모차르트 레퀴엠이 연주된 것으로 알려져 있다.[*]

지금도 마찬가지이지만 어린 시절의 나는 레퀴엠 중에서 세 번째 곡인 '진노의 날[Dies irae]'를 가장 사랑했던 기억이 있다. 세상이 무너질 듯 휘몰아치는 부정적 감정, 온 신경을 압도하는 어두운 위압감, 그리고 그 모든 것을 뛰어넘는 음악적 장대함은 인간의 것이 아니었다. 신의 분노 그 자체를 고스란히 담아낸 듯한 놀라운 경험이었다.

지금도 그런지는 모르겠지만 당시에는 학교 음악 시간마다 주야장천 영화 "아마데우스Amadeus. 1985. 밀로스 포만 감독. 톰 휠스가 모차르트로 열연했다"를 틀어주곤 했는데, 그날이면 감상에 젖어 집에 와서 이 음반을 틀어보곤 했다.

돌이켜 생각해 보니 이 시절에도 내가 가장 사랑했던 곡은 합창곡이었다. 많은 고전 음악 애호가분들의 '최애'는 상당수가 가사가 없는 음악임에 반해 내가 사랑한 음악들은 거의 대부분 인간의 목소리가 개입된 곡들이었다. 가사 자체에 매력을 느낀 적은 거의 없었다.[**] 아니, 가사가 내 머리에 인식되는 것 자체가 음악감상에 방해가 될 뿐이었다. 그저 인간의 목소리 그 자체가 내겐 중요했다. 나를 부르는, 나와 부르는, 그리고 내가 부를 수 있는. 목소리에서 우리는 같

---

[*]   데이비드 비커스 저, "하이든, 그 삶과 음악", 김병화 역, 포노, 2010, 178p

[**]   내가 사랑하는 음악 중에 한국어 가사의 음악이 거의 없는 이유가 여기에 있다. 나는 목소리라는 악기 자체를 사랑한 것이지 그것이 뱉어내는 말은 "음악감상"의 일부로 받아들이지 않았다. 그렇기 때문에 내가 즉시 인지하고 이해할 수 있는 한국어 가사가 들리는 순간 누가 나와 대화를 시도하려는 것과 같이, 굉장히 어색하게 느껴져 더 이상 '음악감상'이 불가능했다.

은 인류라는 동질감이 주는 익숙함과 푸근함을 느꼈다. 그리고 분노를, 위로를, 사랑을. 아주 오랜 옛날부터 우리와 함께해 온 최초의 악기. 그곳에 음악의 모든 것이 있었다. 그리고 목소리는 언제나 많을수록 좋았다. '우리'가 함께 존재함을 느낄 수 있도록. 인류의 모든 위대한 행위와 발견은 함께 해낸 것이었기에.

이후 나이를 먹어가며 고음악부터 현대음악까지 두루두루 탐험의 시절을 거쳤지만, 현재의 내 클래식 음악 취향은 초기 바로크에서 베토벤 시대까지의 또렷한 선율, 폭풍처럼 휘몰아치는 빠른 템포와 그에 알맞은 짜릿하고 날렵함을 보여주는 규모와 사운드의 원전연주,* 그 장대함에 뒷골이 저릿해지는 대규모의 합창단의 노래가 곁들어진 곡으로 정착되었다. 교향곡은 가끔 듣지만 너무 지루한 연주는 즐기지 않으며 난 느린 2악장은 항상 건너뛰고 즐긴다. 베토벤 7번은 예외, 독주곡, 실내악은 너무 밍밍해서 견딜 수가 없다. 결국 장르적으로 그때 그 시절 사랑했던 그 음악들의 곁으로 돌아온 것이다.

이것이 어린 시절의 영향일까 아니면 그저 나이를 먹으면서 더 이상 새로운 음악에의 탐색을 그만두었기에 탐색의 시기 이전의 선호

---

* 과거 작품의 해석을 작곡가의 시대 상황을 가능한 한 복원하여 작곡가가 의도했던 소리에 가깝게 연주하는 것을 추구하는 원전연주의 경우, 우리가 일반적으로 듣곤 하는 현대적 해석에 비해 **빠르기가 훨씬 빠른 편이다** 그리고 이것이 내가 원전연주를 사랑하는 주된 이유이다!. 여기에는 다 역사적 이유가 있다.

> "참고로 알아두어야 할 사항들이 몇 가지 있는데, 우선 바로크 시대의 빠르기의 근거는 걸음걸이와 심장 박동이었다는 사실이다. 따라서 분당 80번 뛰는 심장 박동과 관련시켜서 생각하면, 예를 들어 16분음표나 더블 텅킹과 같은 연주기교를 사용하여 빠르게 연주하던 음악들이 빠른 것이라고 느껴지려면 얼마나 빠른 빠르기로 연주되었을지 대충은 상상할 수 있다. 따라서 바로크 시대의 빠른 악장들이 오늘날 상상하는 것보다 분명히 더 기교적이었으며 매우 빠르게 연주했을 것으로 추정할 수 있다. 또한 느린 악장 역시 우리가 상상하는 것보다 훨씬 빠르게 연주했었을 것이다."
> – 민은기 외 저, "바로크 음악의 역사적 해석", 음악세계, 2018, 201p

로 돌아온 것일까. 아니면 혹시 이러한 음악이 포유동물이 느끼기에 가장 완벽한 완성된 형태라서일까. 어쩌면 그럴지도 모른다. 내 취향이 가장 우수했으면 좋겠다는 약간 이기적인 바람이기도 하지만 근거가 아주 없는 것은 아니다.

이 취향의 범위 안에 인류예술사 최고의 작품들로 꼽히는 작품들이 대거 포진해 있기도 하고, 무엇보다 가장 큰 이유는 우리 집의 마스코트이자 너무나도 사랑스러운 애완 토끼 샤샤가 내 취향의 클래식 음반을 틀어놓을 때마다 내 앞에 다소곳이 앉아 함께 음악감상을 하기 때문이다. 평소엔 빨빨거리면서 뛰어다니거나 자거나 밥을 먹기 바쁜 녀석이라는 것을 생각하면 놀라운 일이다. 물론 림프 비즈킷이나 키드 록의 음악을 틀어놓았을 땐 잽싸게 도망가는 모습을 보이는 것으로 보아 내 전반적인 음악 취향을 완전히 공유하지 않는 것으로 보여 조금 아쉽긴 하지만. 우리 샤샤를 록 스피릿도 겸비한 강인한 토끼로 키워내는 것이 내 최종 목표이다.*

어린 시절에는 그랬다. 그리고 초등학교 고학년 시절 즈음부터 록 음악의 세계에 빠져들었고 엘비스 프레슬리, U2, 밥 딜런, 브루스 스프링스틴 그리고 엘튼 존이 들려주는 놀랍고 새로운 자극에 젖어들었다. 대학생 저년차 어느 날까지. 한동안 잊고 살았던 클래식의 세계에 다시금 빠져들게 된 계기를 만나게 된 그날.

---

*   토끼는 지구상에서 가장 사랑스러운 생물이다. 토끼와 함께 생활하는 것은 거의 장점밖에 없는 행복한 경험을 선사하지만 큰 단점이 하나 있다. 너무 예쁘고 사랑스러워서 상대적으로 인간이 너무 허접해 보인다는 것. 단언컨대 토끼보다 예쁜 인간은 존재하지 않는다. 물론 내 와이프는 제외하고.

나는 대학생 시절 음악 외에도 영화의 광팬이었다. 당시 거주했던 한성대학교 입구는 양옆인 성신여대와 대학로 모두에 극장이 위치하고 있어 영화 관람에 매우 좋은 환경이었다. 그래서 나는 매주 주말이면 혼자 극장에 출석체크를 했다. 상영관이 많은 블록버스터 영화는 당시 생긴 지 얼마 안 된 넓고 쾌적한 성신여대 극장에서, 상영관이 별로 없는 영화들은 대학로 극장에서 관람할 수 있어 선택의 폭이 무척 넓었다. 매일매일 상영 영화리스트를 보며 조금이라도 흥미로워보이는 영화는 장르를 불문하고 관람했다. 덕분에 극장 프랜차이즈의 VIP 회원 자격을 놓치는 달이 없었다. 특히나 당시 대학로의 극장에는 '무비꼴라쥬'관이라는 독립영화 전문 상영관이 있어서 이 시기에 정말 많은 훌륭한 작품들을 접할 수 있었다.

그러던 어느 날 "클로이 Chloe. 2009. 아톰 에고이안 감독"라는 영화가 개봉했다. 주연 배우들이 굉장히 쟁쟁했다. 리암 니슨[Liam Neeson], 줄리안 무어[Julianne Moore], 그리고 당시 무서운 신예였던 아만다 사이프리드[Amanda Seyfried]까지. 영화 팬으로서 이걸 안 보러 갈 수가 없었다. 프랑스 영화 "나탈리 Nathalie. 2003. 안느 퐁텐 감독"의 리메이크 작품으로 관능과 의심, 그리고 사랑이 끈적하게 흐느적거리는 수작이다.

영화 초반, 극 중에서 교수인 리암 니슨의 강의 장면이 나온다. 학생들에게 모차르트의 오페라를 설명한다. 그중에서도 모차르트 최고의 작품으로 꼽히는 "돈 조반니 Don Giovanni. K. 527"의 주인공 돈 조반니의 여성편력을. 그 유명한 '카탈로그 송 Madamina, Il catalogo e questa'에 그 내용이 나온다.

"이탈리아 여자가 640명, 독일에선 231명, 프랑스 여자가 100명, 터키 여자는 91명, 홈그라운드인 스페인에서는 천 명 하고도 셋."

이 유명한 아리아는 돈 조반니가 자신이 이미 만났던? 여인인 엘비라를 못 알아보고 작업을 걸다가 도망을 가게 되자 돈 조반니의 하인 레포렐로가 엘비라에게 '우리 주인 놈이 이러고 다녔답니다'하며 신나게 돈 조반니의 여성편력을 읊어주는 내용의 노래이다. 영화에서 앞으로 벌어질 끈적한 사랑의 향연에 대한 복선으로 아주 적절한 내용이 아닐 수 없다.

"돈 조반니"는 호색한 짓을 일삼던 돈 조반니가 결국 지옥으로 떨어진다는 이야기 ··· 중간 내용이 아주 많이 생략되긴 했지만 결정적인 내용은 다 들어간 설명이라 생각한다를 다룬 작품으로 전반적으로 아주 멜로딕하고 유쾌한 분위기의 오페라다. 하지만 그 음악은 결코 가볍지 않으며 특히 돈 조반니가 지옥으로 떨어지는 장면의 엄숙함과 격정은 너무나도 강렬하게 우리의 머리를 강타한다.

영화를 재미있게 감상하고 집으로 돌아와 집에 소장하고 있던 "돈 조반니" 음반 정확히 기억이 나지 않지만 생동감 넘치는 모차르트 오페라로 정평이 나 있는 줄리니[Carlo Maria Giulini]의 1959년 Warner 레코드였던 것으로 기억된다을 꺼내 들었다. 그리고 10년 동안의 록 음악과의 외도를 끝내고 다시 클래식의 세계로 전향할 수밖에 없었다. 이 곡이 모차르트 최고의 걸작으로 꼽히는 데에는 다 이유가 있다.

그렇게 내 다시 시작된 클래식 음악감상은 오페라로 시작했지만 내가 딱히 오페라 장르를 선호하진 않는다. 이게 또 무슨 소린가 싶을 것이다. 아리아보다는 규모가 큰 합창을 선호하기 때문에 오페라보다는 상대적으로 합창곡이 더 많이 포함된 **오라토리오** 작품들을 더 즐겨 듣기 때문이다. 오라토리오는 오페라와 마찬가지로 극음악의 일종이지만 '주로' 종교적 주제를 다루며 합창 비중이 높다는 특징이 있다.

뻔한 얘기지만 오라토리오 장르에는 **'3대' 오라토리오**라 불리는 작품들이 있다. 막 클래식 음악에 관심이 가기 시작한 분들은 이 곡들부터 즐겨보시는 것이 좋을 것이다. 헨델의 "메시아"Messiah. HWV 56, 하이든의 "천지창조"Die Schöpfung. Oratorium in drei Teilen für Solostimmen, Chor und Orchester, Hob. XXI:2, 멘델스존의 "엘리야"*Elias. Oratorium nach Worten des Alten Testaments, op. 70가 그것이다. 메시아는

---

* 따로 소개할 공간이 없어 각주를 활용해 조금 부연한다. 이 멋진 곡은 헤레베헤[Philippe Herreweghe]의 녹음 Harmonia mundi. 1993을 들어보시는 것을 강력하게 추천드린다. 전곡 감상이 부담스러우신 분들은 레시터티브와 합창이 기가막히게 어우러지는 경건하면서도 아름다운 'Hilf deinem Volk, du Mann Gottes!' 한 곡만이라도 꼭 감상해 보시는 것을 추천한다.

뒤의 종교 파트에서 다루도록 하고 여기서는 하이든의 작품에 대해 얘기해 보고자 한다.

하이든의 천지창조는 누가 뭐래도 인류예술사에서 길이 빛나는 걸작이다. 하나님이 세상을 창조하는 창세기의 장면을 담았다. 제목만 봐도 바로 알 수밖에 없겠지만. 이 곡은 헨델의 "메시아"를 듣고 감명받은 하이든이 1796년부터 1798년까지 장기간의 작업 끝에 세상에 내놓은 대작이다.

어둠의 장막을 찢고 세상을 밝히는 빛을 그려낸 '빛이 있으라[Es werde Licht]' 파트의 짜릿함은 작품의 극 초반부터 청자에게 전기에 감전된 듯한 아찔한 충격을 준다. 빛이 터져 나오는 이 순간은 하이든이 초연이 이루어지는 마지막 순간까지, 주변 지인들에게도 숨겨왔던 깜짝 선물이었다고 한다. 그리고 그 깜짝 선물의 효과는 굉장했다.

"실버스토플은 빈의 청중들이 이 특별한 순간에 어찌나 감전된 듯한 느낌을 받았는지, 리허설이 몇 분간 중단되었다고 한다."[*]

　그 이후로도 모든 곡들이 훌륭하지만 특히 신의 손길같이 따사로운 멜로디를 천지가 진동할 것 같은 웅장함으로 그려낸 천사들의 합창들[**]은 이 작품의 백미다. 그 어떤 수식어도 불필요한, 모든 부분이 압도적이고 탁월한 걸작 중의 걸작이라 할 수 있다.

　이 작품은 하이든에게도 굉장히 의미가 큰 작품이다. 이미 건강이 쇠약해질 대로 쇠약해진 노년의 그가 온 열정을 쏟아부어 공들인 작품이고, 초연부터 열광적인 반응과 찬사에 크나큰 힘을 얻었다. 그리고 하이든이 대중들 앞에 마지막으로 모습을 드러냈던 것도 1808년 천지창조 공연살리에리가 지휘했다고 전해진다이었고 기력이 약했던 그는 1부의 하이라이트 합창인 '하늘이 하나님의 영광을 전하니[Die Himmel erzählen die Ehre Gottes]'를 들은 뒤 자리를 떠났다고 전해진다. 우레와 같은 기립박수를 뒤로하며.[***]

　개인적으로도 의미가 깊은 곡이다. 내 음악감상사에서. 그전까진 집에 있던 음반만 듣다가 본격적으로 클래식 음반 수집에 나서기로 마음먹은 내가 가장 처음으로 내돈내산 구매를 하였던 클래식 음반이 바로 하이든의 천지창조였기 때문이다.[****] 각종 음악 서적을 독파

---

[*]　　데이비드 비커스 저, "하이든, 그 삶과 음악", 김병화 역, 포노, 2010, 148p

[**]　트리오와 함께 이어지는 합창인 'Die Himmel erzählen die Ehre Gottes', 'In holder Anmut stehn'은 필청곡이다.

[***]　위의 책, 176p

[****]　제임스 레바인[James Levine]이 지휘한 베를리너 필하모닉[Berliner Philharmoniker]의 연주였다D.G. 1991. 특히 합창파트에서 제임스 레바인의 풍채만큼이나 거대하고 장대한 연주가 일품이다. 소프라노 캐슬린 배틀[Kathleen Battle]이 가브리엘과 이브의 역을 맡아 천상의 목소리를

하며 여러 음악정보를 습득하던 와중에 집에 없던 음악 중 가장 관심이 갔던, 가장 실제로 감상해 보고 싶었던 작품이었다.

그뿐만이 아니다. 음반 수집을 시작한 초창기 단계에서는 누구나 '여러 음악'을 구매하는 것을 같은 음악의 여러 레코딩을 구매하여 비교 감상하는 것보다 우선순위에 두기 마련이다.이 부분이 이해가 안가는 독자들을 위해. 당시에는 지금과 같은 음악 '구독' 서비스가 활성화되지 않았기에 음반을 구매하지 않으면 새로운 음악을 탐구해 가기 어려웠기 때문이다. 그럼에도 불구하고 나는 이 곡을 어찌나 사랑했던지 천지창조 음반만은 음반 수집 초창기에도 아낌없이 보이는 족족 구매했다. 아마 베토벤 "교향곡"과 헨델 "메시아"와 더불어 음반을 가장 많이 구입한 음악일 것이다. 그중 내가 가장 사랑했던 음반은 하나만 꼽을 수는 없고 완벽한 교과서 같은 연주가 돋보이는 가디너 Archiv. 1996의 녹음, 그리고 당시 막 발매가 되어 음악 팬들에게 신선한 충격을 주었던 윌리엄 크리스티 Warner. 2007의 쏜살같은 템포에 탄력적이며 싱그러움이 넘치는 레코딩 두 가지이다.

그런데 사실 오라토리오도 내가 아주 선호하는 장르는 아니다. 다만 합창 비중이 높기 때문에 즐겨 들을 뿐, 나는 '극' 음악 자체에 큰 매력을 느끼지 못하는 편이다. 이야기는 책이나 영화로 즐기면 충분하고, 음악은 음악으로서 감상을 하는 것을 원칙으로 하기 때문. 음악이 중요하지, 스토리가 뭣이 중요한가. 음악 그 자체로의 충족감

들려준다. 개인적인 선호보다 템포가 많이 느리기에 지금은 날렵한 원전연주 음반들에 선호가 밀려 거의 듣지 않지만, 당시에는 음반이 너덜너덜해질 때까지 듣고 또 들었던 기억이 있다.

이 훨씬 더 큰데 뭐하러 스토리에 끼워 맞춰야 한단 말인가! 뭐 이건 그저 내 개똥철학이다. 하지만 쇼펜하우어도 나와 비슷한 생각을 가진 것을 보니 나름 역사와 전통이 있는 철학이다. 음악은 다른 어떤 예술과도 다르다.

> "음악은 현상, 더 정확하게 말하면 의지의 적절한 객관성의 모사가 아니라 의지 자체에 대한 직접적인 모사이며, 세계의 모든 형이하학적인 것에 대해 형이상학적인 것을 나타내고, 현상에 대해 물자체를 나타낸다는 점에서 다른 예술과 다르기 때문이다. 따라서 세계는 의지를 구체화한 것이라고 말할 수도 있고, 음악을 구체화한 것이라고 말할 수도 있다."*

그리고 극음악 특성상 이야기 전개를 위해 중간중간 '곡'이 아닌 낭독하듯 부르는 레시타티브[Recitative]가 포함된다는 사실도 내가 극음악을 좋아하지 않는 다른 이유이다. 선호하지 않는다는 표현은 적절치 않은 것 같다. 매우 싫어한다! 대중음악에서 '앨범' 단위로 감상이 이루어지기 때문에 마니아들이 '앨범 전체 완성도'를 중요하게 여기는 것과 마찬가지의 이유다. 음악감상을 위해 각 잡고 시간을 비우고 소파에 앉아 음반을 재생시켰는데 '감상의 대상'이 아닌 것들이 섞여 있으면 맥이 툭툭 끊어질 수밖에 없다. 그래서 극음악 음반을 감상할 때면 쉴 새 없이 '다음 트랙' 버튼을 누르며 레시타티브 트랙을 건너뛰곤 한다.

---

* 쇼펜하우어 저, "의지와 표상으로서의 세계", 권기철 역, 동서문화사, 2016, 318p

이쯤 읽으시면 '가지가지 따지는 것도 많다.'라는 생각이 절로 드실 것이다. 극음악이 성악이라서 좋아한다더니 이제 또 극음악은 마음에 안 든단다. 뭐 어쩌자는 거니? 개인의 취향이란 것이 그런 것 아니겠나. 이랬다가 저랬다가 알다가도 알 수 없는 것이 사람의 마음이다. 그때그때 달라요. 흔히들 하는 말처럼. 그런데 그게 그냥 하는 말이 아니라 근거가 있는 말인 것 같다.

실제 최근 과학자들은 우리가 '생각'한다는 것 자체도 뇌가 유전적인 기본 설계 배선, 그리고 과거의 경험을 통해 즉석에서 날조해 낸 결과일 뿐이라는 사실을 밝혀냈다고 한다. 즉 우리의 통념과는 정반대로 뇌 속에 '논리적인 법칙을 따라 단계로 이루어지는 추론', '고정된 신념' 같은 것은 존재하지 않으며 우리의 생각은 그때그때 즉흥적으로 날조된다는 것이다.

정해진 규칙이 없다는 것은 '신념'과 '선호'에 대해서도 마찬가지로 작용한다. '펩시가 좋니 코카콜라가 좋니?' 이러한 선호를 물어보는 질문에 대한 우리의 답은 질문 질문마다 즉석에서 날조된다. 우리의 내면에 어떠한 고정된 '신념'이 존재하는 것이 아니다. 우리가 매일 주변에서 보듯이 정치인들이 똑같은 정책을 내더라도 어떤 정당이 내느냐에 따라 사람들의 호불호는 달라지며 심지어 그 오락가락하는 일관성 없는 자신의 관점을 정당화하기까지 한다. '이성'의 이름으로. 그리고 그 정당화에 가장 자주 쓰이는 표현은 '합리적'이라는 표현이다.

이러한 우리의 뇌가 행동하는 모습이 바로 우리가 여론조사 기관을 그다지 신뢰하지 못하는 이유이고, 사람의 정치적 신념이라는 것이 얼마다 덧없고 유약한 것인지를 보여준다. 똑같은 쟁점이라도 질

문에 따라 그때그때 답이 달라지는 것은 딱히 사람들이 혹은 내가 줏
대가 없어서 그런 것이 아니라 뇌의 작동을 고려할 때 오히려 자연
스러운 것이라는 것이다. 이는 예로부터 영리한 변호사와 정치인들
이 잘 이용해 온 인간의 특성 중 하나다.* 나는 영리한 변호사이지만
나부터가 오락가락하는 바람에 딱히 그런 인간의 특성을 이용해 본
적은 없는 것 같다. 아쉽게도.

그래서 내가 제일 좋아하는 장르는 결국 오페라나 오라토리오 같
은 극음악이 아닌 순수합창곡이 되겠다. 그런 곡이 많냐고? 교회나
성당을 한 번이라도 다녀본 사람들은 떠오르는 것이 있을 것이다.
그렇다. **미사곡**들이다.

사실 미사곡 하면 대표주자는 바흐가 될 것이지만 내게 있어서는
하이든과 베토벤의 미사곡이 가장 먼저 떠오른다. 나름 음악을 즐겨
들었다고 자부하지만 B단조 미사 BWV. 232를 비롯한 바흐 최고의, 혹
은 바흐가 작곡한 인류 최고의 작품들을 그리 즐기지는 않는다. 부
끄럽게도. 왜 그럴까. 아마 바로 머리에 떠오르셨을 '음악이 너무 무
거워서'는 답이 아닐 것이다. 나는 무거운 중후한 음악이더라도 휘
몰아치는 템포와 드라마틱한 사운드, 멋진 선율을 갖추었다면 무척
이나 사랑한다. 내가 모든 음악을 통틀어 가장 최고로 꼽는 음악이
베토벤의 장엄미사임을 생각해 보면 더욱 그렇다. 그렇다. 아마 내
가 바흐의 성악 작품들을 그리 선호하지 않는 것은 아마 템포가 충

---

*   이상의 논의는 다음 책을 참조했다.
       닉 채터 저, "생각한다는 착각", 김문주 역, 웨일북, 2021

분히 빠르지 않고, 우리의 심장을 쫄깃하게 만드는 드라마틱함보다
는 딱딱하고 교과서적인 바흐는 말 그대로 그 교과서를 쓴 장본인이니 어쩔 수 없
다! 구조와 사운드가 시종일관 지속되어 내가 충분히 '재미'를 못 느
꼈기 때문인 듯하다. 다이내믹, 쫄깃한 전율이 없다. 자고로 음식도
조미료를 팍팍 쳐야 맛있는 법. 내가 사랑하는 것은 자극적인 양념
이 팍팍 들어간 고추장 찜닭순살이지 희멀건 닭죽이 아니다. 성스럽
긴 한데 내 가슴을 때리진 않는다. 나란 녀석은 뭐든지 자극적이지
않으면 즐기지 못하는 녀석이다. 안타깝게도. 바흐 팬분들에겐 죄송
할 따름이다.

　　반면 하이든과 베토벤의 미사곡들은 이것이 과연 진중하고 엄숙
한 종교의식에 사용하려 만든 곡인가 싶을 정도로 드라마틱한 매력
이 있다. 특히 하이든의 작품들은 밝고 선명한 멜로디에, 밀고 당기
는 완급조절이 탁월하며, 솔로파트는 오페라 아리아와 같이 명암이
또렷한 울림을 선사하고, 합창파트에 있어서는 휘몰아치듯 빠른 템
포로 극적인 효과를 유도, 압도적인 카타르시스를 선사하곤 한다.

때문에 종교적 의도가 전혀 없이도 감상하기 좋으며, 하이든 합창 음악의 진수를 맛볼 수 있다는 점에서 하이든 미사곡집은 내가 가장 많이 반복해 들은 음반들이다. 음반으로 구할 수 있는 모든 하이든 의 미사곡들이 걸작이기 때문에 특히 후기 미사곡들 꼭 미사곡집을 들어 보시는 것을 추천드린다.

개인적으로 레너드 번스타인[Leonard Bernstein] SONY. 2009 박스세트, 사이먼 프레스턴[Simon Preston] Decca. 1997 합본반 등 여러 음반을 거쳤지만 가장 최고로 꼽는 것은 뭐니 뭐니 해도 가디너[John Eliot Gardiner]의 하이든 미사곡집 Decca. 2015 박스세트이다.

여덟 장의 CD로 구성되어 미사곡들뿐 아니라 터져 나오는 순수한 경이와도 같은 힘찬 '합창곡 테 데움[Te Deum in C major, Hob. XXIIIc:2]', 그리고 '스타바트 마테르[Stabat Mater, Hob. XXa:1]'까지 포함되어 있으며, 다른 하이든 미사곡집 음반들에서 찾기 쉽지 않은, 그렇지만 내가 하이든 미사곡 중 가장 사랑하는 '천지창조 미사[Mass in B Flat 'Schöpfung Messe', Hob. XXII:13]'까지 수록되어 있다는 것이 최고의 장점이다. 내가 미사곡을 듣고 있는지, 천지창조 하이라이트 모음집을 듣고 있는 것인지 헷갈릴 정도의 극적인 긴장감과 산사태와 같이 밀려오는 가슴 벅찬 감동을 즐길 수 있다. 물론 가디너 특유의 완벽하게 조율된 합창, 면도날 하나 들어갈 틈도 없이 깔끔하기 그지없는 연주, 하이든 음악의 드라마틱함을 탁월하게 살리는 빠른 템포는 당연하고 말이다.

그 외 '하모니 미사[Mass in B Flat 'Harmoniemesse', Hob. XXII:14]', '세실리아 미사[Mass in C Major 'Missa Sancta Caeciliae', Hob. XXV:5]', '테레지아 미사[Mass in B Flat 'Theresienmesse', Hob. XXII:12]', '넬슨 미사[Mass in D

Minor 'Nelson Mass', Hob. XXII:11] '도 필청곡이다.

또한 순수합창 음악의 대표주자로 종교 음악만 이야기하면 섭섭하다. **헨델의 이벤트성 음악들**을 빼놓을 수 없다.

전투에서 프랑스를 물리친 승리를 기념하기 위한 '전승 음악'이며 의기양양하고 힘이 넘치는 합창들로 가득한 "데팅겐 테 데움*[The Te Deum for the Victory at the Battle of Dettingen, HWV 283]*", 파운들링 병원 자선음악회를 위해 작곡되어 마지막의 '할렐루야'를 비롯해 다른 곡들의 음악을 편집하여 장식한 "파운들링 병원 찬가*[The Foundling Hospital Anthem, HWV 268]*", 조지 2세 대관식을 위해 작곡하였으며 아직까지 영국왕실에서 공식적으로 연주되고 있는 2023년 찰스 3세의 대관식을 보았다면 이 곡을 들었을 것이다! 장엄함의 끝판왕이라 할 만한 "대관식 찬가*[Coronation Anthem, HMV 258]*", 위트레흐트 조약을 통해 스페인 왕위계승전쟁이 끝났음을 축하하기 위해 작곡된 "위트레흐트 테 데움*[Utrecht Te Deum, HWV 278]*" 등 헨델의 이벤트성 음악들은 베토벤이 찬탄해 마지않았던 헨델의 완벽한 합창 음악의 진수를 보여주는 작품이다.

모두가 훌륭하고 위대한 음악들이지만 그 중 개인적으로 꼽는 최고는 "앤 여왕을 위한 생일 송가*[Ode for the Birthday of Queen Anne, HWV 74]*"일 것이다.

관련된 에피소드가 없어서 딱히 음악 외적으로 할 말은 없는 곡이다. 내가 앤 여왕이랑 무슨 관련이 있겠나. 난 영국 근처에도 가본 적이 없다. 하지만 내가 가장 사랑하는 헨델의 음악이기에 소개를 빼먹을 수 없겠다.

"앤 여왕을 위한 생일 송가[Ode for the Birthday of Queen Anne, HWV 74]", 혹은 송가의 첫 곡의 제목을 따서 "신성한 빛의 영원한 원천[Eternal Source of Light Divine]"이라고도 불리는 이 성악곡집은 1713년 앤 여왕의 마흔여덟 번째 생일을 위해 런던의 헨델이 작곡한 위대한 송가이다. 아름답기 그지없는 우아한 멜로디, 점진적으로 절정을 향해 탄탄하게 치솟아가는 구조, 열정적인 합창의 카타르시스. 그야말로 헨델 음악의 모든 정수가 녹아 있는 걸작 중의 걸작이다.

특히 첫 곡은 매우 심플한 편성의 반주에 한 사람의 목소리만을 이용했음에도 그 고아한 분위기와 비단결 같은 멜로디의 아름다움으로 이루 말할 수 없는 감동을 준다. 또한 다섯 번째 곡인 'Let Rolling Streams Their Gladness Show'는 활기차고 발랄한 듀엣으로 총총거리듯 시작하여 장대하지만 그 유려한 흐름을 그대로 머금은 합창으로 마무리되는 멋진 곡으로 송가의 하이라이트라 할 만하다.

비록 앤 여왕의 건강상태 문제로 예정된 날에 공연되지는 못하였지만 이 위대한 걸작 덕분에 헨델은 영국 왕실에서의 입지를 다질 수 있었다고 한다.

음반은 구하기가 힘들지만 역시 멋진 합창곡인 "파운들링 병원을 위한 송가[Anthem for Foundling Hospital]"를 함께 즐길 수 있는 사이먼 프레스톤[Simon Preston]의 지휘 녹음 DECCA. 2006이 훌륭하다. 개인적으로는 그 아름다움과 생동감 측면에서 마쿠스 크리드[Marcus Creed]의 음반 Harmonia Mundi. 2009을 가장 사랑한다. 위대한 카운터테너* 안드레아스 숄[Andreas Scholl]의 아름다운 음색은 이 세상의 것이 아닌 듯하고, 살아 있는 듯한 생생한 템포 조절과 딱딱하지도 과하지도 않은 완벽하게 능숙한 합창은 이 녹음을 내 인생 최고의 음반으로 만들었다. 또 하나의 헨델 합창 걸작인 "Dixit Dominus, HWV 232"와 함께 즐길 수 있다는 점은 덤이다. 그리고 너무 좋아한 나머지 똑같은 앨범을 두 장 구입한 유일한 음반이기도 하다.

순수합창곡은 아니지만 합창 이야기가 나왔는데 베토벤의 "합창교향곡 Symphony no. 9 in D minor, op. 125" 이야기를 빼놓을 수 없다. 인류음악사에서 가장 유명한 곡이자 걸작 중의 걸작이니 설명이 필요가 없다.

---

*   일반적으로 여성 음역대로 여겨지는 높은 음역을 노래하는 남성 성악가를 말한다.

이 음악을 사랑하지 않는 인간이 있을까? 나도 마찬가지였다. 이 곡을 처음 들은 순간은 기억이 나지 않지만, 어느 순간 그 강렬한 힘과 환희의 송가의 격정적인 아름다움에 걷잡을 수 없이 푹 빠져들 수밖에 없었고 많은 지휘자들의 합창연주 녹음을 구매했다. 가디너의 베토벤 교향곡 전집을 구매한 뒤 더 이상의 수집을 멈추긴 하였지만.

베토벤 "교향곡 9번"에 대해 내가 가장 사랑하는 점은 언제 어느 때 들어도 우리에게 에너지를 준다는 사실일 것이다. 이 곡에는 환희의 송가만이 있는 것이 아니다. 특히 1악장과 4악장의 도입부의 검붉은 폭풍이 휘몰아치는 듯한 강렬함은 느슨하고 피로로 가득 찬 직장인의 삶에 아드레날린 주사를 꽂아 넣는 듯한 긴장감을 주기도 하고, 슬픈 현실에 맞닥뜨린 우리에게 삶의 무게를 이겨낼 힘을 주기도 한다.

이 곡의 전체적인 분위기가 얼마나 사람마다 다르게 느껴질 수 있는가는 전설적인 푸르트뱅글러[Wilhelm Furtwängler]의 '전시 녹음'과 '전후 녹음'만 비교해 봐도 알 수 있다. 폭격이 쏟아지는 듯한, 전운이 짙게 도는 무시무시한 분위기로 그려낸 치열하고 험상궂은 전시 녹음, 그리고 전후 바이로이트에서 느릿느릿 넘치는 여유와 짙푸른 녹빛의 인류애를 잔뜩 담아낸 녹음. 같은 곡의 같은 지휘자의 연주라 믿기지 않을 정도로 전혀 다른 분위기를 보여준다. 어떤 현실의 상황에도 구애받지 않고, 순수 음악이 나타낼 수 있는 최상을 표현해 낸 베토벤 "교향곡 9번"이기에 가능한 일일 것이다.

베토벤은 그렇게 잔뜩 우리에게 살아갈 힘을 주고는, 그것도 모자라 인류에게 빛을 선사하기 위해 '환희의 송가'를 불러준다. 온 세상 위로 하얀 꽃잎들이 쏟아지는 듯한 형언할 수 없는 감동을 주는 이 노래는 삶의 기쁨, 인간으로 태어나 살아간다는 것에 대한 말로 표현할 수 없는 자부심을 불어넣어 준다. 정말 완벽한 마무리가 아닐 수 없다.

개인적으로 이 걸작과 관련하여 경험한 가장 기억에 남는 순간은 영화 "카핑 베토벤"*의 명장면을 관람했을 때였다. "교향곡 9번"의 연주가 끝나고 기진맥진하고 있는 베토벤. 당시 청력도 잃고, 전반적인 건강이 상당히 좋지 않았음에도 열정적인 지휘를 마쳤으니 그럴 수밖에. 허덕인다. 그때 베토벤을 돕는 가상의 캐릭터 안나 홀츠가 베토벤을 붙잡는다. 그를 돌려세운다. 관중석으로. 그제야 그의 눈으로 들어온다. 터져 나오는 사람들의 함성이. 솟구치는 감동 벅찬 울음이. 인간의 한계를 드높이 끌어올려 낸 베토벤이라는 성인을

---

* "Copying Beethoven". 2007. 아그네츠카 홀란드 감독 작품
안나 홀츠라는 가상의 여성캐릭터를 등장시켜 연주용 악보를 편집하는 역할의 '카피스트'이자 조력자로 등장시켰다. 묘한 긴장 관계를 가진. 그 외에도 위의 명장면에서 나온 "교향곡 9번"의 대리 지휘와 같은 역사적 사실과 맞지 않는 영화적 각색이 많기에 음악 애호가들에게 평이 좋지는 않다. 다만 에드 해리스가 열연한 베토벤의 모습은 그 자체로 탁월하고, 하이라이트인 15분에 달하는 9번 교향곡 장면은 꼭 한 번쯤 감상해 보시기를 권한다.

향한 인류의 거대한 갈채가. 음악을 사랑하는 인간이라면 누구나 감동의 눈물을 찔끔 흘릴 수밖에 없는 명장면 중의 명장면이다.

이 영화를 처음 본 것은 공교롭게도 군시절 미군 부대 도서관에서 였는데 미군 부대 도서관은 책만 있는 것이 아니라 음악 CD나 영화 DVD를 시청할 수 있는 시설이 되어 있고 빌려주기도 했다, 너무 좋았던 나머지 바로 DVD를 빌려와 당직을 서면서 세 번을 연달아 더 시청했고, 합창교향곡 장면은 다섯 번을 더 감상했다. 그렇게 아침이 되어 당직이 끝나기 직전, 아침 점호를 위해 당직근무지 앞에 서 있던 군대 선·후임들도 내가 다섯 번째 돌려보고 있던 이 장면을 보게 되었고, 듣고, 눈시울을 붉혔더랬다. 아! 음악의 아름다움이여! 내 군생활 중에서 가장 강렬하게 남아 있는 기억 중 하나다.

그럼 실제 연주의 모습은 어땠을까? 실제 상황도 그 감동이 더하면 더했지, 덜하지는 않았던 것으로 보인다. 사람들이 받은 충격과 감동, 연주회에 참석한 모든 이들의 모든 에너지를 폭발시켜 버린 그날의 상황은 다음과 같았다고 전해진다.

"1824년 5월 7일 빈에서 'D장조 미사'와 '교향곡 9번' 초연을 들어보는 행사가 있었다. 이 두 곡은 대단한 성공을 거두었고, 완전히 난리가 났다. 베토벤이 나타나자 그를 맞는 박수갈채가 다섯 차례나 축포처럼 울려 퍼졌다. 예의지국인 오스트리아 제국에서는 황제의 가족이 입장할 때 청중이 박수를 세 차례 치는 것이 관례였다. 그런데 이번에는 경찰이 개입하여 환영의 박수를 억지로 멈춰야 할 정도였다. 교향곡이 연주되자 미친 듯이 열광적인 반응이 쏟아져 나왔다. 엉엉 우는 사람도 많았다. 베토벤은 연주회가 끝나고 가슴이 벅차 기절했다. 사람들이 그를 신들러 집으로 떠메어 갔다. 베토벤은 연주복을 차려입은 채로 먹지도 마시지도 않고 내내 그날 밤과 이튿날 아침까지 축 늘어져 있었다."

– 로맹 롤랑 저, "베토벤의 생애", 임희근 역, 포노, 2020, 76p

인간의 목소리

엘비스 외에도 로큰롤 음악 하면 빼놓을 수 없는 아티스트가 또 있다. 록 음악의 '보스'로 불리곤 하는 **브루스 스프링스틴**[*Bruce Springsteen*]이고, 브루스 스프링스틴 하면 빼놓을 수 없는 것은 그 강렬하고 정렬 넘치는 허스키한 보이스일 것이다.

이러한 멋진 목소리의 다른 주인공들로 스프링스틴 외에도 레너드 코헨[*Leonard Cohen*], 크리스 리[*Chris Rea*], 톰 웨이츠[*Tom Waits*], 밥 딜런[*Bob Dylan*], 조 카커[*Joe Cocker*], 보니 타일러[*Bonnie Tyler*] 등이 떠오른다. 모두 내가 너무나도 사랑하는 가수들이다.

나는 특이하게도 적어도 대중음악에서는 이러한 걸걸하고 파워풀한 음색을 선호했다. 클래식 장르에서는 내가 가장 선호하는 가수는 얇게 펴 바른 버터같이 부드러운 음색의 카운터테너 필립 자루스키[*Philippe Jaroussky*]라는 점을 생각하면 무척 이상하다. 뭐 개인의 취향에 이상할 것이 뭐가 있겠느냐만 서도, 장르에 따라 너무나도 대조적인 내 취향은 내가 봐도 어색하기 짝이 없다.

이유가 뭘까? 아마 내가 주로 선호하는 장르 자체가 빠르고, 스케일이 크고 강렬한, 그렇지만 소리의 측면에서 과하기보다는 적절히 가벼워 날렵한 사운드이기 때문이 아닐까. 클래식 음악은 빠른 템포의 원전연주를 바탕으로 한 성악곡들, 대중음악은 옛 로큰롤 음악이 그 대표적인 예이다. 그리고 강렬함을 음색의 측면에서 표현하기 가장 적절한 목소리는 허스키한 보이스이다.

허스키한 음색을 들으면 짙은 갈색의 커피, 그리고 부드럽고 구수하지만 뒤에는 끈적한 달콤함이 묻어나오는 풍성한 고급 시가의 연무가 떠오른다. 몬테크리스토! 힘든 하루를 마친 나를 위로해 주며 혼자만의 시간을 함께해 주는. 그 그르렁댐 속에는 맑고 청명한 목소리에서는 느낄 수 없는 시대의 외로움과 고단함이 있다. 그러면서도 거칠지만 두툼한 담요처럼 푸근하게 기댈 어깨를 내어주는 어른스러움 또한 함께 지니고 있다. 그렇기에 젊은 시절의 브루스 스프링스틴이 어린 나이에 이미 '보스The Boss'라는 별명을 갖게 된 것이리라. 물론 그런 멋진 이유 말고도 오직 허스키 보이스의 로커만이 뿜어낼 수 있는 범접할 수 없는 강렬함을 빼놓을 수 없다.

브루스 스프링스틴 최고의 걸작이자 내가 가장 사랑하는 앨범은 단연코 "Born to Run"1975이다. 급행열차를 몸으로 들이받는 듯한 장대하고 폭발적인 사운드, 그 속을 날카롭게 뚫고 나오는 스프링스틴의 힘 있는 보이스. 목소리가 쉬어가는 타이밍에 바통을 이어받아 뛰쳐나와 오선보를 갈갈이 찢어발기는 색소폰이라는, 일반적인 밴드 음악에선 생소한 목관악기가 주는 찬란한 카타르시스. 심장이 쿵쾅거리고 왠지 모르게 저 평원으로 뛰쳐나가 달려야 할 것 같은 기분, 온몸의 모든 털들이 쭈뼛 솟구치는 폭발적인 경험을 오직 사운드로 만들어 낸 걸작 중의 걸작이다. 필 스펙터 스타일의 '소리의 장벽 Wall of Sound'*을 이렇게 멋지게 구체화해 낸 음악이 또 있을까. 이 앨범은 2003년 'Zagat Survey' 뮤직 가이드에서 실시한 '가장 즐겨 듣는 앨범 설문조사'에서 쟁쟁한 역사적 명반들 사이에서 당당히 1위를 차지하기도 했다.**

---

*   음악가이자 프로듀서인 필 스펙터가 고안한 녹음방식이다. 여러 소리들을 '쌓아올려' 청자로 하여금 거대한 벽에 부딪히는 느낌을 자아낸다.

** Barry A. Jeckell September 23, 2003, "'Born To Run' Tops Zagat Music Survey", Billboard.
    참고로 Top 5는 다음과 같다.
    1. 'Born To Run' – Bruce Springsteen
    2. 'Abbey Road' – The Beatles
    3. 'Sgt. Pepper's Lonely Hearts Club Band' – The Beatles
    4. 'The Joshua Tree' – U2
    5. 'The White Album' – The Beatles

이 역사적인 명반에서 제일 멋지다고 생각하는 곡은 완벽한 기승전결의 장엄한 대서사시인 '정글랜드[Jungleland]'이겠지만 그래도 역시 가장 즐겨 듣게 되는 것은 타이틀곡인 '본 투 런[Born to Run]'일 것이다. 이 곡에는 사람을 흥분시키는 마력이 있다. 그저 심적으로 흥분시키는 것이 아닌 정말 심장이 쿵쿵거리고 내 팔다리가 움직이게 만드는 마력이.

실제로 음악을 들으면 '운동을 준비하는 전운동피질[Premotor cortex]이 활성화'*된다고 한다. 이 말인즉슨 음악은 뇌에서 곧바로 운동과 연결된다는 뜻이다. 우리는 그렇게 설계됐다. 우리가 적절한 움직임 특히나 어려운 두 발로 하는 직립보행을 할 수 있는 것은 생존에 있어 매우 중요하고, 적절한 움직임을 가지려면 리듬감이 필수적이고 리듬은 곧 음악과 연결되기 때문이리라. 그리고 이것을 가장 효과적으로 보여주는 예시가 브루스 스프링스틴의 이 곡이 아닐까.

나는 예나 지금이나 몸을 움직이는 것을 싫어한다. 어린 시절부터 쭉. 독서, 음악감상, 영화감상, 글쓰기, 파이프와 시가 같이 내가 사랑하는 것들은 모조리 장시간 가만히 앉거나 누워서 하는 것들이다. 그래서 내가 몸을 움직인 기억들은 전부 강제로 한 경험들뿐이다. 대표적으로 예전 회사에서 강제로 갔던 야유회와 다짐대회를 빙자한 체육대회, 신입사원 연수에서 강제로 시킨 제주도 한라산 등반산은 거기에 있고 나는 여기에 있는데 왜 굳이 둘의 접점을 만드나?! 난 아직도 이해할 수 없다, 학창 시절의 체육회 등이다. 전부 좋지 않은 기억들이다.

---

* 크리스토프 드뢰서 저, "음악 본능: 우리는 왜 음악에 빠져들까?", 전대호 역, 해나무, 2015, 202p

몸을 쓴 안 좋은 추억들 중 하이라이트는 뭐니 뭐니 해도 군대일 것이다. 나는 운이 좋게도 카투사[KATUSA]로 군복무를 했다. 기가 막힌 치즈버거는 끝내줬지만 모든 것이 좋지는 않았다. 당연히. 군대가 그렇지 뭐. 2마일약 3.2km 달리기를 엄청나게 자주 했다. 적절한 수준의 기록으로 통과하지 못하면 외박을 나가지 못하고, 통과할 때까지 맞선임들"너 군생활 누구랑 제일 오래 할 것 같나?"에게 시달리며 체력훈련을 해야 한다는 무시무시한 벌칙이 있었기 때문에 내 인생에 있어 가장 열심히 달렸던 시기였다. 물론 다행히 내가 움직이기를 개인적으로 싫어했을 뿐 체력 수준은 괜찮은 편이었기 때문에 항상 준수한 성적으로 통과를 했다. 하지만 싫었다. 너무 싫었다.

난 체육관에서도 근육 운동을 좋아했다. 주로 눕거나 엎드려서 하는 프레스와 푸시업 위주의 운동을 했다. 몸을 최대한 쓰지 않으면서 운동할 수 있고말이 되나? 운동을 하면 바로바로 그 효과가 눈에 보이는 종목들이기 때문이다. 나란 녀석은 얼마나 일관성 있는 사람인가! 움직이기 싫어서 운동조차 누워서 하는 운동을 하다니!

그리고 보통 그것'만' 즐겨 했다. 물론 제일 좋아했던 것은 운동 자체가 아니라 운동을 끝내고 하는 사우나미군 부대 체육관 안에는 사우나가 있다. 역시 선진국은 다르다와 치즈버거였지만. 아무튼 달리는 것은 힘들기만 하고 재미도 없고 감동도 없는 데다가, 밖에 나가 뽐낼 멋들어진 가슴 근육이 생기는 것도 아닌 성취감도 없는 짓이었다.

전역한 지 한참의 시간이 지난 지금도 이 개똥철학은 유지하고 있다. 아침에 일어나 출근 전 잠을 깨고, 셔츠핏직장인에게 가장 중요한 포인트이다을 만들기 위한 푸시업을 제외하고는 그 어떤 운동도 하지 않으며 아주 만족스럽게 빈둥대며 살고 있다. 푸시업을 선택한 이유는 오직 하나다. 가성비. 체력장을 한 번이라도 겪어본 사람들은 알 것이다. 1분만 하더라도 힘들어 죽을 것 같다. 하루에 오직 1분씩만 힘들면 되는데, 가슴 근육은 금방 펌핑되고 유지도 쉬운 데다가 가슴은 옷을 입었을 때 가장 쉽게 드러나는 부위이다. 뭐든 '적당히'만 하고자 하는 내가 찾아낸 적당한 건강과 적당한 몸매관리, 그리고 그것을 유지하기 위한 최소한의 노력의 최적점이 바로 푸시업이었던 것. 아무튼 그렇게 하루 1분 이상 운동에 투자하는 것조차 싫어하는 내가 일주일에 3.2km씩 달렸다. 아니, 달려야만 했다. 내가 군대 좋아서 간 게 아니잖아. 얼마나 괴로웠겠는가?

그 지옥 같은 괴로움을 함께 했던 '내 머릿속의 2마일 달리기 사운드트랙'이 바로 브루스 스프링스틴의 '본 투 런'이었다. 약 15분의 달리는 시간 동안, 4분 22초짜리 트랙이 무한 반복 재생되었다. 질주하는 드럼, 천둥소리와 같이 휘몰아치며 온몸을 강타하는 기타 사운드, 거친 세상 속에서 방황하는 영혼들이 삶을 어떻게든 살아나가는 모습을 처절하게 노래하는 브루스의 강렬한 허스키 보이스. 이토록 달리고자 하는, 아니 달려야 하는 한 인간의 상황에 잘 어울리는 음악이 있었던가.

처음에는 달리기 위해 '본 투 런'이 필요했다. 살아남기 위해, 무서운 맞선임들과의 체력훈련을 피하기 위해. 하지만 나중에는 '본 투 런'이 머릿속에 플레이되면 내 다리는 내 의지와는 상관없이 땅을 박차고 있었다.

그 과정은 우리네 인생과도 꼭 닮아 있다. 하루하루 먹고살기 위해 우리는 달려야 한다. 때론 죽을 것 같이 힘들지만. 물론 그럴 필요가 없는 운 좋은 사람들도 있고, 꽤 많다. 하지만 그렇게 태어나지 않은 나 같은 사람들은 오늘도 하루하루를, 살아가야 한다.

"우리 같은 방랑자들은 달려야만 하는 인생이라고 Tramps like us, baby we are born to run!"[*]

그럼에도 불구하고 우리는 이 질주를 멈춰서는 안 된다. 더 나은 삶을 위해서라면. 우리에겐 희망이 있기에. 함께할 음악이 있기에.

"언젠가는 그 멋진 곳에 도달할 수 있을 거야. 그리고 우리는 햇빛 속에서 걸을 거야 Someday girl I don't know when, We're gonna get to that place where we really want to go. We'll walk in the sun."[**]

타이틀곡을 제외하고도 이 앨범은 '선더 로드[Thunder Road]', '백스트리트[Backstreet]', '정글랜드[Jungleland]' 같은 다른 명곡들로도 가득하다. 특히 앨범의 포문을 여는, 롤링스톤지 선정 역사상 가장 위대한 곡 86위로 꼽힌[***] '선더 로드'는 필청곡.

잔잔하면서도 구슬픈 하모니카 소리가 울려 퍼진다. 곧 그 슬픔을 걷어내는 청명한 피아노와 힘찬 스프링스틴의 목소리가 등장한다.

---

[*]   Bruce Springsteen 'Born to Run' 1975 중

[**]   같은 곡 중

[***] 참고로 '본 투 런'은 21위이다. 그리고 "Born to Run" 앨범은 역사상 가장 위대한 음반 순위 2010년 판에서 18위에 올랐다. 록 음악 음반들의 순위가 대폭 하락한 꽤나 충격적인 2023년도 판에서는 21위로 소폭 하락했다.

노래는 점점 힘을 얻고 희망을 향해 달려가기 시작한다. 조금의 쓸쓸함을 머금고 있지만 미래가 없는 촌구석을 떠나자고 상대를 설득하는 이 노래는 현실을 이겨내고자, 희망을 안고 모험을 시작하고자 하는 열정으로 가득 차 있다.

하지만 모험이 성공하리라는 보장은 없다. 우리네 평범한 사람들이 현실의 무게를 이겨낼 수 있는 확률은 지극히 낮다. 반면 모험을 일단 시작하면, 내가 가는 길이 험난할 것임은 보장되어 있다. 100%. 그렇기에 우리의 꿈은 항상 쓸쓸함을 품고 있다. 힘들게 시작했지만 결국에는 그것이 허망하게 사그라들지 모른다는 가능성을 알고 있기에. 그래서 그 좁은 틈을 비집고 나아가고자 하는 데에는 강하고 굳건한 의지가 필요하다. 의지, 그것이 희망의 본질이리라. 확실하지만 알 수 없는 위험을 감수해야 하므로. 어떤 사람은 그 의지를 찾지 못했다. 하지만 어떤 사람은 죽을 때까지 그 의지를 불태우며 희망을 향해 나아간다. 나, 그리고 여러분들. 성공할지 여부는 알 수 없더라도, 그 나아감 자체가 우리의 멋진 삶이 된다는 것을 알기에. '선더 로드'는 그러한 의지를 태울 원동력을 얻고 싶은 사람들에게, 몸을 움직일 수 있도록 예열해 주는 연료가 되어주는 에너지 가득 넘치는 곡이다.

보스의 또 다른 대표작은 두말할 나위 없는 "Born in the U.S.A." 1984 일 것이다.

앨범 커버부터 수록곡들의 사운드까지 미국 냄새 풀풀 풍기는 이 명반은 정작 미국에 대한 비판적인 가사를 담고 있는 것으로 유명하다. 허울만 남은 아메리칸 드림과 베트남전의 후유증에 시달리며 시름시름 앓고 있던 미국의 모습을 힘이 넘치는 로큰롤에 얹어 그려냈다. 1980년대 미국, 레이거니즘의 시대에. 엘비스의 외침이 들린다. "말로 하기 너무 위험하다면… 노래하라When things are too dangerous to Say… Sing!"

그렇다고 보스가 미국을 싫어하는 것은 아닐 것이다. 오히려 너무나도 사랑하기에, 더 나은 곳으로 만들고자 하는 의지와 그럴 수 있을 것이라는 희망이 있기에 그러한 쓴소리를 할 수 있었던 것이리라. 그의 노래에는 의지가 있기에 힘이 실렸다. 그의 노래에는 희망이 있기에 즐거웠다. 그것은 로큰롤이었다. 그랬기에 이 앨범이 폭발적인 인기를 거두며 역사적인 명반으로 자리매김할 수 있었을 것이다. 1980년대 미국, 팝과 펑크Funk의 시대에.

무엇을 싫어하는 것은 쉽다. 하지만 사랑하는 것은 어렵다.

나도 세상에 참 불만이 많은 사람이다. 뉴스를 볼 때마다 치미는 화를 주체할 수 없다. 도대체 이 나라는 제대로 돌아가는 게 무엇인가?! 분통이 터진다. 하지만 그럼에도 불구하고 나는 내가 태어난 이 땅을, 대한민국을 무척이나 사랑한다. 그게 무슨 의미일까. 사랑하기에 불만도 있는 것인가, 아니면 불만에도 불구하고 사랑하는 것인가. 살면서 내가 무언가를 사랑한다는 사실에 의심이 든다면, 하나의 팁이 있다. 자신을 행복하게 하는 작은 것들을 되새겨 보는 것이다. 아주 작고 소소한 것이라도. 사는 것은 누구든 힘들기 마련이다. 사소한 행복이 모여 우리의 삶을 지탱해 주는 것이고, 우리는 그 작은 행복을 주는 대상을 사랑할 수밖에 없다. 아무리 밉더라도. 한 번 떠올려 보자.

　언제든 나가서 밤의 즐거움을 누릴 수 있는 압도적인 치안, 평소엔 무심한 듯하지만 주변에 어려운 일이 생긴 것이 눈에 띄면 발 벗고 나서서 도와주는 착하고 멋지고 예쁜 사람들, 도심지든 산책할 공원이든 쉽게 어디든 갈 수 있는 대중교통, 길가에 즐비한 예쁜 카페, 서울 곳곳에 위치한 여유 부리기 좋은 젊음의 활력이 넘치는 캠퍼스, 누구나 쉽게 정보를 얻을 수 있도록 배려한 수많은 사려 깊은 공공도서관, 언제나 내 주문을 받아 내 집 앞까지 배달할 준비가 된 음식점들, 자극적이고 맛있는 음식들, 닭볶음탕, 찜닭, 닭갈비, 순댓국, 곱창전골 등등…나는 보통 주로 퇴근 후 늦은 밤 시간에 글을 쓴다.

　어쨌든 이런 작고 소중한 것들이 모여 내 일상을 이루고 행복의 밑거름이 되며 이 땅에 대한 사랑의 근간을 이루는 것이 아닐까. 나는 이러한 작은 것들의 추상적 총체로서의 내가 살고 있는 이 땅을 사랑한다. 그리고 그 위에서의 내 삶을. 우리 같은 평범한 사람들이 모두가 공감하고 공유하고 있는 국가에 대한 애정이란 이런 것일 것이다. 정치·경제적 사상도, 특정 정당도, 정부조직도 아닌 우리의 소박한 삶을 구성하는 소소한 행복과 따뜻한 사람들에 대한 것 말이다. 이러한 우리의 투박한 사랑을 자신에 대한 지지 도구로 변질시켜 정쟁의 인질로 삼는 이들은 얼마나 나쁜 사람들인가.

우리가 이렇게 함께 붙들고 있는 사랑에도 불구하고 우리는 서로를 혐오하고, 상대에게 돌을 던져대는 악독한 행위에 우리의 소중한 에너지를 쓸데없이 많이 낭비하고 있다. 왜 그럴까? 인간은 무리를 이루고 사는 사회적 동물이다. 이것을 위해 필요했기에 우리가 가지게 된 습성 중 하나가 바로 '우리'와 다른 것을 타자화하고 배척하려는 경향이다. 그리고 그 '우리'에 포함되는 사람인지 여부를 가르는 기준선은 자산, 소득, 나이, 세대, 성별, 결혼·음주·흡연 여부, 심지어 음악·영화에 대한 취향까지 그 무엇이든 될 수 있다. 그렇기에 무엇을 싫어하게 만드는 것은 너무나도 쉽다. 어디든지 선 하나만 찍그으면 편이 갈리니까. 선을 긋고 그 선의 존재를 인식시키기만 하면 싸움은 자동적으로 시작된다. 너와 우리. 너는 무조건적으로 핍박해도 되는 나쁜 편, 나는 옳은 편이고 내가 행하는 것은 우리를 위한 정의. 영리한 정치인과 언론인, 그리고 변호사들은 아주 오래전부터 이러한 인간의 습성을 잘 이용해 왔다.

하지만 그래야만 하나? 우리는 그 이상을 사유할 수 있는 동물이다. 악의를 가진 누군가가 판을 짜놓은 네 편, 내 편 유치한 싸움에 놀아나며 화로 가득한 삶을 살기에 우리의 인생은 너무나도 짧고, 우리 주변에는 너무나도 즐길 거리들이 많으며 사랑해 마땅한 좋은 사람들이 많다. 우리의 적은 우리를 갈라놓으려는 이들이다. 오로지.

손을 뻗자. 저들이 악의적으로 그어놓은 저 선 너머로. '너'도 우리와 같은 인간임을 인지하는 순간 우리는 너그러워질 수 있다. 다르지만, 자세히 보면 같을 것이다. 다양성은 우리 종의 존속에 필수적인 전략자산이다.

작은 것들을 사랑하자. 일상을 사랑하면 우리 동네가, 대한민국이, 세상이 아름다워 보이리라. 물론 어둠은 필연적으로 존재한다. 그 어떠한 인간도, 국가도, 시스템도 완벽할 수는 없다. 그리고 우리에겐 그 어둠을 걷어낼 수 있다는 희망이 있다. 그리고 그것이 바로 브루스 스프링스틴이 노래한 미국에 대한 사랑이자 희망일 것이다.

브루스 스프링스틴만 우리의 감성을 자극하는 목소리를 지닌 것은 아니다. 멋진 목소리의 가수 하면 또 빼놓을 수 없는 분이 2016년 세상을 떠난 캐나다 출신의 음유시인 **레너드 코헨**[*Leonard Cohen*]일 것이다. 학창 시절 캐나다 출신 영어회화 선생님과 시간 가는 줄 모르고 그의 음악에 대해 얕은 영어 실력으로 더듬더듬 떠들었던 기억이 난다 캐나다에서는 교과서에도 실릴 정도로 유명한 시인이자 소설가이기도 하다.

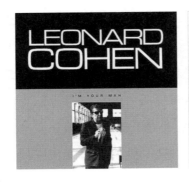

늘어지는 뽕스러운 리듬의 색소폰이 넘실거리고 그 위로 낮은 목
소리의 중년 남자가 느끼한 가사를 읊조린다.

"If you want a lover I'll do anything that you ask me to/ Here I
stand I'm your man 당신이 연인을 원한다면 나는 당신이 원하는 모든 것을
해줄게요. 나는 당신의 남자입니다."

시적인 가사와 다소 심심한 포크 음악으로 일관하던 코헨에게 성
공을 가져다준 동명의 앨범 수록곡 '아임 유어 맨[I'm Your Man]'이다.
소설가이자 시인이었던 그는 문학적 감각을 발휘해 뛰어난 가사를
가진 포크송들을 써냈다. 중·후반기에 그는 포크와 함께 재즈, 찬송
가, 부기 등 여러 가지 음악적 시도를 했고 "I'm your man 1988"이
후부터는 신시사이저를 크게 도입하는 등 계속해서 그 음악 세계를
넓혀갔다.

내가 본격적으로 이 멋진 목소리의 싱어송라이터를 알게 된 것은
당연히 그의 최고의 명곡 '할렐루야[Hallelujah]' 덕분이었다. 그리고
MZ세대답게, 할렐루야라는 시대의 명곡을 처음 알게 된 계기는 요
절한 천재 아티스트 제프 버클리[Jeff Buckley] 덕분이었다. 1994년 발
매된 그의 유일한 스튜디오 레코딩이자 명반 중의 명반으로 꼽히는
"Grace"에 수록된 이 리메이크는 정말이지 영혼을 떨리게 만드는
소름 돋는 감동을 선사한다. 이 곡의 원곡이 있다는 사실을 알게 되
고 바로 레너드 코헨의 음악을 찾아 듣게 되었다.
달라도 너무 달랐다. 톡 건드리면 깨질 것 같은 여리디여린 제프 버

클리의 목소리로 부르는, 잔뜩 겁에 질려 오들오들 떨고 있는 이의 필사적인 기도와 같았던 제프 버클리의 버전과는 완전히 달랐다. 레너드 코헨의 원곡은 '신성하다'는 생각이 절로 들 만큼 경이로웠다.

묵직한 베이스 사운드와 장엄하다고까지 할 수 있는 코헨의 목소리, 신성함을 한층 더해주는 천사들의 합창 같은 코러스. 혼자가 아니다. 떨지 말지어다. 흡사 바흐의 B단조 미사곡BWV 232을 연상케 하는 숭고미로 가득 찬 짙은 연무가 온몸을 휘감는 듯하다.

곡을 듣자마자 바로 그 위대함에 압도당했고 레코드 숍으로 달려가 "The Essential Leonard Cohen" 음반을 구입했다. 위대한 아티스트라는 사실을 단 한 곡으로 완벽히 이해했으니, 이제 그의 위대한 음악을 한 번에 즐겨보고 싶었다. 하나도 빠짐없이. 이럴 때 베스트 앨범 "The Essential" 시리즈만 한 것이 없다.

포크 시절부터 그의 음악을 즐겨오신 분들이라면 '소 롱 메리앤[So Long, Marianne]', '파르티잔[Partisan]' 같은 곡들을 기억할 것이고 일반적인 마니아분들이라면 '할렐루야', 그리고 코헨의 멋진 저음의 목소리가 뽕스러운 리듬과 찰떡같이 어우러지는 '아임 유어 맨'을 떠올릴 것이다. 그리고 나같은 신세대 청자들은 2000년대의 걸작 "Ten New Songs2001"의 명곡들을 사랑한다. 특히 '인 마이 시크릿 라이프[In My Secret Life]', '어 사우전드 키시스 딥[A Thousand Kisses Deep]'은 그의 목소리와 완벽하게 어우러지는, 나이와 함께 더욱더 중후해진 사운드가 일품이다. 이 모든 히트곡들이 에센셜 시리즈에 다 수록되어 있다. 빠짐없이. 놀라운 컴필레이션 앨범이 아닐 수 없다.

코헨은 대중적 성공과 함께 드높은 예술적 성취를 모두 이루어 낸 몇 안 되는 전설적인 아티스트이다. 여러 음악인들을 비롯한 세계 곳곳의 많은 마니아들이 그의 팬임을 자랑스러워하고 있고 당시 젊은 뮤지션들은 "I'm Your Fan 1991"이라는 트리뷰트 음반도 발표했을 정도. 2000년대에도 꾸준히 새로운 음반을 발표하며 계속해서 깊고 짙으면서도 고아한 음악을 만들어 온 위대한 시인은 2016년 우리 곁을 떠났다.

소개하는 순서는 늦었지만 특이한 목소리의 아티스트를 꼽을 때 가장 먼저 떠올릴 수밖에 없는 보이스의 소유자는 단연코 **톰 웨이츠**[*Tom Waits*]일 것이다. 밥 딜런[*Bob Dylan*]과 더불어 음악계에서 독보적인 위치를 지키며 아티스트들의 아티스트로 불리고, 아직까지도 활발한 창작활동을 하고 있는 위대한 아티스트다.

'도대체 담배를 얼마나 많이 태워야 목소리가 이렇게 되나.' 싶을 정도로 위스키와 담배로 짙게 우려낸 그의 매력적인 보이스와 항상 기대에서 도망가버리는 통통 튀는 음악적 상상력, 그리고 세상 어느 누구도 들려주지 못했던 아름다운 감성은 전자 음악과 케이팝이 메인스트림을 휘감는 요즘 시대에도 음악 팬들에게 치명적인 향수를 불러일으키며 청자들의 마음을 사로잡는다.

그는 1970년대에는 주로 재즈 스타일의 감미로운 음악을 다루었고 목소리도 끈적하면서도 부드러운 스타일이었지만 이때도 목소리는 감미로움과는 다소 거리가 있었다 1980년대와 1990년대를 거치면서 모래로 잔뜩 갈아댄 목재 같은 거친 목소리를 얻었으며 블루스, 록, 그리고 그 어떤 말로도 표현할 수 없는 그만의 독특하고 기괴한 실험적 음악을 선보여 왔다.

물론 나는 이 세상의 것이 아닌 듯한 독특함을 지닌 그의 중후기 작품들보다는 초기의 로맨틱하고 감성 넘치는 음악을 사랑한다. 피아노와 포크적 감성이 어우러진 "Closing Time"1973, 감미롭기 그지없는 재즈풍의 곡을 담은 "The Heart of Saturday Night"1974와 프란시스 포드 코폴라 감독의 "마음의 저편[One From The Heart]" 사운드트랙 1982, 낭만적인 분위기는 여전하지만 슬슬 목소리의 변화와 실험정신이 싹트기 시작한 것을 목격할 수 있으며 사상 최고의 명곡 중 하나로 꼽히는 'Tom Traubert's Blues'를 수록한 "Small Change"1976, 전작의 분위기를 이어받았으며 내가 개인적으로 무척 사랑하는 가벼운 피아노 반주의 눈물 시리게 아름다운 발라드 '어 사이트 포 소어 아이스[A Sight For Sore Eyes]'를 수록한 "Foreign Affairs"1977는 모두 수록곡 단 하나도 빼놓을 수 없는 기가 막힌 완성도를 자랑하는, 음악 팬들이라면 반드시 들어보아야 할 명반들이다.

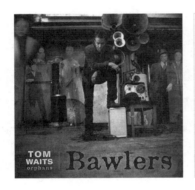

하지만 내가 그의 음반 중 가장 사랑하는 것은 의외로 2000년대에 발매되었다.

기괴하기 짝이 없는 음악으로 기존 팬조차 매우 당황하게 만든

2004년 발매된 "Real Gone"으로 그의 전 앨범 중에 피아노가 등장하지 않는 유일한 앨범으로 알려졌다 'Tom Waits 음악'에 대한 실험을 마친 그는 2006년 자그마치 54곡이 수록되어 있는 세 장짜리 음반을 발매하게 된다.

이런 컬렉션이 아티스트로서 종점이 될 수도 있다는 점을 잘 알고 있다는 듯이 그는 옛 곡들의 빈틈에 새 곡을 채워 넣었고 그것은 단순하고 뻔한 재녹음 컬렉션이 될지도 몰랐던 이 앨범에 새 생명을 불어넣어 완벽한 앨범을 완성시켰다 B-side곡, 미공개곡, 커버곡들 모음집이라는 식으로 많이 알려지고 실제로 그렇게 홍보됐지만 30곡 이상이 새 곡이다.

앨범은 각각의 다른 방향을 가진 세 장의 레코드로 이루어졌다.

"Brawlers"는 그의 음악 특유의 비트를 가진 괴팍한 록, 블루스 위주의 곡을,

"Bawlers"는 가슴을 저미는 발라드, 러브송들을,

"Bastards"는 나머지 분류하기 힘든 괴상한 곡들 그리고 농담?!들을 모아놨다.

그리고 이 중 "Bawlers"가 바로 내가 그의 음반 중 가장 사랑하는 앨범이다. 초기 1970년대 음악만큼의 풍성한 사운드를 가지고 있진 않지만 멜로디와 농익은 정서적 측면에서 그의 음악사상 가장 아름다운 음악들을 들려준다. 20곡 중 영화 "슈렉 2"에 삽입돼 잘 알려진 재치가 통통 튀는 재미있는 넘버 '리틀 드롭 오브 포이즌[Little Drop of Poison]'을 제외하고는 모두 주옥같은 발라드곡이며 시나트라[Frank Sinatra]의 노래로 잘 알려진 '영 앳 하트[Young at heart]'로 환상적으로 마무리된다.

피아노와 여러 관악기들의 어깨를 쓰다듬어 주는 듯 울리는 와중에 아무리 힘든 시기라도 봄은 올 것이라는 담담한 위로의 말을 건

네는 '유 캔 네버 홀드 백 스프링[You Can Never Hold Back Spring]', 현악기와 아코디언이 자아내는 애수 가득한 연주와 쓸쓸한 분위기가 손발을 차갑게 만드는 '위도우스 그로브[Widow's Grove]', 행진곡풍의 드럼롤을 바탕으로 내 아이들을 부탁한다는 한 남자의 절절한 마지막 한 마디가 가슴을 울리는 '테이크 케어 오브 올 마이 칠드런[Take Care Of All My Children]'은 앨범의 하이라이트. 그의 음악 중 가장 멋진 순간이라 해도 과언이 아닐 뛰어난 곡들의 모음집이다.

허스키 보이스는 남성들의 전유물이 아니다. 내가 가장 사랑하는 록 보컬 **보니 타일러[Bonnie Tyler]**의 시원시원하면서도 강렬한 보이스를 빼놓을 수 없다. 아무래도 강렬한 음악을 선호하는 내 취향 때문에 내 플레이리스트는 상당수가 남성 보컬의 노래로 가득하지만 그중 당당히 한자리를 차지하고 계신 분이 바로 이 보니 타일러이다.

로드 스튜어트[Rod Stewart]와 자주 비교되곤 하는 그녀의 목소리에는 특별한 것이 있다. 거칠며 짙고 어두운 느낌이 일반적인 보통의

허스키 보이스와는 달리, 속이 뻥 뚫리는 듯한 밝은 하늘색 청량감을 함께 가졌다. 흑맥주처럼. 밝다고 하여 힘은 약할 것이라 생각하면 오산이다. 그러면서도 놀라울 정도의 에너지를 품고 있으며 그것을 곡의 발전 흐름에 맞추어 적절한 타이밍에 폭발시키기에, 그리고 그 경이로운 목소리를 우리의 심장을 쿵쾅거리게 만드는 록비트와 풍성한 사운드와 함께 들려주기에 그녀의 음악은 언제나 우리에게 대체 불가능한 카타르시스를 선사한다.

1977년 그녀의 특별하고도 위대한 목소리를 후유증으로 남긴 성대결절 수술 후 발표한 명곡 '이츠 어 하트에이크[It's a Heartache]'*로 일약 스타덤에 오른 그녀는 이후 본격적인 록 음악에 뛰어들었다. 새로운 목소리에 걸맞은 강하고 풍성한 사운드가 필요했던 것이다. 그리고 그녀가 로큰롤 여행의 동반자로 선택한 작곡가는 미트 로프[Meat Loaf]의 장대한 록뮤지컬 "Bat out of Hell" 시리즈로 유명한 짐 스타인먼[Jim Steinman]이었다.**

그리고 그 결과는 대성공이었다. 보니 타일러 최고의 히트곡이 된 '토털 이클립스 오브 더 하트[Total Eclipse of The Heart]'가 탄생한 것이다. 1983년 영국 차트 1위를 달성한 "Faster Than The Speed of

---

* 그리고 그녀와 목소리 비교를 많이 당하던? 로드 스튜어트는 결국 이 곡을 리메이크했다. 2006년 발매된 "Still The Same… Great Rock Classic of Our Time" 앨범에 수록되었다. 이 앨범은 그가 사랑한 록 음악들을 특유의 허스키한 멋진 목소리로 다시 녹음한 컴필레이션 앨범으로 'It's a Heartache'를 제외하고도 너무나도 멋진 곡들로 가득하다. 그중 'Have You Ever Seen The Rain'은 필청곡

** 둘은 폭발적인 가창력을 지녔고 짐 스타인먼의 음악을 가장 멋지게 살려낸 가수들이라는 공통점이 있다. 1994년에는 보니 타일러와 미트로프의 히트 음악을 모은 앨범 "Heaven & Hell"이 발매되기도 했다. 내가 개인적으로 가장 사랑하는 보니 타일러의 앨범이다. 내가 사랑하는 가수 둘의 다정한 모습을 담은 앨범 커버가 인상적이다.

Night"*의 싱글곡이었던 이 곡은 피아노 반주로 잔잔하게 시작되어 점진적으로 발전하며 보니 타일러의 목소리에 힘입어 강렬하게 마무리되는 절절한 발라드곡으로 짐 스타인먼 특유의 드라마틱한 곡의 구성과 감정을 자극하는 아름다운 멜로디가 특출난 곡이다.

이 곡 외에도 자신만의 에너지 넘치는 목소리와 더욱더 열정적인 연주로 재탄생시킨 CCR의 로큰롤 명곡 '해브 유 에버 씬 더 레인[Have You Ever Seen The Rain]'과 브라이언 아담스[Bryan Adams]의 발라드 명곡 '스트레이트 프롬 더 하트[Straight from the Heart]'의 리메이크 곡들, 앨범의 타이틀곡이자 경쾌한 피아노 아르페지오 반주 위에 실린 압도적인 파워와 원초적인 리듬으로 청자들의 몸을 절로 들썩이게 하는 '패스터 댄 더 스피드 오브 나이트[Faster Than The Speed of Night]'까지 버릴 곡 하나 없는 완성도로 새로운 로큰롤 여제의 탄생을 알린 기념비적인 앨범이다.

이 앨범 이후에도 계속해서 현재까지 가장 최근으로는 2021년 "The Best Is Yet To Come" 앨범이 발매되었다 왕성한 활동을 하고 있는 놀라운 가수 보니 타일러.** 그녀의 멋진 목소리가 계속해서 우리의 귓가에 맴돌기를.

그리고 내 어린 시절, 대한민국에서 굉장히 유명했던 허스키 여성 아티스트가 있다. 바로 스웨덴 출신의 **에바 휘스버그**[Ebba Forsberg]이다.

---

*   자그마치 600만 장이 넘게 팔린, 완성도와 인기 모두를 잡은 명반 중의 명반이다.

**   이 외의 필청곡으로는 신명 나기 그지없는 'Holding Out For a Hero', 'If You Were A Woman And I Was A Man', 그녀의 특색을 잘 살린 장엄한 발라드 'Loving You Is A Dirty Job But Somebody's Gotta Do It' 등이 있다.

우리나라에서 뜬금없이 스칸디나비아 반도의 이 놀라운 아티스트가 인기를 끌었던 이유는 1998년 발매한 그녀의 데뷔앨범 "Been There"의 싱글 '홀드 미[Hold Me]'가 드라마에 삽입되었기 때문. 나는 당시 대중음악에 막 빠져들어 새로운 음악에 대한 끝없는 탐색을 하던 시기였고, 당시 굉장히 핫했던 이 곡을 찾아 들을 수밖에 없었다.지금도 그렇지만 나는 텔레비전 드라마를 거의 보지 않기에 '드라마 삽입곡'을 굳이 따로 찾아들을 수밖에 없었다. 그리고 앨범을 플레이하고는 우리만의 것으로 생각해 왔던 절절한 '한'의 정서를 품은 듯한 이 아티스트의 감수성에 놀랄 수밖에 없었다. 즐겨 듣는 장르가 아님에도 불구하고 그 눈 덮인 창밖 풍경같이 시린 음악은 어린 내 기억에 강렬한 인상을 남겼다.

크게 간소화된, 그러나 빈틈없는 사운드의 건반 혹은 어쿠스틱 기타 위주의 연주, 쓸쓸하지만 잘근잘근 곱씹으면 약간의 단맛을 품고 있음이 드러나는 멜로디, 거기에다가 갓 내린 커피 같은 우수에 젖은 약간의 허스키한 목소리까지. 보니 타일러처럼 철근을 씹어먹은 듯한 강한 허스키는 아니지만 그녀의 음악에 딱 어울리는 에스프레소 같은 쌉싸름함을 지닌 허스키. 충분히 매력적이다.

아직도 가끔 차분한 마음으로 혼자 슬픔에 젖어 멋진 목소리가 불러주는 노래가 듣고 싶을 날이면 이 '홀드 미'를 재생하곤 한다 앨범을 구하고 나서는 후렴구에서 조금 더 드라마틱한 강렬함이 묻어나는 발라드 '로스트 카운트[Lost Count]'를 조금 더 많이 사랑하긴 했지만. 그때나 지금이나 잔잔한 음악을 선호하지 않는 내 성향에도 불구하고 말이다. 물론 그런 날은 많지 않다. 난 긍정적인 사람이니까.

멋진 목소리가 대중음악에만 있을 리는 없다. 아쉽게도 허스키는 아니지만 위대한 테너들은 내가 허스키를 사랑하는 이유인 해변가의 일출 같은 작렬하는 강렬함을 충분히 지니고 있다. 클래식계에서 멋진 목소리 하면 먼저 삼대 테너로 유명하신 루치아노 파바로티[Luciano Pavarotti], 플라시도 도밍고[Placido Domingo], 호세 카레라스[Jose Carreras]가 떠오른다. 너무 유명하신 분들이라 딱히 더 말할 것이 없다. 음악을 사랑하는 이라면 다들 이들 전설 셋이 함께한 '쓰리테너[The Three Tenors]' 콘서트의 '아무도 잠들지 말라[Nessun Dormal]'*를 듣고 감동의 눈물을 흘려본 적이 있으리라.
그럼 지금 이 순간의 현역 테너 중에서는 누가 있을까? 현재의 가장 멋진 목소리. 의견은 다양할 수 있지만 개인적으로는 **롤란도 비야손[Rolando Villazon]**을 꼽고싶다.

---

* 이탈리아의 작곡가 자코모 푸치니[Giacomo Puccini]의 유작 오페라 "투란도트[Turandot]"의 유명한 아리아. 수수께끼를 맞추지 못한 사람들을 무참히 살해하는 살벌한 공주 투란도트의 수수께끼를 주인공 칼라프 왕자가 모두 맞히고 부르는 승리의 아리아이다. 프랑코 코렐리[Franco Corelli], 파바로티, 그리고 쓰리 테너 콘서트로 유명하며, 보다 최근에는 영국의 오디션 프로그램 Britain's Got Talent에서 폴 포츠[Paul Robert Potts]가 불러 그를 일약 스타로 만들어 준 곡으로도 유명하다.

예나 지금이나 나는 바로크 성악곡들을 즐겨 듣다 보니 가수의 컴 필레이션 음반을 사더라도 주로 카운터테너의 음반만을 구매해 왔 다.* 그렇기에 오히려 더 대중적인 테너의 음원에는 별 관심이 없었 다. 그런데 어쩌다 테너의 목소리에 꽂히게 되었나.

계기는 '비발디 스페셜리스트'인 파비오 비온디[Fabio Biondi]가 지 휘한 비발디의 오페라 "에르꼴레 혹은 '테르모돈 강의 헤라클레스'[Ercole sul Termodonte, RV 710]" 음반 덕분이었다. 애초에 이 음반을 듣게 된 이유조 차 내가 사랑하는 카운터테너 자루스키가 열연했기 때문이었다.

바로크 음악을 사랑하는 분들이라면 모두가 상찬해 마지않는 파 비오 비온디가 이끄는 에우로파 갈란테[Europa Galante]의 탄력넘치면 서 청명한 연주가 제대로 돋보이는 명연으로 삶에 생기가 필요할 때 틀어놓고 싶은 음반이다.

---

* 필립 자루스키의 베스트 앨범인 "The Voice: Philippe Jaroussky" Virgin. 2012, 그리고 베준 메타Bejun Mehta의 헨델 오페라 아리아 모음곡집인 "Ombra Cara" Harmonia mundi. 2010 앨 범을 강력하게 추천한다.

곡 자체의 완성도도 굉장히 높다.

아리아와 합창이 적당히 분배돼 있고, 비발디답게 전반적으로 매우 화려하다. 비발디라는 이름에 잘 어울리는 상쾌함이 곡 전체에 흐르고 연주나 노래의 멜로디가 굉장히 뚜렷하다.

특징적인 것은 르네상스다운 쌉싸름한 멜로디가 군데군데 섞여 있고, 현을 뜯는 악기가 곡 전반에 걸쳐 등장하며, 합창은 여성합창 위주로 이루어져 있다는 것. 그걸 Fabio Biondi가 지휘했으니 정말이지 굉장한 청량감을 자랑한다. 또 다른 비발디의 유명 성악곡인 "글로리아RV. 589"의 신성함과 장엄함과는 대비되는 정말 비발디다운 오페라다.

그렇게 카운터테너의 아름다운 음색과 명랑하기 그지없는 합창을 즐기고 있다가 난데없이 엄청난 목소리가 나를 강타했다. 흑백 만화 속 세상을 갑자기 찢고 나온 3D 캐릭터 같은, 말도 안 되는 짙고 생생한 목소리.

"뭐지 이건?"

성악곡들을 좋아하다 보니 필연적으로 테너의 목소리들도 많이 들어왔다. 하지만 굳이 찾아볼 생각이 들 만큼 특별한 목소리는 없었다. 그때그때마다 달랐지만 이토록 강렬한 인상을 남긴 목소리는 없었던 것이다. 그의 짙은 눈썹만큼이나 검색해서 사진을 찾아보시면 그의 검고 굵은 눈썹에 반할 수밖에 없다 진한 남성미와 강렬한 호소력은 정말 압도적이었다. 와우.

그의 디스코그래피를 탐방하면서 먼저 맥크리쉬[Paul McCreesh]와 함께한 헨델 아리아집 "HandelD.G. 2009"을 들어봤다. 신세계였다. 항상 카운터테너의 아름다운 목소리로 들어왔던 헨델의 아름다운 곡들을 정반대의 성질을 가진 이렇게 짙은 목소리로, 이렇게 잘 어울리게 녹여내다니.

　그동안 잊고 지내왔던 남성성에 대한 갈망이 폭발했다. 이상하긴 하다. 로큰롤 음반의 경우 브루스 스프링스틴 같은 남성미 넘치는 목소리들을 위주로 들어왔던 내가 클래식 가수는 카운터테너만 좋아해 왔다는 것이. 비야손의 목소리, 그리고 헨델 앨범 덕분에 이러한 자기모순을 이겨냈다. 연주도 헨델 스페셜리스트 맥크리쉬가 지휘한 만큼 더할 나위 없이 훌륭했고, 정말 만족스러운 앨범이었다. 그렇게 비야손은 생동감 넘치는 강렬한 음성을 즐기고 싶을 때마다 찾게 되는 개인적인 최고의 테너로 자리매김했다. 그리고 지금 내 오디오에는 그의 모차르트 아리아 모음집 "Mozartissimo D.G. 2010" 가 플레이되고 있다.

더 들려드리고 싶은
음반들

| 블루스라는 기본 재료를 가지고 만들어 낸 훌륭한 만찬 Chris
| Rea – "Stony Road" 2002

브루스 스프링스틴을 연상시키는
허스키한 보이스*와 특유의 걸쭉한
감성으로 국내에서도 '앤 유 마이
러브*[And You My Love]*', '러브스 스트
레인지 웨이*[Love's Strange Way]*' 등의
발라드 명곡들을 히트시키며 이름

---

*   혹자는 둘의 비슷한 목소리에 착안하여 그를 '브루스 스프링스틴에 대한 영국의 화답'이라고도
    부르지만 음악성이 완전히 다른 그 둘을 붙이는 건 다소 어폐가 있다. 물론 나도 그들의 목소리
    때문에 브루스 스프링스틴과 더불어 소개를 하고 있지만.

을 알린 크리스 리의 2002년 발매된 세트 앨범이다.

　이전까진 좀 말랑한 음반들을 발매했었지만 이 앨범에서 블루스로의 회귀를 시도했고 그 결과물은 아주 훌륭한 것이었다. 블루스를 기본으로 재즈, 스윙, 록, 가스펠 등 다양한 음악적 양념들을 버무린 이 앨범은 그의 디스코그래피 중간에선 약간 안 어울리는 앨범일지는 모르겠지만 백인 블루스의 최정점에 달한 작품이라고 평가할 수 있을 정도로 훌륭한 음악적 성과물들로 가득 차 있다.

때론 스탠더드 팝처럼 때론 클래식처럼… Chris Rea - "La Passione" 1996

　역시 9월만 되면 라디오에서 꼭 흘러나오는 중후하고 낭만적인 발라드 'September Blue'의 주인공, 영국의 블루스 기타리스트 **크리스 리**[Chris Rea]가 만든 동명의 영화의 사운드트랙이다.

　"Auberge"1991와 베스트 앨범 커버를 스포츠카로 꾸미고 3차례 포뮬러원 챔피언이었던 아일톤 세나[Ayrton Senna]에 대한 아름다운 헌정곡 '소다드[Saudade]'를 녹음할 정도로 잘 알려진 페라리 모터 레이싱 팬인 자신이 직접 영화 각본을 썼고 전곡을 작곡, 프로듀싱 했다. 비록 영화는 평도 안좋고 잘 알려지지도 않았지만 이 앨범은 주목할만하다. 아니, 그가 남긴 최고의 걸작이라 할만하다.

이전부터 '셉템버 블루[September Blue]', '레인코트 앤드 어 로즈[Raincoat & A Rose]', '헤븐[Heaven]' 등의 명곡들로 거친 목소리와는 안 어울리는 촉촉한 감수성을 보여주었던 그가 블루스, 록, 재즈 등 여태껏 해오던 밴드 음악의 틀에서 벗어나 오케스트라와 함께 기량을 마음껏 뽐내며 '좋은 음악'이란 어떤 것인가를 보여주고 있다.

첫 곡에서 제시하는 꿈결같이 아름다운 기본 테마를 바탕으로 그가 꾸려나가는 환상적인 선율들과 감성은, 분위기를 위한 '기능성' 연주곡이 많아 자칫 지루해질 수도 있는 사운드트랙 음반에 대한 편견을 버리기 충분할 만큼 아름답다.

보통의 대중음악가들이 오케스트레이션을 다룰 때 거의 대부분 생기기 마련인 문제인 '덩치만 커진 단순한 구성의 사운드'는 전혀 느껴지지 않는다. 풍성하면서 완벽하게 적절한 오케스트레이션을 바탕으로 때론 눈물 시리게 아름다운 소년의 노래가 나오고, 때론 낭만적인 스탠더드 재즈, 팝이 나왔다 어느 순간엔 그를 대표하는 끈적한 기타 연주가 귀를 휘감고 있다.

그리고 그는 이 모든 걸 이 음반 하나에서 그 혼자의 능력으로 완벽히 조율해 내고 있다. 많은 이들이 크리스 리의 수많은 앨범들 중 최고 앨범으로 정규앨범인 "The Road To Hell", "Auberge"를 꼽지만 모두 틀렸다. 우리는 이 앨범을 크리스 리의 디스코그래피에서가 아니라 대중음악 역사상 가장 위대한 음반들의 리스트에 올려놔야 할지도 모른다. 그리고 나는 그래야 한다고 확신한다.

21세기에도 여전히 빛나는 천재성 Bob Dylan – "Modern Times" 2006

특이한 짙은 목소리를 논하면서 밥 딜런을 빼놓는 것은 말이 안 된다. 하지만 이미 노벨상까지 수상한 이 거장을 본문에서 소개하는 것은 지면의 낭비라 생각하여 이 자리를 빌려 내가 가장 사랑하는 그의 앨범을 소개하고자 한다.

사람들은 아직까지도, 언제까지나 밥 딜런[Bob Dylan]을 포크록 가수라고 생각한다. 그의 영향력과 음악사적 위치를 생각하면 당연할지도 모른다. 하지만 그는 이미 오래전에 포크의 굴레에서 벗어났고 1997년작 "Time out of Mind"부터 본격적으로 장르를 뛰어넘어 더욱 '풍성한' 음악의 만찬을 만들어 내기 시작했다. 1997년의 "Time out of Mind", 2001년의 "Love and Theft"에서 보여준 새로운 팝적인 접근과 특유의 진중함이 녹아들어 간 사운드는 그에게 또 다른 전성기와 함께 평론가들의 호평까지 가져다주었다.

"Love and Theft" 이후 5년 만에 발매된 그의 32번째 스튜디오 레코딩인 "Modern Times" 역시 음악적으로 그 둘의 장점들을 고루 갖추며 한결 더 아름답고 장엄한 모습을 보여준다.

앨범은 '섬데이 베이비[Someday Baby]'를 비롯한 흥겨운 곡들과 '스피릿 온 더 워터[Spirit on the water]' 같은 서정적인 곡들로 양분된다.

전체적으로 블루스와 스윙 사운드의 감이 짙은 가운데 이 음반의 하이라이트 '워킹맨스 블루스 넘버 투[Workingman's Blues #2]'는 매우 단순하면서 간결한 피아노 반주를 바탕으로 가슴 저미는 아름다운 멜로디를 들려준다. 이 곡을 비롯하여 '웬 더 딜 고스 다운[When the Deal Goes Down]', '네티 무어[Nettie Moore]'는 21세기 밥 딜런 표 녹진한 발라드의 진수를 보여주는 필청곡들이다. 그의 전성기 시절처럼 여전히 잡으면 스러질 것 같은 여림을 지니고 있으면서도 세월에 벼려진 중후한 그의 인상적인 목소리가 새로운 시대의 안식처를 찾았다. 완벽하게. 첫 싱글 커트된 흥겨운 '섬데이 베이비'는 오히려 다른 곡들에 묻혀 별로 귀에 들어오지 않을 정도로 전체 수록곡이 모두 뛰어난 완성도를 보여준다.

마지막 곡 '애인 토킨[Ain't Talkin]'은 9분에 달하는 대곡으로 "Ain't talin', just walkin'/ Heart burnin', still yearnin'"라는 반복되는 후렴구로 강렬한 인상을 심어주며 앨범에서 가장 어두운 분위기를 자아내면서 끈적하게 앨범을 마무리한다.

21세기에 이런 음반이 나올 줄이야 누가 알았겠는가. 온갖 유수의 매체들이 앞다투어 별 5개 만점을 주었고 앨범은 30년 만에 차트 1 위를 차지했다. 당시 밥 딜런의 나이는 65세였다.

딜런이기에 가능한 앨범이다. 아름답고 흥겹고 감동적이며 그의 앨범 중 가장 세련됐다.

짙은 눈썹과 강렬한 호소력, Rolando Villazon - "Mozartissimo" Universal. 2020

내가 현존하는 테너 중 가장 사랑하는 짙고 깊은 목소리와 그보다 더 짙은 눈썹의 소유자 롤란도 비야손의 모차르트 아리아 모음집이다. 지휘는 거의 대부분 필라델피아 오케스트라와 메트로폴리탄 오케스트라를 맡았던 야닉 네제 세겐[Yannick Nezet Seguin]이 맡았고 Chamber Orchestra of Europe이 연주했다.

비야손의 다른 작곡가의 작품들을 다룬 앨범들도 모두 훌륭했지만 그중에서도 모차르트의 작품들이 그의 목소리와 가장 잘 어울린다.

모차르트 특유의 짙은 달콤함과 생동감과 완벽하게 어우러지는 그의 호소력 짙은 강렬한 목소리가 정말 일품이다. 돈 조반니의 남성미 넘치는 창가의 발라드로 시작해 재기발랄한 마술피리의 파파

게노까지. 에너지가 넘친다.

모차르트가 원했던 목소리가 바로 이 남자였을 것이다! 하는 생각이 귀에 박힌다. 틀어놓고 있으면 삶의 에너지가 꽉 들어차는, 그런 행복감을 주는 앨범이다.

부클릿에는 특이하게 비야손의 모차르트와 관련된 '경력'겸 회고과 모차르트에게 전하는 편지?!가 적혀 있다. 좋다.

클래식이랍시고 고상한 양반들이 '공부하면서 듣는' 음악이라는 티를 내려고 '음악 그 자체'와 관련 없는 역사적 사실과 이야기들만 잔뜩 써둔 부클릿들이 많다. 하지만 이 앨범은 정말 진솔한, 모차르트와 음악에 대한 그의 애정이 듬뿍 담긴 글을 수록, 앨범의 완성도를 더 높여준다.

한 가지 단점이라면, 내가 구입한 음반은 체코반인데, 음량이 매우 작게 설정돼 있다. 체코사람들이 층간소음으로 고생하나? 소심한가? 그게 좀 불만이다.

록과 클래식의 만남

　이제 자연스레 아시게 되셨겠지만 내 최애 장르는 록 음악과 클래식이다. 다소 안 어울리는 조합이라고? 언뜻 생각하면 그럴 수 있다. 하지만 내 클래식 취향을 생각하면 그럴 만하다는 생각이 들지도 모른다. 나는 클래식 중에서도 하드록을 방불케 하는 시원시원한 템포로 휘몰아치는 스케일이 큰 관현악과 대규모 합창곡들을 선호하며, 지금의 취향이 정립되고 난 뒤에는 베토벤 이후의 작곡가들의 작품은 거의 듣는 일이 없다. 지금도 내 블로그 배경화면에는 '헨델, 하이든, 베토벤' 3명의 초상화가 자리 잡고 있다. 장대한 스케일의 웅장한 합창 음악의 대가들. 이런 작품들의 빠른 템포의 열정적인 연주를 들으면 록 음악 못지않은 '스피릿'과 열정을 느낄 수 있다. 정말이다. 그리고 나는 그런 스피릿을 또렷하게 가진 정열적인 작품들을 선호한다.

록과 클래식은 따로 들어도 좋다. 그런데 꼭 그래야만 하나? 내 최애 장르들을 조합하면 더 멋진 결과물이 나오지 않을까? 좋은 거 더하기 좋은 거는 더 좋은 거니까! 우리가 누군가. 명동에서 소프트아이스크림을 사 먹을 때도 초코나 바닐라보다는 '혼합'을 시켜먹고, 굳이 공통점도 없는 짬짜면을 개발해 내고 그것도 모자라 볶짬면, 탕짬면까지 만들어 낸 '스까'의 민족아닌가!

　그런데 이런 멋진 생각을 나만 한 것이 아니다. 록 음악을 하면서 그 베이스에 클래식 스타일의 사운드를 끼얹어 아주 놀라운 성과를 내온 아티스트들이 많이 있었다.

　록과 클래식의 조합하면 떠오르는 뮤지션 중 가장 대표격은 누가 뭐래도 **퀸**[Queen]일 것이다. 전 세계에서 사랑받고 한국에서도 많은 사랑을 받은 전설적인 그룹. 어린 시절 즐겨가던 동네 음반 가게의 퀸 베스트 앨범 판매 전단에서 '한국인이 가장 사랑하는 록 밴드'라고 소개한 것을 본 기억이 아직도 생생하다. 최근 동명의 영화*로 더욱더 유명해진 '보헤미안 랩소디[Bohemian Rhapsody]'는 설명할 필요도 없다.

---

*　　브라이언 싱어 감독, 2018, 라미 말렉이 프레디 머큐리 역할을 맡았다.

걸작 중의 걸작인 "A Night at the Opera"1975에 수록된 이 명곡은 하드록, 발라드, 오페라가 마구 혼재되어 뒤섞이면서도 완벽한 조화를 품어내고 있다. 그야말로 퀸은 이 한 곡으로 록오페라라는 장르를 정의 내려버렸다.

다만 보헤미안 랩소디와 프로그레시브록* 그 자체인 '프로펫츠 송[Prophet's Song]'을 제외하고는 앨범 전체로 보았을 때 록오페라라고 보기는 힘들 것이다. 그럼에도 이 앨범이 록오페라의 대표격이 된 것은 보헤미안 랩소디의 대히트, 그리고 앨범 제목과 '클래시컬한' 멋진 커버의 영향이 컸으리라 생각된다.

즐겁고 경쾌한 팝 음악 '레이징 온 어 선데이 애프터눈[Lazing on a Sunday Afternoon]', '시사이드 랑데부[Seaside Rendezvous]', 국내에서 특히 인기를 끈 아름다운 발라드 '러브 오브 마이 라이프[Love of My Life]', 하드록 사운드의 '데스 온 투 레그스[Death on Two Legs]', 심지어 컨트리풍의 '39' 등 정말 다양한 음악들이 수록되어 있다. 모두가 훌륭한

---

*   록 음악에 클래식, 재즈 등 다양한 장르의 요소들을 가미한 실험적인 록 음악 장르이다.

버릴 것 없는 뛰어난 앨범이므로 보헤미안 랩소디만 듣지 말고 전체를 즐겨보시는 것을 권한다.

　퀸의 음악은 수많은 이들에게 감동을 선사했음은 물론 장르를 불문, 많은 음악가에게도 영감이 되어왔다. 특히 오케스트레이션을 모방한 그 풍성한 사운드적인 특성상 클래식계에서 단골 레퍼토리가 되었다.

　심지어 톨가 카쉬프[Tolga Kashif]는 2002년 로열 필하모닉 오케스트라와 함께 퀸의 명곡들을 엮어 관현악곡으로 재탄생시킨 "퀸 교향곡[The Queen Symphony]"을 만들어 내기도 했다. 다른 관현악단의 퀸 연주가 가벼운 이벤트성 연주였다면 이 작품은 아예 일부 곡들의 아이디어만을 따왔을 뿐 완전한 클래식의 문법으로 탄생시킨 새로운 작품이라는 데에서 결정적인 차이가 있다.

　특히 '보헤미안 랩소디'와 영원한 승리의 송가 '위 아 더 챔피온스[We are the Champions]'를 주축으로 한 5악장, 내가 개인적으로 가장 사랑하는 퀸의 곡인 '후 완츠 투 리브 포에버[Who wants to live Forever]'

를 메인 멜로디로 하여 웅장한 피날레를 장식하는 6악장은 원곡을 뛰어넘는 감동을 선사한다.

이 장르에서 퀸만을 논하기엔 아쉬운 감이 있다. 퀸은 그 자신의 엄청난 성공만 거둔 것이 아니고 이후 후배 뮤지션들에게도 큰 영향을 미쳤다. 그럼에도 불구하고 현재까지 유명세를 누리는 직계 후계자들이 없다는 것이 아쉬워 이 자리를 빌려 소개를 해보도록 하자. **발렌시아**[Valensia]와 **발렌타인**[Valentine]은 오페라틱 록을 하는 몇 안 되는 퀸[Queen]의 후계자들 중 가장 유명한 뮤지션이다.

둘 다 네덜란드 출신으로 오페라틱 록을 표방하고 있으며 감미로운 미성과 아름다운 풍성한 머릿결의 소유자로 유럽, 일본에서 특히 유명하다는 공통점이 있고, 차이라면 발렌시아는 기타와 앙증맞은 효과음, 코러스 위주의 풍성한 사운드를 들려주고, 발렌타인은 피아노를 중심으로 한 열정적인 록 사운드를 기반으로 짐 슈타인먼의 록뮤지컬 스타일에 가까운 음악을 들려준다는 것.

그리고 발렌시아를 얘기하면서 걸작 앨범 "Gaia" 1993를 언급하지 않을 수 없다. 이 앨범은 발렌시아의 충격적인 데뷔앨범으로 맑고, 화려하고 아름다우면서 웅장하다. 오페라틱 록 음악이 어떤 것인가를 한 앨범으로 정의 내리고자 한다면 퀸의 그 어떤 앨범보다 이 앨범을 꼽고 싶다.

　앨범을 재생하면 그가 태어난 날 전설의 은해 Silver Sea에 빠졌다고 그리는 여인 '테어[Tere]'에 대한 신비로운 분위기의 시원한 록 사운드의 노래가 울려 퍼진다. 이 곡이 선사하는 잘게 조각낸 얼음을 잔뜩 담은 레모네이드 같은 청량감은 퀸의 음악에서는 물론이고 다른 음악에서도 도저히 찾아볼 수 없는 것이다. 이후 상큼한 레게 리듬의 '더 선[The Sun]', 무도회장 분위기의 화려한 '스카라부슈카[Scaraboushka]'가 들썩들썩 분위기를 달군다. '나탈리[Nathalie]'는 한국인의 정서에 꼭 들어맞는 퀸의 '러브 오브 마이 라이프' 식의 아름다운 피아노 발라드. 그 후 흥겨운 '탱고 타마라[Tango Tamara]', '티카일라[T'kylah]', 신비로운 '메갈로마니아[Megalomania]' 등을 지나면 어느덧 이 앨범의 하이라이트 '가이아[Gaia]'에 다다른다.

　영화나 광고 속에 많이 등장해 환경보호를 상징하는 범고래 소리가 들려오고 피아노와 함께 아름다운 그의 목소리는 대지의 여신 가이아를 노래한다. 6분이라는 짧지는 않은 시간 동안 이 음악을 듣고 있노라면 그가 창조해 낸 꿈의 나라에 빠져 있는 듯한 느낌을 지울 수 없다. 발렌시아의 범접할 수 없는 소름 끼치도록 아름다운 미성으로 노래하는 우아하기 그지없는 멜로디, 웅장한 연주와 어린이 합창단의 코러스는 이 곡의 백미다.

　전체적으로 발렌시아의 음악 특유의 경쾌함과 아름다움이 잘 배어 있는 그의 최고작이라 할 수 있다. 다만 사운드 측면에서 데뷔작인 것이 조금 티가 나는 것이 조금 아쉽다. 깔끔하게 다듬고 편곡을 좀 더 예쁘게 했으면 하는 바람이 있지만 '가이아' 한 곡만으로도 이 앨범의 가치는 충분하다.[*]

반면 발렌시아와 함께 "V"1999 앨범을 발표하기도 한각각의 아티스트의 특성을 반반 섞어서 만든 매우 재기발랄하고 앨범 전체 완성도도 높은 수작이다, 발렌시아와 항상 묶여 다니며 같은 장르로 분류되곤 하는 **발렌타인**[Valentine]은 "Gaia" 같은 대히트작이 없을 뿐 꾸준히 완성도 높은 앨범들을 발표해 오고 있다. '오페라틱 록'에서 '오페라'보다는 '록'에 조금 더 비중을 둔 모습을 보이며그래서 요즘은 '멜로딕 하드록'이라는 장르로도 분류되곤 한다 특히 피아노를 중심으로 한 서정적 멜로디는 한국 취향에 딱이기에 독자 여러분 모두 호불호 없이 쉽게 즐길 수 있을 것이다.

그의 초기 앨범 "Robby Valentine"1992 수록곡으로 한국에서도 유명했던 발라드 '오버 앤드 오버 어게인[Over and Over Again]'을 비롯하여 '나우, 포에버 앤드 원 데이[Now, Forever and 1 Day]', '엔젤 오브 마이 하트[Angel of My Heart]' 등 우리의 정서를 자극하는 가슴 아린 멋진 발라드곡을 많이 발표해 왔다. 그런 그가 발렌시아보다 한국에서

---

[*] 발렌시아는 이 앨범으로 엄청난 히트를 하였지만 그 이후의 성과는 개인적으로 다소 아쉽다. 독특하고 유쾌한 전반적인 분위기에 가끔씩 웅장한 멋들어진 곡들이 수록된 앨범들이 계속 발매되었지만 뭐랄까, "Gaia" 앨범을 스스로 모방하려 하는 그렇지만 그 완성도에 미치지 못하는 모습이 느껴진다. 물론 개별 곡들 중에는 주목할 만한 뛰어난 곡들이 많다 'The Masquerade', 'Kosmos', 'Valensian Jazz', 'Holland', 'Aglaea', 'Realm of Nature', 'Phantom of the Opera' 등.

의 인지도가 떨어지는 것이 아쉬울 따름이다.

앨범으로는 1997년에 발매된 "United" 앨범이 최고의 명반으로 꼽힌다. 클래시컬한 풍성한 사운드와 그의 멋들어지고 시원시원한 피아노 연주, 퀸의 영향이 고스란히 느껴지는 드라마틱함까지 모두 갖춘 수작이다. 유일한 약점이라 하면 도대체 무슨 생각으로 디자인했는지 모르겠는 앨범 커버 아련한 표정을 짓고 있는 장발의 발렌타인 뒤로 날개가 달린 하얗고 검은 피아노들이 우주 속을 날아다니고 있다! 정도일 뿐이다. 앨범 전체의 완성도도 높지만 콘셉트 앨범을 표방한 만큼 확실한 하이라이트가 있다. 록 버전으로 만들어 낸 피아노협주곡이라 할 만한 '백 온 더 트랙[Back on the Track]'은 그 시원시원한 연주, 가슴 벅찬 멜로디, 합창과 신디사이저로 조성해 낸 클래시컬한 사운드, 폭발하는 템포까지 뭐하나 빼놓을 수 없는 발렌타인 최고의 명곡이다.

최근까지도 왕성한 활동을 보이며 2021년 "Seperate Worlds" 앨범을 발매하기도 했는데 매우 주목할 만하다. 클래식 성악과의 듀엣을 시도한 웅장한 첫 곡 '세퍼레이트 월즈[Seperate Worlds]', 또 다른 발렌타인의 명품 발라드 리스트에 오를 것이 확실한 '하우 쿠드 아이 터치 더 스카이[How Could I Touch The Sky]'와 '와인딩 로드[Winding Road]'를 비롯하여 전반적으로 미드 템포의 스케일 큰 곡들을 중심으로 어느 한 곡 버릴 것이 없는 멋진 완성도를 자랑하는 작품이다. 특이한 점으로는 중간중간 쇼팽의 '왈츠', '녹턴', 코사로프의 '왕벌의 비행' 등 피아노 연주곡들이 발렌타인만의 강렬한 해석으로 담겨 있는 특이한 콘셉트를 보여준다. 노래들이 빠르지 않은 대신 다른 발렌타인 앨범에서 보여주었던 시원시원한 템포의 사운드를 클래식 음악 연주로 대체한 것으로 보인다. 그의 앨범 중 가장 세련됐으면서 가장 완성도 높은 앨범이 2021년에 발매됐다는 것에 팬으로서 기쁨을 감출 수 없다.

퀸이 풍성한 사운드와 극적인 드라마틱한 구성을 특징으로 하는 오페라틱 록을 개척했다면 다른 측면에서 바로크 협주곡을 닮은 록 음악을 탄생시킨 밴드도 있다. 바로 아트 록이나 프로그레시브 록 밴드로 분류되는 이탈리아 출신 밴드 **뉴 트롤스[New Trolls]**이다.

록 마니아가 아닌 분들에겐 다소 생소할지도 모르지만 이쪽 장르에서도 기라성 같은 아티스트들이 많이 있다. 대중음악사상 가장 위대한 곡 중 하나인 '어 화이터 쉐이드 오브 페일[A Whiter Shade of Pale]'의 주인공 **프로콜 하럼[Procol Harum]**, 아예 밴드 멤버에 플루티스트 이언 앤더슨[Ian Anderson]를 포함하고 있고 투어에서 토끼 탈을 쓴 남자가 브레이크 댄스를 추는 놀라운?! 퍼포먼스로 유명한 **제스로 툴[Jethro Tull]**, '미스터 블루 스카이[Mr. Blue Sky]'나 '라스트 트레인 투 런던[Last Train to London]' 등의 보석 같은 팝넘버들로 국내에서도 너무나도 잘 알려진 **일렉트릭 라이트 오케스트라***[Electric Light Orchestra]*, 비틀즈의 재결합이라는 루머 덕을 톡톡히 보았지만 곧 그 특유의 서정적이고 아름다운 음악 세계로 많은 이들에게 사랑을 받은 **클라투***[Klaatu]** 등등. 하지만 그중에서도 국내 아트 록 청취자들에게 가장 많이 알려지고, 가장 많은 사랑을 받은 밴드는 누가 뭐래도 뉴 트롤스이다.

스피커에 가득 오케스트라의 조율음이 울려 퍼지고 쌉싸름한 바로크스러운 선율을 담은 날카로운 현악이 흘러나온다. 그리고는 느닷없이 휘몰아치는 하드록 비트. 첫 악장 '알레그로*[Allegro]*'였다. 이 놀라운 하드록과 바로크의 조화에 전 세계가 깜짝 놀랐다.

영화 음악 작곡가로 잘 알려진 루이스 엔리케 바칼로프*[Luis Enriquez Bacalov]*가 작곡한 4곡 1악장에서 4악장과 자신들의 곡인 20분에

---

* 추천곡은 'Calling Occupants of Interplanetary Craft', 'Hope', 'December Dream'. 첫 곡은 국내 라디오에서도 많이 플레이되었던 곡으로 막상 들으면 익숙한 곡일 것이다.

달하는 사이키델릭한 프로그레시브 곡 'Nella sala vuota'를 수록한
1971년 작 "Concerto Grosso Per 1"은 클래식과 록 음악의 완벽한,
그리고 새로운 조화를 보여주며 아트 록의 대명사가 됐다.[*]

이 앨범의 '아다지오[Adagio] Shadows'와 '카덴차[Cadenza]'로 대표되
는 애절한 선율과 바로크적인 악곡은 아시아와 유럽인들의 감성을
사로잡기 충분했고 이전 어떤 이도 해내지 못했던 바로크 음악과 록
음악의 조합에 대한 이상적인 해답을 제시했다.[**]

그랬던 그들이 2007년 "Concerto Grosso"의 타이틀을 다시 달

---

[*]   이 전에 발매됐던 그들의 두 번째 앨범 "New Trolls"1970는 한국인 취향에 잘 맞을 듯한 애절한
       발라드곡 'Una Miniera'와 'Io che ho te'를 수록하고 있다. 이 앨범 역시 훌륭한 아트 록 음악
       들을 들려주지만 "Concerto Grosso"의 위대함에 가려져 버린 아쉬운 앨범이다.

[**]   이후 그들은 오케스트레이션이 돋보이는 멋진 발라드 'Chi Mi Puo Capire'가 수록된 UT1972
       를 발표해 괜찮은 성공을 거두지만 밴드는 멤버들의 불화로 위기를 겪게 된다. 우여곡절 끝에
       그들의 이전 걸작과 같은 형식을 따서 만들어 낸 "Concerto grosso no. 2"1976가 발매된다.
       하지만 전작과 너무 비교되는 퀄리티와 아트 록이라는 이름에 걸맞은 음악보다는 더 강해진 팝
       적 어프로치로 앨범은 혹평을 받게되고 이후 앨범은 "Concerto grosso no. 1"과 패키지로 묶
       여 팔리는 신세가 됐다.

고 "The Seven Seasons Concerto Grosso 3"으로 돌아왔다. 앨범은 정확히 "Concerto Grosso"의 '알레그로'의 짜릿함을 연상시키면서도 한층 더 커진 스케일과 강렬함을 자랑하는 '더 놀리지[The Knowledge]'로 포문을 열며, 촉촉하게 가슴 속에 스며드는 연주와 분위기로 감동을 자아내는 아름다운 발라드 '댄스 윗 레인[Dance with Rain]'로 시작부터 한층 더 진화한 모습을 보여준다.

이후 이어지는 연주곡 '퓨쳐 조이[Future Joy]'는 두 악군이 대치하는 합주협주곡[Concerto Grosso] 형식을 록 음악의 사운드로 완벽하게 이끌어 내며 왜 그들이 아직도 아트 록의 전설로 추앙받는지를 보여준다. 막간을 이어주는 중후한 첼로 카덴차[Cello Cadenza]*인 '하이 에듀케이션[High Education]'과 바로 연결되는 '더 세븐 시즌[The Seven Season]'이 긴장감 있는 첼로리프에 얹혀 앨범의 절정의 순간을 만들어 내고 나면 꿈결같이 아름다운 소프라노와 함께한 '원 매직 나이트[One Magic Night]'가 흘러나온다.

'바로코앤롤[Barocco 'n' Roll]'은 제목 그대로 바로크적인 로큰롤 사운드로 골반을 들썩이게 하며 앨범의 두 번째 파트를 알린다. 이후 잔잔한 기타 인트로를 시작으로 한층 무거워진 사운드의 '테스타먼트 오브 타임[Testament of Time]'이 흘러나오면 앨범의 두 번째 파트의 하이라이트인 '더 레이 오브 화이트 라이트[The Ray of White Light]'가 눈보라처럼 화려하게 몰아친다. 그들의 음악이 이렇게 밝고 화려했던 적이 있던가. 마치 발렌시아의 데뷔앨범의 장점들만 뽑아놓은 느

---

* 반주가 멈추고 등장하는 연주자의 화려하고 기교적인 독주를 말하고, 주로 협주곡 양식에서 사용된다.

낌을 받을 정도로 아름답고 유쾌하며 긍정적이며 장엄하다.

그리고 이 앨범의 '아다지오'라 할 수 있는 훌륭한 발라드 '투 러브 더 랜드[To Love the Land]'는 또 어떠한가! 감성을 한껏 자극하는 멜로디, 클래식과 록 어느 한쪽에 치우지지 않은, 이전보다 세련된 사운드. 비토리오[Vittorio]의 보컬은 그 어느 때보다 감정을 멋지게 담아내며, 오케스트레이션은 한층 더 잘 다듬어졌고 실험성 또한 잃지 않았다.

아름답고 화려하고 장엄한 이 걸작에 뭐라고 더 찬사를 보낼 수 있을까. 간단한 밴드 소개로 마치려 했지만 이 명반을 소개하기 위해 지면을 많이 할애할 수밖에 없었다. 이런 앨범이 있기에 '음악 구독의 시대에도 난 아직도 앨범을 산다'고 자랑스럽게 외쳐보자.

그리고 마지막으로 이 역사적인 명반은 2007년 대한민국에서 초연되었다는 자랑스러운 사실을 밝혀둔다. 장르 불문, 음악을 사랑하시는 모든 분들에게 추천드리는 작품이다.

이러한 장르적 조합으로 새로운 음악을 만들어 낸 경우도 있지만 아예 기존에 존재하던 대중음악곡을 재해석한 경우도 많다. 아니, 오히려 훨씬 더 많다. 장르적으로 가곡의 뒤를 이었던 스탠더드 팝을 마지막으로 클래식과 대중음악이 결별했지만 양 진영은 다시금 헤어진 반쪽인 서로를 찾고 싶었다. 그렇게 지난 수십 년간 대중음악과 클래식의 만남은 정말 다양한 방식으로 이루어져 왔다.

팝의 경우 크리스 디 버그[Chris de Burgh]*나 엘튼 존[Elton John]**처럼 이미 원곡에 깔려 있는 스트링 세션을 강화, 보충하는 식으로 협연이 이루어졌고 이는 새롭진 않았지만 대부분 '무난히 좋은' 결과를 냈다. 록 진영에서도 음악 특성상 팝의 경우처럼 자연스럽지는 않았지만 역시 많은 시도들이 있었다. 프로콜 하럼[Procol Harum],*** 메탈리카[Metallica],**** 잉베이 말름스틴[Yngwie Malmsteen]***** 등 쟁쟁한 전설급 뮤지션들의 프로젝트가 있었다. 하지만 뭐니 뭐니 해도 록과 오케스트라의 만남에서 가장 대표적인 작품을 하나 꼽자면 당연히 이 앨범이 될 것이다. **스콜피온스[Scorpions]**와 베를린 필하모닉 오케스트라가 함께한 "Moment of Glory"2000 앨범이다.

---

*　　Chris De Burgh – "Beautiful Dreams" *1995*

**　　Elton John – "Live in Australia with the Melbourne Symphony Orchestra" *1987*

***　　Procol Harum – "In Concert with the Edmonton Symphony Orchestra" *1972*

****　　Metallica – "S & M" *1999*

*****　　Yngwie Malmsteen – "Concerto Suite for Electric Guitar and Orchestra in Em, Opus 1" *1998*, "Concerto Suite LIVE With the New Japan Philharmonic" *2002*

독일엑스포를 기념해 2000년 발매된 스콜피온스와 베를린필의 역사적 협연 음반이다.

이 세계 최고의 두 음악 집단은 완벽하게 스콜피온스의 명곡들을 재구성하고 적절한 배치를 통하여 최상의 조화를 이루어 냈다.

하드록 명곡 '록 유 라이크 허리케인[Rock You Like Hurricane]'을 재해석한, 여러 방송 배경음악으로 많이 쓰여 익숙할 'Hurricane 2000'을 비롯해 모든 곡들이 원곡의 위대함을 뛰어넘어 한층 더 웅장하고 아름다운 사운드로 재무장했다. 음악계의 공룡들이 만난만큼 단순히 원곡의 연주를 오케스트라가 보강해 주는 퓨전 앨범들의 정도를 훨씬 뛰어넘었다. 하드록의 강렬함과 샤프함을 멋진 오케스트레이션으로 아예 새롭게 해석해 낸 리프는 록과 클래식의 조화를 꿈꾸는 모든 뮤지션들에게 교과서가 될 것이다. 상상의 나라로 빠져들 것 같은 몽환적인 아름다움의 '센드 미 언 엔젤[Send Me An Angel]'의 인트로는 또 어떠한가!

연주곡 '크로스파이어[Crossfire]'와 '데들리 스팅 스위트[Deadly Sting Suite]'는 곡 자체로는 덜 알려졌지만 이 앨범의 완성도를 높이는 매우 중요한 곡들이다. 두 곡으로 나누어져 있지만 실질적으로 곧바로 이어지는 곡이다. 먼저 '크로스파이어'를 보자. 다른 곡들이 록 음악 베이스에 클래식을 끼얹은 느낌이었다면 이 곡들의 배경은 오케스트라 연주가 기본이 되고 거기에 밴드 사운드를 끼워 넣었다고 볼 수 있는 곡들이다. 장엄하면서도 록 음악 특유의 리듬, 거기에 하이라이트에서 터져 나오는 기타 솔로. 그리고 이 멋진 음악에서 바톤을 이어받아 완전한 하드록 사운드로 폭발하듯 터져 나오는 '데들리 스팅 스위트'가 시작된다. 이것이 21세기의 음악이 나아갈 길이라고 선포하는 듯한 자신감 넘치는 질주, 각 장르의 거장들의 주고받는 명연주의 엎치락뒤치락 주도권 싸움. 듣고만 있어도 청중들의 진을 쏙 빼놓는 압도적인 사운드의 연속이다.

우리가 사랑하는 그들의 명품 발라드인 '윈드 오브 체인지[Wind of Change]', '스틸 러빙 유[Still Loving You]'의 배가된 감동 또한 빼놓을 수 없는 감상 포인트. '윈드 오브 체인지'의 멜로디를 완전한 교향곡 스타일로 편곡하여 그 세상을 바꾸는 아름다움에 젖어 들고 있던 차에 시작되는 익숙한 기타연주. 그리고 휘파람. 한번 들으면 누구든지 최소 일주일은 휘파람 연습을 하게 만들고, 결국 압도적인 재능에 굴복하고 포기하게 될 수밖에 없는 그 아름다운 휘파람 소리. 절로 탄성이 나온다. 원곡의 아름다운 멜로디는 밴드와 오케스트라의 빈틈없이 꽉 들어찬 연주로 더할 나위 없이 완전해진다.

다이앤 워런[Diane Warren]의 아름다운 발라드 듀엣 '히얼 인 마이 하트[Here in My Heart]', 듣고만 있어도 세계 평화가 이루어질 것만 같은 소년합창단을 기용한 신곡 '모멘트 오브 글로리[Moment of Glory]'의 장대한 아름다움 또한 일품이다.

록과 클래식을 비롯한 모든 크로스오버[Crossover] 장르*의 귀감이 될 만한 기념비적인 작품이다.

음악의 재해석 작업에 있어서 가장 중요한 것은, 원곡에 지배당해선 안 된다는 것이다.

지배당해야 할 만큼 원곡이 완벽하다면 더 이상의 가감은 완성된

---

* 두 개 이상의 다른 음악 장르의 혼합을 일컫는다.

예술에 대한 누가 될 것이며, 단순한 재녹음에 불과한 작업은 작품 출처의 혼동만 불러일으킬 것이다 물론 누가 들어도 너무 과하거나 너무 부족한 부분이 느껴지는 아쉬운 작품들은 논외로 한다.

테마와 아이디어의 용융으로 만들어지는 음악의 감동을 다른 아이디어로 새롭게 만드는 것. 기존의 아이디어는 잊어야 한다. '새로운 작품'을 만드는 것이다.

물론 여러 뮤지션들의 음악에 대한 재해석 작업과 그 결과에서 보듯이 이는 절대로 쉬운 작업이 아니다. 더군다나 유투[U2]나 **스팅**[Sting]처럼 기존의 음악 방식을 거부하고 새로운 아름다움을 발견한 아티스트의 음악을 재해석하는 것은 불필요하기에 불가능할지도 모른다. 애초에 고전적인 미의 방식을 염두에 두고 만들어진 구조의 음악이 아니기 때문이다. 이 어려운 작업에 직접 자신의 곡들을 가지고 도전장을 내민 전설 중의 전설인 아티스트가 있다. 스팅[Sting]. 그리고 보란 듯이 아주 멋진 성공을 거두었다. 스팅의 "Symphonicities" 2010 앨범이다.

스팅은 이미 "If on a winter's night" 2009 앨범에서 슈베르트와 바흐의 작품을 다루면서 만족할 만한 성과를 내놓은 적이 있다. 이는 클래식작품의 테마를 따와 대중음악의 형태로 만드는 대중음악계에서 매우 흔한 작업이었지만 스팅은 이를 자신의 음악으로 완벽히 녹여내는 데 성공했다. 그리고 정반대의 작업인 이 앨범에서도 그는 절제된 편곡으로 자신의 곡의 분위기를 깨지 않으면서도 전혀 새로운 음악을 만드는 데 성공했다.

다소 투박했던 원곡의 반주는 흐르는 냇물처럼 유려해졌으며 대중음악사를 장식했던 인상 깊은 리프들은 한층 풍성해졌다. 또 이 앨범의 특징이라면 단순히 오케스트라로 사운드를 강화하기 쉬운 곡들만 추려낸 것이 아니라, '이 곡을 오케스트라 버전으로 연주한다고?' 싶은 곡들까지 모조리, 다양한 특색의 곡들을 골라와 오케스트라에 포함된 여러 클래식 악기들을 적재적소에 활용하여 여러 가지 색의 매력을 보여준다는 것.

상상력과 패기가 넘쳤던 독특한 록 음악 '록산느[Roxanne]'는 강물 같은 느리고 깊은 분위기로 완전히 탈바꿈한 반면, 재즈 음악에 대한 완벽한 이해를 바탕으로 했던 '잉글리쉬맨 인 뉴욕[Englishman In New York]'은 원곡의 낭만적인 분위기를 고스란히 잘 살려냈다. 앨범의 하이라이트라 할 만한 '디 엔드 오브 더 게임[The End of the Game]'은 영화 속에서 튀어나온 듯한 꿈같이 아름다운 분위기를 만들어 내며, '더 파이럿츠 브라이드[The Pirate's Bride]'의 건조하면서 낭만적이었던 원곡의 감성은 듀엣과 스트링으로 더욱 애절해졌다.

'교향곡[Symphony]'을 타이틀에 내걸고 오케스트라와 협연을 했지만 그래서 스콜피온스의 작업처럼 웅장한 작품을 기대했던 청자들에겐 아쉬울 수도 있겠지만 오케스트라가 뿜어내는 장대한 사운드의 파도에 자신의 음악을 묻어버리지 않았다. 오히려 스팅은 자신의 음악에 오케스트라의 사운드를 아스라이 스며들게 했다는 점에서 찬탄할 만한 작업을 해냈다. 스팅은 베토벤이나 브루크너보다는 슈베르트와 드뷔시 그리고 가끔씩 느껴지는 말러의 인상를 택했고 이는 자신의 음악에 대한 완벽한 선택임을 직접 증명했다.

스팅은 이 작업으로 자신의 곡들에 영원한 생명력을 불어넣었고 서로 다른 장르의 음악가들이 서로를 존중하는 법을 일깨워 줬다. 청자들은 이 앨범을 통해 스팅의 히트곡들에서 새로운 클래식을 찾게 될 것이다. 스콜피온스의 작업과는 또 다른 위대한 발견이며 스팅의 작품들 중에 가장 뛰어나다.

더 들려드리고 싶은
음반

퀸의 두 후계자들의 아름다운 조인트, Valensia & Valentine - V 1999

우리가 사랑하는 장르의 두 아
티스트들의 조인트는 언제나 장
르 팬들을 흥분케 한다.

에릭 클랩튼[Eric Clapton]과 비
비 킹[B.B King], 듀크 엘링턴[Duke
Ellington]과 콜맨 호킨스[Coleman
Hawkins], 그리고 그래미를 휩쓸
었던 로버트 플랜트[Robert Plant]

와 엘리슨 크라우스*[Alison Krauss]*까지*.

이런 공동작업들은 거의 언제나 수많은 화제를 뿌리며 평단의 우호적인 평가까지 끌어내는데, 과연 '협연' 정도가 아닌 '공동창작' 앨범이라면 어떨까? 바로 네덜란드 출신의 두 퀸의 후계자 발렌타인과 발렌시아가 그 주인공이다.

각자 특색은 조금씩 다르지만 모두 좀처럼 접하기 힘든 '오페라틱록'을 들려주고 일본에서 엄청난 인기를 끌었다는 공통점이 있는 이들은 1999년 프로젝트 앨범 "V"를 발표한다. 과연 그들의 만남은 어떤 모습일까?

만약 당신이 더욱더 심포닉해지고 우리를 더 놀라게 할 만한 새로운 사운드를 기대하고 이들의 앨범을 접한다면 실수라고 먼저 말해두고 싶다. 하지만 이것이 이들의 앨범이 '죽도 밥도 안 된 그냥 그런 앨범'이라 생각하고 넘겨버린다면 이는 더욱더 큰 실수일 것이다.

일본 팬들을 다분히 의식한 듯한 '도쿄-코*[Tokyo-Kko]*'로 시작되는 초반부는 발렌시아 특유의 발랄함과 발렌타인의 신선함이 잘 녹아 있는 깔끔한 1970년대 스타일의 팝넘버들의 연속이다. 그 순수

---

*   전설적인 밴드 레드 제플린의 로버트 플랜트와 앨리슨 크라우스는 2007년 "Raising Sands"라는 제목의 합작 앨범을 발표했다. 전혀 어울리지 않을 것 같은 둘의 조화이지만 어쿠스틱 위주의 깔끔한 사운드에 컨트리, 블루스, 포크 등 장르를 넘나들며 이 모든 것을 세련되게 조합해낸 수작이다. 그리고 2021년 이 앨범의 후속 앨범이라 할 수 있는 "Raise The Roof" 앨범이 발매됐다.
추천곡은 'Please Read The Letter', 'Gone, Gone, Gone', 'Sister Rosetta Goes Before Us'이다.

한 매력에 젖어 있다 보면 분위기 전환을 예고하는 짧은 팝넘버 '앤 웬 아이 씨 유*[And When i See you]* Renee Mon Amour'가 흘러나오고 이어 서 퀸*[Queen]*의 '섬바디 투 러브*[Somebody to Love]*'를 연상시키는 '프 리*[Free]*'가 연주된다.

시종일관 밝은 분위기를 유지하며 수려한 피아노 연주와 재치 넘 치는 코러스로 무장한 이 곡은 듣는 이로 하여금 '바로 이거야!' 하 는 느낌을 주기에 충분히 아름답고 화려하다. 개인적으로 이 둘의 모든 대표곡들을 통틀어서 가장 뛰어나다고 생각하는 곡이다.

이후 발랄한 팝넘버 '이메일 베이비*[E-mail Baby]*', '라이언 아이 스 틸 트라이*[Lion I Still Try]*', 재즈의 향기가 물씬 풍기는 고색창연한 팝 '뉴에이지 우먼*[New Age Woman]*'이 이어진다. 단순한 연주와 하모니 가 상당히 매력적인 짧은 시퀀스 '러브 이스 어 리들*[Love is a Riddle]*' 을 지나면 모든 피로를 날려줄 것만 같은 상당히 업템포인 상큼한 피아노 록넘버 '유 유 유*[You You You]*'가 터져 나온다. 전형적인 발렌 타인스러운 시원시원한 사운드에 발렌시아의 상큼 발랄함이 완벽 하게 어우러진다. 이제 앨범에 마지막에 접어들면 반대의 조합으 로 발렌시아식의 다면적이고 드라마틱한 곡 구성과 발렌타인의 편 곡 스타일이 완벽하게 함께 녹아들어간 '더 머큐리언 미스터리 마 치*[The Mercurian Mystery March]*', '디 왈츠 오브 더 월드*[The Waltz of the World]*'가 이어진다. 그리 오랜 플레이타임은 아니지만 청자들은 이 제서야 이 프로젝트로 이들이 만들어 내고 싶었던 음악이 어떤 것인 지 이해할 수 있게 된다.

전체적으로는 오페라틱 록보다는 깔끔한 팝 앨범에 가깝다는 생각이 앞선다. 그렇기에 이들 각자의 앨범 같은 매력을 기대한 팬분들에게는 다소 아쉬울 수 있다. 하지만 모든 곡의 멜로디가 훌륭하고 두 음악인들이 각자의 장기를 발휘해 그 어떤 때보다 신나게 음악을 즐기고 있다는 사실에서 느껴지는 '살아 있다'는 느낌은 이 앨범만이 주는 풋풋한 매력일 것이다.

발렌시아는 데뷔앨범 이후 갈수록 사그라져가는 멜로디 창작능력으로 팬들을 안타깝게 해왔지만, 이 앨범에서 훌륭한 멜로디 메이커 발렌타인과 함께 자신의 음악적 상상력을 마음껏 뽐냈다. 그가 예전부터 인터뷰 때마다 영향을 받았다고 '주장'했던 비틀즈[Beatles], 케이트 부쉬[Kate Bush], 듀란듀란[Duran Duran]의 향기는 이 앨범에 와서야 드디어 모습을 드러낸다.

비록 그들의 음악의 정수를 맛볼 수 있는 앨범은 아니지만 자신들이 좋아했던 음악과 자신들의 특색을 버무려 만들어 낸 즐거운 앨범이며, 그들의 음악을 처음 접하는 이들에겐 최선의 차선책이 될 것이다.

제3악장

Adagio molto e cantabile, 아주 느리게 노래하듯

공부

　나는 공부를 꽤 오래 해왔다. 물론 평생을 공부에 몸 바쳐오신 교수급 석학들에 비하면 새 발의 피지만 그래도 학사 두 개와 전문석사 학위까지 갖추었으니 평균적인 관점에서는 오래 했다고 볼 수 있다. 그리고 꽤 잘했다. 이 역시 물론 '아주 최상급'으로 잘한 것은 아니지만. 그래도 나는 어느 집단에 소속되든지 간에 항상 가성비 좋게 적당한 상위권에 속하는 것을 잘 해왔다. 놀건 다 놀면서, 공부에 흥미를 잃을 만큼 등수가 떨어지지는 않을 정도로만. 그런 측면에서의 잘함이었다. 나는 뭐든지 있는 힘껏 최선을 다해서 몰입하는 것에는 젬병이었다. 공부는 30분 이상 집중이 힘들고, 심지어 글도 하루에 2페이지를 쓰면 열의가 떨어진다. 그렇기에 내게 전교 1등 하는 법을 물어보면 대답을 해줄 수가 없다. 해본 적도 없고, 하라 그래도 못 한다. 재미없는 것은 격렬히 싫어하고 항상 재미있는 것만 찾아다니는 녀석이니까. 그럴 수밖에 없다.

하지만 잔머리를 굴려서 최소한의 노력과 투자로 최대한 '그럴싸한' 성과를 이루어 내는 것에는 내가 최고다. 재미있는 것만 하고 살수는 없다. 프롤레타리아로 태어난 이상, 벌어 먹고살기 위해서는 재미없는 것도 해야 한다. 하지만 재미없는 것은 최대한 적게 하고 싶은 것이 인지상정이다. 그래서 공부도 그렇게 했다여기서 내가 말하는 '공부'는 오직 성적을 받기 위한 공부를 의미한다. 수업이나 독서를 통해 새로운 것을 익히는 것은 내가 굉장히 좋아하고 재미있어 하는 일이다. **내게는 적당히 노력해서 대충 합격하는 법을 물어보면 된다.** 적당한 선에서의 적당히 괜찮은 결과만 뽑아내면 되는 거지! 그리고 그렇게 최소한의 투자로 적은 시간 공부를 할 때, 내 곁에는 항상 음악이 있었다.

공부와 음악. 떼려야 뗄 수 없는 관계다. 적어도 내겐 그렇다. 내 열람실 좌석에는 항상 음악이 함께했다. 대학생 때까지는 CD를 수북이 자리에 쌓아두고 공부를 했고, 로스쿨 시절 내 열람실 좌석에는 카라얀과 엘비스 프레슬리의 브로마이드가 함께했다.

공부는 누가 뭐래도 재미없는 행위다. 하기 싫은 공부, 이왕 하는 거 그나마 견딜 수 있게 만들어 주는 것이 필요했고 내겐 그것이 음악이었다. 서문에서 말했듯, 음악은 시간을 보내는 가장 멋진 방법이다. 음악은 우리 인생을 풍요롭게 만들어 주기도 하면서, 우리가 억지로 시간을 보내야 할 때도 그것을 그저 단순한 버텨내야 하는 시간이 아닌 즐길 수 있는 시간으로 만들어 주는 멋진 마법의 힘 또한 지녔다.

물론 음악을 들으면서 공부하는 것은 개인 취향 및 습관에 따라 호불호가 갈릴 수 있다. 그러니 만약 이 글을 보고 공부를 하면서 음악을 들어야겠다 혹은 내 주변인에게 공부를 할 때 음악을 듣는 것을 추천해야겠다는 생각을 하게 된 독자분께서는 나와 공부 성향이 비슷한지부터 확인을 하는 것이 좋다.

　나는 원래 진득하니 하루 종일 앉아 있는 것을 할 수 없는 스타일의 사람이다. 하루 종일 열람실 자리에 앉아 화장실을 가거나 식사를 할 때를 제외하고는 꼼짝 않고 앉아 있는 스타일의 사람이 전혀 아니었다. 그래서 로스쿨에서 열람실과 물아일체의 경지에 오른, 하루 종일 책상 앞에서 움직일 생각을 안 하는 곰팡이 같은 친구들을 보았을 때 경악을 금치 못했다. '너네는 여기서 사니?' 하고 물어보고 싶은 적이 한두 번이 아니었다.

　내 최대 집중시간은 약 30분 정도이고 열람실에서도 쉴새 없이 왔다 갔다 하는 녀석이었다. 때문에 갇힌 공간인 열람실보다는 열린 공간을 선호해 대학생 때까지는 주로 카페에서 공부를 했다. 소위 말하는 백색소음이 있어야 편하게 공부를 할 수 있었다. 닫힌 독서실 같은 공간에서는 하루 종일 잠만 잤다. 평소에 남 눈치를 엄청 보는 소심한 성격이다 보니 편안한 혼자만의 공간에서는 긴장이 풀어져서 졸음이 쏟아졌던 것이다. 같은 이유로, 프레멘의 사막복과 같이 수험생 패션의 정석은 트레이닝복임에도 불구하고 난 공부하러 다닐 때 항상 쫙 빼입고 다녔다. 남 눈치 안 보고 편하게 입는 순간 진짜 눈치 안 보고 꿈나라로 빠져들었기 때문이다.

　위기가 찾아왔다. 로스쿨에서는 1인 1좌석 독서실 책상이 주어졌다. 사방이 꽉 막힌, 나만의 공간. 싫을 수밖에 없었다. 하지만 이때에는 독립을 하고 직장을 때려치운 뒤 로스쿨을 간 터라 매일 같이 카페에서 공부를 하기에는 재정 상황이 심하게 좋지 않았다. 밥도 저렴한 학생식당에서만 겨우 먹던 시절이었다. 그리고 로스쿨 공부 특성상 매일 공부할 책들을 들고 다닐 엄두가 나지도 않았고 말이 다 변호사시험 공부를 하려면 최소한 법전, 법전을 올려놓을 독서대, 교과서, 사례문제집은 들고 다녀야 했다. 굉장히 무겁고 양이 많다는 뜻이다. 그래서 어쩔 수 없이 로스쿨 열람실에서 공부하는 날이 많았지만 그마저도 나는 편하게 계속 왔다 갔다 하기 위해 항상 인기가 제일 없는 자리인 열람실 문과 가까운 복도 좌석을 선택했다. 다른 로스쿨 동기들이 모두 바깥세상으로부터 그 어떠한 방해를 받지 않을 수 있는 안쪽 구석 자리들을 선호했기 때문에, 난 3년 내내 내가 선호하는 좌석을 꿰찰 수 있었다. 어떤 면에서는 소수 취향인 것이 굉장한 메리트가 된다. 경쟁을 피하고 싶다면 소수의 길을 걸으면 된다!

그럼에도 본성은 이기지 못했다. 복도 좌석조차도 한 학기가 채 지나지 않아 답답하고 지겨워져 다른 열람실을 찾아다니기 시작했고, 메뚜기처럼 여기저기 돌아다니면서 내키는 대로 공부를 했다. 결국 층고가 높고 조명이 밝아 탁 트인 느낌이 나는 중앙도서관을 '발굴'하는 데에 성공, 그곳에 자리 잡았고 꽤 오랜 시간 1년쯤 그곳에서 머물렀다. 물론 그때에도 내킬 때마다 로스쿨 열람실, 법학도서관 열람실, 로비 카페 등 이곳저곳을 전전하긴 했지만. 나는 운동이나 관광 등 움직이는 행위를 매우 싫어하지만 그렇다고 가만히 있는 것을 좋아하는 것도 아닌 아이러니한 인간이다.

'그렇게 공부하기 싫다고 난리를 쳤다면서 어떻게 좋은 성적으로 대학을 졸업하고 변호사가 되었냐 이 사기꾼아.'라는 의문이 솟으실 수 있다. 나는 항상 그렇게 발버둥을 쳤다. 싫어하는 것을 조금이라도 덜 하기 위해서. 하지만 발버둥을 쳤을 뿐 꾸준히 해나갔다. 하긴 했다는 것이다.

공부든 무엇이든 좋은 결과를 얻기 위해서는 절대적인 시간투입이 필요하다. 당연한 것이다. 나는 공과대학을 다니던 대학생 시절에는 시험 기간이 아니더라도 밤 11시 이전에 집에 들어간 적이 없었다. 열람실과 카페를 전전하며 깨작깨작 공부를 하긴 했지만, 앉아 있는 시간의 반은 음악감상을 하거나 잠을 자거나 온라인 커뮤니티를 즐기는 시간이기는 했지만 어쨌든 놀 때 놀더라도 학교에 붙어 있었다. 학교에 있으면 적어도 아예 공부를 '놓아버리'지는 않게 된다. 놀다가도 공부를 해야 할 때, 내킬 때면 언제든지 책을 펼칠 수 있다. 이건 내 로스쿨 후배님들에게도 항상 해드리는 얘기이다. '놀더라도 학교에서 동기들과 놀아라!' 그렇게 하루하루가 쌓이면 좋은 성적을 위한 '절대적'인 공부 필요량이 채워진다. 하루의 투입시간은 적더라도 매일 꾸준히 버텨내는 것. 그것이 내 최대의 강점이다. 마시멜로 테스트에 강하다. 그러한 꾸준함이 지금의 나를 만들었다.

공부만이 아니다. 나는 매일 같이 아침에 일어나면 푸시업을 100 개씩 하며 물론 자세는 개판이다. 숫자만 채운다. 하지만 그것만 해도 상위 1%다, 퇴근을 하고 집에 돌아오면 뭐가 됐든 두 페이지씩 글을 쓰고 있다. 딱한 번만 한다면 별것 아니다. 달랑 두 장인데. 하지만 그것이 쌓인 결과 헬스클럽에 매달 수십만 원씩 쏟아붓지 않아도 걱정 없이 건강한 몸과 여러 권의 책이 되어 돌아온다. 이렇듯 천재가 아닌, 적당히 괜찮은 사람이 적당히 괜찮은 성과를 내는 데에 꾸준함만큼 중요한 것이 없다. 엄청나게 대단한 결과를 바라지도 말고, 작지만 꾸준히.

그래서 뭐가 됐든 학교에 붙어 있고 싶었던 내게 최대의 고비가 닥친 적이 있었다. 코로나였다. 내가 로스쿨 2학년으로 올라가던 때에 코로나가 터졌다. 학교에서는 당장 변호사시험이 급한 3학년을 제외하고는 열람실에 나오질 못하게 했다. 중앙도서관은 당연히 폐쇄. 상황이 어느 정도 안정되고 '거리 두기'를 하는 조건으로 열람실이 재개장되기 전까지 몇 달 동안 집에서 공부를 할 수밖에 없는 상황이 되었다.

'나는 캐주얼하게 공부를 하는 스타일이니, 집에서 공부가 잘되지 않을까?' 하는 생각이 들 수 있다. 말이 안 된다. 집에서 어떻게 공부를 하나. 감시하는 눈도 없고 옆에서 치열하게 공부하는 다른 학생들도 없는데, 더군다나 눈앞에 침대가 있는데 공부를 할 수 있을 리가 없다. 코로나 시기 이전에도 "난 집에서 공부가 더 잘돼."라는 소리를 하고 다니며 학교에 나오기를 꺼려 하던 친구들도 시험 기간이 되자 부랴부랴 열람실로 복귀하는 모습을 많이 보아왔다. 자기 자신을 속이는 것에도 한계가 있는 것이다.

학교에 가면 놀더라도 공부에서 아예 손을 놓지는 않게 된다. 하지만 집에서라면? 공부에서 손을 놓는 것과 아닌 것의 경계 자체가 모호해진다. 그렇게 나는 록다운 기간 동안 열심히 모아둔 음반 부클릿을 읽거나 집에 굴러다니는 책을 읽으면서 대부분의 시간을 보냈다. 그 시기에 넷플릭스에 가입하지 않은 것이 그나마 다행이었다고 생각한다. 그것이 아니더라도 집에는 즐거운 것들이 너무나도 많다. 오, 즐거운 나의 집. 진짜 '내 집'이 아니라는 게 문제지만.

환경뿐만이 아니다. '장비'도 문제가 되었다. 처음 독립했을 때에는 집에 책상조차 없었다. 이후 어느 시점에 책상을 들여놓긴 했지만, 그것은 역시 코로나 사태로 인해 재택근무를 시작한 배우자에게로 돌아갔다. 당연히 나가서 돈도 못 벌어오는 밥충이 즉, 수험생보다는 당연히 돈 벌어오는 사람한테 좋은 장비를 주는 것이 맞다. 아무렴. 3년 동안 땡전 한 푼 못 벌어온 남편을 믿고 투자해 준 고마운 분이다. 그래서 어쩔 수 없이 이때 처음으로 작은 1인용 접이식 책상을 샀다. 간신히 독서대 하나와 팔 놓을 공간이 들어가는 작은 책상. 작다 보니 책을 여러 권 늘어놓고 공부할 수 없다는 치명적인 단점이 있었지만 좁은 집의 한정된 공간에서는 이 사이즈가 최선이었다. 이 책상에서 공부를 하며 변호사의 꿈을 이루었고, 지금도 그 좁은 책상에 앉아 열심히 글을 쓰며 인세로 먹고살 수 있는 베스트셀러 작가의 꿈을 향해 달려나가고 있다.

그런 의미에서 공부에 잘 어울리는 음악들을 몇 가지 소개해 보고자 한다. 그런데 주의할 것이 있다. 나름 문과와 이과 전공을 모두 공부해 온 입장에서 나는 외국어 고등학교를 졸업하고 대학에서는 기계공학을 전공하고 엔지니어 생활을 하다가 로스쿨에 진학, 변호사가 되었다 느끼기엔 각 과목 특성별 어울리는 음악이 다르다.

먼저 언어로 공부해야 하는 인문·사회과학.
인문, 사회과학은 많은 양의 단순 암기가 필수적이면서, 언어로 구성되어 있는 공부이다. 그렇기 때문에 가사가 있는, 적어도 내가 내용을 인지할 수 있는 언어로 된 음악을 듣는 것은 다소 방해가 됐다.*

---

*   실제로 영향이 있는 것은 맞지만 음악과 언어는 뇌의 처리 과정이 조금 다르다고 한다.

       "음악은 언어의 일부 특징을 흉내 내고 언어적 소통과 같은 정서의 일부를 전달하지만 지시 사실 나는 단순 암기에는 영 소질이 없다. 기억력 수준이 금붕어에 가깝다. 법이야말로 암기 파티인데 변호사는 어떻게 되었냐고? 법학은 사회과학 중에서도 '로직'을 이해하는 것에 중점을 두어야 하는 공부이다. 법학의 사례문제풀이 공부는 공학 공부와 상당히 유사하다. 우리는 로스쿨에서 법조문, 판례 등 '판단기준_{법리. 공식으로 이해하면 된다}'을 배운다. 그리고 실제 세계에서 벌어진 상황에 대해 어떤 판단기준을 적용할 것인가를 결정하고, 그 판단기준에 사안을 포섭해서 문제를 해결하는 방식이다. 이것은 공학문제풀이와 똑같다. 문제 상황에서 주어진 초기 조건[Initial Condition]을 분석해서 해당 상황에서 어떠한 공식을 사용해서 원하는 결과를 끌어낼 수 있을 것인지 판단 후, 상황을 그 공식에 대입하여 문제를 해결한다. 공학을 공부하고 엔지니어로 살아오면서 법학만큼 이과생들의 공부적성에 잘 들어맞는 학문이 없다고 느꼈다. 이것이 그나마 내가 별문제 없이 변호사가 될 수 있었던 이유다. 학문의 특성 덕분인 것이다.

물론 로스쿨에서도 위기가 있었다. 모든 시험에서 법전은 주어지기에 법조문을 외울 필요는 없었다. 하지만 판례는 최소한 키워드라도 외워야 한다. 그리고 법전은 모든 것을 담을 수 없기 때문에 수험이든 실무에서든 판례가 무척이나 중요할 수밖에 없는데 그 숫자가 엄청나다. 그리고 매년 수천 개씩 더 쏟아진다. 암기포비아들에게는 정말 미치고 팔짝 뛸 일이다. 다행히 토씨 하나 틀리지 않고 쓸 필요는 없다. $f(a, b)=c$라는 함수가 있으면 그 변수와 결괏값에 해당하는

대상이 없고 불특정한 방식으로 전달된다. 또한 언어와 동일한 신경 영역의 일부를 자극하지만 언어와는 달리 동기와 보상, 정서에 관여하는 원시 뇌 구조를 자극한다."
– 대니얼 J. 레비틴, "음악 인류", 이진선 역, 와이즈베리, ,2021, 375p

a, b, c만 외워 그것으로 문장을 만들어서 쓰면 되는 것이다. 양은 분명히 객관적으로 많다. 하지만 함수의 흐름을 이해하고 외우는 것은, 그냥 문자 하나하나를 외우는 것보다는 훨씬 수월했다.

어쨌든 그래서 안 그래도 못하는 암기 공부를 해야 해서 잔뜩 화가 나는데, 이 학문들은 '언어'로 구성되어 있기 때문에 음악에 대한 선택의 여지까지 적어져서 두 배로 화가 났다.

그런 이유 때문에 내 공부가 방해되지 않기 위해서는 언어가 등장하지 않는 음악이 필요했다. '모차르트 이펙트'라는 말을 들어보았을 것이다.

이 논란 많은 개념은 미국 캘리포니아 대학의 프랜시스 라우셔[Frances Rauscher]가 작성한 모차르트 음악이 학생들의 인지 능력을 단기적으로 향상시킨다는 보고서에서 유래했다. 대충 요약하면 모차르트의 음악을 들은 학생들은 그렇지 않은 학생들보다 성적이 향상됐다는 신비한 효과이다. 한때 시대를 풍미했던 엄청나게 유행한 가설이고 덕분에 모차르트 태교 음악 같은 음반들이 불티나게 팔려나가기도 했다. 물론 그 신빙성에 대해서는 강한 의문이 제기되고 있지만.*

나도 당연히 모차르트의 음악이 머리를 좋게 할 거라는 이성적인

---

* 이후 이에 대한 토론토 대학의 심리학자 글렌 스켈렌버그의 실험은 다른 음악뿐 아니라 스티븐 킹의 작품 같은 흥미진진한 이야기로도 동일한 효과가 발생한다는 것을 알아냈다. 다만 여기서 음악은 슬프고 느린 곡인 경우 효과가 없었다고 한다.

"스켈렌버그는 성적 향상의 원인을 모차르트의 음악에서 찾을 것이 아니라 그 음악이 학생들의 기분을 좋게 하고 각성 수준을 높였다는 사실에서 찾아야 한다는 결론을 내렸다. 각성 수준이 높아지면 인지 능력이 향상된다는 것은 여러 연구에서 밝혀진 사실이니까 말이다."
– 크리스토프 드뢰서 저, "음악 본능: 우리는 왜 음악에 빠져들까?", 전대호 역, 북하우스, 2015, 542p

믿음은 없었다. 하지만 그렇다고 효과가 있을지도 모르는데 그것을 그냥 내버리면 뭔가 좀 찝찝하지 않은가? 징크스 같은 것이다. 그래서 나는 성악곡을 좋아함에도 불구하고 문과 공부를 할 때에는 항상 가사가 없는 기악곡을 들었다. 빠르고 즐거운 모차르트의 피아노협주곡이나 비발디의 협주곡들. 당연히 한두 곡 가지고는 길고 긴 공부시간을 보장할 수 없으니 전집이 최고였다.

내가 이 장르에서 가장 사랑한 전집은 잉글리시 체임버 오케스트라[English Chamber Orchestra]와 함께한 머레이 퍼라이아[Murray Perahia]의 "모차르트 피아노협주곡집"Sony. 2012. 1979년부터 1988년까지의 녹음

을 모았다과 잉글리시 콘서트[The English Concert]와 함께한 트레버 피노크[Trevor Pinnock]의 "비발디 협주곡집"Archiv. 1982-1997 녹음을 모은 7CD 음반이다이었다.

이들의 협주곡은 빠르고 나는 느린 악장인 Largo와 Adagio 파트는 거리낌 없이 넘기면서 감상했다. 공부를 하지 않을 때조차도 멜로디가 살아 있기에 충분한 각성효과를 줄 수 있었고 무엇보다 밝았기에 다른 근심과 걱정 없이 음악과 공부에 몰두할 수 있게 도와주었다. 참 신세를 많이진 음악들이다. 내가 변호사가 되는 데 정말 많은 도움을 주신 위대한 분들이다. 감사합니다.

하지만 피곤할 때에는 이 정도로는 각성이 안 될 경우가 많다. 조금 더 강렬한 음악이 필요할 수 있다. 이럴 때 내가 무척이나 즐긴 음악이 있다. **막심 브라비차**[Maksim Mrvica]의 음악들이었다.

크로아티아 출신의 크로스오버 피아니스트인 막심 브라비차는 2003년 "The Piano Player" 앨범으로 클래식 연주곡들을 화려하고 열정적인 속주, 테크노스러운 비트?!와 분위기로 완전히 재해석하

며 전 세계를 사로잡았다. 크로스오버가 유행하던 시절이었지만 막심은 그저 크로스오버에 그치지 않았다. 21세기에 걸맞은 속도감과 현대적인 사운드였다. 나같이 잡식성인 데다가 멜로디가 살아 있는 빠른 음악을 좋아하는 사람들은 그의 등장을 쌍수를 들고 반길 수밖에 없었다. 물론 골수 클래식 음악 팬들은 그를 그다지 선호하지 않는 모습을 보였지만 뭐든 골수 마니아들이 원래 다 그렇지만. 물론 난 그들의 플레이리스트에도 막심의 대히트곡 'Croatian Rhapsody'가 있었을 것이라 확신한다 아시아권, 특히 대한민국에서의 그의 인기는 대단했다.

그리고 내 열람실에서의 인기 역시 대단했다. 이 베스트 앨범 1장이면 순식간에 잊었던 공부에 대한 열정을 회복할 수 있었다. 마지막 트랙 '왕벌의 비행[Flight of the Bumble-bee]'이 정신없이 휘몰아치면 어느새 나는 정신없이 다리를 떨며 '민법'을 3회독 하고 있었다.

그다음은 수학과 과학.

이과 분야의 공부는 언어로 사고할 필요가 없기 때문에 가사가 있는 음악을 들으면서 해도 큰 지장이 없다. 내가 그래서 수학, 과학 공부를 더 좋아했을지도 모른다. 단순 암기도 필요 없고 말이다. 참고로 공과대학에서는 상당수 수업에서 시험을 볼 때 '공식'들을 A4용지 한 페이지 정도에 적어오도록 한다. 특히 해외 대학 출신 교수님들의 수업은 거의 대부분이 그러했던 것으로 기억한다. 공식을 외우는 것은 아무짝에도 쓸모없는 짓이기 때문이다. 누가 실무에서 공식을 외워서 쓰는가. 언제 어떤 공식이 어떻게 쓰이는지를 이해하는 것이 중요할 뿐. 엔지니어가 갖추어야 할 능력은 실제 상황과 주어진 환경조건에서 맞는 판단기준을 불러와 그것을 사용해 문제를 해결하는 것이다.

변호사시험에서 법전이 주어지는 것도 마찬가지 이유에서일 것이다 나는 개인적으로 같은 이유에서 변호사시험에서 판례집 혹은 판례를 검색할 수 있는 프로그램도 주어져야 한다고 생각한다. 진짜 중요한 것은 문제 해결 능력이다. 어떤 상황을 분석해서 어떤 문제 해결 툴공식을 사용해야 할지 찾아내고 그것을 상황에 맞게 풀어나가는 것. 이것이 중요한 것이지 토씨 하나 틀리지 않고 외웠냐 안 외웠냐를 따지는 것은 전혀 중요치 않다. 물론 문제를 해결하기 위해서는 그 공식의 '변수'와 '결괏값'에 해당하는 키워드들은 외워야 하고 그것만 해도 엄청나게 많은 투자가 필요하긴 하지만.

어쨌든 머릿속에서 언어와 음악을 처리하는 부분과 수학, 과학공부를 처리하는 부분이 나누어져서 편하게, 재미있는 음악들을 잔뜩 들을 수 있었다.* 드디어 가사 있는 음악을 들을 기회가 생긴 것이다! 다만 이때에도 주로 빠른 음악을 선호했다. 느린 음악의 경우에는 나는 아주 성미가 급한 사람이기 때문에 미드 템포의 곡도 느린 음악으로 분류한다 멜로디가 뚜렷하거나 아주아주 감동적이라서 격정을 느끼며 잠이 확 깨는 곡들을 선호했다.

결론은? 로큰롤 음악이 최고였다. 빠르고, 즐겁다. 인생의 '락樂'이란 것이 폭발한다! 로큰롤은 재미없는 공부시간을 흥겹기 그지없는 파티 타임으로 바꾸어 놓는다. 그러면서도 너무 헤비하지 않아 공부 내용에 충분히 집중이 가능하고, 각 곡들이 짧으면서도 충분히 다채

---

*   물론 실제 뇌는 병렬형 '네트워크' 형식으로 작동하기 때문에 이렇게 어느 특정 기능을 수행하는 '부분'으로 명확히 나눌 수 없다고 한다.

로워 지루해질 일들이 없었다. 내가 엘비스 프레슬리의 음악을 그토록 많이 들었던 것이 바로 이럴 때, 공부할 때 아주 최적화된 곡들이기 때문이다. 신나는 로큰롤들로 정신을 바짝 차리고 빠른 공부 리듬을 되찾았다. 가끔씩 흐름의 진득한 이해가 필요할 때에는 엘비스가 군 제대 후 성인 취향의 스탠더드 팝을 지향한 시기의 발라드로 한 번씩 가슴 벅차오르는 울컥울컥하는 감정을 느끼며 최대치의 각성을 꾀하곤 했다. 엘비스 프레슬리의 컴필레이션 음반들이 워낙 많았던 덕분에 플레이리스트가 바닥날 걱정도 없었다.

엘비스와 더불어 내가 공부에 있어서 가장 즐겨 들은 아티스트는 아일랜드 출신의 공룡 밴드 **유투**[U2]였다. 1976년에 결성되어 지금까지 활동하고 있는 세상에서 가장 영향력 있는 밴드. 내가 엘튼 존, 브루스 스프링스틴과 더불어 '덕질'을 한 밴드 중 하나로, 어린 시절 내가 만들어 관리했다던 음악 홈페이지가 바로 이 유투의 팬페이지였다. 학창 시절, 유투의 앨범이 발매되는 날이면 무조건 바로 핫트랙스에 달려가 가장 많은 곡이 수록되어 있는 딜럭스 에디션을 구매했고 앨범을 품에 안고 잠들었다.

그들은 언제나 보컬 보노[Bono]의 시적이며 지적인 가사, 놀랍도록 열정적인 라이브, 그리고 디 에지[The Edge]의 천상의 종소리처럼 들리는 아름답고 청명한 기타 사운드를 기반으로 한 훌륭한 음악으로 지금까지 거장 중의 거장의 위치에 우뚝 서 있다. 심지어 한 우물만 판 것도 아니다. 펑크와 얼터너티브를 기반으로 한 패기 넘치던 초창기 사운드, 록 음악이 이루어 낼 수 있는 예술성의 극치를 보여준 1980년대 후반부터의 전성기 사운드, 팝과 테크노를 넘나든 1990년대, 전통적인 로큰롤 스타일로 회귀하였지만 보다 현대적 사운드로 무장하여 로큰롤이 가야 할 길을 제시한 2000년대, 그들의 음악의 뿌리인 펑크와 얼터너티브로 돌아간 뒤 뉴웨이브의 세련된 사운드를 더해 옛것과 최신의 아름다움을 모두 잡아내고 있는 지금의 모습까지. 그들의 실험은 계속되었고 또 현재진행형이다. 그리고 그들의 실험은 항상 위대한 결과물을 내놓았다. 2019년 12월 8일 그들의 내한공연을 놓친 것은 내 인생에서 가장 후회되는 일 중 하나였다.

그들의 앨범은 완성도가 높기로도 정평이 나 있다. 즉 몇몇 곡들만 찾아 듣기보다는 앨범 단위로 들어야 제맛이라는 이야기이다. 록음악이 얼마나 아름다울 수 있는지에 대한 선언이라고 할 만한 성스럽기까지한 걸작 "The Joshua Tree"1987, 전자 음악 사운드를 도입하여 팬들에게 충격을 주었지만 더 깊고 짙은 울림을 담고 있는 걸작 "Achtung Baby"1991, 새 천 년을 맞이하여 로큰롤의 귀환을 알린 아름답고 긍정적인 힘으로 가득 찬 걸작 "All That You Can't Leave Behind"2000이 그들의 소위 '3대 명반'으로 꼽힌다.

그 외에도 짧지만 몽환적인 사운드로 인상적인 실험을 보여준 "Zooropa"1993, 로큰롤과 가스펠에 대한 그들의 경배라고 할 만한 "Rattle and Hum"1998, 이 시대에도 펑크와 로큰롤 사운드로 걸작을 만들어낼 수 있음을 증명한 "Songs of Experience"2017 등 모든 앨범이 명반 칭호를 받을 만한 완성도를 지니고 있다.[*] 공부할 동안 앨범 완성도를 걱정할 필요 없이 틀어놓기 좋은 앨범을 찾는 이들에게

---

[*] 비록 2023년에 발매된 그들 옛 곡의 리메이크 앨범인 "Songs of Surrender"는 힘없는 사운드로 실망스러웠지만.

강력히 추천한다. 그리고 록 음악이 얼마나 지적이고 아름다워질 수
있는가를 탐구해 보고 싶은 이들에게도.

클래식은? 내가 좋아라 하는 합창 음악은 공부할 때에는 적합하
지 않았다. 내가 전혀 알아들을 수 없는 이탈리아어나 라틴어로 된
가사 때문에 공부에 별 지장이 없을 것이라는 생각을 했지만 효과는
좋지 않았다. 아마 건축적으로 층층이 쌓여 뇌의 온갖 회로를 모두
들쑤셔 놓는 그 고차원적인 구성 때문이리라. 그래서 이러한 공부를
할 때에도 클래식만은 가사가 없는 기악곡들을 즐겼다.

가장 좋아했던 음악은 슈베르트의 "교향곡 9번, The Great"Die Grosse.
D 944이었다. 사실 전곡을 듣기보다는 주로 1악장만 들었다. 나는 공
부도 짧게 짧게 내킬 때만 해 버릇했기 때문에 15분 정도의 1악장이
면 한 묶음의 공부를 하긴 충분했다. 가끔 공부가 잘된다 싶으면 3,
4악장도 연달아 듣긴 했지만.
이 곡의 테마는 내가 지금까지 들어온 그 어떤 교향곡보다도 강렬

하게 두뇌를 자극한다. 베토벤 "교향곡 9번"은 너무 가슴 벅차 4악장에서 펜을 아예 내려놓게 되기 때문에 공부 플레이리스트에서는 제외할 수밖에 없다. 어두운 숲속에서 거대한 거인이 뚜벅뚜벅 걸어 나오는 듯한 짙은 녹색의 장엄한 테마. 슈베르트는 관악기들로 이 멋지고 강렬한 테마를 날리며 우리의 심장이 두근두근하게 만든다. 이내 곧 우리의 두뇌에는 산소가 마구 공급되기 시작한다. 전력 질주를 한 것 같은 터질 듯한 흥분. 그 이후 속도가 붙어가며 테마에 대한 변주와 전개가 시작되고 이때부터 머리 회전이 필요한 공부를 시작하면 삼라만상을 이해할 수 있을 것과 같은 착각에 빠진다. 마지막 클라이맥스를 향해 달려가며 절정으로 치달을 듯 말 듯 청자를 안달 나게 하며 끝까지 긴장을 놓지 못하게 만드는 스토리텔링은 우리의 집중력을 최대로 고양시킨다. 전개 과정에서 속도와 힘을 얻어 밝은 분위기로 전환되며 반복되는 테마를 통한 최종적인 긴장의 해소는 짧은 공부의 완벽한 마무리를 알린다. 구조적으로 완벽하면서도 슈베르트 특유의 애수와 아름다움이 다이내믹과 함께 담긴 걸작이다.

이 폭발하는 흥분감과 짜릿한 속도감을 제대로 살린 것은 로열 플레미시 필하모닉[Royal Flemish Philharmonic]과 함께한 헤레베헤[Philippe Herreweghe]의 녹음 PENTATONE. 2011이다. 종전에는 볼 수 없는 쾌속 질주, 휘몰아친다는 표현이 딱 알맞은 강렬함, 그 와중에 음표 하나하나 놓칠 수 없다는 듯이 하나하나 끊어치는 듯한 경쾌한 연주는 완벽주의자로 유명한 헤레베헤만이 그려낼 수 있는 압도적인 정경이다.

못다 한 공부
플레이리스트

쓰리 독 나이트 *[Three Dog Night]* – 'Joy To The World', 'An Old Fashioned Love Song', 'One', 'Black and White'

  호주 원주민의 언어에서 개 세 마리를 끌어안고 자야 하는 아주 추운 날을 의미한다는 재미있는 이름을 지닌 밴드다. 누구나 알고 있을 전 세계적 메가히트곡 '조이 투 더 월드*[Joy to the World]*'를 필두로 국내에서도 큰 인기를 구가했다. 1968년 데뷔, 부담 없는 흥겨운 로큰롤 사운드를 바탕으로 수많은 히트곡을 배출했으며 주로 1970년대 활동한 밴드로 알려져 있지만 지금까지도 활동을 계속해 오고 있는 초장수 밴드다.

  엉덩이를 들썩이기 딱 좋은 적당한 빠르기의 템포, 가벼운 키보드의 경쾌한 터치를 바탕으로 한 부담 없이 상큼한 사운드, 소리치듯 그러나 푸근하게 노래하는 독특한 하이톤의 보컬, 다 같이 부르는 흥겨운 후렴구. 이 모든 것이 합쳐져서 남녀노소 누구나 사랑할 수밖에 없는 작품이 완성됐다.

내가 아직까지도 흥겨운 분위기를 내고 싶을 때 가장 먼저 머릿속에 떠올리는 곡이 바로 이 전설의 히트곡 '조이 투 더 월드'이다. 가만히 앉아서 하는 공부는 물리적으로 힘들지는 않지만 늘어지고 지겹기 마련이다. 이럴 때 분위기를 환기시키고 즐거운 환경과 심리상태를 조성하고자 할 때 이들의 밝고 긍정적인 사운드가 큰 도움이 되었다.

여러분들의 삶에도 이들의 쾌활함이 스며들기를.

크리던스 클리어워터 리바이벌 [Creedence Clearwater Revival] - 'Bad Moon Rising', 'Lodi', 'Fortunate Son', 'Up Around the Bend', 'Travellin' Band'

전설적인 존 포거티 [John Fogerty]가 이끄는 1960, 70년대를 대표하는 밴드이다. 1969년 발매된 그들의 두 번째 앨범 "Bayou Country"에 수록된, 커버를 안 해본 아티스트가 없는 히트곡 '프라우드 메리 [Proud Mary]'로 첫 대히트를 거둔 이후 승승장구하며 수많은 로큰롤 히트곡을 남겼고, 지금까지 수많은 영화, 광고에 이들의 음악이 사용되고 있는 등 여러 대중문화에 지대한 영향을 끼쳤다.

그들의 음악은 전형적인 로커빌리스러운 흥겨움을 지니면서도 컨트리스러운 즐거운 촌스러움을 가져 사회 고발적 성격의 가사에도 불구하고 '재미있게' 즐기기 좋다는 것이 특징적이다. 과하지 않은 사운드와 템포, 통통 튀는 멜로디, 조금은 촌스럽지만 마냥 즐거운 이들의 노래를 듣고 있노라면 온 세상이 푸근해지며 근심·걱정이 사라지는 마법이 벌어진다.

스모키[Smokie] – 'Living Next Door to Alice', 'I'll Meet You at Midnight', 'Stumblin' In', 'Take Good Care of My Baby'

나는 영국 출신의 부드러운 그리고 약간 촌스러운 록 음악을 들려주는 스모키의 곡들이 책을 읽거나 공부할 때 상당히 적절하다는 사실을 발견했다. 아무에게도 알려주지 않았던 내 영업비밀이지만 독자 여러분들을 위해 여기에서 몰래 발표한다. 뭐 난 이미 변호사시험에 합격했으니까 괜찮다.

전반적으로 알콩달콩 즐거운 분위기로 머리가 계속 깨어 있도록 도와주면서, 풍성하지만 전혀 과하지 않은 부드러운 사운드로 집중을 흐리지 않는다. 그리고 무엇보다 좋은 곡들을 너무 많이 발표했기에 베스트 앨범을 몇 장 역사가 오래된 밴드이기에 베스트 앨범도 무지하게 많이 나왔지만 역시 가장 유명한 것은 "화이트 앨범", "골드 앨범"으로 불리는 "Greatest

Hits Vol. 1, 2" 2장이다. 1장으로 즐기고 싶으신 분들은 2022년에 그들의 옛 히트곡들을 새롭게 녹음한 "The Greatest Hits Rerecorded 2022"를 추천한다 플레이해 두면 오랜 시간 플레이리스트를 뒤적거릴 걱정 없이 집중을 유지할 수 있다는 최고의 장점이 있다.

　적당히 촌스러운 기타연주에 풍성한 코러스, 깨물어 주고 싶을 정도로 앙증맞게 발랄한 분위기, 모두 손에 손잡고 노래하고 싶어지는 친근한 코러스로 대한민국에서도 엄청나게 히트하여 '올드팝'의 대명사가 된 '리빙 넥스트 도어 투 엘리스[Living Next Door to Alice]'는 말할 것도 없고 수많은 명곡들을 쏟아냈다. 그들의 베스트 앨범들과 함께라면 오늘의 공부 준비는 끝났다.

경쟁

　엄마가 좋냐 아빠가 좋으냐부터 시작해서 우리의 인생은 소위 말하는 'vs 놀이'로 점철되어 왔다. 대부분의 사람들은 평소에는 둘 다 가리지 않고 좋아한다. 하지만 누군가가 의도적으로 내게 하나를 선택하라는 선택지를 던져주거나 "나는 누가 더 좋아."라는 언질을 주는 순간 본능적으로 하나를 택하게 된다. 외적으로든 내적으로든. 그리고 의식적으로든 무의식적으로든 선택을 하는 순간, 그리고 그 선택을 대외적으로 내뱉는 순간부터 나는 그 선택을 한 동질적인 집단에 소속감을 갖게 되는 동시에 내가 선택하지 않은 대상, 그리고 그 대상을 선택한 다른 사람들에 대한 '배척'의 단계에 들어선다.

　우리는 내 것, 내 사람들에 대한 강한 애착을 갖는다. 이것은 호모 사피엔스에게 사회를 형성하여 만물의 영장이 될 힘을 가져다주었다. 하지만 이 성정은 반대로 내 편이 아닌 상대방에 대한 강한 불신과 배척을 가져다주고 끔찍하게도 인류가 제노사이드를 벌이게 하는 원동력이 되기도 한다. 스포츠, 정치권의 편 가르기, 거기까지도 갈 필요 없이 평범한 뉴스 댓글에서도 쉽게 볼 수 있는 내 편이 아닌 상대방에 대한 강한 척력. 이것은 급기야 '비인간화'까지 나아가 사람이 아닌 동물이나 벌레에 빗대는 표현을 사용하고 저들을 모조리 없애버려야 한다는 주장이 공감을 얻기에 이른다.

이것이 인류가 가진 사회성의 어두운 면이다. 모두가 사이좋게, 평화롭게 지내면 더할 나위 없이 좋겠지만 모두가 무엇을 조금 더 선호하고 조금 더 싫어하는 것은 당연하다. 하지만 그로 인한 파벌의 형성과 그들의 폭력은 우리의 노력으로 막아낼 수 있다면 좋을 것이다. 편견과 내심 자체를 막을 수는 없다. 그것이 우리의 본성이니까. 하지만 거기에서 더 나아가 상대방에게 돌을 던지는 행위는, 그것도 단체로 그런 폭력을 벌이는 것은 막아야 하지 않을까.

이는 누구의 탓도 아니다. 누구를 탓하는 것이 아니라 폭력이라는 그 결과를 없애는 것에 집중되어야 할 것이고 궁극적으로는 이 해결책도 우리의 본성에서 찾아야 할 것이다. 다행히도 답이 없는 것은 아닌 것 같다. 학자들은 '접촉'을 통해서 이러한 타자화를 누그러뜨릴 수 있다고 한다. 우리가 적으로 분류하여 인지하던 카테고리에 속하는 사람들도 '다 같은 사람'이라는 것을 접촉을 통해 알게 되면 더 이상 그들을 타자화하는 경향이 줄어든다는 것이다.[*]

인류가 도시에 모여 살게 되면서 우리는 역사상 어느 때보다 많은

---

[*]   브라이언 헤어 · 버네사 우즈 저, "다정한 것이 살아남는다", 이민아 역, 디플롯, 2021, p260 참조

사람들을 만나고 접촉할 수 있는 기회를 누리고 있다. 하지만 우리는 깊어가는 개인주의로 주변 모든 이들을 타자화하기 바쁘고 자신의 영역에 장벽을 세우기 바쁘다. 우리의 아파트들은 주변을 배척할수록 고급화된다. 그리하여 현대 문학의 단골 소재인 도시 속의 외로움이 탄생한다. 그리고 그 소외감은 분노에 가득 찬 인터넷 세대를 낳았다. 같은 편만 감싸고 자신과 어떠한 측면에서라도 다른 부분이 있는 사람들에게는 무작정 신랄한 비난을 퍼붓는 분노에 휩싸인 버저커들을. 이들이 불러일으킨 갈등들이 얼마나 많은 사회적 비용을 야기하고 있는지 우리는 보고 있다. 매일매일.

이제는 끝내야 할 시간이다. 우리 주변에는 정말 다양한 사람들이 존재한다는 것을 인식하고 다양한 사람들과 접촉하며 식견을 넓혀 보자. 이미 지어놓은 장벽을 없앨 수는 없다. 그것은 존재하는 현상이다. 하지만 우리 마음의 장벽은 없앨 수 있다. 손을 뻗으려는 용기만 있다면 말이다.

음악계에서도 수많은 경쟁 구도가 존재했다. 살리에리[Antonio Salieri]와 모차르트[Wolfgang Amadeus Mozart], 비틀즈[The Beatles]와 롤링스톤스[The Rolling Stones], 블러[Blur]와 오아시스[Oasis], 그린데이[Greenday]와 오프스프링[The Offspring] 등등. 물론 그들이 실제로 사이가 좋지 않고 악의의 경쟁을 했다기보다는 대부분 팬덤과 평론가들이 강제적으로 붙여둔 경쟁 구도이지만 말이다. 그리고 팬덤은 타자가 나누어둔 이러한 경쟁 구도에 과몰입하여 서로를 깎아내리고 짐승만도 못한 것들이라 욕하기 바쁘다. 음악은 화합의 장이 되어야 함에도, 세상에 환희의 송가가 울려 퍼지길 바랐던 베토벤의 꿈이

무색하게도.

 물론 나도 어린 시절 이런 팬덤 문화에 빠진 적이 있었다. 그래도 나는 다행히 상대를 욕하지는 않고 '별로다'라고 하고 다니는 데에 그쳤던 것 같다. 뭐 그 정도는 할 수 있지!

 이러한 경향은 내가 착해서라기보다는 회피형 성격으로, 적극적으로 '적을 만드는' 행위는 되도록 하지 않다 보니 그렇게 된 것 같다. 뭐 별로면 안 들으면 그만이지 이 악물고 깎아내릴 필요가 있나. 굳이? 부정적 언행은 자신의 속이 얼마나 썩어 문드러졌는지를 드러낼 뿐이다. 그러고 보니 예전에 다니던 회사의 상사분도 내게 '적을 만들지 않는 성격'이라는 말을 했던 것이 기억난다. 그게 착한 건가? 잘 모르겠다.

 덴젤 워싱턴 주연의 명작 "이퀄라이저" 시리즈의 3편*의 한 장면이 떠오른다. 언제나처럼 나쁜 녀석들을 다 때려잡은 뒤 총상을 입은 덴젤 워싱턴. 착한 의사 아저씨가 그를 치료해 주고 재워준다. 그러나 아무리 착해도, 누가 봐도 사람 다 때려잡게 생긴 아저씨가 우리 집에서 누워 있으면 불안하다. 그가 묻는다.

 "한 가지만 물어보겠소. 당신은 착한 사람이요 나쁜 사람이요?"

 "모르겠습니다."

 그 대답을 듣고 착한 의사 아저씨는 계속 그를 데리고 있는다. 그리고 나중에 말한다.

---

*   2023년 개봉, 안톤 후쿠와 감독. 덴젤 워싱턴이 언제나처럼 비밀요원 출신의 우리의 천하무적 주인공 '맥콜'을 연기했고 다코타 패닝이 그의 도움을 받는 CIA요원으로 등장한다. 어디서 많이 본 조합이 아닌가? 덴젤 워싱턴은 2004년 명작 "맨 온 파이어"에서 자신이 경호하던 소녀 다코타 패닝을 납치한 범죄자들을 처절하게 응징한 바 있다.

"그 대답은 오직 착한 사람만이 할 수 있다네."

나도 잘 모르겠습니다.

아무튼 그래서 '별로다'라고 말을 하고 다니긴 했지만 속으로는 '상대측' 음악도 열심히 듣고 다녔다. 다만 해놓은 말이 있으니까 부끄러워서 몰래 들었지만.

나만 그러는 것 같진 않다. 다들 '몰래 혼자 좋아하는' 음악들이 있는 것 같다. 헤비메탈 아니면 듣지 않을 것 같은, 뇌도 근육일 듯한 마초 상남자 이미지의 형님들이 몰래 여리여리 샤방샤방한 걸그룹 음악을 듣곤 하는 모습을 많이 봤다. 슬쩍. 귀여워라. 그들은 열심히 즐겨 들어놓고 그 모습을 들키면 부끄러워하며 화를 낸다. 릴렉스. 본인이 좋으면 됐지 뭐. "De gustibus non est disputandum."* 모든 취미생활을 관통하는 명언이다.

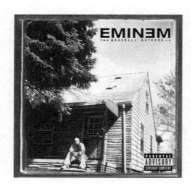

이와 관련하여 재미있는 에피소드가 있다. 나는 운이 좋게도 카투사에 합격하여 군생활을 미군 형님들과 함께 보냈다. 힙합을 좋아하는 미군 부사관분들의 비중이 높은 부대였다. 부대 내 행사가 있는 날이었고 강당에서 윗분들 없이 부대원들끼리 즐겁게 행사를 준비하는 중이었다. 즐거운 시간에 음악이 빠질 수 없다. 어느 한 힙합 팬 미군분의 MP3 플레이어를 연결해서 신나는 힙합 음악을 플레이하던 중이었다. 한 곡이 끝나고 자연스레 플레이리스트에 있던 다음 곡이 흘러나왔는데… **에미넴**[Eminem]의 명곡 '더 웨이 아이 앰[The Way I Am]'이었다. 약 3초 정도만 플레이되었지만 그 정도면 '더 웨이 아이 앰'의 멋진 건반 인트로를 알아채기 충분했다. 그 자리에 있던 모두가.

부연설명을 하자면 본인이 '찐' 힙합 팬이라고 자부하는 분들은 에미넴을 굉장히 싫어하는 경향이 있다. 적어도 겉으로는 말이다. '흑인 음악을 빼앗아갔다'는 것이 주된 논거 중 하나다. 엘비스 프레슬리도 마찬가지이고. 단언하는 것은 아니지만 경험적으로 그런 경향이 있었다. 그 MP3 플레이어의 주인은 굉장히 당황스러워하고 부끄러워하며 "아 왜 이 노래가 여기 들어가 있을까."라고 변명을 하며 얼른 다음 트랙으로 곡을 넘겼다. 부끄러워하지 말지어다. 객관적으로도 굉장히 멋진 곡이고 그렇지 않다 하더라도 그것을 즐기는 것에 어떠한 편견을 가질 필요도 없다. 나는 에미넴을 어린 시절부터 굉장히 좋아했다. 방 안에 에미넴 브로마이드만 세 개는 붙어 있던 것으로 기억한다. 심지어 그중 한 브로마이드는 중학생 시절 일본으로 갔던 과학캠프에서 들렀던 놀이동산에서 사온 것이었다. 얼마나 에미넴을 사랑했으면 굳이, 일본, 놀이동산까지 가서 그걸 사왔겠는가? 지금 생각해 봐도 이해가 안 된다. 뭐하는 짓이지? 그렇지만 그때는 선택의 여지가 없었다. 길바닥에 푸세식 화장실 포즈로 90년대 불량배처럼 앉아 있는 멋짐이라는 것이 철철 넘쳐흐르는 에미넴의 브로마이드가 내 눈앞에 있었으니까. 그랬기에 이 에피소드는 내게 정말이지 재미있는 기억으로 남아 있다.

'여러분들도 모두 에미넴을 좋아하는군요. 속으로는. 저도 그렇답니다.'

그런데 재미있는 것은 내 픽은 예나 지금이나 소수자 픽이었다는 것. 늘 그랬다. 왜 그런지는 모르겠지만 라이벌 구도의 아티스트들 중 내가 선택하는 쪽은 항상 패했다. 어린 시절 깔끔한 댄디 보이 이미지의 비틀즈보다 악동 이미지의 롤링스톤스를 선호했고, 오아시스보다는 블러를, 그린데이보다는 오프스프링을 선호했다. 음악에서 뿐만이 아니다. 심지어는 아서 코난 도일의 "셜록 홈즈"보다 모리스 르블랑의 "아르센 뤼팽"을 더 좋아했다.

그리고 독자여러분들은 그 결과를 다 알 것이다. 롤링스톤스는 지금까지 살아남아 록 음악계의 공룡으로서 활발한 활동을 이어나가고 있지만 여전히 만년 2등 이미지는 벗어나지 못했고 특히나 한국에서의 존재감은 여전히 없다시피 하다. 물론 난 아직도 좋아하지만. 아직도 한국에서는 롤링스톤스의 대표곡이 발라드 '애즈 티어스 고 바이[As Tears go by]' 하나만 꼽히는 것은 문제가 많다고 생각한다. 제발 롤링스톤스 많이 사랑해 주세요. 악동 여러분!!

오아시스[Oasis]와 함께 1990년대 브릿팝을 이끌었던 전설 블러[Blur]는 깔끔한 멜로디, 통통 튀는 세련된 사운드, 모범생들이 우물쭈물 모여서 귀여운 작당을 하는 듯한 분위기로 엄청난 인기를 끌었다. 그러나 내가 팬이 되고 나니 갑자기 마음이 변했는지 범작이라 부르기도 어려운 "Think Tank"2003를 발표하며 어둠 속으로 떨어졌고* 결국 잠정해체 이후 굉장히 드문드문 활동을 하고 있는 상태이다. 그래서 난 지금도 마음속에서 블러는 2000년에 베스트 앨범을 마지막으로 사라진 비운의 밴드라고 혼자 내 자신을 세뇌하며 살고 있다.

다만 2023년 7월에 발매된 최근작 "The Ballad of Darren"은 명반까지는 아니어도 상당히 깔끔하고 세련된 21세기형 브릿팝이라 불릴 만한 멋진 음악들을 수록하고 있다는 사족을 덧붙여 본다.

---

* 심지어 당시에는 연달아 발표된 오아시스의 앨범들인 "Standing on the Shoulder of Giants" 2000 "Heathen Chemistry" 2002의 평가가 계속해서 좋지 않았던 시기였음에도 차원이 다른 혹평을 받았고 라이벌 구도에서 완전히 밀려버리게 됐다.

1990년대 네오펑크 붐을 이끌었던 **오프스프링**[The Offspring] 대 그린데이[Green Day]에 있어서는 양상이 조금 다르다. 나는 오프스프링을 응원하는 쪽이었다. 그들은 펑크라고 단순한 음악만 하는 밴드가 아니었다. 용수철처럼 튀어나가는 시원시원한 덱스터 홀랜드의 보컬을 타고 스트레이트하게 달리는 메탈릭한 곡들'더 키즈 안트 올라이트[The Kids Aren't Alright]', '테익스 미 노웨어[Takes Me Nowhere]', 앙증맞기 그지없는 스카펑크곡들'왓 해픈드 투 유[What Happened to You]', '더 워스트 행오버 에버[The Worst Hangover Ever]', 유머 감각 넘치는 뽕스러운 재미있는 히트곡들'프리티 플라이[Pretty Fly]', '오리지널 프랭스터[Original Prankster]', '힛 댓[Hit That]'의 삼박자의 조화가 좋았다. 그에비해 그린데이는 내 기준에서 재미는 있지만 뭔가 2%가 아쉬웠다. '날카로움', 그리고 '힙'함이 없다는 것이 내 견해였다. 그래서 이 둘은 어떻게 되었나.

오프스프링이 딱히 퀄리티가 떨어지는 앨범을 낸 적은 없다. 꾸준히 수준 있는 앨범을 발매했고 꾸준히 히트해 왔다. 그린데이도 마찬가지였다. 둘 다 초창기에 대히트한 앨범*으로 주목을 받은 뒤 꾸준히 훌륭한 수준의 음반들을 계속 발표하며 라이벌 구도를 이어가고 있었다.

하지만 2004년, 상대방인 그린데이가 불세출의 명작 "American Idiot"을 발표하며 대중적 성공뿐만이 아니라 평단의 찬사까지 함께 거머쥐게 된다. 압도적으로. 그들은 그렇게 결국 그래미 시상식에서 최고의 영예인 '올해의 레코드[Record of the Year]'까지 차지하고 말았다 수록곡 '블러바드 오브 브로큰 드림스[Boulevard of Broken Dreams]'. 이후 2009년 발표된 "21st Century Breakdown" 앨범 역시 명작으로 또다시 그래미를 수상 '베스트 록 앨범' 부문했고 이들은 이제 '거장'의 반열에 올라버리게 되었다.

항상 요상한 표정으로 사진을 찍어댄 탓인지 아니면 어눌한 빌리 조 암스트롱[Billie Joe Armstrong]의 목소리 때문인지 록 마니아들 사이에서는 2001년 그들의 베스트 앨범 "International Superhits!" 내가 어린 시절 가장 많이 들은 앨범 중 하나다!가 발매될 때만 해도 '좀 모자라 보이지만 멜로디는 잘 뽑는 신나는 녀석들' 정도의 이미지를 가지고 있던 것을 생각하면, 더군다나 상대측인 오프스프링은 대조적으로 고학력자 집단으로 보컬인 덱스터 홀랜드[Bryan Keith 'Dexter' Holland]는 박사학위 소유자이다. 전공은 분자생물학 유명했던 것을 생각해 보면 이러한 음악적 성취로 이루어 낸 이미지 반전은 정말이지 대단한 것이라 할 수밖에 없다.

---

* 그린데이의 경우 그 유명한 청춘의 송가 '베스킷 케이스[Basket Case]'가 수록된 1994년의 "Dookie", 오프스프링의 경우 역시 1994년에 발매된 "Smash". 두 장 모두 천만 장 이상의 엄청난 판매고를 올렸다.

심지어는 음악은 아니지만 뤼팽 대 홈즈도 마찬가지였다. 이야기도 음악처럼 계속해서 사람들의 입에서 입으로 흘러야 그 생명을 유지한다. 그리고 21세기에 이야기가 살아남는 방식은 아무래도 영상 매체를 통해서이다. 그리고 내가 어린 시절 열심히 응원한 뤼팽은 21세기 영상화에 있어서 뒤처졌다. 그것도 한참. 홈즈는 드라마, 영화가 꾸준히 히트했지만… 뤼팽은 전혀 뤼팽답지 않은 프랑스 드라마가 넷플릭스에 있을 뿐, 전반적으로 여러 측면에서 많이 아쉬운 행보를 보여주었다. 한 세대만 더 지나면 사람들이 '뤼팽 vs 홈즈'라는 구도 자체를 잊어버릴 것 같은 불길한 느낌이 든다.

이렇게 내가 응원하는 편마다 하나같이 경쟁 구도에서 지는 모습을 보여주었다. 똥 손도 이런 똥 손이 따로 없다. 안타까울 따름이다. 그래서 나는 내기를 하지 않는다. 주식도. 절대로. 내 선택은 하나같이 좋지 않다는 것을 내가 제일 잘 아니까. 다행히 지금은 딱히 응원하는 라이벌이 없으니 여러분들의 사랑하는 아티스트의 운명을 내가 망칠까 봐 걱정하지 않으셔도 된다.

사 랑

경쟁이 있으면 사랑도 있어야 한다. 이 둘은 같은 것에서 유래한다. 우리가 내 편을 사랑하는 것이 곧 다른 편에 대한 배척의 근거가 되기 때문이다. 실제로 이 두 감정은 모두 옥시토신 호르몬의 영향이라고 한다. 놀랍지 않은가. 배척과 사랑은 동전의 양면과도 같은 것이다. 실제로도.

우리는 사랑을 한다. 죽을 때까지. 가족을 사랑하고 사회를 사랑하고 국가를 사랑하지만 그 무엇보다 내 짝을 사랑한다. **우리는 유성생식을 하는 종이다.** 유전자를 후대에 남기는 것은 우리 생명체들의 지상 과제이고 그렇기에 우리는 평생을 각자의 짝을 찾고 지키고 서로를 보듬는 데에 모든 에너지를 쏟는다.

그럼에도 불구하고 지금의 우리는 사랑을 하지 않는다. 연애도, 결혼도 갈수록 '지위와 기회'가 있는 사람들의 전유물이 된 것 같은 분위기가 팽배하다. 흔히들 지금은 사랑을 하기 너무 빠듯한 시대라고 한다. 번식은 자신의 생존보다 후순위일 수밖에 없다. 하지만 정말 그러한가? 사실 우리는 생존 정도는 충분히 할 수 있는 풍요의 세상에서 살고 있지 않은가. 물론 생존만 할 수 있으면 다 괜찮다는 이야기는 아니다. 나도 욕심이 차고 넘치는 사람이고, 눈만 뜨면 내게 부족한 것들이 보인다. 일단 집도 없는데 뭐. 하지만 내게 없는 것만을 추구하면서 살아가는 인생은 결핍의 연속일 수밖에 없다. 자신의 현재 상태를 '무엇인가 없는 상태'로 정의한다는 것이니까.

생존의 문제를 한참 넘어선 끊임없는 욕심의 충족을 목표로 달리기만 한다면 그 길의 끝에는 가슴 속의 공허함만이 기다리고 있을 것이다. 잠시 멈추어서 가는 것이야말로 21세기를 살아가는 우리에게 필요한 것이다. 길에 멈추어 보자. 그리고 옆을 보자. 무엇이 필요한가. 그 길에, 내 옆에 누군가가 함께 있으면 좋을 것이다. 내가 사랑하는 누군가가. 뛰느라 힘들 때 멈춰 서서 손을 꼭 잡아주고, 어깨를 내어줄 수 있는 사람이 있다는 것은 우리가 인생에서 추구하는 그 어떠한 추상적 가치보다 멋진 일이다. 그것이 사회적 동물이 위대한 이유가 아닐까.

그리고 우리 모두 알고 있다. 사랑을 포기한다는 것은 그만큼 가슴 속 깊은 곳에서 그것을 갈망한다는 이야기를 돌려 말한 것일 뿐이라는 것을. 누구나 사랑을 하고 싶어 하고, 사랑받고 싶어 한다. 그만큼, 그 사람에게.

그러니 우리도 더 이상 우리의 본성을 부정하지 말자. 세상 밖으로 나가 사랑을 갈구해 보자. 그 사람을 찾아서.

무엇부터 해야 할까. 먼저 사랑의 감정을 불러일으키는 것으로 시작하는 것이 좋을 것이다. 그리고 사랑의 감정을 불러일으키는 데에 음악만 한 것이 없다.

다른 나라는 모르겠다. 적어도 대한민국 국민은 결혼을 하면 내 인생의 러브송을 고심해서 고를 기회가 주어진다. 예식장에서 대기 시간 배경음악을 정해오라는 숙제를 주기 때문이다. 수십 년을 음악 마니아라 자부하면서 수많은 음악을 들어온 내게는 정말 신나는 숙 제이자 너무나도 어려운 숙제였다. 솔직히 열역학 과제보다 더 어려 웠던 것 같다. 공대생들은 항상 답이 없는 문제를 어려워한다.

그래서 내가 고심 끝에 고른 두 곡은 **존 레논**[*John Lennon*]의 '그 로우 올드 윗 미[*Grow Old with Me*]' 그리고 **에릭 클랩튼**[*Eric Clapton*] 의 '원더풀 투나잇[*Wonderful Tonight*]'이었다.

지금 두 번째 곡의 제목을 보고 '엇 저걸 결혼식에?'라는 생각을 하신 분은 진성 록 마니아일 것이다. 에릭 클랩튼 최고의 명곡 중 하 나로 꼽히는 이 곡은 친구였던 비틀즈의 조지 해리슨[*George Harrison*]

의 아내였던 패티 보이드[Pattie Boyd]에게 바치는 곡이다. 결혼 전에는 즉 조지 해리슨과 만나고 있을 당시 또 다른 명곡 '레일라[Layla]'를, 결혼 후에는 '원더풀 투나잇'을 바친 것이다. 록 음악 사상 최고의 명곡 두 곡이 오롯이 그녀를 위해 바쳐진 것이다. 멋… 지다고 해야 하나? 그들의 사랑은 어찌 보면 쿨하고 어찌 보면 유교적 관점에서 이해하기 힘든 사랑이다.

하지만 분명한 것은 그 사랑의 결실로 탄생한 이 곡은 수십 년간 수많은 사람들에게 감동을 주었고 많은 이들에게서 사랑의 감정을 싹틔우는 데에 성공했다는 것. 온몸을 휘어 감는 짜릿한 관능이 가득한 끈적거리는 기타연주, 단순하면서도 아름다운 멜로디, 느긋하고 포근한 템포. 특히 일본 도쿄 무도관Budokan Theatre, Tokyo 라이브 실황 녹음인 "Just One Night"1980에 수록된 버전이 자아내는 그 진득함은 최고의 명연주로 꼽힌다.

'그로우 올드 윗 미'는 존 레논의 가장 마지막 곡 중 하나로 "Milk and Honey"1984 앨범에 수록되었다. 개인적으로 꼽는 비틀즈 최고

의 러브송이다. 함께 늙어가자며, 우리에겐 아직 최고의 순간이 남아 있다며, 신께 우리의 사랑에 대해 축복을 빌어달라는 대화 조의 이 노래에는 언제 들어도 애틋한 감동이 있다.

간단한 피아노 반주에 잔잔한 원곡도 훌륭하지만 개인적으로는 컴필레이션 음반인 "Wonsaponatime"1998에 수록된 부드럽고 풍성한 오케스트레이션과 함께한 버전이 훨씬 짙은 감동을 선사한다.[*] 이렇게 존 레논과 에릭 클랩튼 둘의 도움으로 내 인생에서 가장 어려운 숙제를 마무리할 수 있었다.

사실 나는 발라드류에서도 잔잔한 소편성의 곡보다는 조금 더 드라마틱한 강렬한 록발라드를 선호한다. 나는 음식이든 영화든 음악이든 진하고 자극적인 것을 좋아한다. 심심한 것은 참을 수 없다. 참고로 내가 세상에서 제일 싫어하는 음식은 샐러드고, 제일 좋아하는 음식은 닭볶음탕순살, 그리고 불닭게티다. 내게 밥을 사주시고 싶은 독자분들께서는 알고 계시면 좋겠다. 예식장 대기시간 음악은 온갖 사람들이 다 모인다는 점에서 드라마틱한 것보다는 잔잔한 사운드가 필요했기 때문에 선곡한 것이다. 즉 두 곡 모두 내가 좋아하는 곡이긴 하지만 내 '최애'는 아닌 아련하고 잔잔한 곡이라는 것.

그럼 내 최애의 발라드는 무엇일까. 알아보자. 곡 하나, 앨범 하나.

---

[*]   해당 음반은 사실 1998년 4CD로 발매된 "John Lennon Anthology" 음반의 하이라이트만 모아둔 엑기스 앨범이다. 그렇다고 4CD짜리 박스 앨범을 추천할 수는 없지 않은가! 참고로 이 앨범 수록 버전의 '리얼 러브[Real Love]', '이매진[Imagine]' 역시 원곡을 뛰어넘는 아름답고 몽환적인 편곡을 보여주니 꼭 한 번쯤은 접해보시길 바란다.

먼저 곡은 **와스프[W.A.S.P.]**의 '홀드 온 투 마이 하트[Hold On To My Heart]'이다.

밴드명만 보면 아주아주 의외일지도 모른다. 발라드 음악을 생각했을 때 와스프 같은 헤비메탈 밴드의 이름이 떠오르길 기대하긴 어려울 것이다. 'We Are Sexual Perverts 우리는 변태다…'라는 의미로 알려진 밴드 이름부터 학부모 단체의 모진 핍박을 받았을 것임이 확실시된다. 실제로 음반에 '경고' 딱지를 붙이도록 만든 단체로 악명 높은 학부모들의 대중음악 검열 단체인 Parents Music Resource Center PMRC는 1980년대에 이들을 타겟으로 삼고, 이들의 악마적이며 퇴폐적인 음악을 호되게 질타했다. 밴드명부터 등에 과녁을 달고 다니는 것이나 마찬가지였다.

하지만 1992년 그들이 들고 나온 "The Crimson Idol" 앨범은 달랐다.

아직까지도 록 역사상 최고의 콘셉트 앨범* 중 하나로 꼽히는 앨

---

* 앨범 전체가 하나의 서사 구조를 가진 앨범으로 이해하면 된다. 한 밴드가 계속 노래를 하기 때

범으로, 밴드의 리더인 블래키[Blackie Lawless] 자신을 투영한 소년 주인공 조나단[Jonathan Steel]이 록스타로 성공하는 과정, 성공의 어두운 면, 부모님과의 불화 그리고 죽음을 담은 이야기이다. 분노와 퇴폐로 가득 찬 과격한 음악을 위주로 들려주었던 이들이 보다 성숙하고 완연한 사운드를 들고 나왔다. 멋진 이야기와 함께. 물론 그 속에는 여전히 와스프다운 퇴폐미와 처절함을 품은 어둠의 그림자를 드리우고 있지만.

이 장대한 앨범에서 가장 빛나는 곡은 바로 이 처연한 발라드곡 '홀드 온 투 마이 하트'이다. 날 것의 느낌이 물씬 나는 어쿠스틱 기타의 스트로킹*으로 시작한다. 나를 안고 달래달라는, 외로움에 몸서리치는 죽음을 앞둔 소년의 처절한 울음소리가 시작된다. 점차 신시사이저, 그리고 전자기타의 풍성하고 강렬한 사운드가 가미된다. 그렇게 곡은 발전해 가며 이 외로운 소년의 마지막 외침을 불길처럼 휘어 간다. 내게서 마음을 놓지 말아달라는, 내 모든 것은 당신 손에 달려 있기에 날 떠나지 말아달라는 단말마의 비명. 이 처연한 외침만큼 내 가슴을 울렸던 발라드곡은 아직까지 없는 듯하다.

써놓고 보니 러브송이라는 의미에서 발라드를 시작했는데 정작 가장 좋아하는 발라드로 꼽은 곡은 러브송이 아니었다. 이를 어쩌나.
뭐 원래 발라드는 서양 음유시인들이 부르던 노래 및 이를 위한 음악형식을 일컫는 말이고 전혀 러브송에 국한되는 의미가 아니니

문에 오페라나 뮤지컬이라기보다는 이야기꾼이 노래로 들려주는 이야기에 가깝다고 보면 된다.
* 기타 연주에 있어 여러 줄을 동시에 올려치거나 내려치는 주법을 스트로크라 부른다.

그럴 수 있다 치자. 이제부터라도 주로 사랑을 주제로 다룰 뿐, 이에 국한되지는 않는 느리고 서정적인 음악 전체를 일컫는 말로 사용하기로 하자.

발라드 얘기가 나오니 떠오르는 일화가 있다. 거장 록 밴드 U2의 멤버들은 '발라드'를 내부적으로 '샐러드'라고 부르곤 한다는 인터뷰를 본 적이 있다.[*] 빔 벤더스[Wim Wenders] 감독의 '밀리언 달러 호텔[The Million Dollar Hotel]'[**]의 사운드트랙으로 사용된 처연하기 그지없는 발라드 명곡 '더 그라운드 비니스 헐 피트[The Ground Beneath Her Feet]'에 관한 인터뷰였던 것으로 기억된다. 살만 루시디[Salman Rushdie]의 동명의 소설 속 등장하는 가사를 기반으로 쓰여진 노래로 어두운 빗속의 슬픔을 가득 담은 선율, 페달 스틸 기타를 이용한 신비롭고 몽환적인 사운드가 일품이다. 이 곡을 U2의 보컬 보노가 멤버들에게 들려주자 그들은 "지겹다는 부정적 뉘앙스로 또 다른 샐러드군!"이라 말하며 당시 준비를 하고 있던 명반 "All That You Can't Leave Behind" 2000에 수록하지 않기로 결정했다는 일화이다. 개인적으로 무척 좋아하는 곡이지만 모던한 사운드에 희망찬 로큰롤 음악을 담고 있는 해당 앨범과 그다지 어울리지 않는 발라드곡인바, 좋은 선택이었다고 생각한다. 그때부터였다. 내가 샐러드를 싫어하게 된 것은.

---

[*]   U2 팬들에게는 굉장히 유명한 일화로 많은 인터뷰에서 반복되었다. 2017. 7. 18. "HOT PRESS지"의 "The U2 Covers: No. 27, 'The Million Dollar Man'" 다음 기사에서도 찾아볼 수 있다. 접속일자 2024. 7. 14.
https://www.hotpress.com/culture/the-u2-covers-no-27-the-million-dollar-man-20387444

[**]   밀라 요보비치[Milla Jovovich]와 멜 깁슨[Mel Gibson]이 출연했다. 사운드트랙은 전반적으로 슬픈 분위기의 몽환적인 곡들을 담고 있다. 'The Ground Beneath Her Feet' 외에도 'Falling At Your Feet' 역시 필청 명곡이다.

이왕 이렇게 된 김에 러브송이 아닌 발라드곡 하나 더 추가해 보자. **서바이버**[Survivor]의 '에버 신스 더 월드 비건[Ever Since The World Began]'이다.

어디서 많이 들어본 밴드 이름인 것 같기도 할 것이다. 이 곡이 수록된 앨범 제목을 들으면 떠오르는 것이 있을 것이다. "Eye of the Tiger 1982" 바로 실베스터 스탤론[Sylvester Stallone] 주연, 감독의 전설의 복싱 영화 "록키 31982"의 테마곡으로 전 세계적 히트를 한 동명의 곡을 담고 있는 앨범이다. 복싱의 리듬감과 파워풀함을 잘 살린 멋진 곡이고, 몸을 움직이고 활기를 찾고 싶을 때 완벽하게 어울리는 '동기부여' 음악이다.* 잘 팔린 앨범에는 다 이유가 있는 법. '아이 오브 더 타이거[Eye of the Tiger]' 한 곡만 듣고 지나치기는 아쉬운

＊　실베스터 스탤론은 퀸[Queen]의 'Another One Bites the Dust' 같은 곡을 주문했다고 전해진다. 복싱리듬에 맞춘 쿵쿵거리면서 거리 느낌이 물씬 나는 곡으로. 그리고 결과는 모두가 알다시피 대성공이었다. 그 덕분에 서바이버와 록키의 인연은 이어져 그들은 "록키 41985"의 테마곡 'Burning Heart'를 부르게 되었다. 역시 굉장히 힘찬 록넘버로, 'Eye of the Tiger'만큼의 임팩트는 없었지만 에너지로 가득한 멋진 록넘버임은 부정할 수 없다.

멋진 곡들이 많은데 그중 최고는 단연코 '에버 신스 더 월드 비건'일 것이다. 나중에 이 곡은 1989년 개봉한 존 플린[John Flynn] 감독의 영화 "탈옥Lock Up"에 삽입되었고 이 영화의 주연은 바로… 실베스터 스탤론이었다.

가벼운 터치를 지닌 전형적인 팝 사운드의 영롱한 피아노 반주로 시작된다. 우리를 힘겹게 하는 운명의 무게를 다소 체념한 듯 읊조리는 한 남자. 하지만 분위기는 곧 반전된다. 푸근한 신시사이저와 힘찬 기타 사운드를 뒤에 업고. 남자의 읊조림은 담담하게 운명을 받아들이면서도 결연한 의지를 잃지 않고 걸어나가는 사람의 희망가가 되어 힘차게 퍼져 나간다.*

굉장히 세련되고 깔끔한 피아노 사운드, 그러면서도 파워 록발라드답게 시원시원하게 뻗어 나가는 보컬이 인상적인 곡으로 개인적으로 피아노 베이스의 발라드 중 가장 완벽한 곡으로 꼽는 곡이다.

이제 앨범이다. 사랑 노래를 다룬 앨범 중 최고로는 **크리스 디 버그[Chris De Burgh]**의 "Love Songs"1997를 꼽고 싶다.

---

* 기타리스트 프랭키 설리번[Frankie Sullivan]은 이 곡을 암과 싸우는 사람들에 관한 이야기라 언급한 바 있다.

앨범 제목에서 드러나듯이 러브송들을 모아둔 컴필레이션 앨범이다. 아르헨티나 출신으로 영국에서 주로 활동한 싱어송라이터인 크리스 디 버그는 세상에서 가장 로맨틱한 곡 중 하나로 꼽히는 '더 레이디 인 레드[The Lady in Red]'의 주인공으로 널리 알려져 있다. 그 외에도 많은 발라드들이 히트했는데, 그렇다고 그를 일반적인 발라드 가수라고 생각하면 오산이다.

초기 앨범들인 "Spanish Train and Other Stories"1975, "Crusader" 1979와 같이 장엄한 대서사시를 담은, 아트 록과 팝을 넘나드는 클래시컬한 사운드와 함께한 상당히 지적이면서도 장대한 걸작들이 그의 디스코그래피 곳곳에 포진하고 있다.*

부드럽고 감미로운 목소리, 그리고 발라드 위주의 히트곡들 덕분에 크리스 디 버그는 진성 '록' 마니아들이 선호하는 아티스트 명단에 쉽게 오르지 않고, 그 덕분에 간과되고는 하지만 위의 두 앨범은 그 어떤 아트 록 명반들과 비교해도 밀리지 않는 뛰어난 구성과 음

---

* 이러한 경향은 최신 앨범인 "The Legend of Robin Hood" 2021에서도 드러난다.

악성을 지니고 있다. 국내에서는 특히 "Crusader" 앨범에 수록된 '더 걸 윗 에이프릴 인 헐 아이스[The Girl With April In Her Eyes]'가 그 특유의 동화 같은 서정적인 분위기로 많은 사랑을 받았다.

또한 상당수의 발라드곡들도 결코 가볍기만 하지 않다. 그는 자신의 음악에 부드러운 멜로디와 감미로우면서도 약간의 허스키가 섞인 달콤하고 쌉싸름한 그의 목소리에 너무나도 잘 어울리는 풍성한 오케스트레이션의 클래시컬한 반주를 자주 애용하는데, 이 덕분에 그의 음악은 일반적인 팝 사운드와는 차별화되어 굉장히 고풍스러운 경험을 선사한다. 스케일이 큰 곡들을 선호하는 내 취향에 이보다 더 잘 맞는 발라드 가수가 없는 것이다.

그의 오케스트레이션 사랑은 1995년의 "Beautiful Dreams" 앨범에서 잘 드러난다. 그의 대표 히트곡들을 세 곡의 신곡을 포함 풀 오케스트라 그리고 합창단*과 함께 다시 녹음한 앨범으로 그의 예술적 정점을 이룬 작품이다. 이 앨범을 소개하려는 시간은 아니니 이 앨범에 수록된 버전의 '샤인 온[Shine On]'은 꼭 들어보시라는 당부를 드리며 본론으로 넘어가자.

"The Love Songs"는 그의 주요 히트곡 중 우리의 가슴을 울리는 사랑 노래들을 총망라했다. 당연히 '더 레이디 인 레드'도 포함되어 있다! 많이 알려지지 않은, 그렇지만 내가 그의 노래 중 가장 감미로운 곡으로 꼽는 '히어 이스 유어 파라다이스[Here Is Your Paradise]'가 첫 곡인 것도 인상적이다. 누구나 감상에 빠질 수밖에 없게 만드는 솜사탕 같은 포근하고 달콤한 멜로디 위에 풍성한 오케스트레이션을

---

* The London Session Orchestra, 웨일스 남성 합창단과 작업했다.

휘핑크림처럼 얹은 부드러움이 일품인 곡이다.

그 외에도 '보더라인[Borderline]', '론리 스카이[Lonely Sky]' 같은 그의 대표 발라드들이 당연히! 수록되어 있다. 그의 히트곡 중 많은 비중을 차지하고 있는 특징적인 구성이 돋보이는데, 피아노 반주를 베이스로 깔끔하게 시작하여 스트링과 신시사이저를 더하며 큰 스케일로 발전해 가는 구조에, 가슴을 저미는 또렷하면서도 감미로운 멜로디, 강렬하게 뻗어가는 시원한 고음의 후렴구가 인상적인 곡들이다. 거친 전자기타 사운드가 없이도 파워 록발라드 못지않은 강렬함을 느낄 수 있다는 점에서 강렬한 사운드를 선호하는 록 마니아들과 감미로운 음악을 선호하는 발라드 마니아 모두 즐길 수 있다는 장점을 가진 곡들이다. 컴필레이션 앨범이지만 어느 하나 버릴 것 없는 명곡들로 꽉 찬 최고의 베스트 앨범이다.

그럼 클래식 중에서는 어떤 러브송이 있을까? 너무나도 많은 후보가 있지만 내가 개인적으로 가장 사랑하는 곡은 이탈리아 작곡가 **클라우디오 몬테베르디[Claudio Monteverdi]**의 마지막 오페라 "포페아의 대관 L'incoronazione di Poppea. SV 308"의 대미를 장식하는 'Pur Ti Miro'그대를 바라보고' 혹은 '당신을 흠모합니다'다.

이 오페라는 네로 황제와 그의 두 번째 황후 포페아의 결혼이라는 역사적 사실을 바탕으로 쓰여졌다. 몬테베르디의 작품인지 아닌지에 대해 상당히 오랜 기간 동안 논란이 되었던 작품으로, 그의 이름이 적힌 필사본 대본이 발견됨으로써 논란은 일단락되었다. 하지만 여전히 이 곡을 포함하여 필사본의 모든 음악이 몬테베르디의 작품인지 여부는 명확하지 않다.[*]

그중 'Pur Ti Miro'는 카운터테너와 소프라노로 구성, 네로와 포페아가 부르는 사랑의 이중창이다.[**] 뭐 잘 있던 첫 번째 부인 옥타비아를 내쫓고 맞이한 불륜 관계이지만, '마침내' 황제비가 된 포페아와 네로의 기쁨에 찬 사랑은 그들로서는 더할 나위 없이 달콤했으리라. 적어도 그 당시에는. 모두가 알다시피 그 둘의 말로는 그리 좋지 못했다.

기타를 비롯한 몇 개의 조출한 악기들로 구성된 가벼운 반주를 베

---

[*]   변혜련 저, "몬테베르디", 한국학술정보, 2010, 17~18p

[**]   특히 이 곡도 발견된 일부 대본에는 포함되어 있지 않고, 다른 작곡가의 다른 작품에 포함된 것이 발견되는 등 몬테베르디가 작곡했는지 여부가 논란이 되고 있다. 위의 책 참조

이스로 하지만 곡이 담은 서정성과 아름다움은 결코 가볍지 않다. 우리가 몬테베르디의 음악을 사랑하는 이유가 이 곡에 모두 담겨 있다. 르네상스와 바로크의 과도기에 위치한 음악가인 만큼, 우리에게 익숙한 바로크의 선율을 가지고 있으면서도 상대적으로 우리에게 익숙지 않은 르네상스 음악 특유의 쌉싸름함을 머금고 있어 '익숙하면서도 새로운' 느낌을 준다. 너무나도 달콤하고 아름다운 멜로디를 기타를 비롯한 몇 개의 악기가 계피의 쌉쌀함을 머금은 처연한 음색으로 감싼다. 다소 까끌까끌하게. 그러나 그 상반되는 것처럼 보이는 둘은 완벽하게 어우러지며 한 잔의 카푸치노를 만들어 낸다. 익숙지 않은 조합이 너무나도 부드럽게 휩싸이며 어울림을 만들어 낼 때, 우리는 형언할 수 없는 감동을 느낀다. 그리고 이 곡에서 느껴지는 감동이 바로 그러하다.

크리스티나 플루하[Christina Pluhar] 지휘, 고음악 앙상블 라르페지아타[L'Arpeggiata]가 연주한 "Monteverdi: Teatro d'Amore" ERATO. 2009 앨범에 수록된 카운터테너 필립 자루스키[Philippe Jaroussky]와 소프라노 누리아 리알[Nuria Rial]의 노래를 추천한다. 음반 자체가 걸작으로 몬테베르디의 걸작 넘버들을 최고의 연주로 담았다. 음악사적으로 매우 큰 의미를 가지기에 알아보고 싶지만 너무 넓고 깊은 그의 음악 세계에 압도당하여 입문할 엄두를 못 내고 있는 이들에게 강력하게 추천하는 레코딩이다.

나와 함께 사랑 노래를 들으며 가슴이 촉촉해졌을 독자 여러분들. 이제 준비가 됐다. 집 밖으로 나가자. 손을 내밀어 보자. 그것을 붙들어 줄 동반자를 찾아서. 그리고 찾았다면, 이 노래들을 불러주자.

출근길

사회생활에서 가장 힘든 것은 무엇일까? 당연히 출근이다.

출근은 항상 힘들다. 너무 힘들다.* 시작이 반이라는 말이 괜히 생긴 게 아니다. 그날 하루의 스트레스의 절반은 출근 그 자체로 채워진다. 돈도 출근만 하면 반을 주고 시작하면 좋겠다만!

일반적으로 직장생활 3년 차 정도가 되면 아침에 알람 소리를 들으면서 일어나 출근을 생각하는 것만으로도 화가 솟구치고 회사 이름만 들어도 목덜미에 벌레라도 붙은 듯한 반응을 보인다. 이것은

---

* 막상 출근하고 나서의 일 자체는 할 만하다. 직장마다 다르겠지만. 내가 로스쿨로 도망가기 전에 다니던 직장은 그냥 앉아 있는 것 자체가 지옥이었다. 나같은 자유로운 영혼의 소유자에게는 도저히 받아들이기 힘든 남초식 군대 문화. 업무가 힘든 것은 아니었다. 엔지니어로서의 일은 적성에도 맞고 굉장히 재미있었다. 사람과 사람이 만들어 내는 문화가 문제지. 어쨌든 다른 일반적인 직장들 역시, 적어도 사무직이라면 일 자체는 할 만하다. 하지만 출근길 그 자체는 항상 지옥이다.

내 주변에서 통계적으로 증명된 사실이다. 아무리 신의 직장이라고 불리는 곳에 다니는 녀석이라도 3년의 법칙은 예외가 없다. 덕분에 전 직종에 걸쳐 이직이 가장 활발하게 이루어지는 시기이기도 하고, 내가 퇴사를 결심하고 로스쿨 준비를 시작한 시기이기도 하다. 왜 그런지, 왜 하필 3년인지는 아직 과학적으로 밝혀진 바는 없는 것 같지만 관련 논문이 있다면 알려주시길 바란다!, 3년의 법칙은 지금도 계속되는 듯하고 심지어 더 가속화되고 있어 보인다. 현대 사회의 시간이 갈수록 빨리 흐르는 것처럼 요즘은 3'년'도 아니고 3, 6, 9'달'째 회의를 느끼고 직장을 때려치는 MZ 친구들도 많다고 한다. 역시 합리적인 MZ답다! 조금 더 있으면 '주', '일' 단위로 줄어드는 것 아닌가 걱정이 될 지경이다. 3일 만에 퇴사하면 각종 입·퇴사 서류처리는 어떻게 하지? 인사팀분들 힘내세요.

그래도 너무 쉽게 일을 그만두는 것은 문제가 있다. 하지만 '그럴 만하다'고 생각되는 경우도 확실히 존재한다. 자신에게 맞지 않는 직장을 오래 붙들고 있는 것은 자신의 정신적, 육체적 건강에 좋지 않다. 이럴 경우 빠른 퇴사는 영리한 선택이다. '그' 직장이 너무 힘들면 관두고 다른 직장을 찾으면 된다. 그것이 두려워 최악의 대우를 받으면서도 혼자 꾹 참고 견디는 분들이 많은데, 정말 좋지 않은 선택이다. 인간은 아프리카에서부터 시작하여 전 세계를 정복한 강한 동물이다. 하지만 그러한 인간에게도 신체적 한계는 분명히 존재하고, 정신적 한계 역시 신체적 한계에 속하며 개인마다 그 한계가 명확히 존재한다. 의지로 이겨낼 수 있는 성질의 것이 아니라는 것이다. 어느 정도는. 사람마다 그 역치값은 다르지만 직장생활에서 오는 고통이 그 역치를 넘어섰을 때엔 과감하게 그만둘 줄도 알아야 한다. 자신의 한계에서 부러지는 것은 절대로 본인 탓이 아니다. 세상은 넓고 직장은 많다. 물론 '괜찮은' 직장은 별로 없다.

다만 자신이 못 견디고 뛰쳐나간 '그것'이 무엇인지를 잘 살펴야 할 것이다. 그 직장에 한정된 것이라면 괜찮지만 모든 사회생활에 다 적용되는 기본적인 부분을 못 견디고 메뚜기처럼 직장을 옮겨 다닌다면 평생 메뚜기로 살 수밖에 없다. 사회초년생들이 정말 자주 저지르는 실수다. 인간의 무리에서라면 어딜 가나 어느 정도는 견뎌야 하고 따라야 하는 것들이 있다. 문자로 적히지 않은 규칙들이다. 그리고 어떤 조직이나 그 견뎌야 할 짐은 조직의 최말단에서 극대화되기 마련이다. 때문에 도망 가더라도 어느 정도의 정보를 가지고, 자신의 직업관이 세워지고 이 시점이 보통 3년인 듯하다 난 뒤에 자신과 안 맞는 그 점이 이 직장의 고유한 특징이라는 것을 확인하면 그때 도망을 가는 것을 추천드린다.

결론이 도망가라는 것이어서 좀 이상하네. 그럼 집이랑 휴대폰이랑 자동차는 누가 만드나? 저는 여러분 모두가 이 사회에 무엇인가 가치를 만들어 내는 생산적인 일을 하는 산업역군이 되었으면 좋겠습니다. 갑자기 꼰대 같은 소리해서 죄송합니다. 출근 얘기를 하다 보니 갑자기 화가 나서 나도 모르게 꼰대스러운 발언을 해버렸다.

직장인이라면 물론 모두가 출근을 싫어하지만 나는 특히나 더 싫어했다. 나도 처음에는 모든 사람들이 다 똑같은 정도로, 나만큼 출근을 싫어하는 줄 알았다. 하지만 주변 사람들과 대화를 나누면서 나는 남들보다 훨씬 더 극단적으로 출근을 싫어한다는 사실을 알게 됐다. 그 깨달음의 계기는 의외의 곳에서 찾아왔다. 내가 작년에 가장 주변에서 많이 들었던 질문은 이것이었다.

"너는 왜 그렇게 열심히 살아?"

그런 이야기를 들을 수밖에 없었다. 변호사가 되자마자 1년 만에 책을 연달아 세 권을 내고, 정규칼럼 연재, 멘토링, 강의에 각종 강연까지 하고 다녔다. 그렇다고 직장생활을 소홀히 했는가? 직장에 들어가고 반년 만에 업무 능력을 인정받아 맞죠, 실장님? 진급을 했다. 그렇다고 일만 하고 취미생활을 소홀히 했는가? 언제나 책 3~4권을 동시에 읽고 있으며, 파이프와 시가라는 말도 안 되게 넓디넓은 고급 취미에 발을 들여 중고차 한 대 값을 쏟아부었고 관련 업계의 많은 사람들을 만났다. 내가 봐도 열심히 살았다. 자랑 맞다. 어느 정도는. 그러니 다른 사람들이 내 바쁜 삶에 대해 관심을 갖는 것은 자연스러운 일이었다.

그런 질문을 들으면 나는 아주 당연하다는 듯이 대답했다.

"출근 안 하고 싶어서."

나는 아무 생각 없이 입에서 바로 튀어나온 대답이었지만, 내 대답에 거의 모든 사람들이 경악했다. 그렇게 대부분의 사람들은 출근이 아무리 하기 싫어도 나 정도로 발버둥을 심하게 치지는 않는다는 사실을 알게 됐다. 뭐 같지만 '다닐 만하다'는 거다. 세상에.

이것은 '어쩔 수 없이 다닌다.'라는 것과는 다른 뉘앙스다. 어쩔 수 없이 직장을 다녀야 하는 건 대부분의 경우 누구나 마찬가지다. 프롤레타리아로 태어났다면 이는 피할 수 없는 일이다. 나도 강남 아파트를 깔고 태어났다면 집에서 굴러다니기만 했을 것이다. 책보고 음악 듣고 파이프를 즐기며. 상상만 해도 잠깐 행복해졌다. 하지만 국민연금을 받을 때까지 아직 한참 멀었다! 받을 수는 있을까? 잘 모르겠다 매일 6

시 반에 일어나 출근길의 피곤함, 강추위, 그리고 버스 환승과 9호선 지옥철을 견뎌야 하는 삶은 내 상상의 한계를 뛰어넘는다. 시지프스의 형벌이 뭐 따로 있나. 이는 적어도 내 머릿속에서는 '뭐 같지만 할 만한' 단계를 넘어선 것이다.

거기다가 얼마 전, 대한민국 모두가 겪은 집값 대폭등기를 지나며 이 생각은 더욱 또렷해졌다. 직장인이 아무리 열심히 모아봤자 1년에 모을 수 있는 돈은 몇천만 원 단위가 고작이다. 그런데 집값은? 1년에 몇억 단위가 오르는 현상을 목도했다. 세상에. 아무리 발버둥 쳐봤자 근로소득으로는 도저히 쫓아갈 수 없는 벽이 한순간에 눈앞에 솟구쳐오른 것이다. 자릿수부터가 다른데 뭘 어쩌겠나. 30년간 예쁘게 머릿속에서 그려오던 인생 계획이 눈앞에서 처참하게 무너져내리는 것을 바라볼 수밖에 없었다. 손도 쓰지 못하고, 그저 무기력하게. 지난 몇 년의 이 경험을 통해 알뜰살뜰 월급을 모아 뭘 어쩔 수 있을 것이라는 희망이 완전히 박살나 버렸다. 거기다 아파트를 제외한, 보다 저렴한 다른 주거형태를 소유하는 순간 무주택과 별반 다를 바 없이 '벼락 거지'가 된다는 것을 전 국민이 목격한 이상 다른 선택의 여지도 없어졌다. 그동안 일반인들의 삶의 공식이었던 주거의 상향이동은 완벽하게 막혀버렸다. 심지어 나는 사회적으로 꽤 괜찮은 스펙으로, 상당히 괜찮은 직업을 가지고 있음에도 이런 허탈한 상황은 마찬가지이다. 이제 더 이상, 아무도, "느그 아부지 뭐 하시노?"라는 질문을 하지 않는다. '어느 아파트 사니?'의 벽을 직업으로는 넘을 수 없다는 사실을 모두가 알기에.
인간은 미래를 예측하고 그 예측에 따라 행동하는 동물이다. 그리고 초등학생도 할 수 있는 뻔한 사칙연산으로도 보이는 미래는 암울하다. 내 세대, 그리고 다음 세대의 직장인들은 국민연금을 받을 때까지 그나마도 받을 수 있다면 뼈 빠지게 일하고도 강북 아파트 한 채 구하지 못한 채로 죽게 된다. 옛날에 누가 그랬던가. 강북은 개조차도 냄새가 나는 동네라고. 이제 그랬던 강북 아파트조차 봉급생활자에겐 넘지 못할 산이 되어버린 것이 현실이다. 증여와 상속에 대한 기대가 없는 계층에겐. 나와 내 가족을 위한 공간 하나 없이 죽어갈 미래가 눈앞에 놓여 있는데, 그 비참한 미래를 위해 늙어 죽을 때까지 계속해서 아침마다 9호선 아저씨들과 껴야 한다구? 먹고살기 위해 어쩔 수 없는 일이긴 하지만 거기에 더 이상 '희망'이 비집고 나올 틈은 없다. 판도라의 상자는 열렸지만, 그곳은 텅 비어 있었다.

훌륭한 엔지니어가 되어 과학기술로 인류 발전에 이바지하겠다는 야망을 품고 사회로 첫발을 내딛던 패기 넘치던 젊은 날의 내 모습은 미래에 대한 희망이 보이지 않는 차가운 현실에 치어 온데간데없이 사라졌다. 이러한 시국에서도 직장을 '다닐 만하다'는 사람들은 그 자체로 복 받은 성정을 지닌 것이다. 그저 존경스러울 따름이다.

나는 그 정도로 참을성이 좋은 사람이 아니다. 하루빨리 출근하지 않아도 되는 삶을 누리는 것을 목표로 내 모든 행동이 이루어지고 있다. 내 보금자리 하나 없이 재가될 미래가 뻔히 보이는 출근이라는 행위 자체가 너무나도 허무하게 느껴졌기 때문에. 뭐 하나라도 더 하고, 입 하나라도 더 줄여서 하루빨리 이 죄의 굴레를 벗어던져야 한다. 죽을 때까지 일하면서 지주에게 보증금과 차임을 바치고도 빈손으로 세상을 떠나야 하는 계급으로 태어났다는 죄의 굴레를.

아무튼 아침 6시 반에 지옥의 황소 울음소리 같은 알람을 들으며 일어나 잠도 덜 깬 상태에서 대충 사회적 예의를 갖추고 옷을 입고 최저기온을 뚫고 집을 나선 뒤, 언제 올지 모르는 버스를 하염없이 추위에 떨며 기다리다 겨우겨우 버스를 잡아탄 뒤, 지하철역으로 달려가 지옥철 속에서 냄새나는 아저씨들 사이에 껴 문과 사람 사이에 밀착한 상태로 1시간을 앉지도 못하고 서서, 종아리 근육과 발바닥이 타들어 가는 고통을 견뎌야 되는 출근길은 누구에게나 고통일 수밖에 없다. 눈은 지옥의 요정이 모래알을 비벼대는 것 같고 목 뒤에서는 뜨끈한 열기가 차오르며 두통을 종용한다.

화가 난다. 주변을 둘러본다. 굳이 내 옆에 서서 바이러스 섞인 뜨거운 콧바람을 내뿜는 아저씨, 가방으로 내 상·하체를 눌러 무게중심을 잃게 만드는 아저씨, 아무리 봐도 의도가 섞인 호전적인 동작으로 나를 불쾌하게 밀치는 아저씨, 앞 좌석에 앉아서 다음 역에서 내리는 척 가방을 추스르고 내게 희망을 심어주더니 내가 내릴 때까지 계속 앉아 있는 얄미운 녀석 등등. 생각만 해도 소리를 지르고 싶다. 하지만 뭐 어쩌겠나. 죄 없는 입술을 잘근잘근 씹을 뿐. 소심한 늦잠형 인간인 나는 그렇게 항상 오전을 잔뜩 화가 난 채로 매일 버텨간다.

그런데 이러한 화로 가득한 감정을 느끼는 것은 출근을 해야 된다는 사실 때문이 아닐지도 모른다. 이른 아침, 공복에 잠이 덜 깬 상태로 즉 몸이 준비가 덜 된 상태로 극한의 추위 속에 뛰어들면 잔뜩 예민해지고 불쾌할 수밖에 없다. 몸이 불쾌한 상태로 버스와 지하철을 타니 주변에 보이는 모두가 분노의 대상으로 판단되는 것이다. 이러한 해석은 최근 과학자들이 감정에 대해 밝혀낸 것과도 일치한다.

우리의 뇌는 기본적으로 신체 예산을 관리하는 기능을 수행한다. 우리는 그동안 이성과 감성의 대결이라는 신화에 매몰되어 인간의 '이성'의 기능을 과대평가해 왔고 뇌의 역할의 핵심은 이러한 이성적 사고의 관장이라는 편견을 가지고 있다. 하지만 그렇지 않다. 기본적으로 다른 모든 기관들과 마찬가지로 뇌 역시 생존과 번식을 위해 진화해 왔고 그 목표를 위해 뇌가 맡은 역할은 신체 상태와 행동을 관장하는 컨트롤센터라는 것이다.

컨트롤을 하려면 정보가 필요하다. 우리는 여러 루트를 통해 신체 외부와 내부의 정보를 수집한다. 여기서 신체 내부의 정보들이 특히 중요하다. 어디에 산소농도가 떨어졌고, 혈당이 정상인가 등에 대한 수없이 많은 정보들은 우리 생존에 필수적이다. 그런데 우리는 그것을 정확히 인지하지 못한다. '어느 부위 어느 세포에 어떤 문제가 생겼어요' 같은 정보들 하나하나를 모두 인식한다면 우리는 미쳐버릴 것이다.

그래서 우리의 뇌는 기본적으로 '정동[Affect]'이라 불리는 유쾌와 불쾌 유인성[Valence], 평온과 동요 흥분도[Arousal]라는 아주 일반적인 느낌으로 내부의 변화, 즉 신체 예산의 변화를 표상한다. 그리고 우리 감정의 근거지가 바로 이 뇌의 신체 예산 관리 부서라고 한다.

그리고 우리의 뇌는 기본적으로 예측기관이다. 위기를 감지했으면 재빨리 행동하기 위해 미리 심장을 뛰어야 한다. 그래서 현 상황에 대한 내부의 정동과 외부의 입력을 우리가 배운 개념적 지식들 그리고 무엇보다 중요한 과거의 경험들을 통해 해석하여 의미를 부여하고 앞으로 벌어질 일들을 예측한다. 그리고 그 예측을 감각기관에서 들어온 정보를 통해 확인하고, 예측이 틀렸다면 수정한다. 우리의 뇌는 하루 종일 이 시뮬레이션을 하고 있다. 이는 감정에 대해서도 마찬가지고 우리가 감정을 인식할 때에는 감정에 대해 배운 문화적, 사회적 개념 슬픔, 분노, 두려움 등이 활용된다.*

그런데 이러한 시뮬레이션 과정에서 재미있게도 우리는 정동을 내부적 신체 예산 변화가 아닌 세계에 대한 정보로 취급하게 되는 일들이 벌어진다. 이와 관련하여 유명한 실험들 몇 가지를 여러분들도 들어보았을지도 모른다. 점심시간 직전에 심리가 이루어지면 재판관이 죄수의 가석방을 거절할 확률이 높아진다는 이스라엘 과학자들의 실험, 비 오는 날에는 면접관이 지원자를 더 부정적으로 평가하는 경향 등에 관한 실험들 말이다. 자신의 내부 변화 배고픔을 가석방 거절이라는 외부 세계의 증거로 활용한 것이다.** 출근길에 우리 신체가 처한 상황을 해석했을 때 그것에 가장 적절한 감정 개념은 '분노'이고 그렇기 때문에 주변 모든 것이 분노의 대상으로 보이는 것이다.

이는 뇌가 정동을 비롯한 주어진 정보를 경험과 지식을 통해 해석하여 최선의 예측 오류가 많은을 하기 때문이다. 근대의 신화와는 다르게 우리의 마음은 이성과 감정의 대립되는 전투의 장이 아니다. 때문에 감정을 배제한 합리적 인간이란 허구를 쫓기보다는 건강한 정동을 유지하는 것이 우리가 좋은 판단을 내리는 데에 도움이 될 것

---

* 그래서 문화마다 다른 감정 개념을 갖게 된다고 한다. 같은 상황, 같은 느낌을 가지더라도 그것을 해석하여 표상하는 감정의 언어는 달라질 수 있는 것이다. 예를 들어 한국인들에게만 존재하는 '정'과 같은 개념을 떠올려 보자.

** 이상의 감정에 대한 논의는 다음의 책을 참조했다.
리사 펠드먼 배럿 저, "감정은 어떻게 만들어지는가?", 최호영 역, KPI출판그룹, 2017, 154~155p

이다. 건강한 신체에서 건강한 판단이 비롯된다. 좀 배웠다는 사람들은 '이성'을 너무 중시하여 신체 관리에 소홀한 경우가 많다. 완벽히 틀린 견해이다. 잘 먹고, 잘 쉬고, 즐거운 음악을 들으며 시간을 보내는 것이 훌륭한 지식노동자가 되는 첫걸음이다.

그렇기에 내가 출근길을 싫어하고 옆에 서 있는 9호선 아저씨들을 혐오스럽게 느끼는 것은 단지 매우 이른 아침에 기상하여 몸이 충분히 움직일 준비가 되지 않은 춥고 배고픈 상태로, 1시간 내내 불편한 상태로 서 있어야 한다는, 내 신체를 무척이나 괴롭히는 실제적 사실에서 유래한 것일지도 모른다. 어쨌거나 저쨌거나 그러한 신체적 고통을 준 그 물리적 상황을 만든 것은 출근길이 맞으니 난 계속 출근길을 미워할 거다.

아 물론 그럼에도 불구하고 지금 다니고 있는 회사는 아주 일하기 좋은 곳이며 감사하며 다니고 있습니다, 대표님. 충성 충성! 이 앞의 이야기들은 다 이전에 다니던 회사를 상정하고 말한 것입니다!

역시 오해 방지를 위해 한마디를 덧붙이자. 나는 출근 그 자체와 그것을 꾹 참고 수십 년을 노력해도 불구하고 가정을 꾸릴 수 없게 된 현실이 싫은 것이지, 내 일 자체는 매우 사랑한다. 엔지니어의 일과 변호사의 일 모두. 이과와 문과로 전혀 달라 보이지만 본질은 같다. 상황을 분석하고 현재까지 인류에게 알려진 자연법칙 또는 법리를 이용해 문제를 해결하는 일, 그리고 그것을 언어와 공식으로 풀어나가는 일. 내가 가장 잘하는 일이고 무척이나 즐기는 일이다. 이 모든 기회와 내 자신이 잘하는 것으로 벌어 먹고살 수 있게 해준 이 사회와 회사에 항상 감사하는 마음이다.

어쨌든 그래서 지금도 출근하지 않아도 되는, 희망이 있는 삶을 꿈꾸며 열심히 키보드를 두드리고 있다. 힘들게 출근해서 버는 월급만으로는 기본적인 삶의 조건을 충족하는 것조차 어려운 미래뿐이니까. 나는 운이 좋게도 매우 훌륭한 직장에 다니고 있기에 문제없이 겸직허가를 받을 수 있었고 덕분에 열심히 발버둥을 치고 있는 중이다.* 발에 불이 나도록. 영화 "쇼생크 탈출1994"**을 보았나? 나는 지금 숟가락으로 야금야금 벽을 긁어가고 있다. 느리지만 꾸준하게. 탈출이라는 꿈을 향해. 많은 사람들에게 이 책을 널리 알려 제가 꿈을 이룰 수 있도록 도와주시면 감사하겠습니다,

그렇게 생각만 해도 화가 치밀고 미래가 보이지 않는 출근길, 우리에겐 또다시 살아갈 에너지 그리고 사소한 행복이 필요하다. 어쩌겠나. 피할 수 없으면 즐겨야지. 앞에서 열심히 투덜대긴 했지만 나도 열심히 '근로'해야 한다는 현실을 충분히 인지하고 있다. 너무 명확히 인지하고 있어서 문제일 뿐. 그러니 이 고통을 줄여줄 방법이 있어야 한다. 즐거움과 활력을 주는 파워풀한 멋진 앨범들로 우리의 출근길을 수놓아 보자. 작은 행복의 조각들을 기워가며 만들어 가는 것이 인생이다. 그리고 우리에게 그 작은 행복을 제공하는 것이 예

---

* 겸직 얘기를 하니 갑자기 떠오른 생각 하나. 현실이 이러하기 때문에 겸직금지를 규정한 취업규칙이나 근로계약의 조항들은 모두 무효로 보도록 '근로기준법'의 개정이 필요하다고 생각한다. 적어도 월급을 모아서 안정적 주거의 마련이 불가능한 *대부분의* 직장에 대해서는. 최근 공공기관에 근무하는 유명인의 겸직이 문제가 됐던 사회적 이슈가 떠올라서 했던 생각이다. 월급으로는 의식주조차 해결이 안 되는 사회에서 겸직금지라니?

** 프랭크 다라본트 감독, 팀 로빈스, 모건 프리먼 주연의 영화. 저명한 스티븐 킹의 "리타 헤이워스와 쇼생크 탈출*[Rita Hayworth & Shawshank Redemption]*"이 원작이다.

술의 역할 아니겠는가.

출근길 내가 가장 사랑하는 음악이 있다. 장대한 체구에서 폭발하듯 터져 나오는 엄청난 성량과 탁월한 표현력의 소유자 **미트로프[Meat Loaf]**의 록뮤지컬 "Bat out of Hell" 시리즈를 소개해 보고자 한다.

컬트 문화의 상징과도 같은 뮤지컬 영화 "록키 호러 픽처 쇼[The Rocky Horror Picture Show] 1975"*를 추억하시는 분이라면 쾌활한 로큰롤 넘버 '핫 패투티[Hot Patootie] Bless My Soul'를 부른 오토바이 청년 에디를 기억할 것이다 '나는 로큰롤을 너무 사랑해!'. 근육이 없다는?! 이유로 끔찍하게 살해당한 그 녀석. 그러니 독자 여러분들은 열심히 운동을 해두는 것이 좋을 것이다. 아무튼 그 역할을 맡았던 가수가 바로 오늘의 주인공 미트로프이다.

수많은 히트곡이 있지만 그중 미트로프의 음악 세계를 가장 돋보이게 하는 것은 역시 화려하고 극적이며 장대한 스케일의 록뮤지컬 "Bat out of Hell" 시리즈일 것이다. 지금까지 세 앨범이 발매되었으

---

* 1973년 뮤지컬을 원작으로 한 영화. 워낙 유명한 작품으로 다들 제목은 한 번쯤 들어봤을 것이다. 제목만 들어본 독자분들을 위해 간단히 줄거리를 소개하면 다음과 같다.
브래드와 자넷은 약혼을 하게 되고 자신들을 만나게 해준 은사 스콧 박사를 찾으러 간다. 하지만 그렇게 무사히 목적지에 도달할 리가 없다. 비 오는 밤, 타이어에 펑크가 나는 바람에 들르게 된 저택, 이상한 무리들이 파티를 벌이고 있다. 이들은 프랑켄슈타인을 감명 깊게 읽었는지 실험을 통해 근육질의 금발 미남을 탄생시키기까지 하는데! 알고 보니 저택의 주인 프랑크를 비롯한 저택의 사람들은 '트란실바니아 은하계의 트랜스섹슈얼 행성'의 외계인이었다!
도대체 무슨 소린지 모르겠다. 나도 잘 모르겠다. 무지하게 기괴하고 변태스러운데 엄청나게 재미있다. 하지만 영화의 백미는 괴상한 등장인물과 더 괴상한 스토리가 아니라 다름 아닌 뛰어난 로큰롤 음악이다. 모든 음악이 빼어난 완성도를 지니고 있으며 흥겹고 아기자기한 뮤지컬스러운 로큰롤 음악이 영화의 기괴한 비주얼과 대비되어 그야말로 컬트적인 재미를 선사한다.
제목만 보고 너무 요상하거나 무섭다는 생각이 들거나 '록키 호러'는 위에서 언급한 근육질 금발 미남의 이름일 뿐 권투 영화도, 호러 영화도 아니다! 컬트 문화의 상징이라는 명성 때문에 두려움을 느껴 선뜻 영화를 감상할 엄두를 못 내는 분이라도 이 작품의 사운드트랙은 반드시 감상할 것을 권한다. 추천곡은 'Dammit Janet', 'Time Warp', 'Hot Patootie - Bless My Soul'이다.

며 우리나라에서는 시원시원한 멜로디가 특징적인 파워풀한 록발라드인 에어 서플라이[Air Supply]의 '메이킹 러브 아웃 오브 너싱 앳올[Making Love Out of Nothing at All]'로 유명한 작곡가 짐 스타인먼[Jim Steinman]과 함께했다.

Bat out of Hell 1977

시리즈의 첫 번째 작품인 "Bat out of Hell"1977은 그야말로 '극'적인 스토리텔링과 강렬하고 화려한 연주, 강렬한 미트로프의 발성이 어우러진 록뮤지컬로, 혁신적인 음악을 들려주며 평단과 대중의 열렬한 지지를 받았고 지금까지 5,000만 장 이상이 팔려 역사상 가장 많이 팔린 앨범 중 하나로 기록된다.

멋들어진 엔진 소리로 앨범의 포문을 열며 힘차게 질주하는 '뱃아웃 오브 헬[Bat out of hell]', 재미있는 인트로의 상큼하고 발랄한 '유툭 더 워즈 롸잇 아웃 오브 마이 마우스[You took the words right out of *my mouth]*', 멋진 발라드 넘버 '헤븐 캔 웨이트*[Heaven can wait]*', 그리고 앨범의 히트에 최고 공신인, 들으면서 몸을 도저히 가만히 둘 수가 없는, 청춘들의 뜨거운 밤을 다룬 흥겨운 로큰롤 '패러다이스 바이 더 대쉬보드 라이트*[Paradise by the dashboard light]*' 등 모든 곡이 넘치는 개성을 자랑하는 단 한 곡도 놓칠 수 없는 걸작이다.

Bat out of Hell 2: Back into Hell 1993

위 앨범으로 슈퍼스타가 된 미트로프, 하지만 이후 발표하는 앨범마다 영국을 제외한 다른 나라들에서 고전을 면치 못하던 중 짐 스타인먼과 다시 힘을 합쳐 "Bat out of hell 2: Back into Hell"1993을 발표하게 된다.

이 앨범은 국내에서도 많이 알려진 그 유명한 열정적인 록발라드 '아이드 두 애니싱 포 러브[I'd do Anything for love]'*를 비롯해 미드 템포의 멋진 발라드 '락앤롤 드림 컴 스루[Rock'n'roll Dream Come Through]', 파워풀한 로큰롤 넘버 '아웃 오브 더 프라잉 팬[Out of the Frying Pan] and into the fire' 등 수많은 명곡을 담고 있다.

전작의 장점은 고스란히 유지하면서 훨씬 규모가 커진 풍성한 사운드, 심장이 터질 듯한 로큰롤 그리고 터져 나오는 아름다운 감동으로 록오페라를 정의하며 전작을 뛰어넘는 완성도를 자랑한다.

| Bat out of Hell 3: The Monster is Loose 2006

그리고 상대적으로 덜 알려졌지만 2006년, 시리즈의 세 번째 작품 "Bat out of Hell 3: The Monster is Loose"가 발매되었다. 전작

---

* 그래미 수상, 빌보드 차트 5주간 1위를 기록한 것 외에도 '미녀와 야수' 콘셉트의 뮤직비디오로 유명하다.

들에 비해 인지도뿐 아니라 전문가들의 평점도 낮은 작품이다. 너무 멋진 작품이기 때문에 이러한 저평가가 안타까워 이 작품에 대한 변명을 찾아보자면 다음과 같다.

먼저 가장 큰 이유는 "Bat out of Hell"이라는 이름에서 우리가 바라는 기대가 너무 크기 때문일 것이다.

그리고 이 작품은 짐 스타인먼 혼자의 작업이 아니라 '리빙 온 어 프레이어[Living on a prayer]' 등 본 조비[Bon Jovi]의 최전성기 히트곡들을 함께한 데스몬드 차일드[Desmond Child]를 포함한 여러 작곡가와 함께했다. 록적인, 무거운 사운드가 특기인 데스몬드 차일드의 영향이 강한 덕분인지 이전 작품보다 훨씬 강렬하고 어두운 느낌이 자욱하다. 그리고 여러 작곡가의 합작이다 보니 전작들처럼 하나의 기승전결이 있는 일관된 '극'의 느낌보다는 '좋은 곡들 모음집'의 성격이 강하다. 그것이 앨범 수록곡 개개의 완성도는 무척 뛰어남에도 불구하고 '앨범' 전체의 느낌은 '기승전결'이 없이 클라이맥스만 계속되어 청자가 피로감을 느끼게 되는 원인이 되었을 것이다.

첫 싱글인 셀린 디온[Celin Dion]이 불렀던 '이츠 올 커밍 백 투 미 나우[It's all Coming back to me now]'의 리메이크곡이 크게 히트했고, 그 외에 브루스 스프링스틴[Bruce Springsteen]의 'Born to Run'을 연상시키는 파워풀한 로큰롤 넘버 '배드 포 굿[Bad for good]', '얼라이브[Alive]', 넘치는 에너지와 장대한 스케일을 뽐내는 멋진 서사시 '블라인드 애즈 어 배트[Blind as a bat]', '시즈 더 나이트[Seize the Night]' 등을 수록하고 있다 특히 '얼라이브'는 개인적으로 미트로프의 방대한 음악 세계 중 최고로 꼽는 곡이다.

이전 시리즈만큼의 대중성까진 갖추고 있진 못하지만 가슴 벅찬 감동과 미트로프 특유의 폭발적인 발성, 시원하기 그지없는 짐 스타인먼의 멋진 멜로디를 추억하는 팬들에겐 빼놓을 수 없는 선물일 것이다.

세 작품들 모두 조금씩 다른 성향을 보이지만 수록곡들이 어느 하나 빠짐없이 상당한 수준의 퀄리티를 자랑하며 웅장한 그의 음악 세계를 보여준다는 공통점이 있다. 록의 강렬함과 뮤지컬의 화려함을 결합한 이 시대 최고의 연작이다.

에너지가 필요한 출근길, 우리의 가슴을 뛰게 만들 플레이리스트로 제격이다.

미트로프는 정말 뛰어난 음악인이고 그가 천둥처럼 뿜어낸 음악은 지친 우리의 삶에 활력을 주기에 완벽하다는 사실은 두말할 필요가 없다. 하지만 조금 더 하드코어한 것을 찾고자 하는 이들에게는 다소 아쉬울 수 있다. 출근길에 차오르는 우리의 분노를 담아내기 위해서는 조금 더 강력한 장르가 필요하다. 메탈과 하드록이 등장할 때가 됐다.

다만 본격적인 메탈 장르로 뛰어들기 전에 거쳐 가고 싶은 단계가 있다. 내가 대중음악에 본격적으로 빠져들게 된 1990년대 말에서 2000년대 초 엄청나게 유행했던 장르가 있다. 바로 헤비한 사운드를 기반으로 시원시원한 랩을 얹어, 힙합과 록의 멋들어진 조화를 이루어 낸 뉴메탈이다. 지금에야 뉴메탈이라 부르지만 당시에는 보통 얼터너티브 메탈[Alternative Metal], 혹은 조금 더 싸구려스럽게 핌프 록[Pimp Rock]이라 불렸다. 기성에 반항하고 제멋대로의 자유를 갈망하던 질풍노도의 시기, 당대 가장 유행했던 장르가 하필이면 이렇게 머리를 빙빙 돌려대며 질러대고 뱉어대는 장르였다니. 빠져들지 않을 수가 없었다.

　장르의 시초이자 히트 쌍두마차를 이루었던 밴드는 **콘**[Korn]과 림프 **비즈킷**[Limp Bizkit]이었다. 장르는 겹치지만 둘의 특성은 상당히 달랐다. 절망과 분노가 그대로 느껴지는 어둡기 그지없는 콘의 음악보다는, 분노를 잃지 않으면서도 펑키한 리듬을 이용, 재기발랄함과 흥겨움이 가득했던 림프 비즈킷의 음악이 내 개인적인 취향에는 더 잘 맞았다. 특히 림프 비즈킷은 하우스 오브 페인[House of Pain]*의 디제이 리셜[DJ Lethal]을 영입하여 일반적인 기타, 베이스, 드럼으로 구성된 밴드 사운드에서 훨씬 업그레이드된 미끈한 사운드를 들려주며 꽤 오랜 시간 장르 최강자로 군림했다. '지르는 보컬'과 '랩' 담당을 별개로 둔 것도 인상적인 특징이다.

　비록 2000년대 후반부터 발표하는 곡들마다 완벽히, 처참하게 망했으며,** 주변 음악인들과 격렬하게 사이가 좋지 않았고, 멤버들특히 인터스코프 레이블의 부사장 자리에까지 오른 리더인 프레드 더스트[Fred Durst]의 난잡한 사생활과 기행으로 말도 많았지만 그들이 2000년에 발표한 "Chocolate Starfish And The Hot Dog Flavored Water"가 장르 최고의 명반 중 하나라는 사실은 누구도 부인하지 못할 것이다.

---

*　뽕스러운 맛이 제대로 나는 흥겹기 그지없는 넘버 'Jump Around'가 유명하다.

**　다만 2013년에 발표한 싱글 '레디 투 고[Ready to Go]'는 전성기의 시원시원한 사운드와 재기발랄함을 모두 잡은 멋진 곡이었다. 지금까지도 개인적으로 림프 비즈킷 최고의 곡 중 하나로 꼽는 곡이다.

발매 첫 주에 100만 장 판매고를 찍어버린 이 전설적인 앨범은 영화 "미션 임파서블 2"의 OST로 유명한 긴장감 넘치는 '테이크 어 룩 어라운드[Take a Look Around]'을 필두로, 안경 쓴 모범생들도 헤드뱅잉을 멈출 수 없게 만드는 '롤린[Rollin']', '마이 제너레이션[My Generation]'과 같은 멋진 곡들을 수록하고 있으며 힙합과 메탈을 누구보다 맛깔나게 비벼냈다. 청소년기의 분노를 이토록 멋지게 표출한 음악이 있었는가. 앨범 수록곡 중 F로 시작하는 욕이 거의 50번이나 등장하는 '핫 도그Hot Dog'는 내가 지금도 회사에서 스트레스를 받으면 퇴근길에 어김없이 플레이하는 곡이다. 적어도 이 곡은 퇴근길이어야 한다. 출근길에 들으면 차오르는 분노의 에너지를 회사에서 주체하지 못할 수도 있으니까. 소심한 분노를 혼자 삭일 수밖에 없는 모범생의 비애다.

후속 주자로 장르의 특징을 이어받았지만 그것을 세련된 사운드로 재정의하며 전 세계를 강타해 버린 **린킨 파크[Linkin Park]**도 있었다. 2000년에 발매된 그들의 데뷔앨범 "Hybrid Theory"는 충격

그 자체였다.

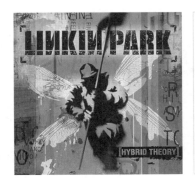 

앨범의 모든 트랙이 '새천년의 사운드는 이런 것이다!'라고 외치는 듯했다. 당시 유행하던 랩과 메탈의 조합을 스테인레스 스틸 같은 세련된 미끈한 사운드와 멜로디와 함께 완벽하게 버무려 낸 걸작이었다. 지를 땐 지르고 신나게 방방 뛰고 멋들어지게 노래하는, 그야말로 신세대들이 새로운 음악에서 기대하는 모든 것이 담겨 있었다. '분노'에 집중했던 경쟁자들과 달리 접근하기 쉬운 멜로디와 깔끔한 사운드를 전면에 내세운 것도 그들의 차별점이자 전 세대를 아우르는 히트의 원인이었을 것이다.

그들은 대히트곡 '인 디 엔드[In The End]'를 필두로 '크로울링[Crawling]', '원 스텝 클로저[One Step Closer]' 등을 줄줄이 히트시켰고 앨범 역시 어느 하나 버릴 것 없는 완성도를 보여주며 이 장르를 완성시켰다. 엄청난 판매고를 올린 것은 물론이다. 당시 대한민국에서는 한국계인 조셉 한[Joseph Hahn] 조 한[Joe Hahn]이라고도 불린다이 DJ로 있다는 사실이 화제였다.

이후 실험적인 리믹스 음반 "Re-animation"2002, 전작의 연장선에 있는 "Meteora"2003*를 발매하며 장르 최강자 자리를 공고히 했다. 그 후에도 뉴메탈 장르를 벗어나는 실험적인 음악을 계속해 왔지만 안타깝게도 2017년 놀라운 스크리밍을 보여주던 보컬 체스터 베닝턴[Chester Bennington]이 사망하며 잠정적으로 새로운 소식이 들려오고 있지 않은 상황이다.**

깔끔한 사운드와 세련된 멜로디로 남녀노소 불문하고 사랑받았던 린킨 파크와 같은 이들도 있었지만 내가 랩+록 장르에서 가장 사랑했던 아티스트는 따로 있었다. '디트로이트를 지도에 다시 올려놓은'*** 악동 **키드 록[Kid Rock]**이다. 비틀즈와 롤링스톤스처럼, 한쪽은 세련된 이미지를 다른 한쪽은 천방지축 악동 이미지를 지녔고, 난 역시나 악동의 편이었다. 힙합 래퍼로 경력을 시작했지만 넘치는 창작열로 다양한 장르를 섭렵하며 현재는 컨트리, 가스펠, 그리고 서던 록 계열의 너무나도 미국적인 음악을 들려주고 있는 키드 록. 그가 가장 큰 성공을 거둔 장르는 두말할 것 없이 2000년대 초의 랩록 사운드였다.

1988년부터 힙합씬에서 활동해 온 그는 1998년 발매한 "Devil

---

*　개인적으로 장르 최고의 명곡으로 꼽고 싶은 '페인트[Faint]'를 수록하고 있다. 빠른 템포와 압도적인 스크리밍으로 질러대는, 속이 뻥 뚫리는 경험을 할 수 있다. 신나는 하루를 즐기기에 가장 완벽한 곡이다.

**　라고 문단을 마무리 맺고 탈고를 하던 중, 미공개곡 'Friendly Fire'가 발표됐다. 2024년 2월 23일의 일이다. 전성기의 시원시원한 사운드는 아니지만 잔잔한 울림을 주는 곡이다. 이 책이 세상에 나오기 전이 되겠지만 4월 12일 새로운 컴필레이션 앨범 발매를 앞두고 있다.

***　"I put Detroit city back on the map!" - 'American Bad Ass'의 가사 중

Without Cause"* 앨범이 시원시원한 사운드의 장난끼넘치는 싱글 '바윗다바[Bawitdaba]'의 히트에 힘입어 1,400만 장이라는 경이로운 판매고를 기록한 덕에 일약 스타덤에 올랐다. 놀라움은 이제 시작이었다.

아직까지도 내가 키드 록을 떠올릴 때 머릿속에 그려지는 이미지는 2000년에 발매된 "The History of Rock" 앨범 재킷의 모습이다. 몸매관리가 아주 잘되지는 않았지만 자신감 넘치게 흰 러닝셔츠를 입고, 스트랩에 성조기가 그려진 기타를 메고, 카우보이 모자를 쓴 채, 입에는 기다란 시가**를 입에 문 멋진 모습. 이것이 진정한 잘 나

---

*   어딘가 익숙한 제목인가? 제임스 딘 주연의 영화 "이유 없는 반항[Rebel Without Cause]"의 패러디다!

**   기다란 사이즈로 판단하건대 7인치의 처칠[Churchill] 사이즈의 시가로 보인다. 시가 밴드가 없어서 어떤 제품인지 알 수는 없다. 다만 그는 인터뷰에서 아르뚜로 푸엔테[Arturo Fuente]사의 헤밍웨이[Hemingway] 시가 중 가장 짧고 앙증맞은 Short Story사이즈를 즐겨 태운다고 밝힌 바 있다.

    출처 https://www.thecigarstore.com/blog/celebrity-cigar-smokers/

    해당 시가는 말 그대로 4인치의 작고 둥글둥글 귀여운 모습의 제품이다. 키드 록은 해당 앨범 커버에서는 긴 사이즈를 태우고 있고, 그가 시가를 태우는 다른 사진에서도 긴 사이즈의 시가를 가는 21세기 로커의 모습 아닌가! 이 앨범은 그가 성공하기 이전의 작업물들을 재녹음한 컴필레이션 앨범으로 그의 초기 음악 세계를 총망라한 명반이다.

새로운 곡은 없었나? 메탈리카[Metallica]의 전설적인 앨범 "Metallica" 1991. 검은 바탕으로 인해 '블랙 앨범'이라고도 불린다에 수록된 명곡 '새드 버트 트루[Sad But True]'를 샘플링한 명곡 '아메리칸 배드 애스[American Bad Ass]'가 싱글로 발매되어 엄청난 히트를 했다. 비가 추적추적 내리는 듯한 어두운 슬픔과 파워를 동시에 가지고 있던 메탈리카의 원곡은 키드 록에 의해 그저 신나는 개구쟁이 악동의 송가로 변했다. 편곡한 것도 아니라 그저 '샘플링'했을 뿐인데 분위기가 이렇게 180도 변하다니, 그저 놀라울 따름이다.

'개방정'이란 표현이 딱 어울리는 이 곡은 시작부터 자신감 넘치게 "내가 이 두 손으로 이 무대를 세웠다 이거야!" 하는 외침으로 포문은 연다. 그리고 헤드뱅잉을 절로 부르는 헤비한 기타리프를 타고 랩인지 샤우팅인지 분간이 안 되는 키드 록 특유의 창법으로 '학교 졸업장에 오줌이나 누겠다.'라며 기성의 가치관을 박살 내며, '나 돈 잘 버는 가수요 나 잘났소.' 하고 꺼드럭대는그러면서도 밉지 않은! 내용의 노래를 불러댄다. 그야말로 별소리를 다 한다. 심지어 TMI로 자기가 좋아하는 음악가들 리스트도 읊어대고, 싫어하는 것들도 잔뜩 나열해댄다. 도대체 왜? 굳이? 그 와중에도 자신은 미국대표 망나니라는 자기객관화 역시 철저하다. 크게 성공한 사람들은 역시 자기객

즐기는 모습만 보아왔기에 의외의 선호로 보인다. 견과류의 고소함과 꽃 향, 그리고 꿀의 달콤함을 지닌 굉장히 유명한 시가로 필자도 무척 좋아하는 제품이다.

관화가 잘 돼 있다. 나도 그렇다.

시원하다. 그야말로 록과 힙합의 가치관을 고스란히 계승한 곡으로 평단과 대중 모두에게 그 신선함을 인정받았다. 질풍노도의 청소년들이 환장해 마지않는 조합이 아닐 수 없다. 1990년대 청소년들에게 비스티 보이스[Beastie Boys]가 있었다면 2000년대 청소년들에게는 키드 록이 있었던 것이다. 더 거칠고 불량해진. 이 불건전하기 그지없는 음악을 즐기며 록스타의 꿈을 안고 자란 저자는 결국 가진 것이라고는 학교 졸업장밖에 없는 기성의 권리를 수호하는 변호사가 되었다. 아이러니하게도.

힙합의 그루브를 고스란히 지니면서도 헤드뱅잉을 멈출 수 없게 하는 묵직하면서도 재치 넘치는 기타리프, 그리고 랩 할 땐 랩 하고 지를 땐 지르며 시원하게 쏴대는 키드 록의 보컬은 반항과 파티에 목말라 있던 청년들에게 엄청난 지지를 받았다. 욕설과 음담패설이 난무하는 가사의 저속함저속함이라는 표현을 썼다고 낮추어 보는 것이라 오해하지 마시라. 난 저속한 것을 좋아한다. 매우과 메탈스러운 헤비한 사운드 덕분에 린킨 파크처럼 많은 세대를 아우르지는 못했고, 여러모로 주변 사람들과 함께 듣긴 무척이나 부적절했지만 이 시절 키드 록의 사운드는 언제나 '내 마음속의 일 등'이었다.

아쉽게 이후 그의 음악 세계는 훨씬 어른스러워졌다. 2001년 발매된 "Cocky"는 세상을 떠난 그의 크루 멤버인 조 씨[Joe C]를 기리는 앨범으로, 전작들의 펑키함을 어느 정도는 유지했다. 앨범을 구입해 열어보면 키드 록이 양손으로 힘껏 손가락 욕…을 하고 있는 사진이 펼쳐진다. 그걸 보자마자 든 생각은 '그래 이거지! 앨범에 청소년 이용 불가 딱지가 붙으려면 이 정도는 보여줘야지!'였다. 신났다. 그게 왜? 이 앨범을 구입 당시 나는 중학생이었기 때문. 음반 가게에서 뺀찌를 놓지 않을까, '부모님 모셔와' 소리를 하지는 않을까 앨범을 사러 가는 길 내내 오들오들 떨었다당연히 지금은 그 음반 가게도 없어진 지 오래다. 그렇기에 여기에 당당히 고백한다. 그런 리스크를 감수했기에 그만큼 더 신나는 앨범을 기대했고, 그 악동스러움을 강조한 사진은 내 기대를 한층 더 부풀게 만들기 충분했기에 신이 났던 것이다.

하지만 그 속에 담긴 음악은 기대와는 다소 달랐다. 물론 첫 두 곡 '트러커 앤섬[Trucker Anthem]', '포에버[Forever]'와 같이 신나게 달려대는 곡들이 몇 있긴 했지만, 셰릴 크로우[Sheryl Crow]와 함께 부른 컨트리 발라드세상에! '픽처[Picture]'를 비롯해 훨씬 깊어진 그의 음악 세계를 엿볼 수 있는 앨범이기도 했다.

이후 "Kid Rock"2003, "Rock and Roll Jesus"2007을 거쳐 가며 계속하여 지극히 미국적인 서던 록과 컨트리 록 사운드에 대한 애정을 노골적으로 드러내 왔고 "Born Free"2010에 이르러서는 완연한 컨트리 록 가수로서의 정체성을 확립하게 된다. 그리고 놀랍게도 모든 앨범이 매우 훌륭한 완성도를 들려준다. 악동 이미지에 가려져 모두가 잊고 있었지만 키드 록은 두말할 나위 없이 뛰어난 송라이터였다는 것을 여실히 증명해 주는 앨범들인 것이다. 아무리 막장처럼 보이는 용모와 언행의 소유자라도 그가 한 시대를 풍미한 거장이라는 사실은 변하지 않는다. 클래스는 영원하다! 장르가 완전히 바뀌었더라도. 미국여행특히 남부을 계획하는 분이라면 이 앨범들을 감상하면서 미리 '풍요의 땅'의 정취를 느껴보는 것을 추천한다.*

---

*   '미국적인 음악'을 하니, 최근 세상을 떠난 2024. 2. 5. 컨트리 음악의 대부 **토비 키스**[Toby

그렇게 이제는 비록 예전과 같은 악동의 모습은 더 이상 볼 수 없지만…이라고 생각했으면 오산이다. 2021년 그는 '돈 텔 미 하우 투 리브[*Don't Tell Me How To Live* ft. Monster Truck]'을 발매하며 완전히 전성기 랩 록 사운드로 돌아온 모습을 보여주며 지금도 왕성한 음악활동을 이어나가고 있다 뮤직비디오의 시작은 시가에 불을 붙이는 그의 모습으로 시작한다! 그래 이거지!. 해당 곡은 2022년 발매된 "Bad Reputation" 앨범에 수록됐다. 그의 최근 작품 중 내가 가장 사랑하는 앨범으로 자리매김한 것은 물론이다.

이제 조금 더 화끈한 장르로 넘어가 보자. 멜로딕 스피드 메탈이다. 감마레이[*Gamma Ray*],[*] 랩소디 오브 파이어[*Rhapsody of Fire*],[**] 스트라토바리우스[*Stratovarius*],[***] 소나타 아티카[*Sonata Arctica*][****] 등 수많

---

*Keith]*가 절로 떠오른다. RIP. 따로 소개할 공간이 없어서 여기서 간단히 소개를 해보고자 한다. 한국에서는 컨트리 장르 자체가 생소하지만 토비 키스는 1990년대부터 수많은 히트곡을 꾸준히 양산해 오며 전 세계적으로 4천만 장의 앨범 판매고를 올렸고 2021년에는 트럼프 대통령에게 국가예술훈장 *National Medal of Arts*까지 수여받은 거장 중의 거장이다. 짙은 서정적 멜로디, 푸근한 음색과 컨트리 록 특유의 명랑한 기타 사운드, 그리고 때 묻지 않은 순수한 즐거움을 노래하는 그의 음악은 컨트리 음악 불모지인 대한민국에서도 충분히 받아들여질 만한 매력이 있다.
대표곡은 'Should've Been A Cowboy', 'Who's Your Daddy?', 'Don't Let The Old Man In' 등이 있다.

[*]   추천곡 'Heaven Can Wait', 'The Silence', 'Real World', 그리고 개인적으로 굉장히 좋아하는 발라드 'Time for Deliverance'가 있다.

[**]   내가 어린 시절 듣던 이름은 '랩소디'였으나 2006년 '랩소디 오브 파이어'로 명칭을 변경했다. 추천곡 'Emerald Sword', 'Holy Thunderforce', 'Dawn of Victory'

[***] 추천곡 'Paradise', 'Will the Sun Rise?', 'Eagleheart', 그리고 한국에서 특히 엄청난 인기를 얻은 발라드 'Forever'가 있다.

[****] 추천곡 'My Land', 'Full Moon', 'San Sebastian'. 그런데 재미있게도 내가 가장 좋아하는 그들의 노래는 스콜피온스의 명곡 'Still Loving You'의 리메이크곡이다. 그들의 달리는 버전을 듣고 난 뒤부터 스콜피온스의 원곡은 너무 심심해서 들을 수가 없는 저주에 걸리고 말았다.

은 멜로딕 스피드 메탈 밴드들이 내 학창 시절을 함께했고 지금은 열받는 출근길을 책임지고 있다. 달릴 수 있는 스피드, 그리고 힘겨운 사회생활을 이겨낼 에너지를 얻고 싶을 때 이들만큼 적합한 음악이 없다. 다 좋다. 하지만 이 장르를 말할 때 빼놓을 수 없는 밴드가 있다. 그렇다. **헬로윈**[Helloween]이다.

고등학생 시절 독일어 회화시간. 독일인 회화 선생님께서는 각자 수업시간에 사용할 독일어 이름을 하나씩 지어오라고 하셨다. 혈기왕성한, 록 스피릿이 넘쳤던 고등학생이었던 내가 선택한 이름은 무엇이었을까. '키스케[Michael Kiske]'였다. 칼로 찌르는 듯한 날카로움과 크리스탈 같은 영롱함을 동시에 갖춘 헬로윈[Helloween]의 전설적인 보컬. 그만큼 시원시원하게 달리면서 유려한 멜로디로 멋지게 질러주는 멜로딕 스피드 메탈요즘은 더 상위 장르 분류라 할 수 있는 '파워 메탈'로 더 많이 불리는 것 같다 장르는 좌절과 분노로 점철된 수험생활의 스트레스를 날려버리기에 딱이었다. 무릇 고등학생이면 멜로딕 스피드 메탈을 즐겨 들어야 하는 법이다.

헬로윈의 "The Keeper of the Seven Keys Part 1, 2각각 1987, 1988년 발매"는 지금까지도 이 장르의 팬들에게는 '신이 내린 앨범'으로 여겨진다. 내게도 마찬가지였다. 하지만 정작 내가 가장 처음 접한 헬로윈의 앨범은 "The Dark Ride"2000였다. 이유는 딱히 없다. 내가 대중음악에 빠져든 당시 시점이 그 시기였기에, 당시 신보를 발매한 거장의 음악을 들어보고 싶었을 뿐. 그 전까지 헬로윈은 그다지 평이 좋지 않은 앨범들을 발매하며 어느덧 한물간 노장 취급을 받고 있었다.

그러한 저평가의 가장 큰 이유는 보컬의 변경이었다.* 키스케와 함께 "The Keeper of the Seven Keys" 앨범으로 최전성기를 맞이한 그들은 이후 1994년 새로운 보컬을 영입한다. 오디오를 찢고 나올 듯한 키스케의 날카로운 보컬과는 정반대의 성격의 다크-로스티드 커피와 같은 진하고 어두운 색채를 가진 앤디 데리스[Andi Deris]였다. 그러나 그의 보컬은 이전까지의 헬로윈의 음악과는 잘 들어맞지 않았고, 밴드는 방황하기 시작했다. 그러나 1998년 '아이 캔[I Can]'이라는 멋진 싱글을 포함하고 있는 "Better Than Law" 앨범이 발매되며 분위기가 바뀌기 시작한다. 시원시원한 멜로디와 가슴 먹먹한 사운드는 여전했지만, 앤디 데리스의 보컬 특성에 맞는 어두운 분위기가 느껴졌다. 이전과는 조금 달랐다.

---

*   물론 보컬이 바뀌기 전에도 헬로윈 최악의 작품으로 꼽히고는 하는 "Chameleon"1993이 있었지만. 개인적으로 이 앨범의 아름답고 서정적인 발라드 '윈드밀[Windmill]'을 참 좋아한다. 그렇다. 헬로윈이 서정적인 발라드라니. 망한 이유가 있었다.

그리고 2000년 "The Dark Ride" 앨범이 발표되면서 모든 것이 바뀌었다. 앤디 데리스의 보컬은 완전히 무르익었고, 헬로윈의 멤버들도 그의 목소리에 완벽하게 어울리는 음악을 찾아냈다. 새로운 헬로윈의 탄생을 알린 역작이었다. 장조 위주의 밝으면서도 멜로딕했던 옛날의 히트곡들을 기억하는 팬들은 큰 충격을 받았다. 밝고 명랑했던 친구가 완전히 흑화하여 근육질 깡패가 되어 돌아온 느낌이랄까.

첫 싱글인 '미스터 토쳐[Mr. Torture]'는 빠르고 스피디하지만 다소 신경질적으로 들리는 사운드를 풀파워로 휘몰아치며 앨범 전반에 깔린 짙은 어둠을 대변하는 곡이었다. 시원하게 뻗어가는 멜로디는 온데간데없고, 짧지만 강렬하게 치고 빠지는 권투선수 같은 완전히 새로운 음악이었다. 얼굴을 정통으로 수십 번 얻어맞은 듯한 느낌을 주는 이 곡에 모든 팬들은 얼얼한 기분이었다. 하지만 나쁘지 않았다. 전혀. 버릴 곡 하나 없는 앨범 전체의 완성도는 덤이었다. 어둠 속에서 튀어나온 마왕 같은 앨범이었고, 결국 모두가 '드디어 앤디 데리스의 헬로윈이 완성되었다'는 것을 인정할 수밖에 없었다. 우린 모두 어린 시절 마왕을 동경하며 커왔으니까.

개인적으로는 바로 '미스터 토쳐' 다음 곡인 '올 오버 더 네이션스[All Over The Nations]'를 무척 좋아한다. 전성기 히트곡들을 떠올리게 만드는 장조의 밝고 멜로딕한 특성을 지녔으면서도 앤디 데리스의 무겁고 어두운 보컬 특성을 증폭시켜 뿜어내는 장대한 드라마틱한 사운드가 일품인 역작이다. 많이 알려진 곡은 아니지만 내가 헬로윈 최고의 곡들을 추천할 때 반드시 꼽는 곡이다.

이 앨범을 독일어 회화 선생님께 빌려드리고 쉬는 시간 내내 그들의 음악에 대해 떠들었던 기억이 있다. 물론 독일어로는 아니었지.

내가 그 정도로 독일어를 잘했으면 이 자리에 있지 않았을 것이다. 아 멀어져간 글로벌 인재의 꿈이여-! "이 곡은 어떻고, 다른 헬로윈의 역사적인 명반들에 비하면 이 앨범이 어떻고." 하는 이야기를 영어로 더듬거리며 끊임없이 대화를 이어나갔다. 물론 나도, 그 독일인 선생님께서도 영어가 시원치 않았지만, 우리에겐 헬로윈의 음악이 있었고 그것은 충분한 소통의 조건이 되어주었다. 대화 당사자 모두가 사랑하는 한 대상이 있다면 언어는 장벽이 되지 못한다.

처음 그 선생님께서 독일에서 한국에 왔을 땐 영어를 거의 하지 못했다. 거의 온종일 교무실에 계시며 오로지 독일어 소통이 가능한 다른 독일어 선생님들과만 이야기를 나누었다. 하지만 단 1년 만에 그는 영어로 자유롭게 모든 이들과 소통하는 모습을 보이며 모두를 놀라게 했다. 거기에는 내 지분도, 그리고 헬로윈의 지분도 일정 부분 분명히 있었으리라. 물론 우리를 담당했던 한국인 독일어 선생님께서는 나중에 "3년이 지났는데 너희들의 독일어 실력은 한 푼도 늘지 않았지만, 독일어 회화 선생님의 영어 실력만 잔뜩 늘었다."라며 툴툴대셨지만 뭐 어떠랴. 그 시절 우리에겐 멋진 헬로윈의 음악이 함께 있었는데.

못다 말한
출근길 플레이리스트

모틀리 크루[Motley Crue] – 'Kickstart My Heart'

LA 출신의 전설적인 헤비메
탈/하드록 밴드인 모틀리 크
루. 그들의 최고의 명반인 "Dr.
Feelgood"1989의 수록곡이다.
헤비메탈의 파워와 속도감에 팝
적인 멜로디 요소를 더한 LA 메
탈이란 장르 그 자체를 대표하
는 앨범이다. 미국에서만 600만

장이 팔린 메가히트 앨범이며 록 마니아들에겐 필청 음반이다. 개인
적으로 이 앨범의 마지막 곡인 '타임 포 체인지Time for Change'를

밴드 최고의 명곡으로 꼽지만 이 곡은 삶에 대한 긍정적 에너지가 넘치는 미드 템포의 멜로딕한 발라드곡으로 출근길엔 그다지 적합하지 않다 퇴근 후, 밤에 잠들기 전에 커피와 파이프와 함께 즐기면 딱 좋다. 출근길엔 부릉부릉 시동을 거는 거친 엔진 소리를 모사한 강렬한 기타 사운드로 시작하는 '킥스타트 마이 하트[Kickstart My Heart]'가 제격이다.

아드레날린 과주입의 경험을 음악으로 그려냈다고 알려진 곡으로* 다 죽어가는 사람의 심장도 뛰게 만들 법한 폭발적인 힘을 지녔다. 이불을 뚫고 세상으로 나갈 용기를 주는, 오늘이라는 고난을 이겨내야 하는 내 엔진에 시동을 걸어주는 곡이다.

레이지 어게인스트 더 머신[Rage Against The Machine] – 'Renegades of Funk' Afrika Bambaataa의 커버

레이지 어게인스트 더 머신은 세련되면서도 강렬한 록 사운드에 잭 드 라 로차[Zack de la Rocha] 특유의 하이톤 랩을 곁들인 톡톡 튀는 개성 있는 음악으로 1990년대 록 키드를 열광케 했던 전설적인 밴

---

* 이는 베이시스트 니키 식스[Nikki Sixx]가 인터뷰에서 밝혔다고 알려진 내용이다. 헤로인 과다복용으로 실제로 사망판정을 받았다가 구급대원이 그를 되살려 냈다고 한다.
한편 현장에 있었던 건스 앤 로지스의 드러머 스티븐 애들러[Steven Adler]는 '구급대원들이 오기 전에 우리가 샤워실에서 물 끼얹고 뺨 때려서 살려놨는데 뭔 소리냐'라고 그 이야기의 신빙성에 의문을 제기했다.
https://loudwire.com/steven-adler-true-story-motley-crue-kickstart-my-heart/

드다. 억압받는 자들을 위한 강한 정치적 성향을 드러낸 것으로도 유명한데, 개인적으로 그러한 성향보다는 기계공학과를 졸업한 기계설계 엔지니어였던 내게 와닿는 밴드명 덕분에 이들을 더 좋아했던 기억이 있다.

이 곡은 그들의 몇 안 되는 디스코그래피 중 가장 저평가된 앨범인 "Renegades"2000의 수록곡이다. 이 앨범은 그들의 오리지널곡이 아닌 12곡의 커버곡을 담고 있다. 이 앨범이 그들의 최고 작품으로 꼽히는 일은 극히 드물지만, 개인적으로 그들의 음악 중 가장 사랑하는 바로 이 곡을 담고 있다는 점에서 무척이나 소중한 작품이다.

소울이 넘치는 흥겨운 펑크 넘버였던 원곡을 그들만의 분노의 록 사운드로 맛깔나게 버무려 낸 곡으로, 원곡과는 완전히 다른 느낌을 주는 웰메이드 커버곡이다. 훨씬 더 신나고 멋들어지게. 펑키한 리듬은 강렬한 리듬 섹션으로 더욱더 강조했고 날카로운 기타 사운드와 툭툭 던지는 듯한 시니컬한 랩과 함께하여 누구든 고개를 까닥거릴 수밖에 없는 흥겨움을 자아낸다. 그리고 그 흥겨움 저변에는 세상을 향한 분노가 담겨 있다. 그들의 다른 모든 곡들처럼. 출근길에 무척이나 잘 어울리는 곡이 아닐 수 없다.

건스 앤 로지스[Guns N' Roses] – 'You Could Be Mine', 'Human Being', 'Hard Skool'

출근길 파워송에 영원한 악동 건스 앤 로지스가 빠질 수 없다. 모든 앨범이 명반인 그들의 앨범 중에서도 전설로 꼽히는 시리즈 "Use Your Illusion"의 두 번째 작품1991에 수록된 '유 쿠드 비 마인[You Could Be Mine]'은 출근길이라면 언제나 손이 절로 가는 곡이다. 제임스 캐머런[James Cameron] 감독의 영화 "터미네이터 2"에 수록된 것으로도 유명한 이 곡은 시작부터 심장을 벌렁벌렁 뛰게 만드는 탁월한 비트로 모든 것을 압도한다. 탄력 넘치면서 짜릿한 기타리프, 모든 것을 찢어발길 것만 같은 액슬 로즈[Axl Rose]의 보컬은 미래에서 온 위협과 같은 스릴을 선사한다.

그들의 앨범 중 상당히 저평가된 "The Spaghetti Incident?"1993는 그들 특유의 파워풀함을 고스란히 담고 있으면서도 장난기 넘치는 유쾌함이 가득한 즐거운 앨범이다. 그들이 사랑하던 하드록과 펑크록 음악들을 커버한 앨범으로 그들의 음악적 뿌리를 확인하면서도 특유의 개성이 잘 녹아 있는 독특한 작품이다. 그중에서도 뉴욕 돌스[New York Dolls]의 원곡으로 통통 튀는 키보드의 사운드로 시작해

로커빌리 스타일의 흥겨움이 가득한 '휴먼 빙[Human Being]'은 하이라이트이자 이 앨범의 성격을 대표한다. 어떤 상황이든 신나고 재미있게 느껴지도록 만드는 발랄한 매력을 지녔다.

밴드는 이후 공식 라이브 앨범 "Live Era '87-'93"1999과 베스트 앨범 "Greatest Hits"2004만을 내고 장기간 휴지기에 들어섰다. 다음 앨범의 제목이 "Chinese Democracy"라는 소문만 무성하게 남긴 채. 그렇게 이 앨범은 비치 보이스[Beach Boys]의 브라이언 윌슨[Brian Wilson]의 "Smile" 앨범과 함께 '발매되지 않은 가장 유명한 앨범'이라는 타이틀만을 가지고 록 팬들의 머릿속에만 남아 있었다. 그리고 2004년, 브라이언 윌슨의 "Smile"이 발매되어 '위대한 앨범' 칭호를 받았지만 건스 앤 로지스의 새 앨범은 소식이 없었다. 2008년이 되기 전까진. 앨범이 공개되었고 결과물은 훌륭했으나 전성기의 짜릿한 흥분을 기대했던 팬들에겐 아쉬움이 남았다. 10년이 넘는 세월 동안 거장이 되어버렸다는, 그 위치에 걸맞은 걸작을 내야 한다는 압박에 스스로 짓눌린 것인지 모든 곡이 '각 잡고 만든 걸작'이어야 한다는 집념이 느껴졌다. 즐거움과 악동의 반항기는 어른이 된 성숙한 하드록 밴드의 중후함으로 대체되었다. 아쉬웠다.

그렇게 또 10년이 넘는 세월이 흘렀다. 그들이 전설로만 기억되고 있던 2021년 8월 '어브서드[Absurd]'를 시작으로 새로운 싱글들이 발매되기 시작했다. 그리고 2021년 9월 세상에 공개된 '하드 스쿨[Hard Skool]'은 그들의 전성기 사운드에 훨씬 강력하고 중후해진 리듬 세션을 더한 모습으로 그때 그 시절의 통통 튀는 재미에 성숙해진 더 묵직한 사운드가 합쳐져 새로운 건스 앤 로지스의 탄생을 알렸다. 그들은 하드록의 미래를 제시했다. 그리고 그것은 그들 자신이었다. 21세기에도 마찬가지로.

주다스 프리스트[Judas Priest] – 'Breaking the Law', 'The Sentinel'

영국 출신의 헤비메탈 밴드 이자 헤비메탈 밴드의 전형 적인 이미지를 만든 장르 그 자체. 메탈의 신[Metal God]이 라고 불린다.* 그들의 위엄과 업적에 대해 여기서 더 말을 하는 것조차 의미가 없다.

　두 대의 기타를 앞세운 면 도날같이 날카로우면서 강력한 사운드, 폭주 기관차처럼 질주하는 리듬, 타이어도 씹어먹을 것 같은 강력하기 그지없는 롭 핼포드[Rob Halford]의 질기고 거친 목소리. 그들을 떠올리기만 해도 쇠와 가죽

---

*　1980년 발매된 그들의 전설적인 명반 "British Steel"의 수록곡 '메탈 고스[Metal Gods]'에서 유래된 별명이다. 엘튼 존이 '로켓 맨[Rocket Man]', 빌리 조엘이 '피아노 맨[Piano Man]'이라 불 리게 된 것과 유사하다.

재킷 냄새가 진동하는 듯하다.

변호사들의 출근길 파워송으로 "British Steel"의 수록곡 '법을 깨부수자[Breaking The Law]'만 한 것이 없다. 물론 곡은 절망적인 상황의 1980년대 영국 노동자 계층들의 처절한 심정을 그리고 있다. 황금빛 미래는 우리에겐 시작해 볼 수도 없는 것이며 가슴 속엔 분노만 남아 있는 버려진 삶. 단순하지만 맛깔나는 강렬한 리프, 소외된 계층의 울부짖는 처절한 영혼을 담아낸 가사, 신나게 질주하는 박진감 넘치는 리듬. 사람들이 '록'이라는 이름에 기대하는 모든 것을 담아낸 명곡이 아닐 수 없다. '페인킬러[Painkiller]'와 함께 그들 최고의 곡으로 꼽히는 이유가 있는 곡이다.

그리고 개인적으로 그들의 최고의 곡으로 한 곡을 더 꼽고 싶다. 1984년에 발매된 "Defenders of the Faith" 앨범 수록곡 '더 센티넬[The Sentinel]'이다. 어두운 밤 공동묘지의 안개를 뚫고 등장하는 듯한 처연한 기타 연주로 장엄한 분위기의 시작. 하지만 곧 그들의 질주가 시작한다. 어둡고 장엄한 분위기를 고스란히 유지하면서도 질풍노도의 다이내믹이 드러나는 것이 모차르트 '교향곡 25번'*이 떠오른다. 특히 기타 두 대가 주거니 받거니 하는 솔로? 연주는 파가니니의 협주곡들을 떠올리게 할 정도로 짜릿하고 극적이다. 헤비메탈이 그저 때려 부수기만 하는 음악이 아니라는 것을 일깨워 준 걸

---

* 장조의 밝은 곡들을 많이 남긴 모차르트는 두 개의 G단조 교향곡을 남겼다. 25번과 40번. 그 희소성 때문인지 두 곡 모두 걸작으로 꼽히며 우리에게 잊을 수 없는 멜로디를 선사한다.

작 중의 걸작이다. 물론 출근길의 노곤함을 때려 부숴주는 데에 특효약이기도 하다.

제4악장

Presto,
매우 빠르게

영웅

　어린 시절 놀랄 만한 파워를 갖고 나쁜 녀석들을 혼내주는 정의의 사도를 꿈꿔보지 않은 이들이 있을까?

　커서 힘이 센 어른이 되면 나쁜 놈들을 다 때려잡고 싶다는 꿈. 하지만 어른이 된 지금은 오히려 더 그 멋진 꿈에서 멀어진 기분이다. 어른이 된다는 것은 무엇일까. 뭐 전통적 의미에서의 어른은 됐다. 결혼을 했으니까.* 배우자께 항상 감사드린다.

　전통적인 의미가 아닌 일상적인 의미의 어른을 탐구해 보자. 쉽지 않은 대한민국의 사회생활 속에서 어른이라 함은 적당히, 유도리 있게 눈치 봐서 낄 땐 끼고 빠질 땐 빠지는 능력을 갖춘 사람을 의미하는 경우가 많다. 이 건조한 의미 안에 우리가 일반적으로 정의하는

---

*　'어른'의 사전적 의미 중 하나는 결혼을 한 사람이란 뜻이다.

'정의'는 속할 틈이 없다. 정의가 밥 먹여주나. 감상 따윈 집어치우고 해서 득 볼일 없는 일에는 눈치 없이 끼지 말고 '맡은 일이나 잘 해'. 이게 우리 사회가 책임감 있는 어른에게 바라는 전부가 아닌가 싶은 생각이 들 때가 많다. 실제로 이것이 우리가 학교에서 적어도 21세기 극초반까지의 대한민국의 학교에서 교육받은 전부라 해도 과언이 아니다. 부모님과 선생님께서 시킨 일에서 조금이라도 벗어나는 일을 하면 바로 몽둥이찜질이 뒤따라왔다. 좋은 일이든 아니든.

그렇게 '훈련'받은 우리가 지녀야 할 덕목은 명확하다. 튀지 않고, 무슨 일이 벌어져도, 하고 싶은 일이 생겨도 꾹 참고 마시멜로 테스트*를 통과하는 것. 정의를 행할지 말지에 대한 판단은 선생님과 같은 '윗분'들의 몫이다. 그렇게 자란 우리는 어른이 돼서도 마찬가지의 성정을 고스란히 지니고 있다. '정부'에서 정의를 행해주길 기대한다. 우리는 가만히 있을 뿐이고. 조직은 위험을 외주화하고, 국민은 정의를 외주화했다. 그런데 국민이 정의를 스스로 행하려 하지 않는데, 국민의 권력을 위임받은 사람들이 이를 제대로 행할 이유가 있겠는가? 모두가 생각해 볼 일이다.

정의는 사회적 동물의 심리적 진화의 산물로 우리 인간의 가슴 속에 있는 것이다.** 이것을 온전히 시스템에 맡기고 개개의 인간에게

---

* 마시멜로를 눈앞에 두고도 유혹을 잘 이겨낸 아이가 나중에 커서도 인생에서 성공했다는 잘 알려진 스탠퍼드 대학교 심리학과 교수 월터 미셸의 유명한 실험. 하지만 실험대상이 극도로 동질적인 집단이었고 심지어 자란 후 2차 실험에 참가한 아이들은 얼마 되지 않았다는 측면에서 해당 실험이 과학적으로 잘 설계된 실험인지에 대해, 그리고 결론에 대해 인과관계와 상관관계를 혼동한 것이 아닌지에 대한 논란이 끊이지 않는다.

** 진화심리학적 측면에서 도덕적 분노, 감사, 동정, 죄책감 등 일반적인 도덕관념은 '직접 상호성', 즉 '내가 너를 도와줄게, 너는 날 도와다오.'의 측면에서, 상대방의 보답을 기대하지 않는 사심 없고 일방적인 선행은 '간접 상호성', 즉 '내가 너를 도와줄게, 다른 누군가 날 도와주겠

는 정의를 행하는 것을 포기하라고 강제하는 시스템은 정의롭지 못한 사회를 만들 뿐이다. 정의라는 말이 여러 문화에 공통적으로 존재하는 개념이라는 사실만 보더라도, 어떤 막돼먹은 일을 하려는 이들을 보면 많은 이들이 똑같이 불쾌감을 느낀다는 사실을 보더라도 우리 호모사피엔스는 통계적으로는 정의감이라는 사고방식 및 그에 맞는 행동양식을 내재하고 있다고 보는 것이 맞을 것이다. 비록 정의라는 개념이 추상적이기 그지없고, 우리네 사회에서 누군가 정의를 추구한다는 말은 자신이 속하지 않은 다른 집단에 대한 핍박을 정당화하는 데에만 사용되는 것 같긴 해도 말이다. 우리는 아직도 홍길동과 로빈 후드 이야기에 환호한다.

나는 지금 그 어느 때보다 대한민국 스타일의 책임감 있는 어른이 되어 있는 것 같은 기분이 든다. 사실 낄 때도 잘 안 끼지만 빠질 땐 기가 막히게 잘 빠진다. 얼마 전 비 오는 날 집 앞에서 철퍼덕 넘어진 아주머니를 도와드린 일 말고는 딱히 내가 나서서 눈앞에 벌어진 사건에 개입한 기억은 찾아보기 힘들다. 보통은 도망가기 바쁘다. 누군가 해주겠지. 그런 의미에서 대한민국 사회 속의 완벽한 어른이 된 것이다. 변호사가 되었음에도, 그 어느 때보다 나쁜 놈들 그리고 정의의 길과 가까이 있음에도 나는 정의를 추구하는 삶을 살고 있지 않은 것

지.'라는 측면에서 진화한 심리적 적응이라고 설명된다.

"즉, 남을 도운 사람은 평판이 높아져서 나중에 다른 누군가로부터 도움을 받을 확률이 높다. 남을 많이 도운 사람이 다른 이들로부터 혜택을 많이 받는다는 예측, 그리고 지켜보는 사람이 있으면 남을 더 잘 돕는다는 예측은 모두 많은 연구를 통해 확인되었다. 노파심에서 다시 한번 말하고 싶다. 조건 없는 선행을 하는 이유는 평판을 높이기 위함이라는 진화적 설명은 결코 우리 주변의 착한 사마리아인들이 몽땅 위선자라고 고발하지 않는다. '어떻게'의 수준에서, 진정한 이타적 동기는 당연히 있을 수 있다."
– 전중환 저, "진화한 마음: 전중환의 본격 진화심리학", 휴머니스트, 2019, 226p

같다. 잠깐, 그럼 내가 나쁜 놈인가? 어쩌면. 그럴지도 모른다.

그래도, 그렇진 않을 것이다. 나도 그렇고 대부분의 사람들은 정의라는 것을 믿고 그것을 추구하려 노력하며 살아간다. 다만 대부분의 사회문제는 본질상 수많은 이해관계와 얽혀 있기에 어느 편이 정의로운 것인지를 판단하기가 매우 어려우며, 확고한 정의의 길이 있다 하더라도 우리의 정의감을 실제 세상에서 발현하기 위해서는 우리가 학교와 회사에서 세뇌받은 '나대지 말고 맡은 일이나 잘해.'라는 강력한 주문을 깨부수고 이겨낼 강력한 트리거 주로 여러 사람들의 동조가 필요하다는 게 문제일 뿐이다.

그렇게 우리 모두는 가슴 속 뜨거운 응어리를 안고 살아간다. 그것이 우리가 '정의'에 대해 모두가 합의할 수 있는 유일한 공통점이리라. 우리는 비록 스스로 이를 행하긴 어려워도 이 가슴속 추상적 울림을 실체화시키는 이들을 영웅이라 부르고 추앙한다. 그리고 영웅적 행태를 보인 이들은 음악인들에게도 강렬한 영감을 불러일으켰다. 다른 모든 이들과 마찬가지로.

우리가 영웅을 떠올릴 때 가장 먼저 생각나는 인물은 당연코 헤라클레스일 것이다. 다른 작곡가들도 이미 그러했다. 앞서 언급한 비발디의 화려한 오페라 "에르꼴레"가 있었고, 헨델 역시 같은 인물을 바탕으로 한 장엄한 오라토리오 "헤라클레스[Hercules, HWV 60]"를 작곡했다. 하지만 신화적 인물보다는 우리에겐 인간 영웅이 필요하다. 우리와 똑같은, 피와 살로 구성된 필멸의 존재, 그렇기에 우리가 지향하고 현실에서 바랄 수 있는 존재. 기대할 수 없다면 내 마음속에서 진정한 영웅으로 받아들여지기 어렵다. 내가 슈퍼맨보다는 퍼

니셔를 좋아하는 이유이기도 하다.

인간영웅을 그린 곡 중 가장 중요한 곡은 역시 베토벤의 "교향곡 3번 영웅[Symphony no. 3 in E flat major, op. 55 'Eroica']"일 것이다.

베토벤도 자신의 최고 교향곡으로 꼽았고, "9번 합창"과 더불어 베토벤, 아니 인류 최고의 교향곡으로 꼽히는 이 곡*은 나폴레옹을 염두에 두고 쓰여졌으나 나폴레옹이 황제로 즉위했다는 소식을 듣자 베토벤이 나폴레옹의 성인 보나파르트[Bonaparte]가 적혀 있던 악

---

* "The BBC Music Magazine"에서 2016년 151명의 지휘자들을 대상으로 최고의 교향곡을 선정하는 설문조사를 진행했다. Top 10 리스트는 다음과 같다.
  1. Beethoven Symphony No 3 *1803*
  2. Beethoven Symphony No 9 *1824*
  3. Mozart Symphony No 41 *1788*
  4. Mahler Symphony No 9 *1909*
  5. Mahler Symphony No 2 *1894 rev 1903*
  6. Brahms Symphony No 4 *1885*
  7. Berlioz Symphonie Fantastique *1830*
  8. Brahms Symphony No 1 *1876*
  9. Tchaikovsky Symphony No 6 *1893*
  10. Mahler Symphony No 3 *1896*

보의 표지를 찢어버렸다는 에피소드로 유명하다. 그는 자유, 평등, 박애 정신을 이 땅에 실현시킬 영웅을 기대했던 것이다. 그의 기대는 사그라들었지만 음악까지 그럴 수는 없었다. 이전에는 없던 규모, 혼란스럽게 변동되는 박자, 난도 높은 연주를 수반하는 격렬하고 역동적인 연주로 이 곡을 처음 들은 당대 사람들은 큰 충격에 빠질 수밖에 없었다고 한다.

두 번의 천둥과 같은 소리가 울려 퍼진다. 그리고 곧바로 영웅적 주인공의 등장하는 모습처럼 또렷하고 웅장한 테마가 아스라이 시작된다. 아주 밝게. 하지만 점차 발전해 가며 짙은 빛으로 가득 찬 강한 긴장 에너지를 발산하면서 마무리되는 1악장의 무게감은 그야말로 압도적이다. 음악으로 신적 존재인 인간, 즉 영웅을 이보다 멋지게 표현해 낼 수 있을까.

장송행진곡[Marcia funebre]이라는 부제가 붙어 있는 느리지만 지속적으로 짙은 어둠 속으로 서서히 빨려 들어가는 듯한 2악장의 장엄함은 또 어떠한가. 빠른 템포로 긴장감 넘치는 스케르초[Scherzo]* 3악장이 훌쩍 지나가면 하염없이 땅으로 내리꽂히는 롤러코스터와 같은 시작으로 익숙한 위풍당당한 테마가 시작된다.** 마냥 밝고 당

---

*   해학곡. 익살스럽고 빠른 것이 특징인 짧은 악장이다.

**   4악장의 테마는 그의 작품에서 여러 번 사용되었다.

      "마지막 4악장은 발전부에서의 진행 구조와 유사한 모습을 보인다. 즉 이 피날레는 변주곡인데, 베토벤은 여기서 이 변주를 위한 다양한 측면에서 매력적인 주제를 활용했다. 이 작업은 "오케스트라를 위한 12개의 콩트르당스 WoO 12"[위작 논란이 있음]에서부터 "프로메테우스의 창조물"을 거쳐 피아노용 "프로메테우스의 창조물 주제에 의한 15개의 변주곡과 푸가 op. 35"에 이르기까지 사용하였고, 이 흐름이 "교향곡 3번"에서 종결된다. 단성부의 주제가 변주되었을 뿐 아니라, 이 주제는 상성부와 베이스 성부 2개의 요소의 합으로서 파악된다."

당하던 테마는 영웅들의 겪는 어려움을 상징하듯 중간중간 어두운 시련을 나타내는 듯한 심란한 모습으로 변주되기도 하지만 결국 중반 이후 힘차게 위기를 극복하는 모습을 보여주며 평화를 되찾고, 마지막 순간 다시 한번 힘껏 내리꽂는 듯한 사운드로 긴장감을 잔뜩 조성한 뒤 영웅의 힘찬 도약을 그리며 마무리된다.

누군가를 떠올리며 이런 음악을 작곡할 영감을 불어넣을 수 있게 만드는 사람은 도대체 어떠한 인간이란 말인가. 그리고 결국에는 인간에 불과한 존재를 떠올리며 이런 신적 음악을 그려낼 수 있는 베토벤은 얼마나 위대한가. 이 둘이야말로 우리가 진정으로 지향하고, 바라는 영웅의 모습이 아닐까.

이런 고전적 영웅상은 우리를 기대하고 바라게 만든다는 측면에서 인간적이다. 하지만 흔치 않기에 그 기대는 자주 일어나지 않는다. 흔했다면 어디 그게 영웅이겠는가. 두렵고 어두운 현실을 이겨낼 힘이 필요한 순간에 이러한 영웅은 우리 곁에 존재하지 않는다. 그렇기에 평소의 우리는 이상에 기댈 수밖에 없다. 그리고 어차피 '이상'이라면 현실적인 모습을 할 필요가 있는가? 우리에겐 더 강하고 빠르고 단단한 영웅들이 있다.

21세기에 슈퍼히어로 영화를 빼놓고 영웅을 논할 수 없다. 마블 코믹스가 "아이언맨 2008. 존 파브로 감독"을 시작으로 21세기에 슈퍼히어로 붐을 다시 불러일으켰다는 역사적 사실에 아무도 토를 달 수 없을 것이다. 나도 학창 시절을 그들과 함께 보냈다. "아이언맨"부

– Sven Hiemke · 주대창 · 우혜언 · 이정환 저, "베토벤: 삶과 철학 · 작품 · 수용", 한독음악학회 역, 태림스코어, 2020, 171p

터 "어벤져스: 엔드게임 2019. 앤서니 루소, 조 루소 감독"까지 모조리 개봉일 1주일 내로 극장에 달려가서 봤다. 심지어 국내에 본격적으로 마블 붐을 불러일으킨 "어벤져스 2012. 조스 웨던 감독"의 개봉 전이라 그다지 인기가 없었던 "퍼스트 어벤져 2011. 조 존스턴 감독"와 "토르: 천둥의 신 2011. 케네스 브래너 감독"까지도 모조리! 하지만 마블의 MCU가 대세를 차지하기 전에도 코흘리개 시절 비염이 심했다 작가의 어린 마음을 빼앗았던 멋진 슈퍼히어로 영화가 있었으니… 바로 토비 맥과이어 주연, 샘 레이미 감독의 전설적인 "스파이더맨 2002"이었다.

호러 영화의 걸작 중의 걸작 "이블 데드 1981" 시리즈로*만 샘 레이미 감독을 알고 있었던 당시의 나는 충격을 금치 못했다. 지금 봐도

---

* 단순한 호러 영화가 아니다. 로버트 로드리게스 감독의 "황혼에서 새벽까지 1996", 피터 잭슨 감독의 "고무 인간의 최후 1987"와 더불어 컬트의 상징과도 같은 전설적인 작품으로, '코믹' 요소를 가미하기 시작한 2, 3편을 포함, 모든 시리즈가 명작. 2015년에는 후속 드라마 "애시 vs 이블 데드"가 시즌 3까지 만들어졌다. 2022년까지는 넷플릭스에서 서비스가 되었으나 지금으로서는 계약만료로 찾아보기 어려운 불운의 작품. 혹시나 볼 수 있는 기회가 생긴다면 반드시 시청을 권한다. 물론 심장이나 비위가 약하신 분들은 시청을 삼가기 바랍니다.

잘 만든 이 영화는 당시에는 완전한 혁신이었다. 만화보다 생생한 색감, 거미 인간이 날아다니는 모습에서의 놀라운 속도감과 만화로도 제대로 구현할 수 없었던 탄력 넘치는 움직임, 끝내주는 핏의 타이즈까지. 정말 눈 돌아가는 경험이 아닐 수 없었다. 농담 안 하고 정말 침을 질질 흘리면서 봤을 정도로 엄청난 '사건'이었던 영화였다.

영화 그 자체뿐만이 아니라 사운드트랙 역시 기깔 났다. 보통 영화 음악은 각 장면에 알맞은 '화면과 극을 위한' 음악들이 대부분이기 마련이고, 일반 대중음악은 어쩌다 주인공들이 감상하는 장면에서나 등장할 뿐이다 물론 대중음악을 여러 장면에 잘 써먹는 영화들도 많지만. 그래서 영화 사운드트랙 역시 이러한 '장면을 위한 음악'들로 가득 차게 되고, 딱히 감상용으로는 적절하지 않은 음반이 되어 영화의 골수팬이 아니면 소장은커녕 들을 일도 거의 없는 것이 보통이었다.

하지만 1990년대 말과 2000년대 초에는 조금 달랐다. 영화에는 딱히 등장하지 않더라도 당시 인기 있는 아티스트들의 최신곡들을 몽땅 때려박아 사운드트랙 앨범을 제작하는 것이 유행이었던 것이다!*

미래적인 사운드의 히트곡들을 총망라해 낸 "매트릭스1999. 릴리, 라나 워쇼스키 감독"의 사운드트랙이 대표적이었다. 설명이 필요 없는 마릴린 맨슨[Marilyn Manson]의 '록 이스 데드[Rock is Dead]', 록 음악과 일렉트로닉 장르를 혼합한 '빅 비트' 장르의 창시자이자 듣고 있노라면 입안에서 쇠 맛이 느껴질 정도로 강렬하고 기계적인 사운드로 유명한 일렉트로닉 그룹 프로디지[Prodigy]의 '마인드필즈[Mindfields]', 절대로 어두운 뒷골목에서 마주치기 싫은 무섭게 생긴 아저씨들인

---

*   보통 이런 경우 '영화 음악'을 담은 사운드트랙 앨범도 함께 발매하곤 했다.

독일의 헤비메탈 밴드 람슈타인[Rammstein]의 '두 하스트[Du Hast]', 항상 분노로 가득 찬 랩메탈코어 밴드 레이지 어게인스트 더 머신[RATM]의 '웨이크 업[Wake Up]' 등 쟁쟁한 아티스트들이 총출동했다. 지금 봐도 엄청난 리스트이다. 영화 초반 벽을 타고 빙글빙글 날아다니며 총알을 피하는 트리니티의 액션 씬에 삽입된 프로펠러헤즈[Propellerheads]의 '스파이브레이크[Spybreak!]'는 일렉트로닉을 좋아하는 분들이라면 필청곡.

그리고 내 기억에 남은 또 하나의 '히트곡집' 사운드트랙 앨범 중 하나가 바로 이 샘 레이미 감독의 "스파이더맨" 사운드트랙이었다.

주로 포스트그런지 장르로 분류되는, 강렬한 기타 사운드를 세련된 멜로디로 버무려 내 인기를 끈 하지만 주로 히트곡들이 '발라드' 위주라는 점과 거친 외모와 달리 너무 미끈한 사운드로 진성 록 마니아들에게는 미움도 많이 받는 캐나다 출신 록 밴드 니켈백[Nickelback]의 보컬 채드 크로거[Chad Kroeger]가 조시 스콧[Josey Scott]과 함께한 '히어로[Hero]'라는 곡이 큰 인기를 끌었다.

스파이더맨은 평범하고 수줍은 하지만 무지하게 똑똑한! 소년이 자신을 극복하고 영웅으로 거듭나는 중심 테마를 가지고 있다. 이에 맞추어 이 느리지만 강렬한 곡은 '그저 영웅을 기다리기만 하지 않고 스스로 날아오르겠다는' 굳은 의지와 다짐을 담담하게 담아내고 있다. 섹시하기 그지없는 채드 크로거의 굵직하고 허스키한 목소리로. 인기가 없을 수가 없는 곡이다. 템포는 느리지만 가사에서 느껴지는 굳은 다짐, 짙은 기타 위에 실린 채드 크로거의 그르렁대는 목소리가 만들어 내는 멋진 분위기가 일품인 작품이다. 이 인상적인 곡은 이후 내가 대중음악에서 '영웅'을 떠올릴 때 가장 먼저 머릿속에서 흘러나오는 곡으로 자리매김했다.

이 사운드트랙에서 개인적으로 제일 좋아했던 곡은 섬포티원[Sum41]의 신나는 랩과 펑크의 조합이 인상적인 '와트 위아 올 어바웃[What We're All About]'. 나와 같은 세대의 사람들이라면 다 들어봤을 많은 펑크록 히트곡들 '패트 립[Fat Lip]', '인 투 딥[In Too Deep]', '스틸 웨이팅[Still Waiting]' 등을 제조해 낸 밴드이지만 이 곡이야말로 그들의 가장 날카로운 사운드를 들려주는 곡이자 개인적으로 그들 최고의 작품이라 생각한다. 당시 신나는 팝 펑크의 절정을 즐겨보고 싶은 이들이라면 강력히 추천한다.

그 외에도 더 스트록스[The Strokes]의 '웬 잇 스타티드[When It Started]', 더 하이브스[The Hives]의 '헤이트 투 세이 아이 톨트 유 소[Hate To Say I Told You So]', 머시 그레이[Macy Gray]의 '마이 너트메그 판타지[My Nutmeg Phantasy]', 그리고 에어로스미스[Aerosmith]가 부른 만화 스파이더맨 테마곡… 등 당시 유행하던 밴드 음악의 정수를 들을 수 있는 강렬하고 신나는 사운드로 가득 찬 멋진 앨범이다.

영웅 하면 생각나는 또 하나의 곡은 바로 엔리케 이글레시아스[Enrique Iglesias]의 '히어로[Hero]'. 1990년대 중·후반 가장 핫했던 장르는 누가 뭐래도 리키 마틴[Ricky Martin]의 인기를 필두로 한 라틴 음악이었다.* 얼마나 인기 폭발이었는지 2000년에는 '라

---

* 라틴 붐에 있어서 리키 마틴을 가장 앞에 두는 서술에 불만을 품는 독자분들이 있을 수 있다. 하지만 전 세계를 뜨겁게 달군 'Livin' La Vida Loca'와 월드컵 주제가 'La Copa De La Vida The Cup of Life'의 히트가 라틴 붐에 불을 붙인 주된 원인임을 부정할 사람은 없으리라. 정열적이면서 강렬한 음악과 섹시하기 그지없는 그의 목소리와 퍼포먼스는 지금 봐도 감탄이 나온다.
그 외에 'She Bangs', 'Por Arriba, Por Abajo', 'Maria', 'La Bomba'와 같은 정열 넘치는 곡,

틴 그래미 시상식'까지 따로 만들어졌을 정도였다. 리키 마틴, 마크 앤서니[Marc Anthony], 샤키라[Shakira], 산타나[Santana]의 걸작 "Supernatural"1999 앨범, 그리고 부에나 비스타 소셜 클럽[Buena Vista Social Club] 2001까지. 지금 들어도 쟁쟁한 이 명장들의 명곡들이 쏟아졌던 시기가 바로 이때였다. 그야말로 '라틴 붐'이었던 시기이다.

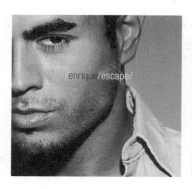

그리고 그 라틴 붐의 폭발 한가운데에 있던 가수가 엔리케 이글레시아스이다. 아버지는 그 유명한 스페인의 국민가수 훌리오 이글레시아스[Julio Iglesias]*로 '음악 수저'를 물고 태어난 셈이다. 그의 음악은 리키 마틴처럼 빠르고 관능적이기보다는 감미롭고 고혹적인 곡들이 많은 것이 특징인데, 우아한 팝 사운드로 정상에 오른 아버지

'Fuego De Noche, Nieve De Dia', 'Te Extrano, Te Olvido, Te Amo', 'Volveras'와 같은 절절한 발라드도 필청곡이다.
그의 음악 세계에서 가장 뛰어난 성취들을 한꺼번에 즐기고자 하시는 분들께는 개인적으로 2001년 발매된 스페인어 베스트 앨범인 "La Historia"를 추천드린다.

* 추천곡은 'Hey!', 'My Love', 'Crazy', 'When I Need You' 등이다. 낭만이 필요할 때 훌리오 이글레시아스의 감미로운 팝의 세계에 빠져보시는 것을 추천드린다.

의 영향이 있지 않았을까 추측된다.

그는 1999년 라틴 붐의 꼭두새벽부터 '바일라모스[Bailamos]', '비 위드 유[Be With You]' 등의 히트곡을 내서 인기 몰이를 하기 시작했고 2001년 앨범 "Escape"에 수록된 곡 '히어로'를 발표해 절정의 전성기를 누리기 시작한다.

영웅을 제목으로 한 대표곡이지만 앞의 영웅들과는 조금 결이 다르다. 엔리케의 영웅은 '사랑'을 위한 영웅이다. 그가 인터뷰에서 밝히길 이 곡은 그가 고등학교 시절을 떠올리며 졸업파티에서 춤추기 좋은 느린 노래를 생각하며 쓴 곡이라 한다. 가사만 보아도 풋풋한 학생 시절에만 떠올릴 수 있는, 결코 이룰 수 없는 큰 이상을 담은 감성 '난 너의 영웅이 되어줄 거야'이 고스란히 느껴진다. 그 시절에만 느낄 수 있는 가장 순수한 형태의 사랑은 그런 식으로밖에 표현할 수 없는 것일지도 모르겠다는 생각이 든다. 나이를 먹고 가사를 쓴다면 '난 너의 전세보증금을 내줄 거야.' 같은 것밖에 못 쓰겠지. 어찌 보면 유치하지만 어쩌면 우리가 그 시절의 찬란한 청춘과 순수했던 열정을 잃은 것이 아닐까. 그리고 어쩌면 영원히 옆에서 내 사랑을 지킬 수 있는 사람이야말로 영웅의 다른 말이 아닐까.

너무나도 감미롭고 사랑스러운 이 곡은 여전히 많은 이들에게 최고의 러브송으로 꼽히고 있다. 내가 자주 가는 시가 바의 직원분께서는 큰 덩치에 장발을 휘날리시는 상남자 스타일의 소유자로 늘 사장님이 안 계실 때면 헤비한 록 음악을 잔뜩 틀어놓고 즐기신다. 덕분에 종종 그분과 마주칠 때마다 록 음악에 대한 담소를 나누었고, 이는 시가 바에서 즐길 수 있을 거라고 예상치 못한 추가적 재미였다. 어느 날, 그분이 근무하고 계실 때 이 곡이 흘러나왔다. 당연히 그분의 선곡이 아닐 거라 생각하고 물어봤다.

"오, 엔리케 이글레시아스네요. 직접 선곡하신 게 아닌 거 같은데… 오늘 사장님 계신가 봐요?"

"아뇨 제가 튼 것 맞아요. 연애할 때 항상 부르는 곡이에요."

덤프트럭 같은 덩치에 장발을 휘날리며 헤비한 록 음악을 즐기지만 알고 보니 가슴 속에는 뜨거운 사랑이 절절하게 흐르는 상남자셨다.

사랑의 영웅이 되어주겠다는 곡이 있다면, 영웅을 바라는 곡도 있어야 할 것이다. 앞서 소개한 폭발적인 허스키 보이스의 소유자 보니 타일러의 '홀딩 아웃 포 어 히어로[Holding Out For A Hero]'를 빼놓을 수 없다. 이 곡은 아주 노골적으로 영웅적이며 이상적인 남성상을 요구?하고 있다. 강하고, 빠르고, 싸움 뒤에도 활기 넘치는. 가사 첫 소절부터가 "좋은 남자들이랑 신들은 다 어디 갔냐?"다. 뭐 보니 타일러 정도 되시는 분이 원하신다면 그 정도는 요구하실 수 있는 것이 맞다. 아주 솔직하고 그렇기에 더 와닿는 가사의 전형이 아닐 수 없다.

가사뿐 아니라 음악 자체도 영웅적인 싸움을 연상시킨다. 영웅적인 웅장함과 영웅적인 스피드! 짐 스타인먼다운 돌진하는 전차 같은 힘을 가진 사운드가 디스코의 빠른 리듬을 만나 만들어 낸 역사적인 명곡이다. 강렬한 록 사운드로 유명하신 분인데 갑자기 디스코라고?

이 곡은 "탑건"의 심장을 벌렁거리게 하는 인상적인 테마곡 '데인저 존[Danger Zone]'으로 유명한 케니 로긴스[Kenny Loggins]의 흥겨운 댄스곡 '풋루즈[Footloose]', 케빈 베이컨이 창고에서 반항심을 불태우며 창고에서 홀로 격렬하게 춤을 추는 씬에서 등장해 깊은 인상을 남긴 무빙 픽처스[Moving Pictures]의 '네버[Never]', 주인공이 친구에게 춤을 가르쳐 주는 모습을 재미있게 그려낸 장면에서 사용된 데니스 윌리엄스[Deniece Williams]의 '레츠 히어 잇 포 더 보이[Let's Hear It for the Boy]'를 비롯한 수많은 히트곡을 배출해 낸 영화 "자유의 댄스[Footloose] 1984. 허버트 로스 감독" OST 수록곡이다. 아하!

이 곡은 극중, 대도시에서 '춤'이 법적으로 금지된 촌 동네로 이사 온 케빈 베이컨이 시골 친구들과 사랑하는 여자에게 인정받고자 '겁쟁이 게임[Chicken Game]'*을 벌이는 박진감 넘치는 장면에 사용되었다. 도대체 왜 저런 걸 하나 싶긴 하지만 혈기 넘치는 젊음의 분위기, 사랑하는 여자를 위해 멋진 남자로 인정받고 싶어 하던 케빈 베이컨이 당돌하게 자신을 증명하는 영웅적인 장면에 완벽하게 어울

---

*   두 사람이 차를 타고 마주 보며 달린다. 먼저 방향을 틀거나 뛰어내리는 사람이 지게 되는, 담력을 테스트하는 게임이다.

리는 음악이 아닐 수 없다.

이 곡을 제외하고도 수많은 명곡들과 춤사위로 들을 거리, 볼거리가 풍성하고, 춤과 음악으로 대표되는 우리의 즐거움은 인간의 유구한 본성이며 '영적 타락'을 핑계로 이를 금지하려는 시도는 실패할 수밖에 없다는 사실을 천명한 가슴 뭉클한 영화로, 음악을 사랑하는 이라면 반드시 시청을 권한다.* 이 영화가 나온 뒤 40년이 흘렀는데도 자신이 꼴 보기 싫은 것이라면 무엇이든지 '영적 타락'이나 '아이들에의 악영향'을 핑계로 인간이 즐거움을 누릴 자유를 억압하려는 세력들이 판을 치고 있다는 사실은 정말이지 통탄할 노릇이다.

짐 스타인먼의 멋진 작업과 그녀의 놀라운 목소리에 담긴 격정 덕분에 이 곡은 둘째가라면 서러운 보니 타일러의 대표곡이 되었다. 곡의 멋짐과는 전혀 별개로 나는 기분이 좋지 않을 때 이 곡의 뮤직비디오를 찾아보곤 한다. 공포 영화에서 나올 법한 으스스한 조명과 분위기에서 성가대복을 입고 몸을 흔드는 여성합창단, 불타는 집에서 뛰쳐나와 잔디밭에 무릎을 꿇고 혹은 뜬금없는 대자연을 배경으로 허우적대며 노래하시는 보니 타일러 님, 채찍을 휘두르는 검은색 카우보이 셋, 그리고 백마를 타고 달려와 그들을 총으로 내쫓아 버리는 하얀 카우보이, 하얀 카우보이의 총에 맞아 하나, 둘씩 말 안장만 남기고 사라지는 불쌍한 검은 카우보이들… 뭘 의도한 장면들인지는 알겠는데 그 연출이 뭐랄까 너무… 1980년대스럽다 오해 방지를 위해. 나도 1980년대생이다. 특히 뮤직비디오 중·후반 즈음 카메라에 가까이 잡힌 보니 타일러가 절벽 위에서 두 팔을 앞쪽에서 바깥쪽으로

---

*   2024년 4월 현재, 넷플릭스에서 시청이 가능하다.

확 펼치고, 이에 카메라맨이 흠칫 놀라서 뒤로 물러나는 것 같은 장면이 나오는데 아마 원래는 화면이 멀어지는 효과를 준 것이겠지만 내 웃음벨이다. 그런데 또 그런 촌스러운 영상이 멋진 음악과 어우러져 묘한 유쾌함을 준다. 보고 있노라면 절로 다리가 들썩거리면서도 입가는 슬며시 피식피식 올라가는 기분 좋은 경험을 할 수 있다. 독자 여러분들도 기분이 좋지 않을 때 유튜브에서 꼭 찾아보시길 바란다. 인생을 즐겁게 해줄 작은 재미를 찾는 것보다 인생에서 중요한 일이 뭐가 있겠는가.*

---

* 여기서 끝이냐고? 왜 데이빗 보위[David Bowie]의 '히어로즈[Heroes]' 이야기는 안 하냐고?
"Ziggy Stardust" 1972 앨범 수록곡이 아니니까!

사계

　우리는 어린 시절 초등학교TMI, 난 국민학교에 입학을 했지만 초등학교를 졸업한 세대다에서 대한민국의 자랑거리로 '뚜렷한 사계절'이 있다고 배웠다. 지금도 그런 얼토당토않은 소리를 학교에서 배우는지는 모르겠다.

　그게 왜 자랑인지, 나는 아직도 잘 모르겠다. 지금도 전혀 이해하지 못하고 있다. 얼마 전 출근길 온도는 영하 15도였다. 적당히 좀 뚜렷했으면 좋겠네. 뭐 혹독한 겨울이 찾아오기 때문에 인간에게 피해를 끼치는 동식물들특히 벌레이 크게 자라고 번식하지 못한다는 것은 장점인 듯하지만 온화한 기후에서도 자연과 아름답게 어우러져 잘 사는 지역들이 얼마나 많은데 그걸 장점이라고 하고 있는지 원. 옛날 교육자료에 뚜렷한 사계절이 대한민국의 장점이라고 써놓은 인간은 영하 15도에서 대중교통으로 1시간 출근을 해보지 않은 인간들임이 분명하다. 그게 아니라면 신경계 어딘가에 문제가 있거나.

전부터 해온 생각인데, 아무리 생각해 봐도 출근 시간이 오전 8시 즈음이어야 할 당위 따위는 세상에 존재하지 않는다. 24시간 중 8시간을 일하면 되는데 그것도 너무 많다! 차고 넘치게 굳이 그 시간대를 고집할 이유가 없지 않은가? 8시까지 출근을 하기 위해서는 6시에 기상하여 준비를 하고 7시에는 출근길에 나서야 한다. 그렇다. 그 시간은 하필 하루 중 가장 추운 '최저기온'일 시간대이다. 왜 하필! 8시쯤 출근해야만 하는 문화를 정착시킨 인간은 악마 같은 녀석임이 틀림없다. 여름에는 더우니 지금 시간에, 겨울에는 기온이 서서히 올라가는 10시 즈음 출근할 수 있는 문화를 만들어 보면 어떨까?

어쨌든 우리가 지구에서 살아가고 자전과 공전이 일어나는 한 사계는 피할 수 없는 현상이다. 사계는 우리의 삶과 먹거리를 구성하는 주변 생태계를 변화시킨다는 점에서 예로부터 우리의 생활에 밀접한 관련을 맺었고 많은 예술가들의 영감의 원천이 되었다.

흥겨운 신스팝* 넘버 '픽 업 더 폰[Pick Up The Phone]'으로 큰 인기를 끌었던 에프 알 데이비드[F. R. David]는 음악에 대한 그의 생각과 애정을 담은 곡 '뮤직[Music]'에서 음악의 시대적 변화와 변화의 흐름에도 불구하고 영원할 영감의 원천으로서의 음악을 사계절의 변화에 빗대어 표현하기도 했다.** 창가로 총총거리며 들어오는 주황빛 아침 햇살의 따스함과 라테의 달콤함과 부드러움이 느껴지는 감미로

---

* Synthpop. 신디사이저를 중심으로 전자악기의 사운드를 기반으로 한 팝 음악. 일렉트로팝이라고도 불린다.

** "사계절이 모두 네게 달렸어[Seasons all at your command] 봄이 끝나가면[When spring is near the end], 여름의 풀잎 소리가 들리고[I hear green leaves of summer], 가을은 빗소리의 리듬을 가져오고[Autumn brings rhythm of the rain], 그러고 나면 뿌연 겨울의 그늘이 찾아오지[Then it's hazy shade of winter]."

— F. R. David 'Music' 중

운 발라드 넘버로 1983년 발표된 명반 "Words"에 수록되었다.

당연히 사계절 하면 가장 먼저 떠오르는 음악은 수많은 이들의 핸드폰 컬러링 음악을 담당하고 있는 비발디의 "사계*[Le quattro stagioni, op. 8 no. 1~4]*"일 것이다. 사계절의 변화를 이토록 잘 표현한 음악이 또 있을까. 너무 유명한 곡이다 보니 더 설명할 것이 없다.

재미있는 것은 각 계절에는 '소네트'라 불리는 시적인 텍스트가 붙어 있는데 각 부분의 주요 내용과 분위기를 잘 요약하고 있다. 각 소네트의 앞부분만을 추리면 다음과 같다.

1. 봄 La Primavera
봄이 왔고, 즐거운 마음으로
새들이 즐겁게 노래하며 인사하고,
바람이 부는 소리에
시원한 샘물은 달콤하게 속삭이며 흐른다.

2. 여름 L'Estate
햇빛에 타들어 가는 더운 계절
사람들과 양 떼가 지치며 소나무가 타오르고,
뻐꾸기는 자신의 목소리를 지저귀며
암탉은 작은 달걀을 품고 있다.

3. 가을 L'Autunno
농부들이 춤과 노래로
풍성한 수확의 기쁨을 축하하며,
와인의 신 바코의 술을 즐기며
기쁜 포도 수확이 마무리되었다.

4. 겨울 L'Inverno
얼어붙은 눈 속에서 온몸이 떨리며
강한 바람이 부는 엄청난 추위에서,
계속해서 발을 구르며 뛰어다니고
너무나도 매서운 추움에 이빨을 갈며 있는다.[*]

  절절하게 온몸으로 풍경과 온도의 변화를 느끼게 하는 이 소네트
를 읽으며 감상하면 조금 더 재미있게 즐길 수 있지 않을까? 4D로
즐기는 음악이다.

  음반으로는 이 무지치[I Musici]의 녹음 Philips. 1955이 전설 중의 전

---

[*]   원문을 ChatGPT가 해석했고 필자가 한국어에 맞게 다듬었다.

설로 꼽힌다. 하지만 보다 신선하고 생동감 넘치고 하드록을 방불
케 하는, 충격적일 만큼 강렬한 연주를 즐기고 싶은 분께는 비발
디 스페셜리스트 파비오 비온디[Fabio Biondi]와 유로파 갈란테[Europa
Galante]의 녹음OPUS111. 1991이 제격이다.

　비발디만 있는가? 내가 개인적으로 훨씬 좋아하는 사계가 있
다. 하이든의 오라토리오 "사계 Die Jahreszeiten. Oratorium für drei
Solostimmen, Chor und Orchester Hob. XXI:3"이다. 앞서 극찬을 했던 걸작
중의 걸작 "천지창조"의 후속작이다. 1800년 68세의 나이에 작곡한
말년의 걸작이다초연은 1801년에 이루어졌다. 1800년에는 그의 걸작 합창곡 "테
데움[Te Deum]"이 초연되기도 하였다.

　이 작품은 굉장히 특이하다. "천지창조"가 천사들이 신을 찬양하
는 구성이라면 "사계"는 한네, 루카스, 사이먼이라는 3명의 농부가
주인공이다. 생각해 보면 충분히 이해가 간다. 현대 도시에서 사는
우리가 느끼는 사계절의 변화는 기껏 해봤자 출퇴근 시의 온도 차이

일 따름이겠지만사실 그것도 너무 힘들다. 적어도 쿠크다스 같은 몸을 가진 내게는, 계절의 변화가 직접적으로 그 해의 먹고사는 일에 연관이 있는 농부들이야말로 사계를 노래하기 적합한 직업의 주인공들이리라.

그 덕분인지 훨씬 인간적이며 활기 넘치는 경쾌하고 세속적인 노래들이 가득하여 장엄미로 가득 차 가슴 벅찬 감동이 밀려오는 "천지창조"보다는 부담을 덜 느끼며 언제든지 즐길 수 있는 작품으로 다가온다. 기교보다는 우리의 가슴을 울리는 소박한 멜로디를, 엄숙한 찬양보다는 순수한 기쁨을, 강대한 위엄보다는 풍성하면서도 산뜻한 열정을 청자에게 선사한다. 하이든은 이 곡을 통해 가장 평범한 것에서 가장 숭고한 것을 찾을 수 있다는 삶의 지혜를 담고 싶었던 것이 아닐까.

또 재미있는 점이 있다. 보통 '봄'을 음악으로 표현할 경우 만물이 싹트기 시작하는 밝고 아름답고 싱그러운 생동감 넘치는 음악을 기대하기 마련이다. 하지만 하이든 사계의 시작은 어둡고 강렬하다. 휘몰아치는 혹한 속에서 꽃피어나는 봄을 강조하고 싶었던 것일까. 하지만 곧 그런 어둠은 걷히고 모차르트 마술피리에서의 파파게노의 아리아를 떠올리게 하는 유쾌함으로 가득 찬 희망찬 멜로디의 아리아 '농부는 즐겁게 밭으로 일하러 달려간다네[Schon eilet froh der Ackersmann]'가 시작된다. 내가 "사계"에서 가장 좋아하는 아리아이다. 합창도 빼놓을 수 없다. 합창곡 중에서는 여름 중 트리오와 합창이 어우러지는 '태양이 떠오른다[Sie steigt herauf, die Sonne]'가 압도적이다. 마치 "천지창조"의 '빛이 있으라' 장면에서처럼 처음엔 잔잔하다가 터져 나오는 일출을 폭발적인 에너지로 담아낸 명곡이다. 만물의 근원이 되는 태양에 대한 하이든의 찬사랴, 역시 핵융합은 위대한 에너지원이다!

　음반은 전통적으로 칼 뵘[Karl Böhm]의 녹음 DG. 1967이 명반으로 꼽히지만 탁탁 탁탁 무 써는 소리처럼 똑 부러지고 기쁨의 리듬이 충만한 가디너의 녹음 Archiv. 1992을 최고로 꼽고 싶다.

　사계가 클래식에만 있다고 생각하면 오산이다.

　우리에게 가슴 저릿한 감성과 폭발하는 정서를 느끼게 하는 발라드 '레인 앤드 티어스[Rain And Tears]'로 유명한 그리스 출신의 밴드 **아프로디테스 차일드**[Aphrodite's Child]의 '스프링 서머 윈터 앤드 폴[Spring, Summer, Winter And Fall]' 역시 사계를 그려낸 곡이다. 1969년 발표된 그들의 두 번째 앨범 "It's Five O'Clock"에 수록됐다. 보컬인 데미 루소스[Demis Roussos]의 오디오를 찢어발길 듯한 바이브레이션을 동반한 절절하면서 아찔한 고음의 목소리, 반젤리스[Vangelis] 그렇다! 영화 음악으로 유명한 반젤리스가 바로 이 그룹의 멤버였다. 영화 "불의 전차"의 테마 음악을 모르시는 분은 없으리라의 클래식의 영향을 진하게 받은 선이 굵고 아름다운 멜로디와 이를 부드럽게 감싸는 스트링 세션이 특징이다.

파헬벨의 "카논"*을 재해석한 '레인 앤드 티어스', '엔드 오브 더 월드[End of The World]', '이츠 파이브 어 클락[It's Five O'Clock]' 같은 특유의 짙은 정서를 입힌 발라드곡으로 유럽과 아시아에서 큰 인기를 끌었으며 한국도 예외가 아니었다. 특히 가벼운 피아노 아르페지오**로 시작하는 이 곡 '스프링 서머 윈터 앤드 폴'은 사계절의 변화에 따른 사랑과 삶에 대한 짧은 시적 가사에 그들만의 달콤하고 쌉싸름함을 얹어 청자들에게 잊을 수 없는 감동의 순간을 선사한다. 끝날 듯 끝나지 않고 부서질 듯 부서지지 않는 후렴구를 듣고 있노라면 어느새 저며오는 가슴과 붉어지는 눈가를 감출 수 없게 되는 명곡이다.

그리고 2022년, 록 음악계의 귀여운 악동 위저[Weezer]가 '봄 여름 가을 겨울'을 테마로 4개의 미니앨범을 발매했다. 사계를 뜻하는 "Seasons"의 발음을 "SZNZ"로 센스 있게 표현한 타이틀을 걸고.

---

*   Kanon und Gigue in D-Dur für drei Violinen und Basso Continuo.

**   화음을 동시에 연주하는 것이 아닌 각 음을 차례대로 연주하는 기법이다.

　위저는 이전에도 '블루-그린-레드-화이트'의 '색깔 테마' 앨범들을 발매한 바 있지만 그리고 그들의 제일가는 대표작들로 자리매김했지만 그것은 그저 정규앨범들의 디자인 콘셉트가 같았을 뿐 내용적인 연관이 있는 것은 아니었다. 하지만 이번 4장의 작은 앨범들은 사계절을 테마로 한만큼 완벽하게 각 테마에 충실하면서도 서로 완벽하게 어우러진다. 어찌나 사계 콘셉트에 충실했는지 앨범 발매일조차도 각 춘분, 하지, 추분, 동짓날에 맞추었다.

　위저는 감정에 매우 충실한 직설적인 음악을 해왔다. 사운드적으로는 때로는 귀엽고 말랑말랑한 음악들을 들려주면서도 '아일랜드 인

더 선[Island In The Sun]', 어떨 때는 굉장히 헤비한 전자기타 사운드가 등장
하기도 하는 등 '버디 홀리[Buddy Holly]', '더 굿 라이프[The Good Life]' 그 스펙트
럼이 매우 넓었지만 항상 그들의 음악의 핵심에는 생동감 넘치는 감
정이 있었다. 즐겁기도, 슬프기도, 세상에 분노하기도 했다. 그 색이
너무 쨍쨍하여 눈이 부실 만큼. 그리고 그 원색적인 감정을 그들 특
유의 깔끔하고 통통 뛰는 음악 속에 완벽히 버무려 내었다. 거기에
팝적인 미끈한 멜로디, 리더이자 메인 작곡을 맡고 있는 뿔테안경을
쓴 하버드 출신의 수재 리버스 쿼모[Rivers Cuomo]의 너드 느낌 물씬
나는 귀여운 목소리와 분위기까지. 듣고 있노라면 세상과 동떨어진
소설 속 세상에 빠져 주인공들의 희로애락을 함께하는 듯한 '4D 감
정체험'이 위저의 음악만의 핵심 특징이라 할 수 있다. 그리고 그 감
정의 2/3 이상은 '기분 좋은 느낌'이라는 사실도. 이러한 묘한 기분
좋은 즐거움과 귀여운 음악 덕분인지 그들은 '거장'이라는 칭호를
받는 경우는 거의 없지만, 이는 많은 이들이 그들을 '가장 사랑하는
밴드'로 주저 없이 꼽는 이유가 되기도 한다. 곰돌이 인형처럼, 위대
한 걸작은 아니지만 편하게 누워서 꼭 안고 있으면 따스한 포근함을
느낄 수 있는.

　1994년 밴드 이름을 타이틀에 걸고, 아무것도 없는 파란색 배경
에 옷, 표정, 헤어스타일까지 모두가 강의실에서 수업을 듣던 공대
생들을 끌고 나와 세워놓고 즉석에서 찍은 듯한 충격적으로 귀여운
커버 사진으로 유명한 데뷔앨범 "Weezer"를 발매한 후 지금까지 큰
부침 없이 꾸준히 좋은 음악들을 발표해 오고 있는 장수밴드 위저.
그들의 디스코그래피는 늘 훌륭했지만 2020년대에 들어서 새로운
수준으로 '각성'했다. 갑자기 음악의 신을 접신하고 온 것이 아닌지

의심이 들 정도였다. 이제 위저의 팬들도 당당히 말할 수 있을 것이다. 이들은 이제 '거장'의 반열에 올랐다고.

2021년 어쿠스틱 기타에 피아노와 관현악단의 사운드를 동원하여 만들어 낸 "OK Human" 앨범이 그 시작이었다. 라디오헤드[Radiohead]의 명반 "OK Computer"1997은 미래지향적인 실험적 사운드를 통해 대중성의 한계를 저편으로 넓혀버린 작품이었다. 반면 위저의 이 앨범은 라디오헤드가 음악계의 지평을 우주 끝까지 밀어내고 난 뒤 수십 년이 지난 지금, 다시 인간적이고 고전적인 사운드로 돌아가 보자는 선언이었다. 그리고 너무나도 인간적인 그 시도는 매우 성공적인 실험이었다. 라디오헤드와는 반대의 의미에서.

늘 징징거리는 디스토션 걸린 전자기타의 사운드그러나 듣기 싫을 정도의 선을 절대 넘어서지 않는 깔끔함이 위저의 특기이다와 함께했던 그들이 이렇게 순박하고 여리면서 카페모카 위의 휘핑크림처럼 달콤하고 부드럽고 풍성한 음악을 만들어 내다니. 추천곡을 굳이 꼽을 필요도 없이 한 곡 한 곡 모두가 뛰어나며 남녀노소가 즐길 수 있는 부드럽고 아름다운 음악의 향연이었다. 그들의 앨범 중 음악적으로 가장 뛰어나며, 위저의 말랑말랑하고 귀여운 멜로디는 거친 기타 사운드 없이도 충분히 즐거울 수 있다는 것을 증명한 명반이었다.

첫 곡인 '올 마이 페이보릿 송스[All My Favorite Songs]'를 비롯해서, '알루 고비[Aloo Gobi]', '그레입스 오브 레스[Grapes of Wrath]', '히어 컴스 더 레인[Here Comes The Rain]' 등 동화 속 나라에 폭 빠져든 것만 같은 꿈결 같은 분위기에 아기자기한 멜로디가 강조된 사랑스러운 곡들이 가득하다. 특히 앨범의 중반에서 아름답고 절절한 멜로디, 풍성한 코러스와 오케스트레이션으로 너무나도 인간적인 감성을 자극하는 짧은 곡 '미러 이미지[Mirror Image]'는 앨범의 백미.

그리고 바로 몇 개월 뒤 위저는 "Van Weezer" 앨범을 발매한다. 원래 "OK Human" 앨범과 동시에 준비하던 앨범이지만 스타디움 공연을 염두에 두고 만든 강렬한 록 사운드의 "Van Weezer" 앨범을 투어가 죄다 연기된 코로나 시국에 발표할 수 없었기에, "OK Human" 앨범이 더 빨리 작업 및 발매됐다고 한다. 이 앨범은 그들이 어린 시절 영향을 받은 헤비메탈 사운드를 차용했다. 첫 싱글이자 앨범의 첫 곡인 '히어로[Hero]'에서부터 평소 위저보다 1.3배 정도 강력한 사운드가 터져 나온다. 1.3배라고 애매하게 표현한 이유가 있다. 사운드는 헤비하지만, 무리하게 강하진 않다. 그들만의 통통 튀는 귀여운 멜로디와 강해진 사운드가 딱 적절한 조화를 이룰 만큼만 강하다. 중용의 미덕을 지켰다. 그리고 사운드적으로는 헤비메탈의 디스토션* 잔뜩 건 헤비한 기타 사운드를 가져왔음에도 전혀 어둡지 않고, 평소 위저의 해맑은 감성을 고스란히 녹여냈다. 뭔가 평소에 공부만 하던 어리숙한 친구들이 맞지 않는 옷을 입고 잔뜩 폼 잡고 껄렁거리는 흉내를 낸 것 같은 어색함이 들긴 하지만 그 모습마저 귀엽다.

그 외에도 도입부에 밴 헤일런[Van Halen]의 '이럽션[Eruption]'의 전설적인 폭발적인 리프를 녹여낸 '디 엔드 오브 더 게임[The End of the Game]', 오지 오즈본[Ozzy Osbourne]의 명곡 '크레이지 트레인[Crazy Train]'을 착하게 편곡한 듯한? '블루 드림[Blue Dream]'과 같이 앨범 곳곳에 숨어 있는 메탈 명곡의 흔적을 찾아내는 재미가 쏠쏠한 앨범이다.

---

*   전기 신호가 일그러지는 것을 의미하고, 흔히 전자기타의 '징징거림'을 표현할 때 사용한다.

이렇게 멋진 앨범들을 2연타로 발매하여 팬들을 즐겁게 해주더니 또 몇 달이 채 지나지 않은 바로 다음 해에 위저의 '사계' 프로젝트가 결실을 맺기 시작했다. 코로나 시기는 우리에게 많은 상처를 주었다. 그럼에도 불구하고 많은 거장들이 투어를 그만두고 스튜디오로 돌아가 훌륭한 앨범 작업들을 하며 음악 팬들을 즐겁게 해주었는데,* 위저 역시 그 중 하나였다. 아니, 아예 골수팬들조차 '얘네 너무 무리하는 거 아니야?' 싶을 정도였다.

2022년 3월 SZNZ 프로젝트의 첫 앨범 "봄[Spring]"이 발매됐을 때, 탄성을 지를 수밖에 없었다. 비발디 사계의 봄에서 멜로디를 차용한 첫 곡 '오프닝 나이트Opening Night'부터 기가 막혔다. 봄의 따사로움과 싱그러움을 이토록 예쁘게 표현한 곡이 있었는가? 이후 이어지는 곡들도 모두 마찬가지였다. '예쁘다'는 탄성이 절로 나오는 곡들의 연속이다. 세상이 초록빛으로 물들어 가고 하늘에서는 쨍한 따사로움이 반짝반짝 쏟아진다. 꼭 끌어안아 주고 싶은 귀여운 멜로디는 여전했고, 템포는 다 같이 둘러앉은 캠프파이어에서 어깨를 들썩이기 딱 좋을 정도로 적절히 흥겨웠다. 사운드적으로는 어쿠스틱 악기를 적극적으로 사용하여 "OK Human"에서 보여주었던 푹신함을 보여주면서도 그에 한정되지 않고 한껏 달아오른 감정표현이 필요할 때에는 전자기타의 사운드도 적극적으로 사용하여 폭넓은 사운드를 맛볼 수 있었다. 앨범에 대한 유일한 불만은 이 흥겨움이 7곡밖에 지속되지 않는다는 것이었다.

6월에 발표된 "여름[Summer]"은 사운드적으로 훨씬 강한 모습을

---

*   엘튼 존의 2021년 작, "The Lockdown Sessions"이 대표적이다.

보여주며 잔뜩 달궈진 후끈한 여름의 열기를 맛깔나게 표현했다. 역시 첫 곡 '론 체어[Lawn Chair]'는 비발디의 멜로디를 차용했다. 위저의 전형적인 깔끔하면서도 징징대는 사운드에 살짝 "Van Weezer"에서 보여주었던 헤비함을 섞어낸 듯한 사운드로 위저의 평소 팬이라면 좋아할 만한 곡들이 가득하다. 거친 사운드로 음울함과 짜증이 뒤섞인 짙은 유쾌하지 않은 감성을 잔뜩 발산하는 '블루 라이크 재즈[Blue Like Jazz]'의 매력적인 후렴구와 느닷없이 달리는 신나는 사운드가 반가운 '디 어퍼짓 오브 미[The Opposite Of Me]'의 통쾌함은 앨범의 하이라이트이다.

다만, 당연히 여름은 봄과 다를 수밖에 없지만, 전작 "봄"의 키치함을 듣고 기대를 했던 이들에게 확 당기는 '훅'이 없다는 것은 아쉬움으로 남을 수밖에 없었다. 그럼에도 불구하고 보다 스트레이트한 멜로디에 거친 사운드로 불타는 듯한 여름의 열기를 표현한 수작임을 부인할 수는 없다 사실 나는 추위를 많이 타기에 계절 중 여름의 날씨를 가장 좋아하는데 여름을 이렇게 타는 듯한 괴로움으로 표현함에 살짝 반감이 느껴지기도 했다.

9월 발표된 "가을[Autumn]"은 다시 평화로움으로 가득 찼다. 하지만 봄과 같은 싱그러움보다는 재기발랄함을 머금은. 첫 곡 '캔트 댄스 돈 애스크 미[Can't Dance, Don't Ask Me]'부터 깔끔한 사운드에 흥겨운 리듬, 장난기넘치는 선율로 듣는 이들에게 '찌는 듯한 여름이 지나갔구나!' 하는 안도를 선사한다. 이글거리듯 헤비했던 기타 사운드는 구슬 아이스크림 같은 앙증맞은 사운드에 자리를 내주었다. 재미있게도 마룬파이브[Maroon 5]나, 프란츠 페르디난트[Franz Ferdinand]와 같이 잔뜩 몸을 흔들면서 춤추기 좋은 팝록 사운드가 주를 이룬다. 특히 '와트 해픈스 애프터 유[What Happens After You?]'는 마룬파이브의 곡이라 해도 믿을 수 있을 정도다.

그 외에도 '프란체스카[Francesca]'의 앙증맞은 사운드와 시원시원한 후렴구, 역시 비발디를 차용한 '테이스츠 라이크 페인[Tastes Like Pain]'의 강렬함, 전형적인 위저의 멜로딕한 신나는 사운드를 들려주는 '런 레이븐 런[Run, Raven, Run]' 등 다양한 매력을 선사하는 앨범이었다. 어찌 보면 봄, 여름에 비해서 계절적 특성은 뚜렷하게 드러나지 않는 것으로 보이지만, 오히려 계절적 특색을 지웠기에 그들이 할 수 있는 모든 것을 다양하게 시도해 볼 수 있었던 좋은 곡들의 모음집이 되었다는 생각이 든다. 여름, 겨울에 입지 못했던 예쁜 옷들을 이것저것 잔뜩 입을 수 있는 소중한 계절인 가을처럼.

그리고 12월에 발표된 대망의 "겨울[Winter]". 사운드적으로는 약간 거칠어졌지만 템포는 한결 여유로워졌고 멜로디는 밝지만 통통 튀지 않고 부드럽게 흘러간다. 아주 느린 템포에 폭신한 멜로디를 처음엔 보드랍게, 후반부에서는 거친 기타 사운드로 강렬하게 표현한 첫 곡 '아이 원트 어 도그[I Want A Dog]'가 앨범 전반의 분위기를 전형적으로 보여준다. 나는 '겨울'이란 관념에서 살을 에는 듯한 추위와 최저기온에서의 지옥 같은 출근길을 떠올리기에 굉장히 날카롭고 매서운 사운드를 기대했다. 하지만 위저는 눈 쌓인 풍경의 푸근함을 연상했나 보다. 이래서 출근 안 하는 사람들이랑은 대화가 안 된다.

하지만 내 불만과는 별개로 음악적으로는 흠잡을 것 없는 뛰어난 위저의 앨범이다. 특히 후반부가 뛰어난데 하모니카를 이용한 푸근한 분위기가 돋보이고 반짝반짝 빛나는 감성의 귀에 쏙쏙 박히는 후렴구의 '다크 이너프 투 시 더 스타스[Dark Enough to See the Stars]', 진한 원색적 멜로디로 전형적인 위저 사운드를 보여주는 '디 원 댓 갓 어웨이[The One That Got Away]', 초반에는 캐롤 같은 징글쟁글한 분위기를 들려주다가도 헤비한 기타 사운드로 4부작의 마지막을 강렬하게 장식하는 '더 딥 앤드 드림리스 슬립[The Deep and Dreamless Sleep]' 까지. 우리가 원하는 위저의 모든 것을 담아냈다.

많은 아티스트들이 음악적 실험을 추구한다. 평생 같은 음악만 하는 것은 지겨우니까. 그리고 많은 아티스트들이 그 과정에서 자신의 아이덴티티를 잃고, 결국 대중성을 잃어버리는 아이러니를 보여준다. 이는 결국 음악 실험도 '좋은 음악'의 본질의 범위 내에서 이루어져야 한다는 것을 의미한다. 위저의 이 사부작은 '위저스러움'을 잃지 않고서도 폭넓은 사운드에 대한 실험을 해낼 수 있다는 것을 보여주었다. 그들은 언제나 '좋은 음악'을 추구해 왔고, 그들의 실험에서도 이 철학은 고스란히 드러났다. 그들은 팬들을 배반하지 않았고 그저 좋은 음악을 찾기 위한 여정을 떠났을 뿐이다. 팬들과 함께. 그리고 그들은 팬들을 다음 여행 또한 응원하며 기대하게 만들었다. 이제는 거장이 된 위저의 대중음악사에 길이 남을 기념비적인 프로젝트.

겨울에 집필을 시작한 글이 겨울은 집필하기 좋은 시기다. 나처럼 추위를 극도로 싫어하는 사람은 추워서 밖에 나가 놀질 못하기 때문 어느새 마무리 단계에 들었다. 그리고 봄이 왔다. 이제 노트북을 덮고, 밖으로 나가 따사로움을 즐길 차례다. 여러분들의 봄이 이 책과 함께한 음악으로 더 따스해지길. 겨울은 다시 찾아올 것이다. 그러나 마냥 힘들게만 생각할 것은 아니다 출근길을 제외하고. 받아들이기에 따라 겨울은 그다음에 올 새로운 즐거움을 비축할 수 있게 해주는 소중한 시기라는 의미가 될 수도 있는 것이다. 사계가 반복되는 것은 이러한 새로운 탄생을 지속시키기 위함이리라. 새로운 글, 새로운 음악, 새로운 삶. 출산의 고통을 통해 우리가 태어나듯, 겨울의 날카로움을 뚫고 나왔을 때 비로소 아름다운 것들이 만들어진다. 우리의 삶이 지루하지 않도록. 우리가 웃을 수 있도록.

종교

나는 종교가 없다. 아니, 있었나? 적어도 종교와의 접점은 꽤 오랜 기간 있어왔다. 어린 시절 광화문 새문안교회에서 세례를 받았다는 얘기를 들은 기억이 있다. 당연히 내가 세례를 받은 직접적인 기억은 있을 리가 없다. 눈이나 뜨고 있었는지 모르겠다. 이건 '전문증거'라서 원칙적으로 증거능력이 없으니* 다음 증거로 넘어가자. 그리고 동네 교회에서 운영하는 유치원을 다니며 달란트 시장에서 자본주의의 쓴맛을 보기도 했다. 내가 피땀 흘려 모은 달란트의 가치는 고작 떡볶이 한 컵이었다. 차가운 자본주의가 아닐 수 없다. 또 중학생 때까지 교회를 나름 열심히 나갔지만 그 짧은 주기도문을 외우지 못해 예배 시간마다 항상 웅얼웅얼하던 기억도 있다. 10년이

---

* '형사소송법' 제310조의2

넘게 따라 읊었음에도 불구하고 말이다. 나는 그때도 그렇지만 변호사가 된 지금도 암기력이라고는 1도 없는 녀석이다. 변호사시험이 암기력 테스트가 아닌 논리력 테스트인 것이 내겐 무척이나 다행인 일이었다. 어쨌든 그 후 중학생 시절부터는 '디즈니 만화동산'*을 봐야 한다는 핑계로 종교활동을 하지 않았던 것 같다. 아 물론 모든 이들이 최소 4개의 유동적 종교를 가지게 되는 논산훈련소에서의 기간은 제외하고 말이다. 아무튼 현재로서는 믿음의 대상이 없다.

  나는 그렇다. 다른 사람들은 어떠할까. 점차 줄어가고는 있지만 그럼에도 불구하고 지금도 많은 사람들이 종교를 믿고 있다. 아니, 지구상 대부분의 사람들이 종교를 갖고 살아간다.** 굉장히 신비로운 일이다. 과학기술의 시대가 열린 지 200년이 흘렀는데도 종교인들이 이렇게 많다는 것이. 현대 도시에 살아가는, 기초 과학을 학습한 우리 주변의 '먹물 좀 먹었다는 사람'에게 종교에 대한 견해를 물어보면 대부분은 믿지 않는다고 대답하는 것을 떠올려 보면 꽤나 놀라운 일이다. 이러한 사실은 추상적인 고고한 존재를 믿고 숭배하는 것이 우리 유전자 깊은 곳에 각인된 뿌리 깊은 본성 중 하나가 아닐까 생각하게 만든다. 그리고 그러한 본성이 형성된 데에는 이유가 있을 것이다. 이러한 추상적 존재에 대한 믿음이 우리를 결집시켜 사회를 이룩하여 무리 지어 생존하는 데에 도움을 주었기에 우리의 유전자에 각인된 것이리라. 그리하여 내 개인적 견해와 전혀 무관하게 분명히 인류에게 필요한 장치인 것이겠다.

---

*　　매주 일요일 아침 8시부터 방영되었던 KBS의 인기 프로그램이다.

**　Pew Research Center의 조사 'Population Growth Projections, 2010 – 2050'에 의하면 2020년 기준 세계인구 중 종교를 믿지 '않는' 비율은 단 15%에 불과하다.

그래서인지 종교적 믿음은 통념과 다르게 과학교육과도 무관한 듯 보인다. 오히려 사회적으로 높은 위치에 오른 무척이나 많이 배우신, 현대적 과학지식 기반을 갖춘 분들도 독실한 신앙을 가진 경우가 많다. 왜 그럴까. 생각을 해보았다. 내가 내린 답은 아마 인류에게 '신'이란 우리가 아직 답을 찾지 못한, 초월적 질문에 대해 붙이는 이름이라는 점, 그리고 사람들마다 다루어야 하는 문제의 스케일이 다르다는 점 두 가지의 조합에 있다.

나같이 하루하루 벌어먹기 바쁜 사람들은 오히려 인생이 단순하다. 어린 시절에는 부모님, 학생 시절에는 선생님, 교수님의 말씀을 잘 듣고 주어진 규칙에 잘 따르며 살아간다. 착실하고 얌전히. 사고 안 치고 책상 앞에만 붙어 있는 학생에게는 복이 있나니. 더 커서는 직장 내의 규율을 따르며 하루하루 일해 벌어 먹고살아 간다. 직업적으로 다루는 일이 얼마나 과학적인지와는 상관없이 따라야 하는 삶의 규칙은 단순하다. 가끔가다 예측 불가 이벤트로 생기는 일이라고는 집 배수구가 막혔을 때 정도이다.

하지만 사업을 하거나 인간조직과 거대한 사회의 문제를 다루는 일을 하는 사람들은 인간과 인간 무리, 사회 그 자체라는 엄청난 변수들로 가득 찬 복잡계를 맞닥뜨리게 된다. 학창 시절과 회사 조직에서 맞닥뜨리게 되는 '던바의 수[Dunbar's Number]' 150명의 한계를 훨씬 넘어서는 인간 무리의 관계. 인문, 정치, 경제, 그리고 난해하기 그지없는 과학의 가장 어려운 분야들. 여기에는 우리가 간단히 찾아내어 단순히 '언어'로 표현할 수 있고, 따를 수 있는 규칙이라곤 없다. 말 그대로 답이 없다. 각종 인문, 사회과학 이론들이 존재하지만 수천 년간 '학설의 대립'만이 있고 명쾌한 답은 나오지 않는다. 너도

나도 숟가락을 얹어 자기 말이 옳다고 소리 지르기만 할 뿐 어느 것 하나 정답이라 할 수 있는 것은 없다.

당연하다. 인류의 과학은 아직 복잡계를 정복하지 못했으니까. 복잡계 과학의 캐치프레이즈는 '양적으로 많은 것은 질적으로 다른 것'이다. 사회의 문제는 개개인에게 적용되는 법칙이 단순히 규모만 커진 것이 절대로 아니다. 그렇기에 단순한 필부의 인생 문제가 아니라 사회의 문제를 다루는 순간 단 한 치 앞도 예측할 수 없다. 그렇게 되면 선택지는 결국 둘 중 하나다. '신'을 믿거나 '사상'을 믿거나. 그렇게 복잡계 혹은 아직 미지의 세계인 최신의 과학 분야를 다루어야 하는 위치에 있는 사람들은 $\frac{1}{2}$ 확률로 종교에 귀의하는 것이 아닐까. 자신의 삶과 사회에 대한 답을 찾기 위해, 답이 존재한다는 희망을 품으며. 그리고 우리는 그 답을 '신'이라 부르는 것이리라. 내 짧은 생각이다.

사실 나는 과학적 확신에서 종교를 믿지 않는 것도 아니고, 불가지론자도 아니며 그저 와닿지 않았기에, '마음에 담아두지 않는' 것에 가깝다. 반증 가능성을 들먹이며 초월적 존재에 대한 생각을 아예 거부해버릴 수도, 비트겐슈타인의 제언처럼 말할 수 없는 문제에 대해 침묵을 택할 수도, 데카르트식 순환논증으로 신의 존재를 합리화할 수도 있겠지만 그보다는 하루 벌어 하루 먹고살기 바빠 평소에 그러한 예측 불가능한 문제를 접하는 일들이 많지 않기 때문에 별 생각이 없다는 것이다. 나름 과학 교양서 "엘리트 문과를 위한 과학상식", 박영사, 2022, 참 좋은 책이다도 쓴 사람이 이런 말을 해도 되는지 모르겠지만. 하지만 내 단순한 삶에도 '답'이 필요한 순간이 올 수 있을 것이다. 그리고 그때에는 내게도 기댈 어깨가 필요할 것이다. 우리는 생각보다 무지하고 나약하므로.

그러한 순간이 있었다. 단순히 출퇴근의 반복인 직장생활만 할 때에는 항상 시니컬한 태도를 유지했던 것에 비해, 한 치 앞도 예측할 수 없는 출판시장에 뛰어든 뛰어든 것이라기보다 한쪽 발을 살짝 담근 것에 가깝긴 하지만 이후 초월적 존재에게 "제발 이번 책은 초대박 베스트셀러 기원! 은퇴 기원!"을 외치는 날이 많아졌던 것이다. 비록 아직 은퇴를 성공하진 못했지만 내 이론이 어느 정도는 맞는 것 같아 기분이 좋다. 적어도 내 경우에는 말이다.

종교는 인간 사회뿐만 아니라 음악에도 큰 영향을 미쳤다.

종교 음악은 저 위의 전능하신 존재를 찬양한다는 점에서, '인간의 것을 넘어선' 숭고함과 장엄함을 갖추어야 한다. 그만큼 인류예술사 최고의 작품들이 종교 음악 카테고리에 무더기로 몰려 있을 수밖에 없다. 게다가 '사람들 혹은 천사들'의 찬양을 전제로 하기 때문에 합창 음악이 많다는 점에서 합창 음악을 사랑하는 나로서는 종교라는 것에, 인간을 이끄는 그 위대한 힘에 고마움과 경이를 느낄 수밖에 없었다.

이러한 위대한 존재에 대한 경이를 음악으로 가장 멋지게 표현한 작품은 개인적으로 클라우디오 몬테베르디[*Claudio Monteverdi*]의 "성모마리아를 위한 저녁기도[*Vespro della Beata Vergine*]"라 생각한다. 교황 바오로 5세에게 바쳐진 곡으로 르네상스와 바로크 음악의 전환기에 위치한 음악사적 의의까지 갖춘 작품이다. 단순했던 이전의 종교 음악에 과감하게 다이나믹한 기악연주를 더했고, 경탄할 만한 풍부한 화음과 선율의 아름다움으로 놀라움을 선사하는 몬테베르디 최고의 작품이다.

제목만 보고 지루한 교회음악을 떠올렸다면 샴페인이 터져 오르는 듯한 청량감 넘치는 도입부부터 놀라게 될 것이다. 하늘의 문이 찬란하게 열리는 듯한 역동적이며 화려한 합창과 연주가 청중을 압도한다. 성모마리아를 찬양하는 강렬한 선율과 화음은 마치 기도의 열정과 진심을 나타내는 듯하다. 종교 음악이 아니라 오페라의 하이라이트라 해도 믿을 정도로 화려하지만 그 와중에 경건함을 잃지 않았다는 것은 이 곡의 가장 큰 성취일 것이다. 음악은 진행되면서 더욱 고결해지고 나긋하지만 그 속에서 점진적으로 강해지는 믿음의 에너지가 단단하게 느껴진다. 여러 음악적 장치들로 마치 하늘에서 내려온 영광을 노래하는 듯한 표현은 초월적 존재에 대한 숭배의 극치를 보여준다. 그리고 마음속 감사와 평화가 가득해지는 평안한 분위기의 마무리까지, 음표 한 톨도 허투루 넘겨들을 수 없는 경이로운 작품이다.

몬테베르디 합창단과 잉글리시 바로크 솔리스트와 함께한 존 엘리엇 가디너의 지휘반Archiv. 1989이 역사적인 1974년의 DECCA 녹음과 더불어 최고의 명반으로 꼽힌다. 자로 잰 듯한 깍듯한 완벽한 합창과 연주에, 뒤통수를 돈가스 망치로 내려치는 듯한 강렬함을 더했다. 조금 더 푸근한 분위기의 부드러운 저녁기도를 즐기고 싶으시다면 헤레베헤의 연주Harmonia mundi. 1987를 추천한다.

그리고 때마침 인류예술사에서 가장 빛나는 시기는 종교의 사회적 영향력이 그 어느 때보다 강하던 시기였다. 고로 많은 예술가들이 신을 찬양하는 데에 있어 진심일 수밖에 없었다. 음악 그 자체로 신에 대한 찬미를 표현해 내려는 음악적 시도와 별개로 작곡가 자신의 마음 깊은 곳에서 우러나온 경이가 있었던 것이다. 그리고 그 경건한 마음은 그들의 음악에 스며들었다. 하이든이 자신의 최고의 결작을 집필할 때의 마음가짐을 잠시 엿보고 가보자.

> "이 곡을 절반쯤 쓰고 난 뒤에야 나는 이것이 좋은 작품이 될 것임을 알았다네. 난 '천지창조'를 쓰고 있을 때만큼 경건한 마음가짐이 된 적이 없었어. 매일 무릎을 꿇고, 이 작품이 성공적으로 결론지어질 때까지 밀고 나갈 힘을 달라고 신께 간청했지."*

또한 바흐의 악보에 'S.D.G. Soli Deo Gloria, 오직 신께 영광을'이라는 문구가 적혀 있었다는 것은 잘 알려진 사실이다. 이런 의미에서 음악인과 종교에 대해 논하자면 끝도 없이 책을 이어나갈 수 있다. 그 외에도 많은 음악인들이 위대한 음악으로 자신의 신앙심을 빛내고 신

---

*   하이든이 친구 그리징거에게 보낸 편지 중
    데이비드 비커스 저, "하이든, 그 삶과 음악", 김병화 역, 포노, 2010, 146p

을 찬양해 왔다. 이러한 음악인의 신에 대한 헌사로 내게 가장 먼저 떠오르는 작품은 **베토벤 장엄미사** "Missa Solemnis. op. 123"이다.

장엄미사와 관련해서 갑자기 개인적인 에피소드가 떠오른다. 대학생 시절 독일어 수업 과제로 독일어로 작문을 해서 발표를 해야 하는 끔찍한 일을 맞닥뜨린 적이 있었다. 내가 고등학생 시절부터 독일어를 꽤 오래 배워왔지만 별 관심이 없었기에 실력은 바닥을 박박 기었다. 독일어를 배우면 가장 처음 접하게 되는 '데어데스뎀덴'* 하는 독일어 문법부터 난관이다. '디데어데어디?'** 한마디면 나 같은 암기 젬병을 겁에 질리게 하기 충분했다. 그랬다. 정관사도 못 외우는 놈이 뭔 작문을 하겠나. 베껴야지.

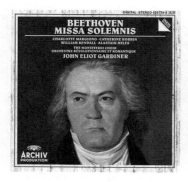

다행히 내 오랜 취미는 음반 수집이었다. 그리고 해외 수입 클래식 음반들은 상당수가 부클릿 안에 영어, 그리고 독일어 가끔 이태리어

---

*   der, des, dem, den. 독일어 남성 정관사의 1, 2, 3, 4격이다. 그게 뭔 말인지는 알려고 하지 않는 것이 뇌 건강에 좋다.

**   die, der, der, die. 독일어 여성 정관사의 1, 2, 3, 4격이다.

도로 쓰인 음악에 대한 소개와 음반 리뷰를 포함하고 있었다. 이때 내가 골라잡은 음반은 존 엘리엇 가디너가 지휘한 베토벤의 장엄미사였다 ARCHIV. 1990. Christian Speck이라는 분께서 써주신 "Von Herzen - Möge es wieder - zu Herzen Gehen!"을 제목으로 한 멋진 리뷰를 요약, 발표할 수 있었고 덕분에 괜찮은 성적을 받았다. 이렇게 음악은 우리 인생에 여러모로 도움이 된다. 물론 다들 완전한 자신의 작문 실력으로 과제를 한 것은 아니라는 변명을 덧붙이겠다.

1819년부터 스케치를 하여 1823년에 완성된, 자신의 후원자인 루돌프 대공에게 바친 곡인 베토벤의 장엄미사는 두말할 필요없는 인류예술사 최고의 걸작 중 하나다. 베토벤 스스로도 말년에 자신의 가장 위대한 곡으로 장엄미사를 꼽았고, 우리가 베토벤의 초상화로 가장 잘 알고 있는 그 그림*에서 손에 들고 있는 작품이기도 하다. "마음에서 - 다시 - 마음으로Von Herzen - Möge es wieder - zu Herzen Gehen. 그렇다. 위의 리뷰의 제목이 바로 이것이다!"라는 유명한 모토가 자필본 악보에 기록된 작품 또한 이 작품이다.

베토벤은 인간과의 관계에 익숙지 못했고 인간혐오자로 평가받기도 했지만 음악 그리고 신에 대해서는 전혀 아니었다. 스스로 독실한 종교인이었던 베토벤은 그의 진심을 담아, 형식에 얽매이지 않고 이 걸작을 써 내려갔다. 그리고 그 결과는 '신의 음악' 그 자체였다. 나는 교회를 다니지 않기 때문에 "장엄미사"에 대해 이야기할 때 항상 나오는 주제인 '진정한 교회 음악이란 무엇인가?'에 대해 답을 할 수 없다. 하지만 우리가 그에 대해 답을 할 필요가 있을까? 베토벤

---

* 요제프 칼 슈틸러[Joseph Karl Stieler]가 1820년 그린 작품이다.

은 음악으로 답했고, 나는 그 답변을 들었다.

> "모든 작곡가들은 그들의 전례 음악 작품을 통해 상응하는 효과
> 를 노리려고 한다. 이러한 효과란 말하자면 특정한 것, 예컨대 키
> 리에와 글로리아는 서로 다른 효과를 보여주어야 한다는 것이
> 다. 베토벤은 이보다 한 걸음 더 나아가려 한 것으로 보인다. 음
> 악은 지금까지 전례 행위 자체가 보장하였던 바로 그 효과를 가
> 져올 것이라고 말이다. 정확하게 표현하자면 전례의 동반자가
> 아니라 전례를 실제로 대체한다는 것이다. 그리스도를 교리의
> 차원에서는 믿지 못한다고 하더라도 음악은 이를 해낸다는 것
> 이다. 바로 이런 이유에서 '장엄미사'는 미사로 의도된 것이 아니
> 다. 베토벤은 이 작품을 통해 자기 자신만의 미사를 스스로 드리
> 고 있는 셈이다."

– 마틴 [Martin Geck] 저, "베토벤의 미사와 '진정한 교회음악'에 관한 논의",
장우형 역 중*

잠깐 옆길로 새면, 이 곡은 내가 '공식적'으로 가장 최고로 꼽는 음
악이다. 누가 내게 "베토벤 작품 중 뭘 제일 좋아합니까?"라고 공식
적으로 물으면 다음과 같이 대답할 것이다.

"아 물론 당연히 인류예술사 최고의 걸작 "장엄미사"죠. 내 모든

---

*   Sven Hiemke · 주대창 · 우혜언 · 이정환 저, "베토벤: 삶과 철학 · 작품 · 수용" 한독음악학회
    역, 태림스코어, 2020, 420p

것이 압도되는 듯한 강렬한 장대함과 콜로세움과 같은 웅대한 구성, 그리고 인간의 것이 아닌 카타르시스. 특히 'Sanctus'에서 'Pleni sunt coeli et terra golria tua하늘과 땅에 주의 영광이 가득하도다'는 외침에서 오는 전율은 이 세상의 것이 아니에요. 그야말로 우주 그 자체죠."

하지만 "그래서 그게 진짜 즐겨 듣는 작품인가요?" 하고 물으면 슬쩍 다가가서 귓가에 대고 다음과 같이 대답할 것이다.

"아 근데 제일 즐겨 듣는 건 "합창 환상곡Choral Fantasy for piano, chorus and orchestra, op. 80"이죠. 음표 하나 쓸데없는 부분이 없는 경제적이기 그지없는 탄탄한 구성, 재치 넘치는 테마에 날렵하고 화려한 피아노 연주, 그에 맞서는 풀 오케스트라의 장대함, 거기다가 '환희의 송가'의 토대가 된 익숙하면서도 다른 매력이 있는 합창까지. 협주곡 특유의 주거니 받거니 하는 와리가리도 재미있는데 거기에 합창의 웅장함까지 더했다? 그것도 20분 만에. 뭐 하나 빠짐없고 짧아서 지루할 틈도 없죠. 감상용으로도, 즐기기용으로도 완벽한 음악입니다."

종교 음악은 아니지만 베토벤의 합창 음악이 언급되었는데 이 곡을 소개하지 않고 넘어갈 수가 없었다. 전부터 제일 좋아하던 곡이라 여러 음원들을 많이 들어왔다.

오토 클렘퍼러[Otto Klemperer]/다니엘 바렌보임[Daniel Barenboim]의 버전을 오랫동안 즐겨 들었고 장엄미사와 함께 묶여 있는 앨범이었다. EMI. 1988, 한때 오자와 세이지[Ozawa Seiji] 지휘 버전, 루돌프 제르킨[Rudolf Serkin]과 레너드 번스타인[Leonard Bernstein] 버전 등 여러 버전을 탐험했던 시기를 거쳤다. 그런데도 늘 2%가 부족했다. 열정적이면서도 강렬한, 빠른 템포를 가지면서도 생동감 넘치는 연주를 원했지만 접했던 음원들은 모두가 무언가 하나씩 빠져 있었다. 그러다 온라인 음원 시대가 열리면서 니콜라우스 아르농쿠르[Nikolaus Harnoncourt]의 버전 Warner. 2004을 접하게 되었고, '바로 이거다!' 하는 탄성을 뱉을 수밖에 없었다. 그렇게 아르농쿠르 버전에 정착, 쭉 온라인 음원으로 즐겨 들어오다 몇 년이 지나고 난 뒤에서야 실제 레코딩을 파는 곳을 발견하여 구입했고, 현재 가장 많이 듣고 있는 음반이 되었다.*

템포도 빠르고 19분이면 마무리되는 압도적인 속도감이다. 피에르 로랑 에마르[Pierre-Laurent Aimard]의 연주는 강렬함과 빠른 템포에 걸맞은 탄력적인, 그야말로 '쫄깃함'을 제대로 갖췄다. 아르농쿠르의 너무나도 인간적이고 감정적인, 때때로 격정적인 지휘는 두말할 나위 없고, 정말 환상적이다. 빠른 연주는 너무 교과서적이라 감정이 안 느

---

* 음원을 듣는 곳과 음반을 구매할 수 있는 곳이 분리되면서 이런 경우가 많아졌다. 음반 수집가 입장에서는 안타깝지만, 어찌 보면 음악에 대한 접근성이 높아지고 보다 신중하게 레코딩을 구입할 수 있게 되었으니 분명한 장점이기도 하겠다.

꺼지는 경우가 많지만, 아르농쿠르의 합창 환상곡은 빠르면서도 감정적이다. 아니, 넘쳐흐른다. 완급과 템포 조절에 있어서는 정말 최고치에 이른 연주다.

다시 종교 이야기로 돌아와 보자. 딱히 종교를 믿고 있지 않은 내게 종교 하면 제일 강렬하게 떠오르는 개념은 크리스마스다. 당연하다. 출근 안 하는 날! 크리스마스에도 음악은 빠질 수 없다. 크리스마스 하면 웸[Wham]!과 머라이어 케리[Mariah Carey]가 '라스트 크리스마스[Last Christmas]'와 '올 아이 완트 포 크리스마스 이스 유[All I Want For Christmas Is You]'로 신나게 두둑한 저작권료 수입을 올리는 배 아픈 광경이 떠오른다. 나도 곧 그런 삶을 살기를 잠시 기도해 본다. 그럼 대중음악 말고 클래식은?

크리스마스 시즌이면 어김없이 전 세계 모든 음악당은 헨델의 장엄한 합창으로 한 해의 마지막을, 그리고 새로운 시작을 기념한다. "메시아"다. 우리도 '숭고하고 위대하며 따뜻한' 이 걸작을 음미하며 따뜻한 연말을 맞이해 보는 것은 어떠한가.

"메시아HWV 56"는 1685년에 태어난 위대한 작곡가 헨델의 대표 오라토리오*로 1741년 작곡되고 이듬해 4월 더블린에서 초연되었다. 더블린에서의 초연부터 대성공을 거둔** 이 걸작은 많은 이들에게 익숙한 성경의 텍스트를 이용하여 그리스도의 탄생부터 부활과 구원까지의 이야기를 3부로 나누어 1인칭이 아닌 3인칭으로 서술하는 형식으로 구성되어 있다.

인류음악사에서 가장 유명한 합창곡인 '할렐루야[Hallelujah] 2부 마지막 곡'가 바로 이 작품에 수록되어 있다. 하지만 '할렐루야'만 알고 지나가기에는 너무나도 멋진 곡들이 많이 포함되어 있다. 합창곡 위주로 꼽자면, 크리스마스 분위기에 잘 어울리는 활기차고 환희에 넘치는 멜로디의 곡 'For Unto Us a Child is Born', 트럼펫의 적극적 사용으로 에너지 넘치는 천사들의 축복과 기쁨을 그린 'Glory to God', 웅장하고 황홀하게 '영광의 왕'을 맞이하는 순간을 그려낸 'Lift up Your Heads', 장엄하게 시작되어 열정적으로 발전하며 궁극적 승리와 구원을 그린 피날레 'Worthy is the Lamb - Amen' 등 인류음악사 가장 빛나는 순간이 여기 모두 담겨 있다.

"'메시아'는 유럽뿐 아니라 세계 문화의 진정한 주춧돌이 되어 수 세기 동안 전 세계에 눈부시게 울려 퍼지면서, 음악을 만들고 콘서트에 가서 음악을 듣는 등 음악활동의 전체적 성격을 변화

---

*　오라토리오는 이야기와 캐릭터가 존재하는 극음악이라는 점에서 오페라와 비슷하지만 주로 합창이 위주가 되고 종교적 주제를 다룬다.

**　워낙 많은 인파가 몰려 관객들에게 풍성한 후프 스커트와 칼의 소지의 금지를 요청하기까지 했다고 한다!

시키고 수많은 연주자와 감상자를 고양시켰다. 이런 결과는 자신감 있고 탄력적이며 낙관적인 성격의 헨델도 전혀 상상하지 못했던 일이었을 것이다."

– 제인 글로버 저, "런던의 헨델", 한기정 역, 뮤진트리, 2020

엄청나게 많이 연주되는 곡인 만큼 명반들도 많다. 개인적으로 꼽는 명반들은 다음과 같다. 원전연주는 잉글리시 바로크 솔로이스트와 함께한 존 엘리엇 가디너[John Eliot Gardiner]의 지휘 PHILIPS. 1982가, 현대적 대편성 연주로는 로열 필하모닉과 함께한 토마스 비첨[Thomas Beecham]의 지휘 RCA. 1959가 최고로 꼽힌다. 특히 비첨의 녹음은 그 압도적 규모로 이루 말할 수 없는 장대한 감동을 선사한다그 규모와 에너지 넘치는 연주로 골수 원전연주 마니아들에게 '군악대 메시아'라는 놀림을 받곤 하지만.

그 외에도 소년합창단을 기용한 크리스토퍼 호그우드[Christopher Hogwood]의 녹음 DECCA. 1980, 느리고 부드러운 템포와 중후한 사운드로 푸근한 분위기를 자아내는 니콜라우스 아르농쿠르[Nikolaus Harnoncourt]의 녹음 Sony. 2004도 필청 명반이다.

개인적으로는 자주 거론되지는 않지만 생동감 넘치는 템포와 우아하고 청아한 사운드를 자랑하는 조르디 사발[Jordi Savall]의 녹음 Alia Vox. 2019을 추천한다.

메시아 외에도 크리스마스 하면 떠오르는 또 다른 음악들이 있다. 역시 아무래도 주요 작곡가들이 종교와 관련된 음악을 많이 써왔고, 크리스마스는 예나 지금이나 종교적으로 빼놓을 수 없는 이벤트였으니까.

베토벤의 오라토리오 "감람산 위의 그리스도[Christ on the Mount of Olives, op. 85]"의 마지막 합창 '세상이여 노래하라[Welten Singen]'를 언급하지 않으면 섭섭하다. 인간적인 그리스도의 모습을 그려낸 베토벤 유일의 오라토리오로 상당히 저평가되어 자주 연주되지는 않기에 녹음을 구하는 것도 쉽지 않다. 헬무트 릴링[Helmuth Rilling]의 녹음Hänssler. 1994이 일반적으로 최고로 꼽히지만 개인적으로는 아르농쿠르의 녹음Sony. 2007이 그 푸근하고 인간적인 사운드를 잘 녹여냈다고 생각한다.

전곡으로는 잘 연주되지 않음에도 불구하고 마지막 피날레인 이 곡 하나만큼은 세계 곳곳의 교회에서 끊임없이 연주가 이루어지고 있다. 아마 교회 경험이 있는 독자분들이라면 많이 들어보았을 곡이다.

금관악기로 세상에 빛으로 가득 찬 기쁨을 울려 퍼뜨리고 현악기들은 천사들의 새하얀 깃털이 흩날리는 듯한 모습을 그려내는 인상적인 인트로, 그리고 시작되는 감사에 가득 찬 웅장하며 따스한 합

창. 약간씩 밀고 당기면서 그루브를 주어 생동감과 긴장감을 동시에
자아내는 박자, 점점 빠르고 강해지며 충만한 힘으로 가득 차오르는
피날레의 가슴 벅찬 감동까지. 짧지만 그 어떤 음악보다 강렬한 인
상을 남기는 크리스마스 음악의 걸작이 아닐 수 없다.

크리스마스 음악 얘기를 하는데 바흐의 "크리스마스 오라토리
오*[Christmas Oratorio, HWV 248]*"를 빼놓으면 섭섭하다.

크리스마스 시즌, 교회에서의 연주를 위해 작곡된 이 작품은 6개
의 파트로 나누어진 굉장히 길고 복잡한 작품이다. 괜히 긴 것이 아
니다. 실제로 한꺼번에 연주되는 것이 아니라 6일 동안 연주되기 위
해 쓰여진 작품으로 6개의 파트는 이를 의미한다.* 또한 자신이 이

---

* 각 파트의 구분은 다음과 같다.
  파트 1: 크리스마스의 첫째 날, 파트 2: 크리스마스의 둘째 날, 파트 3: 크리스마스의 셋째 날,
  파트 4: 그리스도 할례 축일 *The Feast of the Circumcision*, 파트 5: 신년의 첫 일요일, 파트 6: 공
  현 축일 *The Feast of Epiphany*

전에 작곡한 칸타타나 기존의 찬송가들을 비롯한 여러 상이한 장르의 작품들을 녹이기도 하여 오라토리오로서는 굉장히 특이한 느낌을 자아내기도 하는 작품이다.

하얀 눈송이가 송송 떨어지는 듯한 푸근한 크리스마스 정서를 고스란히 담아낸 첫 곡 '기뻐하라 오늘을 찬양하라[Jauchzet, frohlocket, auf, preiset die Tage]'만 들어도 연말 분위기는 완성이다. 거기다 따스한 멜로디가 인상적인 베이스 아리아 '위대하신 주님, 오 전능하신 왕이시여[Grosser Herr, o starker Koenig]'로부터 이어지는 파트 1의 마지막을 장식하는 짧은 합창 '오, 나의 사랑하는 작은 예수여[Ach mein herzliebes Jesulein]!'의 폭신하고 감동적인 마무리는 인류를 위한 신적 존재의 종교적 사랑을 물씬 느끼기에 부족함이 없다.

아르농쿠르의 녹음Sony. 2007과 헤레베헤의 녹음Virgin. 1989을 추천한다.

나같이 믿음이 부족한 이들도 적어도 마음만은 풍요롭게, 따뜻한 연말을 보낼 수 있도록 아름다운 음악을 선사해 준 수많은 작곡가분들께 감사의 마음을 전하고 싶다. 그들의 믿음이 음악으로 결정화되어 수백 년 뒤에 존재하는 우리에게 이러한 푸근함을 선사한다는 사실 하나만으로도 종교는 인류에게 충분한 의미가 있는 것이리라.

웃음:
비틀즈와 롤링스톤스

종교 음악의 유일한 단점은 너무 진지하다는 것이다. 물론 앞에서 소개한 음악들은 지루할 틈이라곤 하나도 없는 멋진 곡들이지만 일반적인 이미지가 그러하다는 것은 부정할 수 없는 사실이다. 사실 음악뿐 아니라 종교와 관련된 모든 콘텐츠들은 그럴 수밖에 없다. 종교에 대한 이야기를 쓰면서도 너무 진지하게 쓰는 것 아닌가 걱정이 많았다. 글은 무릇 즐거워야 한다는 게 내 신조임에도 어쩔 수 없었다. 주제가 주제인 만큼 글자 하나라도 잘못 쓰면 온갖 욕이란 욕은 다 먹을테고, 그러면 INFP인 나는 상처받아 눈물을 뚝뚝 흘리면서 수없이 많은 고소장을 쓰며 몇 날 며칠을 울며 밤을 지새우게될 것이 뻔하니 조심스러울 수밖에 없었다. 짧디짧은 그 한 챕터를 쓰면서도 나는 굉장한 고통을 느꼈다. 개인적으로 나는 진지한 글을 매우 싫어한다. 읽는 것도, 쓰는 것도. 물론 직업상 진지한 글을 많이 쓰긴 하지만, 적어도 그걸 '읽을거리'로 생각하고 쓰진 않는다. 실제로 내가 업무적으로 쓴 글을 읽으시는 분들께도 그것은 그저 업무일 따름일 것이고 말이다.

기본적으로 글은 '쓰는 내가' 즐거워야 한다고 생각한다. 작가가 글을 쓰며 즐거움을 느껴야 그것을 읽는 독자분들에게도 그 즐거움이 전달된다. 그리고 나는 진지하지 않은 글을 쓸 때가 제일 즐겁다. 여러분에게 나의 유쾌함을 전염시키고 싶다.

음악에 있어서도 마찬가지이다. 진지한 종교 음악은 인간을 넘어선 저 높은 곳에 대한 거룩한 찬양을 담고 있다는 점에서 두말할 나위 없이 굉장히 멋지고 장엄한 매력이 돋보이는 음악이다. 하지만 늘 그렇게 거룩하기만 하면 인생 답답하고 재미없어서 어찌 살겠나. 우리에겐 웃음이 필요하다. 안 그래도 힘든 삶을 이겨내게 할 작은 기쁨. 그 소박한 행복을 품고 우리는 내일도 출근을 하고 젠장! 그렇게 살아간다. 그리고 우리에게 웃음과 즐거움을 주는 것이 바로 음악의 또 하나의 핵심 가치 아니겠는가?

나만 그런지는 모르겠다.

'음악 좀 듣는다'며 폼 잡던 시절에는 단조 위주의 어두운 음악을, '영화 좀 본다'며 폼 잡던 시절에는 시니컬함의 끝을 달리는 암울하고 또 암울한 결말의 영화를 좋아했다.* 아니 좋아하는 척했던 것인가?

취향에는 정답이 있을 수 없다. 하지만 '남들 보기에 멋져 보이는',

---

* 그 중 최고는 역시 스티븐 킹의 중편을 원작으로 한 프랭크 다라본트 감독의 2007년 영화 "미스트"일 것이다. 원작과는 전혀 다른, 관객의 머리를 프라이팬으로 내려치는 듯한 결말이 인상적이다.

'뽐내고 싶은' 것들이 있는 것은 분명하고, 마니아들은 그것에 순위를 매겨 자신의 고차원적인 취향과 지식, 그리고 재력을 뽐내는 것을 매우 좋아한다. 차, 시계, 시가, 파이프 등 모든 고급 취미들이 다 마찬가지다. 물론 난 재력이 0으로 수렴하기 때문에 취향과 지식밖에 뽐낼 것이 없어 그들의 리그에서는 늘 먼발치에서 보고만 있는 경우가 많았지만.

다행히 나이를 먹고 어느 정도 '내 취향'이 정립되고 난 뒤에는 그러한 마니아들의 순위에 집착하지 않는 마음가짐이 생겼다. 내 취향에 가장 맞는 것들을 찾아서, 그것을 즐기기에도 바쁜 인생이다. 탐색의 시기는 끝났다. 물론 지금도 계속해서 새로운 것에 대한 탐험을 하고 있지만 방향이 정해진 좁은 범위의 탐험이라는 것이 다르다. 내가 좋아할 것이 분명한 장르 또는 특성을 갖춘 새로운 음악들에 대한 탐험.

그렇게 내가 나이를 먹고 즐겨 찾게 된 장르 중 하나는 빠른 템포의 흥겹고 밝은, 꽃밭 같은 분위기의 음악들이다. 폭풍이 몰아치는 듯한 격정과 스피드, 그러나 비가 아닌 새하얀 꽃을 뿌리는 장조 위주의 빠르고 즐거운 음악들은 삶에 활력을 불어넣어 준다. 활력이라는 말 자체가 삶을 이겨내는 힘이라는 뜻 아니겠는가. 한때 진중해 보이고 싶었던 애늙은이 소년은 내 삶만 바라보아도 걱정이 많아지고 어깨가 무거워지는 어른이 되었다. 적어도 내 사회생활 영역 밖에서라도 활력을 주는, 순수한 즐거움을 찾게 되는 것은 당연한 일이 아닐까.

예를 들어 비틀즈의 초기 앨범들 "Please Please Me", "With The Beatles".

모두 1963년 발매작이다을 꼽을 수 있다. 이 앨범들은 소위 말하는 비틀즈 몇 대 명반에는 절대로 꼽히는 일이 없다.* 하지만 레코드를 오디오에 걸어놓고 즐기기에는 이렇게 앨범 전체 퀄리티가 좋고 일관성 있는 음반이 최고다. 일반적으로 대중음악사적으로 큰 영향을 준 '실험적' 음악이 담긴 앨범들이 명반으로 꼽히는 경향이 있지만, 이는 '듣기 좋은' 것과는 어느 정도 거리가 있다. 그렇기에 이러한 명반들을 쭉 틀어놓고 '감상'하는 데에 크나큰 걸림돌로 작용한다.

'앨범' 단위로 음악을 감상하는 데에 익숙한 리스너들에게는 앨범 전체 완성도, 그리고 '일관성'이 굉장히 중요하다. 그 중간에 '실험적'이지만 그 때문에 전체와의 연관성은 물론 그들의 음악에서 바라는 기대감과도 동떨어진 음악이 군데군데 포함되어 있다면 마음 편히 즐기기 어려울 수밖에 없다.

물론 나도 누가 비틀즈 최고의 음반을 꼽으라면 그들의 마지막 녹음 "Abbey Road"를 꼽는다. 그야말로 '록의 클래식'이라 할 만한 '골든 슬럼버[Golden Slumbers] - 캐리 댓 웨이트[Carry That Weight] - 디 엔드[The End]'로 이어지는 메들리의 걷잡을 수 없는 감동 하나 때문이라도 이 앨범을 꼽을 수밖에 없다5대 명반 중 '실험적' 음악의 비중이 가장 적은 편이기 때문이기도 하고 말이다. 피아노 반주의 아름답지만 힘 있는 발라드로 시작하며 감상에 젖게 만든 뒤, 곧 합창을 동반한 웅장한 카타르시스로 가슴 벅찬 감동을 쏟아낸다. 그리고 힘찬 기타 사운드의 깔끔하고 귀여운 마무리까지. 마치 비틀즈의 마지막을 예

---

* 　참고로 마니아들 사이에서 소위 말하는 '비틀즈 5대 명반'으로 꼽히는 앨범들은 다음과 같다. "RUBBER SOUL"1965, "REVOLVER"1966, "SGT. PEPPER'S LONELY HEARTS CLUB BAND"1967, "THE BEATLES White Album"1968, "ABBEY ROAD"1969

견하는 것처럼. 이 감동적인 메들리에서 그들은 자신들이 가장 잘하는 것을 해냈고, 그들의 역량을 마음껏 뽐냈다. 정말 멋진 구성이고 단 한 순간도 즐겁지 않은 파트가 없다. '스트로우베리 필즈 포에버[Strawberry Fields Forever]'와 더불어 개인적으로 비틀즈 최고의 곡으로 꼽는 곡이다.

그러나 진짜 내가 정말로 가장 즐겨 듣는 비틀즈 앨범은? 레드 앨범[The Red Album]이라 불리는 초기 곡들 모음집인 "1962-1966"1973 그리고 "Past Masters"1988이다. 전자는 비틀즈 해체 후 최초로 발매된 컴필레이션으로, 블루 앨범[The Blue Album]으로 불리는 "1967-1970"과 쌍을 이루는 컴필레이션 앨범이다.

비록 21세기 음악 팬들에게는 영미 차트 1위 곡을 담은 2000년에 발매된 기념비적인 베스트 앨범 "1"이 가장 대중적으로 유명하긴 하지만자그마치 3,200만 장이 팔렸다고 한다!, 너무 짧고 오직 차트 순위만을 기준으로 했기 때문에 '유명한' 곡들이 누락된 것이 많다. 그래서 마니아들 사이에서는 '적어도 이 "레드 & 블루" 앨범 정도는 들어줘야 어디 가서 비틀즈 음악을 좋아한다고 말할 자격이 있다'고 여겨진다. 물론 웃자고 하는 소리지만가끔 진심으로 그런 소리를 하는 이상한 녀석들도 있다.

후자는 정규앨범에 담기지 않은 싱글, EP 앨범 수록곡들, 혹은 정규앨범에 실린 곡의 다른 버전을 담은 컴필레이션 앨범이다.* 비록 초기 곡 모음집은 아니지만완벽한 것은 아니지만 앨범 수록곡들이 '얼추' 시간순으로 배치되어 있기에 나는 초기 곡들이 담긴 CD1을 주로 듣곤 한다 초창기의 젊은 느낌이 물씬 나는 쾌활한 로큰롤 곡들의 비중이 상당히 크다. 즐겁고, 유쾌한 장난기 넘치는 사랑스러운 청년들이 빚어내는 아기자기한 사운드를 제대로 즐길 수 있다.

그리고 '비틀즈'의 음악을 떠올릴 때 내 가슴 속을 따뜻하게 덥혀주는 포근한 감성은 바로 이 시절의 '소녀가 소년을 사랑했네' 스타일의, 젊음의 싱그러움이 가득 담긴 음악에서 비롯된 것이다. 로큰롤!

앨범의 하이라이트이자 내가 가장 좋아하는 곡은 히트 싱글 "헬프[Help!]"의 뒷면에 수록되었던 '아임 다운[I'm Down]'. 이리 뛰고 저리 뛰는 장난꾸러기 요정을 연상케하며 리틀 리처드[Little Richard] 스

---

* 정규앨범 미수록곡 모음집이라고 해서 희귀본 컬렉션의 이미지를 떠올릴 수도 있지만 사실 애초에 비틀즈는 '정규앨범'이 몇 되지 않고 세계 각국에서 중구난방으로 관리가 되지 않고 음반들이 발매됐기 때문에 여러분이 즐기는 히트곡 중에서도 정규앨범에 수록되지 않은 곡들이 많다.

타일로 질러대는 재기발랄한 폴의 보컬이 인상적인 신나는 곡이다.[*]
피곤한 삶 속에서 우리를 슬며시 웃음 짓게 하는 따뜻하면서도 즐거운 음악을 찾는다면 바로 이 앨범을 꺼내 들면 된다.

웃음에는 여러 종류가 있다. 비틀즈의 초기 음악들이 선사하는 웃음은 가슴 속에서 퍼져 나가는 따스함에서 비롯된 아련한 미소이다. 기분 좋다. 평소에는 그 정도면 족하다. 그런데 조금 더 격렬하게 웃음 짓고 싶을 때도 있다. 예를 들어 금요일, 토요일 밤. 다음 날 아침 출근을 안 해도 된다는 사실에서 절로 솟구치는 즐거움. 이럴 때 어울리는 웃음은 조금 더 원초적인, 흥겨운 분위기 속에서 활기와 함께 벅차오르는 웃음이다. 온몸의 격렬한 움직임을 수반하는, 내면의 동물적 감각을 충족시켜주는 데에서 오는 짜릿한 즐거움. 이런 웃음을 찾으려면 어떤 음악이 좋을까? 내겐 롤링스톤스[Rolling Stones]가 정답이다.

그저 빠르고 신명 나는 로큰롤 음악은 세상에 많다. 하지만 롤링스톤스의 로큰롤 음악이 주는 강렬한 활력은 세상 그 어떤 밴드도 모방하지 못했다. 세기의 섹스심벌이자 패셔니스타 믹 재거[Mick Jagger]의 노래인지 랩인지 소리 지르는 것인지 지껄이는 것인지 알 수 없는 독특한 창법과 '사람의 사지가 저렇게도 움직이는구나!' 싶은 놀라움을 주며 관중을 휘어잡는 무대에서의 몸동작,[**] 거칠면서도

---

[*]   케빈 하울렛[Kevin Howlett]이 작성한 앨범 부클릿 참조
[**]   오죽 그의 몸짓이 독특하고 음악계에 큰 영향을 미쳤으면 마룬파이브가 'Moves Like Jagger' 라는 곡까지 냈겠는가. 그렇다. 대한민국에서도 대유행했던 이 노래에서 말하는 이 재거가 바로 이 롤링스톤스의 믹 재거다.

리드미컬한 키스 리처즈[Keith Richards]의 기타, 블루스와 초기 로큰롤을 기반으로 한 럭비공처럼 종횡무진 예측할 수 없이 튀어 나가는 통통 튀는 리듬은 그들만의 전매특허다. 그리고 자유분방하며 불량한 퇴폐적 이미지까지.

1962년 결성된 이들은 지금까지 음악계의 '악동' 타이틀을 내려놓지 않고 있다. 정장 입고 귀여운 더벅머리를 한 모범 청년 같던 비틀즈와는 정반대로 롤링스톤스는 눈으로도 훤히 보이는 반항심과 너저분한 외모, 퇴폐적인 가사로 기성세대에게 욕이란 욕은 다 얻어먹었다. 뭐 기성세대들의 검열과 꼰대 짓?은 어느 시대에나 있었고 우리는 항상 그것에 반대해 왔다. 하지만 롤링스톤스에 대한 그들의 우려는 '그럴 만했다'는 것이 다수설이다. 그들의 공연은 폭동 그 자체였다. 얼마나 대단했는지 잠시 그 모습을 보고 가도록 하자.

"그런 소리에 반발하려는 듯이 롤링스톤스의 라이브 공연이나 행동은 점점 더 반항적이고 거칠어져 폭력사건이 벌어지는 일이 많아졌다. 7월에는 영국 블랙풀에서 돌진해 오는 관객의 안면을 멤버 한 명이 냅다 걷어차는 바람에 폭동이 일어나 경찰관 100명이 급히 출동해 진압하는 소동이 벌어졌다. 8월에는 네덜란드, 10월에는 프랑스에서도 폭동이 발생했다. 벨기에에서는 폭동을 염려해 입국을 거부하는 움직임도 있었다. 이와 같이 롤링스톤스에게는 난폭하고 무서운 밴드라는 이미지가 자리 잡혔다."[*]

---

[*]　히로타 간지 저, "록 크로니클: 현대사를 관통한 로큰롤 연대기", 한경식 역, 미디어샘, 2021, 149p

비틀즈의 영원한 라이벌이자, 아직까지 살아남아 활발한 음악활동을 하고 있는 공룡 밴드, 롤링스톤스. 그 명성에 비해 대한민국에서는 인기가 없다시피 한 것이 개인적으로 너무 아쉬울 따름이다.[*] 이 땅에서 그들의 이름은 그저 티셔츠 여기저기에 박혀 있는 혓바닥이 날름 튀어나온 입술 로고소위 '악마의 혓바닥'으로 불리는로 알려져 있을 뿐이다. 원인을 생각해 보자면, 무엇보다 모두에게 듣기 좋은 명곡들을 써낸 비틀즈보다는 아무래도 우리에게는 그 리듬이나 감성이 익숙지 않은 블루스 장르가 베이스가 되는 곡들이 많은 것이 그 원인이지 않을까. 혹자는 그들의 '불량함'이 '유교공화국'의 정서에 맞지 않았기 때문이라고 하기도 하지만. 아무튼 이미 전설 중의 전설인 분들이라 책에서 '소개'를 하는 것 자체가 어불성설이지만 주변에, 그리고 대한민국에 이들의 음악을 더 알리고 싶기에 앞선 아티스트들의 음악에 대한 소개와는 다르게 그들의 대표 플레이리스트를 나열해 보는 식으로 그들에 대한 소개를 갈음해 본다.

그냥 베스트 앨범이나 '몇 대 명반'을 들으면 되는 거 아니냐고? 안 된다. 워낙 많은 음악들을 발표해 온 밴드이기에 원칙적으로는 롤링스톤스의 음악을 소개할 때에는 "앨범" 단위로 하는 것이 맞긴 하다. 하지만 우리는 블루스 리듬에 익숙지 않은 민족이기에 널리 알려진 곡들을 모은 베스트 앨범이나 그들의 명반을 들으면 '이게 뭐람' 소리만 나올 것이다. 그렇기에 우리에게 롤링스톤스의 음악이 익숙지 않은 원인이 되는 블루스 기반의 대표곡은 아무리 세계적으

---

[*] 심지어 현재 '롤링스톤스' 나무위키 페이지에서는 "한국에서는 인지도가 워낙 처참", "한국은 이 분야에서 갈라파고스화가 심한 국가"와 같은 언급도 볼 수 있다. 접속일자 2024. 4. 17.
https://namu.wiki/w/%EB%A1%A4%EB%A7%81%20%EC%8A%A4%ED%86%A4%EC%8A%A4

로 유명한 곡이라도 제외하고 '우리가' 즐길 수 있는 친숙한 진행과 멜로디의 곡들만 추려봤다. 추리고 추려 만든 짧은 리스트이지만 이 곡들에서 여러분들이 '악동' 이미지를 제대로 느껴볼 수 있는 계기 가 됐으면 좋겠다. 우리는 '흥'의 민족이 아닌가. 그리고 내 생각에 대중음악계에서 '흥'과 가장 가까운 음악을 들려주는 밴드가 바로 롤링스톤스이다. 입을 크게 벌리고, 허리를 돌리며 엉덩이를 들썩일 준비가 되었는가?

▎ **'행 파이어**[Hang Fire]**'/'네이버스**[Neighbours]**'** "Tattoo You". 1981

개인적으로 그들의 음악 중 가장 사랑하는 곡이지만, 잘 알려지 지 않았다. 장난꾸러기같이 팔뚝을 꼬집는 듯한 믹 재거의 보컬, 적 당히 신나면서 귀엽게 통통 튀는 리듬과 템포, 건반악기와 코러스를 동원한 풍성한 사운드까지. 악동보다는 개구쟁이 같은 곡이다. 아주 아주 귀여운. 2분 30초도 되지 않는 짧은 곡이라는 사실이 너무나도 안타까울 뿐이다.

추가적으로 같은 앨범에 수록된 '네이버스'도 장난기 넘치지만 조 금 더 지르고 달리는 느낌으로 신나게 즐길 수 있는 곡이다.

▎ **'셰터드**[Shattered]**'/'리스펙터블**[Respectable]**'** "Some Girls". 1978

디스코, 펑크 등 당대 유행하던 사운드를 전격적으로 도입한 신선한 사운드로 롤링스톤스의 최고 앨범을 꼽을 때 반드시 꼽히는 앨범 중 하나인 "Some Girls" 수록곡. '셰터드'는 빠르지는 않지만 랩에 가까운 툭툭 던지는 듯한 믹 재거의 보컬, 블루스에 펑크Punk와 펑크Funk를 맛깔나게 섞어낸 듯한 유쾌한 사운드와 리듬의 환상적인 조합이 일품이다. 유년 시절 솜사탕을 들고 롤러코스터를 타면서 느꼈던 것과 같은 즐거움이 가득한 곡.

'리스펙터블'은 빠른 박자에 펑크스러운 단순함과 당돌함이 가득한 곡으로 함께 즐기기 좋은 곡. 펑크에 대한 롤링스톤스의 해석이라 할 수 있다. 이 곡은 뮤직비디오도 흥미로운데, 신명 나는 곡에 비해 단출한 흰색 스튜디오 배경으로 노래하는 심심한 뮤직비디오… 인줄 알았건만 갑자기 기타를 벗어던지고 괜히 기타로 벽을 부수더니 옆방에 가서 마저 노래를 부르는 알 수 없는 연출이 재미있다.

'서머 로맨스[Summer Romance)]'/'웨어 더 보이스 고[Where The Boys Go]' "Emotional Rescue". 1980

그들의 빼놓을 수 없는 명반 "Emotional Rescue"에 수록된 곡들이다. 비록 새로운 것이 없었기에 평은 좋지 않았지만, 좋은 음악이 꼭 새로워야 할 필요가 있나? 이 앨범은 분명히 '좋은 음악'으로 가득했고, 대중들도 이에 호응했다. "Some Girls"의 뒤를 이어 큰 히트를 한 앨범이다.

여름 해변, 뜨거운 청춘의 광란의 밤이 절로 연상되는 '서머 로맨스'는 그중에서도 가장 주목할 만하다. 젊음의 활기를 연상시키는 들쭉날쭉 이리 뛰고 저리 뛰는 멜로디를 바탕으로 분위기를 후끈하게 달리는 로큰롤, 파티가 무르익었음을 알려주는 코러스. 시원한 여름 송가로 휴가철에 딱이다. 둥글둥글 그루비한 사운드로 원초적 본능을 자극하는 곡이다.

'웨어 더 보이스 고'도 그 연장선에서 파티의 여흥을 잔뜩 머금고 있는 곡이다. 한 손엔 맥주병을, 한 손에는 시가를 들고 소리 지르며 날뛰는 대학생들의 파티 장면이 절로 연상되는. 우리의 가장 신나고 짜릿했던 순간이다.

'록스 오프[Rocks Off]'/'립 디스 조인트[Rip This Joint]' "Exile On Main Street". 1972

자타공인 롤링스톤스의 최고 명반으로 꼽히는 "Exile On Main Street" 앨범의 포문을 여는 첫 두 곡이다. 이 앨범을 통해 그들은 로큰롤과 블루스뿐 아니라 컨트리 '스위트 버지니아[Sweet Virginia]'와 가스펠 '샤인 어 라이트[Shine A Light]' 등 다양한 시도를 하였고 그 시도들은 모두 하나도 빠짐없이 훌륭한 결과를 빚어냈다.

하지만 우리가 그들에게 가장 기대하는 것은 역시 열정 가득한 시원한 로큰롤이다. 순수한 즐거움 그 자체를 음악으로 만들어 낸 듯한 앨범의 첫 곡 '록스 오프'는 우리가 바라는 것이 무엇인지 그들이 정확히 알고 있다는 반증이다. 게다가 그저 흔한 기타 – 베이스 – 드럼 편성의 단순한 로큰롤이 아니다. 몸을 절로 흔들거리게 만드는 로큰롤의 흥겨움에 '스파클링' 느낌이 물씬 나는 상큼한 건반연주,

그리고 관악기까지 동원된 풍성한 사운드까지. 결과적으로 남녀노소 모두가 즐길 만한 음악을 만들어 냈다. 비록 가사는 쾌락주의가 가득한 퇴폐미 넘치는 내용이지만 말이다.

이에 바로 이어지는 '립 디스 조인트'는 다양한 사운드와 흥겨움을 그대로 가져온 뒤 한결 빠른 속도를 더했다. 절로 정신없이 다리가 흔들거리고 두 팔을 번쩍 들고 소리치고 있는 자신을 발견하게 될 것이다.

▌ '댄싱 인 더 스트리트[Dancing In The Street]' with David Bowie. 1985

흑인 음악 레이블의 전설 '모타운'의 대표주자, 마사 리브스 앤드 더 밴델라스[Martha Reeves & The Vandellas]의 초대형 히트곡을 리메이크한 곡이다. 수없이 많은 아티스트들이 이 곡을 리메이크했지만, 펑키함 한가득에 가스펠 한 소꿉이었던 원곡을 파워풀한 원시적 자극이 가득한 로큰롤로 뒤바꿔놓은 믹 재거와 데이비드 보위의 버전은 그야말로 압도적인 성과를 보여준다. 펑키한 오리지널 리듬과 풍부한 코러스가 가져다주는 특장점은 고스란히 살리면서도, 세련되면서도 강렬한 록적인 사운드를 더했으며 장난기 넘치는 재거와 보위의 주거니 받거니 하는 보컬은 그야말로 '좀 놀 줄 아는' 아저씨들이 보여주는 '어떻게 해야 재미있게 놀 수 있는가?'라는 질문에 대한 답변이다.

'바이트 마이 헤드 오프[Bite My Head Off]' "Hackney Diamonds". 2023

2023년 말 발매된 "Hackney Diamonds"에 수록된 곡으로 아직까지 그들의 넘치는 에너지가 살아 있음을 보여주는 곡이다. 거친 기타 사운드와 폭력적으로까지 느껴지는 마구잡이로 폭발하는 리듬, 신나게 달리는 템포에 맞추어 마구 가사를 뱉어대는 믹 재거의 보컬이 인상적이다. 비틀즈의 폴 매카트니가 베이스를 연주했다.

2023년 말은 비틀즈의 신곡?! '나우 앤드 덴[Now and Then]'이 발표 혹은 발굴되어 세상이 떠들썩한 때였다. 하지만 롤링스톤스는 '뮤지션이 신곡 내는 게 뭐 새로울 거 있나?' 하고 말하는 듯 여전한 창작열과 정력 넘치는 모습을 보여주며 신곡으로 가득 찬 새 스튜디오 앨범을 들고 나왔다. 존경해 마지않을 수 없는 분들이다. 말 그대로 살아 있는 전설. 같은 앨범의 신나는 템포에 멋진 멜로디의 후렴을 얹은 '홀 와이드 월드[Whole Wide World]', 통통 튀는 흥겨운 블루스 리듬이 일품인 재치 넘치는 '리브 바이 더 소드[Live By The Sword]', 싱글 커트되어 롤링스톤스가 아직도 이렇게 세련된 사운드를 뽑아낼 수 있다는 것을 보여준 멜로딕한 '메스 잇 업[Mess it Up]'* 등 록 마니아들을 열광케 할 수작이다.

---

* 영화배우 니콜라스 홀트가 열연한 뮤직비디오가 재미있다. 그는 여자친구와 싸우고 홧김에 집을 떠나 망가져 가고, 몇 년의 세월이 흘러 정신을 차리고 여자친구에게 돌아왔더니 그녀는 이미 행복한 가정을 꾸리고 잘 살고 있었다. 그리고 전 여자친구의 남편에게 한 방 거하게 얻어맞고 쓰러진다. 참 교훈적인 이야기다.

‘둠 앤드 글룸[*Doom and Gloom*]’ “GRRR!”. 2012 / ‘리빙 인 어 고스트 타운[*Living In A Ghost Town*]’ “Honk”. 2019

　그래도 블루스 기반의 로큰롤 밴드 중 역사상 가장 유명한 밴드를 논하는데 블루스 록으로 분류되는 히트곡을 추천하지 않을 수 없다. ‘둠 앤드 글룸’은 50주년 기념 컴필레이션 앨범 “GRRR!”에 수록된 신곡으로 ‘암울한, 비관적인’의 뜻을 가지고 있는 제목과는 다르게 강렬한 기타리프와 블루스를 바탕으로 한 밀고 당김이 일품인 쫄깃한 리듬으로 절로 몸을 흔들게 만드는 넘버. 블루스 록이라는 장르로서 가능한 흥겨움을 최대로 살렸다.

　이 곡과 더불어 조금 더 진득한 블루스 느낌을 즐겨보고 싶으시다면 ‘리빙 인 어 고스트 타운’을 추천한다. 2020년 싱글로 발매된 곡으로 2019년 발매된 컴필레이션 앨범 “Honk”의 디럭스 버전에 수록되었다 2019년 발매 오리지널 버전을 사면 안 된다!. 위의 ‘둠 앤드 글룸’ 역시 이 앨범에 수록되었으니 해당 앨범 하나면 이 2곡을 모두 즐길 수 있다. 블루스 특유의 울적하고 음울한 분위기*와 레게의 영향을 받은 듯한 미드 템포의 건들건들한 리듬이 인상적인 곡이다. 엉덩이를 흔들 수밖에 없게 만드는 느리지만 힘 있는 진행, 귀에 착 감기는 멜로디와 울부짖는 듯한 하모니카를 동원하여 일구어 낸 풍성한 사운드가 매력 포인트인 곡이다.

---

*　코로나 시국에 발표되고 가사 중 ‘록다운’이 언급되어 코로나에 대해 다룬 노래가 아닌지 얘기가 많았지만 딱히 코로나를 염두에 두고 쓴 곡은 아니라고 한다.

| 기타

아무리 장르를 제한했다고 해도 롤링스톤스의 히트곡을 12곡 선에서 정리하는 것은 불가능에 가깝다. 그렇다고 모든 것을 다 설명하면 책 한 권으로도 부족한 것이 현실이다. 그렇기에 상세 소개는 건너뛰지만 반드시 들어보아야 할 즐거운 롤링스톤스의 곡들을 조금 더 써보면 아래와 같다.

'점핑 잭 플래시[*Jumping Jack Flash*]' 1968, '홍키 통크 우먼[*Honky Tonk Woman*]' 1969, '쉬 워스 핫[*She Was Hot*]' "Undercover". 1983, '스타 스타[*Star Star*]' "Goats Head Soup". 1973, '새드 새드 새드[*Sad Sad Sad*]' "Steel Wheels". 1989, '댄스 리틀 시스터[*Dance Little Sister*]' "It's Only Rock 'N' Roll". 1974

여기까지가 엘비스로 시작해서, 비틀즈와 롤링스톤스로 끝나는 나의 음악 여정이었다. 즐거우셨기를 바란다. 인생이 그렇듯 음악도, 책도 항상 즐거울 수는 없다. 살아가면서, 책을 넘기면서 어려운 시기가 있겠지만 어느 한순간이라도 우리를 웃음 짓게 하는 즐거운 순간들이 함께 했다면 그것으로 족하다. 우리는 꽤 강한 동물이다. 늘 행복할 순 없더라도 한 번씩 우리를 웃게 해줄 자극이 있다면 충분히 삶을 이겨낼 에너지를 얻을 수 있다. 내게 그것은 책과 음악이었다. 그리고 이러한 나의 자극제를 여러분들과 함께 나누어 보고 싶었다. 힘겨운 직장생활을 견디고 집에 돌아와 노곤한 몸으로 소파에 걸터앉아 반쯤 누운 당신, 수고했습니다.

인생은 어둡고 음울하고 'Doom and Gloom', 원하는 것을 다 가질 수도 없고 'You Can't Always Get What You Want', 우린 그저 누군가에게 짐꾼으로 여겨지기도 한다 'Beast of Burden'. 화가 나고 'Anger', 비가 추적추적 내리는 듯하다 'Rain Fall Down'. 누가 내게 피할 곳이라도 주었으면 'Gimme Shelter'!

하지만 그렇다고 거기에서 주저앉아 바보같이 울 순 없다 'Fool To Cry'. 삶을 살아가고 행복해지는 데에 있어 'Happy', 굳이 누군가의 존경을 받을 만한 'Respectable' 거창한 업적을 이루었을 필요는 없다. 그저 멈추지 않으면 된다 'Don't Stop'. 내게 가시를 던지는 이들은 꺼져버리라지 'Get Off Of My Cloud'! 시동을 걸자 'Start Me Up'. 일어나 묵묵히 세상을 걸어 나가는 모든 이들에게 빛을 비추어 주소서 'Shine A Light'. 그리고… 웃게 하소서.

비틀즈 추천곡

　앨범보다는 개별 곡을 추천해야 된다는 명목하에 롤링스톤스의 곡들을 열심히 써놓고 보니 비틀즈의 음악에 대한 추천이 부족하다는 생각이 든다. 사실 비틀즈는 밴드로 활동한 기간이 매우 짧기에 '비틀즈'로 한정하면 단시간에 모든 음악을 쉽게 즐길 수 있다. 하지만 그게 전부가 아니다. 밴드 해체 이후 솔로 멤버들이 각각 수십 년간 활발한 음악활동을 해왔고, 음악적으로도 밴드 시절 못지않은 성취를 이뤄온 만큼 제대로 파고들자면 정말 끝도 없는 아티스트가 바로 비틀즈다.

　그래서 준비해 봤다. 솔로곡까지 총망라한 비틀즈 추천곡. 다만 사람들마다 '비틀즈'라는 이름에 거는 기대가 다르기에 일반적인 히트곡 리스트와는 다르게 '분위기별'로 추천곡들을 나누었다. 당연히 내 취향 기준이므로 잘 알려진 곡이라 하더라도 내 마음에 들지 않는 곡은 넣지 않았다 예를 들어 '겟 백*[Get Back]*'. 폴 매카트니의 '윙스 Wings' 시절 곡들, 조지 해리슨 솔로곡들이 '괜찮다'싶은 곡들이 참 많지만 플레이리스트에 올리긴 약간 애매한 느낌이 많아 대거 탈락한 것이 조금 아쉽다. 뭐 그래도 플레이리스트의 미학은 선택과 집중 아니겠는가.

분류는 신나는 비틀즈, 귀여운 비틀즈, 위대한 비틀즈, 발라드. 네 종류로 했다.

'신나는'과 '귀여운'이 뭐가 다르냐고? 신나기 그지없는 로큰롤 '아이 소우 헐 스탠딩 데어*[I Saw Her Standing There]*'와 사랑스러움이 가득한 '옐로 서브머린*[Yellow Submarine]*'을 생각해 보라.

'위대한'은 철저히 주관적 기준이다. 개인적으로 스케일이 큰 가슴 벅찬 감동을 주는 음악을 좋아하기에 그런 곡들을 모아봤다. 발라드는… 발라드다. 취향껏 골라드시길 바란다. Bon appetit!

비틀즈 밴드의 이름으로 발표한 곡들은 책의 다른 부분과는 다르게 "수록앨범"을 딱히 표기하지 않았다. 너무 많기도 하거니와, 실제 비틀즈의 앨범들은 제대로 관리가 안 되고 중구난방으로 발매가 된 경우가 많아 여기저기 겹쳐 수록된 곡들이 많기 때문. 앨범을 구하고 싶은 분이라면 사실상 어차피 대부분이 컴필레이션 앨범인 "Past Masters", "Anthology 1, 2, 3", 또는 "Red & Blue Album"에 있으니까 너무 신경 쓰지 않으셔도 된다 단, 앤솔로지 앨범의 경우 스튜디오 녹음과 다른 버전인 경우가 많다. 주의.

    그래도 예의상 솔로곡들의 경우 수록앨범 표기를 했고^{곡명/수록앨}
^범, 그중에서도 필청곡은 하트 표시를 했다♥. 그리고 책 본문에서는
곡명에는 '작은따옴표'를, 앨범명에는 "큰따옴표"를 했지만, 여기서
는 단순 나열이기에 모두 생략했다. 모쪼록 이 리스트로 21세기 비
틀 마니아가 더 많이 형성되길 바란다.

신나는 비틀즈

Beatles

Sgt. Pepper's Lonely Hearts Club Band

Lady Madonna ♥

Back in the U.S.S.R

Ob-La-Di, Ob-La-Da

Please Please Me

She Loves You

All My Loving

Can't Buy Me Love

Help!

I'm Looking Through You

Birthday

I Saw Her Standing There ♥

Twist and Shout

Long Tall Sally

Bad Boy

Rock and Roll Music

- -

Paul McCartney

Ballroom Dancing (곡) / Tug of War (앨범)

Freedom/Driving Rain ♥

John Lennon

Slippin' And Slidin'/Rock 'N' Roll ♥

I Don't Wanna Face it/Milk and Honey

Whatever Gets You Thru the Night

- -

George Harrison

Got My Mind Set on You/Cloud Nine ♥

- -

Ringo Starr

Snookeroo/Goodnight Vienna

Wrack my Brain/Stop and Smell the Roses

Who's Your Daddy/Y Not ♥

Thank God for Music/What's My Name

Shake it Up/Give More Love

After All These Years/Time Takes Time

I Don't Believe You/Time Takes Time

Don't Go Where the Road Don't Go/ Time Takes Time

Rock Island Line/Ringo 2012 ♥

Memphis In Your Mind/Ringo Rama

I Think Therefore I Rock 'N' Roll/Ringo Rama ♥

귀여운 비틀즈

Beatles

Octopus's Garden

From me to You

I'm Down ♥

Penny Lane

Hello, Goodbye

The Ballad of John and Yoko

Here Comes the Sun

Eight Days a Week

Yellow Submarine ♥

You Know My Name ♥

That Means a Lot

Rain

I Will ♥

Maxwell's Silver Hammer

I Want to Hold Your Hand ♥

Thank You Girl

There's a Place ♥

I'll Get You

Paul McCartney

Take It Away (곡)/Tug of War (앨범)

Band on the Run/Band on the Run

Young Boy/Flaming Pie

Monkberry Moon Delight/Ram

Dance Tonight/Memory Almost Full

With a Little Luck/London Town

Home Tonight/Home Tonight

Figure of Eight/Flowers in the Dirt

This One/Flowers in the Dirt

Promise to You Girl/Chaos and Creation in the Backyard

Friends to Go/Chaos and Creation in the Backyard

Fine Line/Chaos and Creation in the Backyard

John Lennon

Crippled Inside/Imagine

Only People/Mind Games

Sisters, O Sisters/Sometime in New York City

George Harrison

My Sweet Lord/All Things Must Pass

What is Life/All Things Must Pass

P2 Vatican Blues/Brainwashed

Between the Devil and the Deep Blue Sea/Brainwashed

Ding Dong, Ding Dong/Dark Horse

All Those Years Ago/Somewhere in England

- -

Ringo Starr

Write One For Me/Ringo Rama

You're Sixteen/Ringo ♥

Oh My My/Ringo

No – No Song/Goodnight Vienna

Life is Good/What's My Name

It's Not Love That You Want/What's My Name

Rory and the Hurricanes/Postcards From Paradise

Golden Blunders/Time Takes Time

I Don't Believe You/Time Takes Time

What Goes Around/Time Takes Time

Beatles

Strawberry Fields Forever ♥

A Day In The Life

She's Leaving Home

Golden Slumbers – Carry That Weight – The End (메들리) ♥

Good Night ♥

- -

Paul McCartney

Wanderlust (곡)/Tug of War (앨범)

Beautiful Night/Flaming Pie ♥

The Back Seat of My Car/Ram ♥

발라드

Beatles

Let It Be ♥

The Long and Winding Road ♥

All You Need is Love

Hey Jude

Something

Across The Universe

And I Love Her

Yesterday ♥

Here, there and Everywhere

Norwegian Wood

Real Love(앤솔로지 2 수록버전과 존 레논
솔로 피아노 버전 모두 추천) ♥

You Never Give Me Your Money

Till There Was You

Words of Love

Michelle

In My Life

Paul McCartney

Somebody Who Cares (곡)/Tug of War
(앨범)

Here Today/Tug of War

Ebony and Ivory/Tug of War

I Do/Driving Rain

This Never Happened Before/Chaos
and Creation in the Backyard

Too Much Rain/Chaos and Creation in
the Backyard

Anyway/Chaos and Creation in the
Backyard ♥

I Owe it All To You/Off the Ground ♥

We All Stand Together/We All Stand
Together

So Bad/Pipes of Peace

Hand in Hand/Egypt Station

Motor of Love/Flowers in the Dirt

John Lennon

Mother/Plastic Ono Band

Love/Plastic Ono Band

God/Plastic Ono Band ♥

Imagine/Imagine

Jealous Guy/Imagine

Oh My Love/Imagine

Grow Old With Me/Milk and Honey ♥

Watching the Wheels/Double Fantasy

Woman/Double Fantasy

Mind Games/Mind Games

One Day (At A Time)/Mind Games

Out The Blue/Mind Games

Woman is the Nigger of the World/
Sometime in New York City ♥

The Luck of The Irish/Sometime in New
York City

Nobody Loves You (When You're Down
and Out)/Walls and Bridges

George Harrison

Who Can See It/Living In the Material
World

The Light That has Lighted the World/
Living In the Material World ♥

Isn't It a Pity/All Things Must Pass

Ringo Starr

English Garden/Ringo Rama

Six O'Clock/Goodnight Vienna ♥

Grow Old With Me/What's My Name

Not Looking Back/Postcards from
Paradise

부록 *1*

매우 주관적인
대중음악사 최고의 명곡들

'역대 최고의 곡들'이라는 주제는 여러 매체들이 이미 수없이 많이 했던 것이지만 거의 모든 대중음악평론가들과 매체들은 사회적, 역사적 의의나, 해당 장르에서만의 혁신 등의 요소들을 가장 중요하게 꼽는 경향이 있다 특히 1위부터 10위 정도의 상위 랭크 곡들.

그래서 내 짧은 지식과 철저하게 편파적인 내 취향을 바탕으로 대중음악사에서 기억돼야 할 '음악적으로', '위대한' 곡들을 꼽아보았다. 물론 이 역시 매우 주관적인 기준이지만 단순히 '좋은', '아름다운'이 아닌 '위대한'이라는 타이틀이기에 모든 장르, 시대를 통틀어 인정받을 만한 음악적 수준에 이른 곡들로 선정하려 노력했다. 이 책의 본문에서 이미 소개한 곡들도, 그렇지 않은 곡들도 있다.

다시 한번 강조하지만 매우 주관적인 순위이므로 마니아분들께서는 생각이 다르다고 노여워 마시길 바란다.

▌ 엘비스 프레슬리[*Elvis Presley*] – 'An American Trilogy'

1971년 미키 뉴버리[*Mickey Newbury*]가 발표한 이 미국에 대한 송가는 세 19세기 음악들 'Dixie', 'The Battle Hymn of the Republic', 'All My Trials'를 합쳐 만든 곡으로 우리의 영웅 엘비스 프레슬리에 의해 유명해졌다. 엘비스는 1972년부터 라이브에서 이 곡을 부르기 시작했고 그 후 3년간 거의 모든 라이브의 레퍼토리에 이 곡이 들어갔고 모든 라이브에서 각기 다른 개성 있는 편곡을 보여주었다.

**해당 뮤지션의
다른 추천곡들**

Elvis Presley –
'My Boy',
'The Wonder of
You', 'If I Can
Dream', 'Kentucky
Rain', 'You Gave
Me a Mountain' 등

1973년 "Aloha from Hawaii"에서의 라이브 버전은 열정과 감동 그 자체라 할 정도로 엘비스는 이 곡을 강한 신념을 가지고 불렀다.

지극히 미국적인 멜로디를 지녔지만 이 완벽한 구성과 웅대한 편곡, 그리고 엘비스를 여전히 프랭크 시나트라, 아레사 프랭클린과 더불어 최고의 보컬로 꼽히게 하는 당위성을 제공하는 확신에 찬 목소리는 국경과 시대를 넘어선 감동을 선사한다.

▌ 프로콜 하럼[*Procol Harum*] – 'A Whiter Shade of Pale'

바흐가 밴드를 했다면 이런 곡을 만들었을 것이다.

**해당 뮤지션의
다른 추천곡들**

Procol Harum –
'Whaling Stories',
'A Salty Dog',
'Conquistador'

1967년에 발표된 영국밴드 프로콜 하럼의 곡. 록 밴드로서는 특이하게 오르간을 밴드 구성에 넣었고 바흐를 연상시키는 넘실거리는 오르간리프와 독특한 가사, 솔풀한 보컬은 신비로우면서 아름다운 분위기를 자아낸다.

이 곡은 영국에서 가장 많이 된 플레이된 곡으로, 동명의 앨범은 영국 방송 사상 최대 플레이된 앨범으로 기록됐다.

엘튼 존 [Elton John] – 'Indian Sunset'

**해당 뮤지션의
다른 추천곡들**

Elton John –
'Sixty Years On',
'Tonight', 'Levon',
'The Last Song'

1971년 발표된 "Madman Across the Water" 앨범에 수록된 걸작.

아메리칸 인디언 전사의 백인에 대한 투쟁을 그린 서사적인 가사 역사적 사실과는 맞지 않지만 와 어울리는 장중한 연주와 눈물 시리게 아름다운 코러스는 완벽한 조화를 이루며 이 걸작 앨범의 절정을 이룬다. 이 곡은 나중에 에미넴[Eminem]이 프로듀스한 투팍[2Pac]의 사후앨범 "Loyal To The Game"2004에 수록된 '게토 가스펠[Ghetto Gospel]'에 샘플링되며 새 생명을 얻었다.

유투[U2] - 'One'

1991년 발표된 앨범 "Achtung Baby"에 수록된 말이 필요 없는 U2의 최고 명곡.

기타리스트 디 에지[The Edge]의 가슴을 울리는 반복적인 리프, 브라이언 이노 스타일의 몽롱하게 넘실거리는 키보드와 심오한 가사는 완벽한 조화를 이루며 상당히 스트레이트한 사운드만으로 진중함을 넘어선 신성한 느낌마저 자아낸다.

해당 뮤지션의 다른 추천곡들

U2 - 'With Or Without You', 'The Ground Beneath Her Feet', 'The First Time'

가사의 주제에 대해서는 사랑, 기독교, AIDS 등 해석이 분분하지만 어찌 해석되든 모든 청자의 심금을 울리며, 갓 이혼한 액슬 로즈[Axl Rose]가 차에서 이 곡을 듣고 펑펑 울며 내내 반복해 들었다는 에피소드는 매우 유명하다.

이 앨범을 녹음할 당시 U2는 멤버 간의 음악적 견해 차이로 인한 불화로 해체 직전까지 간 상황이었으나 디 에지가 이 곡의 연주를 시작함으로써 다시 멤버들이 하나가 되었다는 에피소드가 전해진다. 음악적으로는 물론, 밴드 내외적으로 중요한 의미를 갖는 곡이다.

톰 웨이츠[Tom Waits] - 'Tom Traubert's Blues'

**해당 뮤지션의
다른 추천곡들**

Tom Waits -
'Ruby's Arms',
'Innocent When
You Dream',
'Grapefruit Moon'

1976년 발표된 앨범 "Small Change" 수록곡. 19세기의 오스트레일리아 노래 'Waltzing Matilda'을 모티브로 만들어진 이 곡은 풍성한 스트링 사운드와 황량한 그리고 천재적인 가사, 으르렁대는 듯한 그의 음성으로 톰 웨이츠 특유의 도시적 음울한 감성의 절정을 이룬다.

이 곡은 여러 아티스트들에 의해 리메이크 되었는데 1993년 로드 스튜어트[Rod Stewart]의 "Lead Vocalist" 앨범에 수록된 버전이 주목할 만하다.

스팅[Sting] - 'Russians'

**해당 뮤지션의
다른 추천곡들**

Sting -
'Englishman in
New York', 'Fields
of Gold', 'Lullaby
for an Anxious
Child'

스팅[Sting]의 솔로 데뷔앨범인 1985년 작 "The Dream of The Blue Turtles" 수록곡.

이 곡은 20세기의 위대한 작곡가 세르게이 프로코피예프[Sergei Prokofiev]의 주제를 차용하여 스팅 특유의 감성과 날카로운 가사와 심상을 더했다. 그것이 건조하면서도 풍성한 사운드와 결합되어 인간적이면서 지적인 걸작을 만들어 냈다.

브루스 스프링스틴[Bruce Springsteen] - 'Jungleland'

브루스 스프링스틴은 1975년 발표한 걸작 앨범 "Born to Run"으로 골반을 흔드는 음악이었던 로큰롤으로 사람들의 가슴을 울리게 했다.

드라마틱한 구성과 절박한 인간의 모습을 그려낸 가사는 듣는 이로 하여금 심장이 뛰고, 살아 있음을 느끼게 하는 경험을 제공한다. 그는 이 앨범으로 로큰롤의 미래를 제시했고, 아직까지 꿈을 향해 달리는 중이다.

해당 뮤지션의 다른 추천곡들

Bruce Springsteen – 'Point Blank', 'The River', 'The Wrestler'

피트 시거[Pete Seeger] - 'We Shall Overcome'

1940년대 인권운동가로 시작되어 포크 음악의 전설이 된 피트 시거에 의해 널리 알려진 곡. 1900년대의 가스펠 음악에서 가사를 가져왔고 1947년 'We Will Overcome'이란 제목으로 발표되었다.

이 곡은 매우 단순한 구성을 가지고 있지만 그 어느 곡보다 강한 사람들을 하나로 만드는 '노래'의 힘을 가졌으며, 인권운동가들뿐

해당 뮤지션의 다른 추천곡들

Pete Seeger – 'If I Had a Hammer', 'Where Have All the Flowers Gone?', 'Turn Turn Turn'

만 아니라 모든 힘든 이들에게 고통을 이겨낼 수 있는 힘을 주었다. 2006년 브루스 스프링스틴에 의해 리메이크되어 동명의 앨범에 수록되었다.

▎ 투팍[2Pac] – 'Hit 'em up'

**해당 뮤지션의
다른 추천곡들**

2Pac –
'California Love',
'Changes',
'I Ain't Mad at Cha'

1996년 발표된 싱글 'How Do U Want it'의 B-side 수록곡으로 노터리우스 비아이지[The Notorious B.I.G. (Biggie)]의 'Who Shot Ya?'에 대한 반격으로 알려져 있다.

비기와 퍼프대디를 비롯한 동부 래퍼들을 디스하고 있는 이 곡은 도를 지나칠 정도의 심한 폭언·욕설이 난무하지만 완벽하다고 할 수밖에 없는 래핑과 단조의 건반연주를 통해 위협적인 분노를 잘 나타낸 인상적인 사운드로 비록 B-side곡이지만 투팍 최고의 작품 중 하나로 꼽힌다. 이 곡의 발표 이후 동부 래퍼들에게서 수많은 '답변'을 받았음은 물론이다.

발렌시아[Valensia] - 'Gaia'

퀸[Queen]의 오페라틱 록을 계승한 네덜란
드 뮤지션 발렌시아의 1993년 발표된 데뷔앨
범 "Gaia"의 수록곡이다.

환경보호를 상징하는 범고래 소리로 시작
되는 이 곡은 꿈결같이 아름다운 멜로디와 아
기자기하면서도 매우 적절한 오케스트레이션
의 활용, 순수 그 자체인 소년합창단의 코러
스로 청자들을 발렌시아만의 상상의 세계로 초대한다.

6분에 달하는 긴 러닝타임에도 불구하고 발표 즉시 네덜란드의
방송국들의 수많은 리퀘스트를 받았고 차트 1위에 올랐다. 국내에
서도 많은 사랑을 받은 곡이다.

**해당 뮤지션의
다른 추천곡들**

Valensia –
'Tere', 'Phantom
of the Opera',
'Alyssa'

부록  2

인생 맞춤형
플레이리스트

　음악은 우리 삶의 모든 순간에 함께한다. 그렇기에 여러분 인생의
모든 순간에 어울리는 곡들을 준비해 봤다. 즐기고 싶은 순간을 위
한 '파티', 가슴 먹먹한 감동에 젖고 싶을 때를 위한 '발라드', 적당
한 각성 수준을 유지하기 위한 흥겹고 밝은 곡들이지만 시끄럽지는
않을 수준의 소프트한 로큰롤곡 위주의 '공부', 분노하고 싶은 '출근
길' 플레이리스트다. 되도록이면 본문에 언급된 곡들은 피하려고 노
력했다. 어쩔 수 없는 경우도 있었지만. 그리고 순서에는 의미가 없
다. 지금 이 순간 내 머리를 스치고 가는 순서였을 뿐. 여러분의 삶
과 내 삶이 음악을 통해 동기화되길 바라며.

파티 플레이리스트

1. 마이클 잭슨[Michael Jackson] – 'Beat It'
2. 콰이어트 라이엇[Quiet Riot] – 'Cum on Feel the Noize'
3. 첨바왐바[Chumbawamba] – 'Tubthumping'
4. 로라 브래니건[Laura Branigan] – 'Gloria'
5. 바카라[Baccara] – 'Yes Sir, I Can Boogie'
6. 에프 알 데이비드[F. R. David] – 'Pick Up The Phone'
7. 키스[Kiss] – 'Radioactive'
8. 지지 탑[ZZ Top] – 'Got Me Under Pressure'
9. 케니 로긴스[Kenny Loggins] – 'Footloose'
10. 런던 보이스[London Boys] – 'Harlem Desire'
11. 바하 멘[Baha Men] – 'Who Let The Dogs Out'
12. 신디 로퍼[Cyndi Lauper] – 'She Bop'
13. 팻보이 슬림[Fatboy Slim] – 'Wonderful Night'
14. 브루스 스프링스틴[Bruce Springsteen] – 'Meet Me In The City'
15. 엘튼 존[Elton John]– 'Your Sister Can't Twist'

발라드 플레이리스트

1. 빌리 조엘[Billy Joel] – 'Turn the Lights Back On'
2. 서바이버[The Survivor] – 'Ever Since the World Began'
3. 엘튼 존[Elton John] – 'United We Stand'
4. 일렉트릭 라이트 오케스트라[Electric Light Orchestra (E.L.O.)] – 'When I Was a Boy'
5. 발렌타인[Robby Valentine] – 'Over and Over Again'
6. 케이시 머스그레이브스[Kacey Musgraves] – 'Rainbow'
7. 존 레논[John Lennon] – 'Out The Blue'
8. 들국화 – '우리'
9. 벳 미들러[Bette Midler] – 'The Rose'
10. 밥 딜런[Bob Dylan] – 'Disease of Conceit'
11. 모틀리 크루[Motley Crue] – 'Time For Change'
12. 시카고[Chicago] – 'Chasin' The Wind'
13. 산타나[Santana] – 'Novus Feat. Placido Domingo'
14. 브루스 스프링스틴[Bruce Springsteen] – 'The Promise'
15. 스콜피온스[Scorpions] – 'Moment of Glory'

공부 플레이리스트

1. 비지스[Bee Gees] – 'You Win Again'
2. 크리던스 클리어워터 리바이벌[Creedence Clearwater Revival] – 'Have You Ever Seen The Rain'
3. 클리프 리처드[Cliff Richard] – 'Early in the Morning'
4. 알이오 스피드왜건[REO Speedwagon] – 'In Your Letter'
5. 밥 딜런[Bob Dylan] – 'Is Your Love In Vain?'
6. 스티브 밀러 밴드[Steve Miller Band] – 'Abracadabra'
7. 스타십[Starship] – 'Nothing's Gonna Stop Us Now'
8. 다이어 스트레이츠[Dire Straits] – 'Money For Nothing'
9. 유투[U2] – 'Every Breaking Wave'
10. 월플라워스[Wallflowers] – 'Letters From The Wasteland'
11. 레오 세이어[Leo Sayer] – 'More Than I Can Say'
12. 톰 존스[Tom Jones] – 'Delilah'
13. 컬렉티브 소울[Collective Soul] – 'Run'
14. 포코[Poco] – 'Sea Of Heartbreak'
15. 리알토[Rialto] – 'Monday Morning 5.19'

출근길 플레이리스트

1. 메탈리카[Metallica] – 'Fuel'
2. 주다스 프리스트[Judas Priest] – 'Breaking The Law'
3. 메가데스[Megadeth] – 'Symphony of Destruction'
4. 감마 레이[Gamma Ray] – 'Real World'
5. 건스 앤 로지스[Guns N' Roses] – 'You Could Be Mine'
6. 레이지어게인스트더머신[Rage Against The Machine] – 'Sleep Now In The Fire'
7. 클래시[The Clash] – 'White Riot'
8. 에이씨디씨[AC/DC] – 'Thunderstruck'
9. 섹스 피스톨즈[Sex Pistols] – 'Bodies'
10. 딥 퍼플[Deep Purple] – 'Burn'
11. 림프 비즈킷[Limp Bizkit] – 'Ready To Go'
12. 헬로윈[Helloween] – 'Eagle Fly Free'
13. 시스템 오브 어 다운[System Of A Down] – 'B.Y.O.B'
14. 판테라[Pantera] – 'Cowboys from Hell'
15. 디오[Dio] – 'Rainbow In The Dark'

나가며

　냉장고에서 상큼하고 달콤한 복숭아 아이스티를 꺼낸다. 굴곡이 아름다운 브라이어 목재 파이프에 달큰한 버지니아 잎을 한 움큼 재우고 아스라이 불을 붙인다. 구수하면서 달착지근한 향이 온 방 안에 퍼져 나간다. 오래된 오디오에 좋아하는 음반을 건다. 음반 역시 오래 되었지만 디지털 음반이기에 그 안에 담긴 소리는 신선하기 그지없다. 낡은 것은 그 소리에, 그 음반에 담긴 내 기억이다. 재생되는 것은 나의 과거, 즐거웠던 시간들이다. 어떤 것은 낡았기에 더 아름답다.

　행복하다. 이것이 현재를 즐기는 내 모습이다. 'N포 세대'라고 불리며 좌절과 포기로 가득한 삶을 살아가고 있는 우리 세대에 부족한 것은 무엇보다 이러한 여유에서 오는 행복일 것이다. 이 책을 집어 드는 모든 이들에게 이러한 나의 행복을 나누어 드리고 싶었다.

나는 엔지니어였고, 밴드 멤버이자 아마추어 작곡가였고, 변호사이자, 작가이자, 칼럼니스트이자 강사이다. 즉 과거에도 현재도 나는 음악 전문가는 아니었기에 어려운 음악 용어가 난무하는 디테일한 정보전달보다는 내가 음악을 들으면서, 그리고 삶을 살면서 느낀 것들을 가감 없이 적어보고자 했다. 전문용어는 일터에서 보는 것으로 족하다. 솔직하고 담백하게 음악과 그에 관련된 내 인생의 에피소드, 생각들을 글로 담아내 보고 싶었다. 글을 읽으면서 음악을 듣는 듯한 4D 경험이 되는 책을 써보고 싶었다.

그 여정을 함께한 독자분들은 어떠하셨는가. 이 소박한 책을 읽으면서 인생의 소소한 행복을 찾으셨다면, 혹은 마음에 쏙 드는 음악을 소개받았다면 그리고 이 둘은 같은 의미라고 생각한! 저자로서는 더할 나위 없는 영광일 것이다. 좋은 시간 보내셨길. 그리고 웃을 수 있는 시간이셨길 바란다.

최기욱 변호사의 음악 에세이

웃게 하소서

초판 1쇄 발행   2024. 9. 2.

지은이   최기욱
펴낸이   김병호
펴낸곳   주식회사 바른북스

편집진행   박하연
디자인   김민지

등록   2019년 4월 3일 제2019-000040호
주소   서울시 성동구 연무장5길 9-16, 301호 (성수동2가, 블루스톤타워)
대표전화   070-7857-9719 | **경영지원**   02-3409-9719 | **팩스**   070-7610-9820

•바른북스는 여러분의 다양한 아이디어와 원고 투고를 설레는 마음으로 기다리고 있습니다.

이메일   barunbooks21@naver.com | **원고투고**   barunbooks21@naver.com
홈페이지   www.barunbooks.com | **공식 블로그**   blog.naver.com/barunbooks7
공식 포스트   post.naver.com/barunbooks7 | **페이스북**   facebook.com/barunbooks7

ⓒ 최기욱, 2024
ISBN 979-11-7263-112-3 03810